Ouvrage dirigé par Lea Mariani
Image de couverture : Getty Images © AngiePhotos
Couverture : Claire Zamora

Département de Hugo Publishing
34-36, rue La Pérouse
75116 Paris
www.hugoetcie.fr

ISBN : 9782755686531
Dépôt légal : mars 2021
Imprimé chez CPI Blackprint

Le bonheur était là

CLAIRE ZAMORA

Le bonheur était là

Hugo Roman

Fais de ta vie un rêve, et d'un rêve, une réalité.
Antoine de Saint-Exupéry

Le courage n'est pas l'absence de peur,
mais la capacité de vaincre ce qui fait peur.
Nelson Mandela

Chapitre 1

Lucie

Je réajuste le col de ma veste, lisse ma chemise en soie. Extérieurement, je gère. Intérieurement, c'est un joyeux bordel.

J'ai devant moi des spécimens qui pèsent plus lourd que tous nos comptes en banque réunis. Je n'ai pas le droit de faire une présentation moyenne. Dans mon domaine, l'excellence n'est pas un but à atteindre, c'est une condition. Et pour convaincre un auditoire exigeant, tout se joue dans les premières minutes.

Garde le contrôle Lucie, suscite leur intérêt et surtout, ne fais pas d'erreur en cours de route !

Je garde mon objectif bien en tête. Je suis ici pour une chose bien précise : leur faire signer l'avenant qui financera nos projets de déploiement. Une deuxième levée de fonds qui nous donnera le coup de boost nécessaire et indispensable.

Pour ça, je dois gagner leur confiance. Et en affaires comme en privé, c'est une question délicate. Si la confiance peut se perdre en une fraction de seconde sur un simple malentendu, en revanche, elle se gagne sur la longueur. Elle se prouve et s'entretient. Avec des résultats certes, des projections, des *datas*... Mais pas seulement. Et loin de là.

J'ai toujours été une grande intuitive, j'ai appris à manipuler les chiffres pour leur faire dire à peu près ce que je veux. Mais l'exercice le plus difficile, c'est la touche personnelle. Celle qui donne à votre projet ce je-ne-sais-quoi que les autres n'ont pas. Et comme Ella, tout le monde ne l'a pas. Les investisseurs parient sur des hommes et des femmes, sur des individus visionnaires, sur le potentiel de ceux qui portent le projet. Pas sur des données entrées dans un tableur.

Avec eux, on signe un deal, un pacte. On s'engage. Et certains ont bien raison d'y voir une symbolique démoniaque. Parce qu'en réalité, ce n'est pas avec le sang qu'on se noue à ceux qui détiennent le capital, mais avec les tripes.

Bon Dieu, comme je convoite la place de CEO !

Depuis combien de temps ?

Une éternité. J'ai intégré Biwace depuis sa naissance. J'ai vu la petite graine germer pour devenir un arbre vigoureux, plein de promesses. J'ai toujours partagé la vision de son fondateur.

Ah ! Si seulement il n'avait pas succombé au chant des sirènes. La Silicon Valley est bien trop attrayante pour les petits génies dans son genre… Là-bas, les investisseurs ont l'œil acéré pour repérer les petites pépites et elles sont financées pour des millions de dollars. Ici ? Il faut des lustres pour faire comprendre le potentiel d'une idée novatrice à des investisseurs frileux. On ne joue pas à armes égales. Pourtant, en France, nous avons des talents qui font la différence. Le problème, c'est qu'ils ont cette fichue tendance à traverser l'Atlantique pour vivre leurs rêves…

Notre fondateur a rejoint une équipe brillante dans une start-up américaine vouée à un avenir exceptionnel. Et dans sa grande bonté d'âme, il nous a laissé son projet, presque comme une excuse. Alors, même si Franck est parti, même si je ne peux pas m'empêcher de lui en vouloir un peu, moi, je suis restée. Parce que… je l'aime, cette boîte. Voilà tout. Je crois en elle. Pour preuve, je lui ai donné mes six dernières années !

Cette présentation, c'est mon moment. Si j'arrive à les convaincre, ils me nommeront CEO à la prochaine assemblée générale et je pourrai enfin donner à notre start-up l'ampleur qu'elle mérite. J'ai tellement de projets pour elle. Il y a tant de choses à faire. On pourrait révolutionner le domaine !

Je le dis à Antoine, je le lui répète depuis des mois. On doit pivoter ! Pas dans un an, pas dans six mois. Là, maintenant. La fenêtre de tir est mince. Nous n'aurons pas d'autres occasions, c'est une évidence. Si on continue dans cette direction, le bel arbre va perdre ses feuilles une à une, et toute notre équipe va se retrouver sur le carreau.

Mais Antoine me pense alarmiste. Je le vois bien. Pour lui, tant que nous sommes à l'équilibre, tout va bien. Pas de folie, pas d'euphorie, juste une lente, lente… dégringolade. Antoine ne voit pas assez loin. Il est incapable de la moindre anticipation. Parce qu'il n'a pas l'entrepreneuriat imprimé dans son ADN. Il n'aime ni prendre des risques, ni prendre des décisions et il lui manque cet enthousiasme qui dévore tout créateur de l'intérieur.

Notre président n'a rien de comparable avec Franck. Si on faisait facilement la comparaison entre mon ancien boss et les Elon Musk, Mark Zuckerberg et Larry Page, Antoine, lui, a tout du jeune roi débonnaire mais mollasson, qui se repose sur le trésor d'un ancien monarque. Trésor devenu aujourd'hui un acquis bien fragile…

En l'absence de Franck, il a voulu reprendre le flambeau, convaincu qu'il pourrait faire le job. Mais nous avons perdu quelque chose… Notre moteur, la force qui nous tirait vers le haut. Résultat : notre start-up stagne. Plus proche du sol que de la mise en orbite. Quatre ans que nous y sommes. Une entreprise qui n'évolue pas est une entreprise morte. Je ne peux pas me résoudre à baisser les bras, pas après avoir sacrifié six ans ! Pas de week-ends, pas de vacances, des soirées passées au bureau, une totale dévotion à mon travail. Une vie sentimentale au point zéro et une santé malmenée par le stress. Pour rien ? Hors de question.

OK, respire, Lucie !

Comme pour chercher un support, mes yeux se posent sur les hautes tours de la Défense qui se dressent fièrement derrière les larges baies vitrées. Elles sont mon pilier, mon quotidien depuis que je travaille ici. Je les ai toujours trouvées rassurantes. Comme des sortes de sentinelles, des battantes qui tiennent debout malgré toutes les folies de notre monde.

Mon regard se pose de nouveau sur l'espace de la salle de réunion. J'ai installé mon laptop sur la gigantesque table en verre qui trône au centre. Une copie de mon écran est projetée sur l'immense toile blanche qui se déplie dans mon dos.

Je remonte mes lunettes d'un geste bref et balaie rapidement l'assemblée des yeux. Tout le monde a, devant lui, un exemplaire de mon document et une copie de l'avenant à signer. Bien évidemment chacun dispose de son verre d'eau, de sa tasse de thé ou de son expresso. Sucrettes, serviettes et même quelques macarons et mini-viennoiseries accompagnent le tout. En affaires, on séduit avec toutes les armes à disposition. Des papilles comblées sont de merveilleuses alliées.

Le dispositif de téléconférence pour recevoir les investisseurs japonais est en place. Très bien, tout est prêt. Ils sont prêts.

À toi de jouer !

— Mesdames, messieurs, merci d'être présents aujourd'hui.

Yeux francs et intenses, bustes vers l'avant, les plus audacieux s'aventurent à un très modeste hochement de tête. *Lucky me.*

Bienvenue dans mon monde. Ici, pas d'extravagance, le temps, c'est de l'argent. Ces individus sont en mode bulldozer. Ils enchaînent les meetings et les propositions. Ils sont assaillis de demandes, de projets qui s'annoncent, en toute modestie, comme les prochaines licornes[1] de la décennie… Mais ils savent. Ils savent que s'il y a beaucoup de prétendants,

---

1. Terme venant de l'anglais « *unicorn* » et désignant une start-up valorisée à plus d'un milliard de dollars. L'expression a été inventée par Aileen Lee en 2013 à propos de la Silicon Valley.

il y a peu d'élus. Dans les nouvelles technologies, vous pouvez littéralement exploser les chiffres et entrer dans une nouvelle galaxie, comme graviter toute votre vie autour d'une étoile morte dans un système perdu. C'est une réalité. Aussi injuste qu'elle puisse être.

Aujourd'hui, ils se tiennent devant moi uniquement pour maximiser leur temps, assurer leurs placements, juger de la prise de risque, avoir un regard critique sur mon projet. Pas pour les bavardages inutiles. Pas pour mes beaux yeux.

Les formules de politesse sont évidemment de rigueur mais ne vous y trompez pas : un sourire n'est pas une ouverture, c'est simplement un sourire.

— Voici les résultats du premier semestre. Les projections pour la fin de l'année sont réalistes…

Bip, bip, bip !

Un bref coup d'œil vers mon smartphone posé tout près de son grand frère, le laptop. Il ne me manque plus que la montre connectée et j'aurai toute la panoplie du parfait cadre 100 % high-tech. Sauf que j'ai toujours détesté ces gadgets accrochés au poignet.

— Hum… Excusez-moi… Grâce à notre percée sur le marché nord-américain, nous avons réalisé une forte croissance et nous avons toutes les chances de rentabiliser notre investissement à l'exercice prochain. Ce qui est bien évidemment un très bon indicateur pour la suite…

Bip, bip, bip !

Encore un bref coup d'œil. Plus appuyé cette fois. Grande invention du smartphone : la notification. Si on ne clique pas, on ne voit pas l'intégralité du message. J'essaie comme je peux d'intercepter le maximum d'informations possible avec le temps dont je dispose avant que l'écran ne s'éteigne. C'est-à-dire : pas grand-chose.

Lulu ! Je s…

Enzo. Sûrement encore un message pour me dire qu'il annule notre soirée hebdomadaire parce que d'autres plans se sont présentés à lui. À force, je n'ai plus besoin de messages. Enzo et son habileté à changer de projets dix fois dans la même journée, c'est un peu comme la cuite du vendredi soir. C'est incontournable, un peu pénible mais on s'habitue.

Et le pire, c'est qu'on en redemande.

Je plisse les yeux, mais, évidemment, le message disparaît trop vite. Si je prêtais des aptitudes humaines à ce mobile, je pourrais facilement affirmer qu'il me nargue. J'aurais alors tout le loisir de l'insulter, de le menacer avant de l'exiler au fond d'un tiroir pour le remplacer par un meilleur modèle. Mais pour l'heure, pas d'humiliation pour ce morceau de plastique… j'ai dix paires d'yeux braqués sur moi. Et la mauvaise nouvelle, c'est que ces globes oculaires impérieux détiennent l'avenir de ma boîte.

J'attrape illico mon téléphone et le passe en mode avion. Antoine et les autres n'auront qu'à se déplacer s'ils ont besoin de moi. Mais une fois ledit objet de ma colère mis en veilleuse, une notification d'e-mail reçu apparaît en bas à droite de ma présentation. Et donc, sur l'écran géant dans mon dos, en mode affichage pour myopie sévère : « Lulu, je suis désolé de te déranger pendant ton meeting mon petit moineau… mais il faut que tu me rappelles, c'est hyper urgent ! »

Ô joie du tout-connecté !

Ce soir, c'est sûr, je m'envoie un écrasé d'Enzo en plat de résistance…

Comment foirer sa présentation ou perdre toute sa crédibilité en deux secondes chrono ? Demandez à Lucie, elle a tous les tuyaux !

J'aperçois un collègue qui pouffe dans le fond de la pièce. Si là, tout de suite, il pouvait s'étouffer avec sa connerie, j'en tirerais une grande satisfaction.

Petit ingrat.

Sans me considérer davantage, il penche le nez sur son smartphone et tapote quelque chose, un sourire narquois vissé aux lèvres. De nos jours, les ragots, rumeurs et histoires croustillantes transitent plus vite que la lumière. Il suffit d'écrire un statut, un tweet. De prendre une photo à la dérobée en y accolant une émoticône bien choisie ou d'envoyer un texto à son collègue de bureau. Et autant dire que le phénomène est d'autant plus rapide quand vous êtes à une place largement convoitée. C'est même… immédiat.

Si « Lulu » est un surnom autorisé pour mes proches et mes amis, en revanche, une seule personne m'appelle « petit moineau » : Enzo. Généralement lorsqu'il veut m'amadouer. Mais ça, c'était avant. Parce que maintenant, ce sera toute la boîte.

Hourra.

Les investisseurs ne bronchent pas. Ils ne cessent de m'observer. Les petits moineaux, eux, ils les croquent entre deux signatures.

Tout se joue dans les premières minutes, disais-je donc ?

— Hum, excusez-moi…

Deux fois que je m'excuse dans la même minute. Pas bon. Pas bon du tout.

Un homme d'une cinquantaine d'années, aux yeux intelligents et au look très british, lève la main, d'un air faussement écolier. La mauvaise nouvelle, c'est qu'il s'agit de Williams, notre investisseur majoritaire.

— Peut-être que nous vous dérangeons, *miss* ? C'est l'heure du déjeuner pour les Français, n'est-ce pas ?

Il me regarde, railleur, et observe les réactions de ses congénères. Fier de lui.

D'habitude, j'aime l'humour anglo-saxon, mais dans ce cadre-là, ce n'est pas de la rigolade, c'est de l'humiliation.

Se présentent à moi deux options : soit j'encaisse, je me contente de sourire et je passe aussitôt pour la nunuche de service sans repartie, soit je joue au même niveau que lui et je lui rappelle qui *drive* cette réunion. Ma mère m'a toujours dit : « L'humour est une arme terriblement efficace, surtout avec les cancres de la classe. »

Je repose mon téléphone avec une certaine maîtrise et un calme apparent. Je plante les yeux dans ceux de mon interlocuteur et lui lance, avec une mine espiègle :

— Je sais que les Anglais affectionnent particulièrement notre cuisine, monsieur Williams, pourtant nous sommes avant tout ici pour parler business. Mais ne vous inquiétez pas, je nous ai réservé un restaurant très réputé pour notre déjeuner.

Il me regarde cette fois avec malice tandis que je parviens à arracher des rires contenus à mon auditoire (faut pas pousser).

Concentre-toi, Lucie, tu as repris la main. Tes auditeurs sont plus détendus ! Let's go !

Chapitre 2

Lucie

— Sérieux Enzo ! J'étais en plein meeting là ! Tu le savais, je te l'avais dit ! C'était hyper important pour moi !

Il vient à peine de décrocher. Il n'a pas eu le temps de dire un mot que je déverse déjà ma colère (et mon humiliation) sur lui, sans pouvoir m'arrêter. Quelque chose en moi me trouve bien injuste et me chuchote que je n'avais qu'à éteindre mon portable si je voulais éviter ce fiasco. Mais comment déconnecter quand toute la boîte compte sur vous et que vous êtes sollicitée environ… H24 ? C'est un peu comme si j'étais la maman de cinquante gamins. Sympa, non ?… Et dire que mes copines se plaignent d'élever un seul gosse !

« Lucie, je n'ai plus de temps pour moi ! Il me prend toute mon énergie ! », « Lucie profite de ton célibat ! Surtout, ne fais pas d'enfant ! », « Lucie, prends plutôt un chien… », ou encore : « Lucie, je vais te dire, parfois je me demande ce qui m'a pris. »

Bah… T'as oublié la capote, ma grande.

Qu'elles viennent un peu voir ici ! Je dois à la fois jouer la pro, la psy, la bonne pote, la bonne poire aussi parfois et la flic quand il le faut. Et mon énergie ? Oh, allez savoir… je vous laisse imaginer cinquante bambins accrochés à vos basques qui vous demandent de l'attention.

Mais sinon, je nage dans le bonheur !

Je suis remontée comme une cocotte ! Assise sur la cuvette des toilettes, bien enfermée à l'abri des regards et des oreilles indiscrètes, je gesticule comme si j'allais démolir la porte qui me fait face. Je dois avoir l'air d'une aliénée. Heureusement, personne ne voit *maman Lucie* prête à péter une durite ! Encore le grand avantage de ma position. Si mon bureau s'apparente à un confessionnal voire parfois à un hospice, en ce qui me concerne, je dois gérer mes problèmes avec moi-même. Ou avec Enzo, la seule oreille fiable à laquelle je puisse me confier…

Et en parlant du loup, il a intérêt d'avoir une foutue bonne raison pour m'avoir dérangée au beau milieu de ma présentation !

— Désolé… Mais faut que tu viennes tout de suite, je…

— Tout de suite ? Tu plaisantes, là ?! T'as déjà bien failli me faire foirer ma présentation, je ne vais pas planter mes investisseurs maintenant ! En plus, il y a cet Anglais-là, qui…

— Lucie, je suis aux urgences.

— Tu…

Ma colère s'évapore d'un coup. À la place, un venin sournois vient comprimer ma poitrine et coupe net ma respiration. Je me recroqueville contre mon téléphone et baisse le ton comme si tout à coup, je m'adressais à un enfant apeuré.

Arrête Lucie, ça peut être n'importe quoi.

J'ai peur. Peur que mon compagnon de toujours ait à nouveau perdu pied. La dernière fois, la pente a été longue à remonter. Il a dû faire un séjour de deux semaines en hôpital psy après une tentative de suicide. Les jours les plus longs de sa vie.

À sa sortie, je l'ai soutenu comme j'ai pu, nous avons longuement parlé, parfois pendant des heures, en pleine nuit. J'ai partagé sa détresse et tenté de le rassurer, je me suis retrouvée à le border chez lui, à l'encourager à se remettre sur ses créations, à l'aider à prendre son petit déjeuner et parfois même à le motiver pour sortir du lit. J'ai dû faire face à ses rejets, ses contradictions, sans jamais oublier que ce Enzo-là n'était pas lui-même.

Des mois passés avec cette boule au ventre, cette peur insidieuse qu'il fasse une « connerie » dès que j'aurais le dos tourné. Des mois passés à le voir si mal. À le voir passer à côté de son bonheur, enfermé dans ses propres pensées. Lui qui peut être un tel rayon de soleil.

Je l'aime, cet idiot. Plus que tout au monde. Et je m'inquiète pour lui. Je culpabilise de ne pas être assez présente, absorbée par mes propres soucis.

Il faut dire qu'Enzo n'a pas eu la vie facile. On va dire que cette dernière ne l'a pas épargné. Mais depuis quelque temps, il me semblait qu'il avait trouvé son équilibre dans la création. Il me parle toujours de ses dernières pièces avec exaltation. Il a ce truc qu'ont les artistes, cette petite lumière au fond des yeux dès qu'une nouvelle idée lui vient.

À bien y réfléchir, j'ai remarqué certaines choses. Il a perdu du poids, beaucoup et vite. Le stress y est pour beaucoup. Le mal du siècle, pas vrai ? Sauf que sur Enzo, plus que sur quiconque, les effets de ce monstre moderne peuvent être dramatiques.

Mais le mal-être d'Enzo est bien plus profond. Je sais très bien qu'il a ses démons, ses failles. Comme tout le monde. Mais généralement, on gère ses coups de mou et on repart. Pour Enzo, c'est différent. J'ai compris dans la douleur que ses phases dépressives sont tout aussi violentes qu'imprévisibles. Elles peuvent disparaître pendant des mois ou des années. Puis revenir au moment où on s'y attend le moins, même aux moments les plus calmes. Comme si le cerveau d'Enzo profitait d'une accalmie pour lui jouer des tours. Ou comme si son corps attendait le « bon » moment pour s'autoriser à lâcher.

Il est tellement sensible que, parfois, d'un seul coup, son monde intérieur s'écroule comme un château de cartes. Peut-être à cause d'un trop-plein. Et le voilà parti au-delà de lui-même. Prêt à prendre les pires décisions…

— Tu… Quoi ?

Mes doigts sont gelés à présent et s'agrippent au téléphone comme à une bouée de sauvetage.

Ne me fais pas ça, Enzo.

— C'est Ludo, il m'a dit de venir tout de suite aux urgences.

Ludo ? Je fouille dans ma mémoire. Enzo a beaucoup d'amis. Surtout des compagnons de fête. Je suis loin de tous les avoir croisés…

— Qui ça ? Mais pourquoi ? Qu'est-ce que tu as ?

Un bref silence au bout du fil. Je n'aime pas ça.

— Enzo ! Putain ! Tu me fais flipper là !

— Je ne sais pas, OK ? J'avais ce mal de bide, tu sais… qui traîne depuis un moment. Mais depuis quelques jours, c'était vraiment douloureux. Et puis j'ai perdu quelques kilos… Alors je suis allé voir le docteur entre midi et deux, il m'a fait passer un scanner. Et quand je l'ai montré à Ludo, il a flippé. Genre carrément flippé. Tu le connais pas, je l'ai rencontré il y a quelques jours… Ludo, hein. Pas le toubib. Il est venu dormir à l'appart et quand il a vu le cliché ce matin, il m'a dit de ramener tout de suite mes fesses aux urgences. Il est infirmier ici. Tu le verrais, il est tellement beau… Mais un peu speed. Tu crois que je suis fait pour être avec un mec speed ?…

Je soupire et me pince l'arête du nez pour me recentrer sur l'information principale. Avec Enzo, les explications sont toujours fouillis, surtout lorsqu'il est en panique. Elles sont farcies de détails qui auraient leur importance dans une autre conversation. Ou pas du tout.

Je me secoue un peu pour reprendre de l'assurance. Enzo est aux urgences, mais la dernière chose à faire, c'est de lui transmettre mon inquiétude. Je dois être pragmatique pour deux.

— Tu veux dire que tu te retrouves aux urgences parce que ton coup d'un soir a zieuté une coupe de tes entrailles ? Écoute, je veux bien discuter de tes délires sexuels autour d'un verre de rhum, mais là, en début de journée, c'est un peu rude. Et ton médecin dans l'histoire, il te dit quoi ?

— Ce n'est pas un coup d'un soir. Enfin, je crois…

— Enzo. Le toubib. Il dit quoi ?

Je l'adore. Mais j'ai souvent envie de lui taper dessus pour qu'il aille à l'essentiel. Ce qui, évidemment, relève de l'impossible.

— Pas de nouvelles. Tu sais ce que c'est… les généralistes. Et puis bon, Paris quoi…

Mais oui, c'est ça ! Je sais surtout que cette tête de linotte a sûrement oublié de rappeler son docteur pour vérifier que tout allait bien. Il y a une seule personne qu'Enzo néglige. Lui-même.

— C'est sûr. Et donc tu as rappelé ton docteur pour lui dire qu'il t'avait oublié ?

— Non, mais tu vois, j'étais sur ce modèle, là, et c'était hyper important de finir parce que j'avais un rendez-vous avec la nana de *Grazia* et…

Bah ouais, tu as toujours des excuses, Enzo. Tu me fatigues…

— Et tu ne t'es pas dit que faire un scanner, ce n'est pas comme se faire poser un masque à la mangue ? Ça ne sert à rien si c'est pour ne pas le faire analyser ! Sérieux, Enzo ! Ils ne t'ont rien dit là où tu as passé le scanner ?

— Non… Juste de retourner voir mon généraliste… Les masques à la mangue, ça existe vraiment ?

Je vais le buter.

Quelqu'un tape à la porte des toilettes. Je sursaute, manque de faire tomber mon mobile et lâche un juron.

— Vous êtes daltonien ? Vous ne voyez pas le petit signal rouge devant votre nez ?

— Euh… Lulu… hum… Lucie. C'est Antoine. Il me demande si tu as bien commandé les Uber pour emmener les investisseurs au restaurant.

Je ne peux même pas aller sur le trône tranquille ?! Je suis la seule à être capable de commander des taxis, ici ?!

— Je suis aux toilettes, bon sang ! Deux secondes ! Et la prochaine fois que tu m'appelles Lulu, je fais des tresses avec tes viscères. Vu ?

J'attends que les pas s'éloignent avant de reprendre ma communication. On ne le reprendra pas, le petit nouveau, à venir m'importuner dans les toilettes.

— Écoute, Lulu. Je ne t'appellerais pas comme ça, en mode sauvage, si ce n'était pas important. Il y a un truc qui cloche. Ils me font flipper ici. J'ai besoin de toi.

Je me masse le front pour reprendre mes esprits. Voyons voir, si Enzo est aux urgences depuis une petite heure, il y a fort à parier qu'il n'a pas encore vu de médecin. C'est déjà bien beau qu'il soit dans un box.

— C'est-à-dire ? T'as déjà vu un médecin ?

— Ouais… Enfin, non. J'ai vu une infirmière qui m'a collé une perf. Je n'ai pas compris. Ils ne peuvent pas me donner une bouteille d'eau pour m'hydrater, comme tout le monde ? Pourquoi ils me collent une perf comme ça ? C'est leur façon de dire bonjour ici ou quoi ? Genre « Hey salut ! Paf ! Perf ! Merci, bisous ».

— Enzo…

— Ouais… Pardon. La médecin des urgences est passée vite fait. Elle m'a dit qu'il y avait quelque chose de préoccupant sur le scanner. Une masse. Ça se voit, ça fait comme une grosse tache noire… Mais elle est restée évasive. Ils disent qu'ils doivent montrer ça au professeur machin-chose et me garder pour d'autres tests.

Mon sang se glace à l'évocation de cette « masse ». Et je sais très bien ce qu'Enzo est en train de s'imaginer.

— Écoute, ne panique pas. Ça peut être n'importe quoi, OK ?

— Ouais…

Je sens bien que ma tentative de réconfort fait chou blanc. Enzo le cache, mais je sais qu'il est en détresse. Et dire que je lui criais dessus il y a deux minutes… Je voulais une bonne raison d'être dérangée, hein ?

Celle-ci est-elle suffisante Lucie ?

Je prends une seconde de réflexion. Une grosseur ne veut pas dire une tumeur. Il peut s'agir d'un kyste, de n'importe quoi. Enzo est jeune mais il fait souvent des excès.

Trop d'excès.

Je ne dois pas l'inquiéter. Encore moins avec son passif familial. Il doit suffisamment se projeter sans que j'en rajoute une couche.

— Tu es dans un box, là ? Ce Ludo, il est avec toi ?

— Il court à droite à gauche pour essayer d'avoir des infos et me faire passer en priorité. Là, je suis tout seul avec les moniteurs. Autant te dire que la conversation est assez limitée…

Les investisseurs, le projet de déploiement, Antoine, tout ça n'a plus aucune importance. Quelque part dans un box glauque des urgences, mon ami est assis seul sur un brancard, sans savoir ce qui l'attend. Et cette simple pensée m'est insupportable.

— J'arrive. Tu ne bouges pas.

— Tu veux que j'aille où ? C'est pas Disneyland ici.

— Enzo, je ne plaisante pas. Tu restes dans ce box et tu m'attends, compris ?

— Oui *maman.*

Malgré sa désinvolture, je sens le soulagement dans sa voix.

Je soupire, sors des toilettes et passe mes mains sous le jet d'eau fraîche. Je les pose, paumes ouvertes, contre mes joues. Je prends quelques secondes pour m'observer dans le miroir. Les yeux fatigués, les traits tirés, masqués plutôt habilement par le fond de teint. Faute de temps pour prendre soin de mon corps, je suis passée maître dans l'art du subterfuge !

Ma pauvre Lulu, t'as vraiment une sale gueule. Je me demande où est passée la fille délurée qui se moquait de ces gens trop sérieux. Le poids des responsabilités, sans doute.

Je prends une inspiration, lisse mes vêtements et pousse la porte qui mène au couloir. Le bruit de mes pas s'étouffe dans le sol molletonné. De chaque côté de moi s'étendent de grands open spaces. Les couleurs sont vives, les murs placardés d'affiches de « motivation » ou de références geeks en tout genre. J'aperçois quatre collaborateurs qui prennent leur pause autour du baby-foot au fond de la salle. J'aime l'ambiance de nos bureaux. Mais il m'arrive de me demander si nos objectifs ne mériteraient pas un peu plus de sérieux…

Je me dirige vers l'espace d'Antoine. Je l'aperçois, le nez collé à son écran, visiblement en pleine analyse.

— Antoine !

Il relève la truffe. Réajuste ses lunettes démodées, avant de poser sur moi ses petits yeux de cocker.

— Ah Lucie ! Justement ! Les investisseurs nous attendent. Le stagiaire te cherchait pour les Uber mais visiblement tu étais… occupée. Alors j'ai géré.

Oh merci Antoine pour cette grande contribution !

— Super. Écoute. À propos du déjeuner. Je ne peux pas venir. Je dois rejoindre un ami de toute urgence. Il est à l'hôpital.

— Oh ?… Rien de grave ?

— Je ne sais pas… Mais il a besoin de moi. Tu peux gérer le déjeuner ? Je ne sais pas dans combien de temps je serai de retour.

— Bien sûr.

Quoi qu'on en dise, Antoine est résolument humain. Je le voudrais plus dynamique, pour autant, j'apprécie beaucoup sa bienveillance. Un autre à sa place aurait vite fait de me dire qu'il y a certaines priorités dans la vie, que mon copain d'enfance n'a pas besoin de nounou, ou m'aurait fait comprendre son mécontentement. Mais le côté positif d'Antoine, c'est que le stress n'a pas d'emprise sur lui. Il vit sa vie, peu importent les tempêtes et les drames qui déferlent. Ce qui rend le personnage attachant, d'une certaine façon.

— OK merci !

Je me retourne avant de me mettre en route mais stoppe ma course. Mutine, je dresse un index en direction de la salle où se trouvent encore les investisseurs.

— Fais gaffe à Williams, c'est un petit rigolo aujourd'hui…

Antoine me décoche un sourire de connivence.

— J'ai entendu ça.

Évidemment. Ma bourde a déjà fait le tour de la boîte !

J'adresse un hochement de tête à mon boss avant de partir en direction de l'ascenseur. Je me sens frustrée. Je ne pourrai pas profiter du déjeuner pour expliquer plus avant mon plan de déploiement. Antoine le fera. Mais avec moins de passion. Je soupire. Tant pis. Enzo a besoin de moi.

Chapitre 3

Lucie

Trois heures que nous attendons des nouvelles avec Enzo dans l'un des minuscules box des urgences. S'il régnait une atmosphère anxiogène dans les couloirs aseptisés de l'hôpital, depuis que j'ai rejoint mon ami, l'ambiance est bien plus chaleureuse. Certes, les couleurs sont délavées, l'éclairage est vacillant, les odeurs sont entêtantes et l'attente est vraiment longue. Mais ce n'est pas pour autant que nous ne rigolons pas comme deux imbéciles.

C'est notre fonctionnement depuis notre rencontre. Enzo et moi, nous nous connaissons depuis la crèche et nous avons toujours été deux compères de jeux. Enzo et Lulu, les tornades des bacs à sable, plus tard des compagnons de fête mais, surtout et pour toujours, des amis inséparables. Gare à ceux qui ont voulu nous séparer. Personne n'a jamais retrouvé leurs corps.

Plus sérieusement, à deux, nous traversons la vie avec humour, parce que les difficultés nous paraissent moins insurmontables de cette façon.

Plusieurs personnes sont passées nous rassurer sur l'arrivée prochaine du chirurgien qui étudie le dossier d'Enzo. Mon compagnon de box connaît déjà les prénoms de tout le personnel soignant et il a droit à de francs sourires. Je me suis toujours demandé comment il arrivait à nouer le contact si facilement avec les gens. On dirait que pour lui, c'est naturel.

Évident. Quant à moi il faut des jours, voire des semaines pour que je me sente en confiance et sorte de ma coquille, il suffit de quelques minutes à Enzo pour sympathiser avec n'importe qui. C'est un don.

Pendant que nous attendons, il dresse le portrait imaginaire de chacun de nos interlocuteurs jusqu'à leur prêter des doubles vies, des crimes cachés ou encore des liaisons tumultueuses. Si on suivait les divagations de mon ami, il se passerait beaucoup de choses dans les salles de pause, dans les ambulances et même dans les placards. Je crois bien qu'à lui tout seul, il pourrait écrire une telenovela de soixante saisons qui ne manquerait jamais de rebondissements loufoques ni de situations cocasses.

— Tu sais, Enzo, que dans la vraie vie, tous les médecins ne sont pas des bombes atomiques qui s'envoient en l'air avec tout le personnel de l'hôpital dès que la pause est venue ?

— C'est vrai ? La vraie vie est d'un ennui…

Enzo me sourit puis ses yeux se reposent sur ses mains qu'il triture nerveusement depuis que je suis arrivée. Je sais très bien ce qui se joue dans son cerveau en ce moment même. Je le vois déjà se faire un film catastrophe. C'est là le grand pouvoir de son imagination débordante. Mais il n'est pas son père. Il ne va pas prendre le même chemin. Il n'en est pas question.

Je m'assieds sur le petit matelas bleu du brancard et pose une main réconfortante sur la sienne. Elle est gelée…

— Hey… Ça va aller, OK ?

Il me sourit faiblement avant de se reprendre aussitôt.

— Pas le choix ! J'ai une nouvelle collection à sortir ! Enfin, si Gaspard ne s'oppose pas à tout de nouveau.

Gaspard… Encore lui. Ce type lui pourrit la vie. Enzo s'est associé à ce crétin lorsqu'il a monté sa boîte. C'est le genre d'énergumène qui se vante de savoir tout faire mieux que personne, qui a cette remarquable capacité à se rendre intéressant mais qui, au final, se révèle aussi bavard que vide. Une enveloppe creuse.

J'en ai croisé beaucoup, des comme ça. Généralement, on les trouve en réunions ou dans les couloirs en train de « *brainstormer* ». On ne sait pas quelle est vraiment la nature de leur travail. Mais étrangement, dans notre monde, ce sont souvent eux qui grimpent les échelons. Simplement parce qu'ils savent se vendre. Ils savent séduire.

C'est quelque chose qui m'a toujours posé question. Cette capacité à vendre du vide… Reconnaissons-leur au moins ce talent.

Enzo est un créatif. Pour lui, l'administration représente un monstre effrayant. Une sorte de géant poilu venu lui botter les fesses. J'ai eu beau lui dire qu'il suffisait d'être un peu organisé pour s'y retrouver, Enzo voyait cet aspect-là de l'entrepreneuriat comme une difficulté insurmontable. Gaspard a flairé le bon filon. Il a tout de suite compris qu'Enzo ferait la parfaite « vache à lait ». Il lui suffisait de le rassurer pour petit à petit s'immiscer dans le projet du jeune créateur. Je n'aimais pas cette façon qu'il avait de critiquer mon ami et de réduire sa passion à un simple business. Il s'évertuait à le rabaisser en pointant ses faiblesses sur les sujets stratégiques au lieu de faire grandir sa confiance en lui. Gaspard a commencé par s'occuper de la comptabilité, puis des statuts de la société jusqu'à s'octroyer la paternité du projet, au même titre qu'Enzo, voire davantage, et à réussir à apposer son nom à côté du sien sur la marque de ses créations. Résultat ? Enzo s'est enlisé dans ce duo toxique et ne parvient plus à s'en libérer.

J'ai mis longtemps à lui ouvrir les yeux sur son prétendu « ami », à lui faire comprendre qu'il se faisait manipuler, que ce Gaspard profitait tout simplement de son talent. Que ce n'était pas un ami. Et qu'il n'avait donc aucune raison de continuer avec lui.

Lorsque Enzo s'est fait souffrance pour lui poser un ultimatum, Gaspard ne l'a pas entendu de cette oreille. Pourtant, il fallait choisir. Le duo ne fonctionnait plus. L'un ou l'autre devait partir. Gaspard n'avait pas le courage d'assumer seul la direction du studio et il était trop orgueilleux pour supporter qu'un autre soit aux commandes sans lui. Piqué dans son ego, il a démissionné de ses fonctions mais a décidé de bloquer toutes les décisions du styliste, rendant son entreprise bancale, fragile et incertaine. Depuis, Enzo lutte contre cet associé pour sauvegarder son bébé. Sa création pour laquelle il a tout donné pendant huit années.

Un beau gâchis. Et un effet dévastateur sur la santé d'Enzo. Son quotidien est rythmé par des angoisses nocturnes qu'il « gère » avec des substances chimiques, pas toujours légales…

— Oublie Gaspard deux secondes, tu veux ?

— Compliqué… On a l'AG dans trois jours et je sais très bien qu'il va encore répondre non à toutes les résolutions. Je ne vais pas pouvoir avancer sur la nouvelle collection…

J'aimerais tellement dire à mon ami de tout arrêter. De fermer sa boîte et de repartir de zéro. Il est largement capable de se renouveler, d'innover. Mais il s'est tellement investi, il est tant attaché aux personnes qui travaillent pour lui que je ne peux pas lui dire ça.

— Ça coûte combien, un tueur à gages ?

Le regard de mon complice se fait rieur. Je dois dire que si je dis ça sur le ton de la plaisanterie, l'idée m'a déjà traversé l'esprit. Et plus d'une fois.

— Peut-être que pour Gaspard, il ferait ça gratuitement. Une sorte de service rendu à l'humanité !

— Tu prêtes des aspirations bien nobles à ce genre de types, toi !

Enzo se penche vers moi d'un air complice et appuie son index contre ma poitrine.

— Même dans les cœurs les plus durs sommeille une petite lueur de bonté, petit moineau.

Je pouffe de rire en attrapant sa main pour la lui mettre contre la tempe et la tirer d'un coup en arrière.

— Oui, enfin, on parle de tuer quelqu'un, chéri.

— Tout est question de point de vue… Selon l'endroit où tu places le curseur…

— Je vais te dire où je le place, le curseur. Gaspard n'a pas une seule once de bonté. C'est un connard. Et s'il continue de s'accrocher à toi comme le ferait un parasite, faute de pouvoir m'en occuper, je te mets en contact avec les meilleurs avocats de Paris !

Le visage d'Enzo se ternit. Il fixe à nouveau ses mains. L'anxiété le dévore de l'intérieur.

— Oui… Mais tu sais bien que je ne veux pas en arriver là.

Je me renfrogne comme à chaque fois que nous avons cette discussion.

— Tu veux attendre quoi ? Qu'il te bousille définitivement la santé ? T'es où, là ? Rappelle-moi ? Ah oui ! Aux urgences !

— Je ne vois pas le rapport…

Cette fois je me lève d'un bond en gesticulant.

— Tu vois pas le rapport ?! Le stress, les crises d'angoisse, ton ventre qui te fait un mal de chien…?! C'est pas possible, ça ! Qu'est-ce qu'il te faut ?!

— Ne mets pas tout sur le dos de Gaspard. J'ai mes torts aussi. Et tu le sais, j'ai mes fragilités. Je n'aurais pas dû m'associer avec lui, point barre. Je l'ai fait par faiblesse, parce que j'avais peur. Et tu le sais très bien.

— Et donc, ça lui donne le droit de se comporter comme un enfoiré ?…

Je croise les bras sous ma poitrine en maugréant dans ma barbe. Prenant appui contre le mur, je tourne la tête de sorte à ne plus voir celle d'Enzo. D'accord, il déteste les conflits. Je sais que c'est quelque chose qui le paralyse. Mais à trop vouloir les éviter, il se laisse piétiner !

— Je suis d'accord avec toi, OK ? Mais les gens qui bossent avec moi, je leur dis quoi ? « Salut, comme votre ancien boss bloque toutes les solutions que je propose, on risque de plier boutique ? Merci d'avoir taffé tout ce temps pour moi mais… bah… c'est fini. »

— Ils ne sont pas idiots, ils sentent bien que quelque chose ne va pas.

— Sentir, ce n'est pas savoir dans le menu détail. Avec un procès, tout sera étalé sur la place publique. Et je n'ai pas envie de les mettre dans la même position que moi.

Je soupire. Enzo et sa capacité à faire toujours passer les autres avant lui... Ou alors son besoin pathologique d'être aimé de tout le monde ? En affaires, on ne se fait pas que des amis, c'est comme ça.

— Fais pas la tête, petit moineau...

— Je ne fais pas la tête. J'en ai juste marre que tu ne fasses pas les choses en pensant un peu à toi ! Et que tu cherches encore à l'épargner ! Il t'a épargné, lui ?

Enzo m'envoie un sourire contrit avant de me faire signe de regarder derrière le rideau. À la dérobée, à travers le fin espace qui nous donne vue sur le couloir au sol de lino, un homme d'une bonne cinquantaine d'années, aux cheveux poivre et sel, discute avec un jeune interne devant un moniteur.

— Eh bien quoi ?

— Tu le vois ? Appelons-le... Bobby.

Je lève les yeux au ciel. C'est reparti pour un tour...

Tout à coup, deux médecins pénètrent dans notre box. Le premier, un jeune homme, proche de la trentaine, observe plus la couleur de ses sabots de bloc que celle des yeux de ses patients. Il porte des lunettes qu'il redresse gauchement sur son nez. Ses cheveux frisés un peu gras témoignent d'une hygiène relative. Son teint blafard, quant à lui, laisse aisément supposer qu'il a peu de temps pour prendre des vacances au soleil.

À côté de lui, une dame d'une cinquantaine d'années tient un dossier dans sa main droite. Sans doute celui d'Enzo. Elle est grande et très mince, ses traits sont anguleux : les pommettes saillantes, la mâchoire carrée, et deux yeux sombres qui s'enfoncent dans des orbites profondes. Ses cheveux blonds sont tirés en arrière en un chignon difforme. Je prends place à côté de mon compagnon sur le brancard tandis qu'elle s'avance vers nous. Si je pensais jusqu'à présent que Cruella était un personnage fictif, c'est parce que je n'avais pas encore rencontré cette femme. Est-ce qu'elle dépèce des petits chiots vivants ?

Arrête un peu Lucie !

— Bonjour monsieur Giaco. Madame ? Vous êtes de la famille ?

Le ton est monocorde. La voix, nasillarde. J'ai l'impression de me retrouver devant le jury de mon examen final à HEC.

— Je suis une amie.

Elle me considère à peine et se détourne vers Enzo.

— Vous n'avez personne de votre famille ?

Enzo me regarde avec incompréhension avant de serrer sa main sur la mienne.

— Lucie est comme ma famille.

Je resserre la pression de nos mains et une boule se forme déjà dans ma gorge. L'entrée en matière n'est pas très encourageante. J'ai l'impression qu'on vient nous annoncer un décès.

Je peux lire « Docteur Jeanne Lemonnier – Chirurgie viscérale » sur le petit badge accroché à la poche de sa veste. La femme penche son nez pointu vers le dossier.

L'interne qui l'accompagne ne décroche pas un mot. En bon petit élève, il tient un carnet, sur lequel il semble déjà prêt à prendre des notes.

Elle soulève une ou deux feuilles avec nonchalance avant de s'adresser à Enzo :

— Nous avons étudié votre scanner abdominal. Monsieur, il y a une forte probabilité pour que vous ayez un cancer du pancréas. Mais il faut faire d'autres examens pour définir le traitement.

Elle s'arrête comme pour voir si nous avons digéré l'information. Mais tout se bouscule dans ma tête. Je ne comprends pas ce qu'elle vient de dire.

— Un cancer ?...

La voix d'Enzo a perdu son timbre léger. Il me semble que la pièce se met à tourner autour de nous. Je cligne des yeux et serre plus fort la main de mon ami.

— L'IRM va permettre de faire un bilan d'extension. Pour voir si d'autres organes sont touchés.

Une IRM ? Mais…

— Votre tumeur est très mal située et probablement inopérable. Il nous faut faire une écho-endoscopie pour que je puisse évaluer si la tumeur peut, ou non, être retirée chirurgicalement.

Comment ça « peut, ou non » ? Qu'est-ce que ça veut dire ?

— Nous ferons également une biopsie qui donnera la nature exacte de la tumeur.

La main d'Enzo est tellement crispée sur la mienne que j'en ai la circulation coupée. En réalité, j'ai l'impression que tout mon sang a déserté mon corps. Je dois être plus blanche qu'un linge. Ce n'est pas possible. Pas Enzo, pas lui, pas si tôt. C'est une erreur.

Oui, voilà, une erreur. Ils se sont trompés de dossier.

— Vous êtes sûre qu'il s'agit d'un cancer du pancréas ? Mon ami est jeune et…

— Il n'y a pas de lois absolues en la matière, madame. Même si les hommes de plus de soixante ans sont plus généralement touchés par cette pathologie, les facteurs de risques sont encore mal connus. Je suis désolée.

Ces derniers mots sonnent faux dans sa bouche. Comme un automatisme professionnel. Résolument froids.

— Mais comment pouvez-vous être sûre sans analyse complémentaire ? Il se pourrait que…

— Lucie. Stop.

Le ton d'Enzo est sec, sans appel. Je stoppe là ma phrase et le fixe. Je n'arrive pas à analyser sa réaction. Il se contente, lui, de dévisager le docteur. Ses yeux se sont assombris.

— Combien de temps ?

Enzo vient de poser cette question d'une voix tranchante.

— Excusez-moi ?

— J'en ai pour combien de temps ?

Le docteur Lemonnier semble un bref instant désarçonnée. Presque tout autant que moi. Devant le silence des deux blouses blanches, je me tourne vers mon ami.

— Enzo, il existe des traitements ! On n'en est pas là… N'est-ce pas, docteur ?

Cette dernière m'observe d'un air égal. Comme si elle était imperméable à ma détresse.

— Il y a des traitements pour les cas opérables comme inopérables. Mais il est trop tôt pour en parler. Les examens nous en diront plus pour…

— Oh ! S'il vous plaît ! Ne me sortez pas votre baratin de toubib ! Je l'ai trop entendu !

Enzo s'est levé d'un bond et gesticule. Il marche jusqu'au mur d'en face contre lequel il prend appui. Le médecin semble un brin offusqué, cette fois.

— Monsieur, la tumeur est de taille importante et nécessite une prise en charge rapide. Mais, je ne peux pas répondre à votre question. Pas à ce stade.

— Putain !

Enzo envoie valser le pied de sa perf. Si vivement que les attaches s'arrachent de son avant-bras. Je reste médusée devant cet excès de violence qui ne lui ressemble pas.

— Je me casse ! Hors de question que je reste une minute de plus ici !

Mon compagnon presse son avant-bras sanguinolent d'une main et détale aussitôt.

— Enzo !

Me voilà seule avec les deux grandes gigues. Ils ressemblent à deux vautours, à m'observer sans rien dire. Je me relève, cherchant mon sac du regard.

— Je suis désolée… Je dois…

Le docteur Lemonnier pose une main sur mon épaule. Ce contact me déstabilise. J'ai horreur qu'on me touche.

Surtout si on ne fait pas partie de mes proches. Et encore plus lorsque je sens que la personne ne compatit pas sincèrement à ma peine. Cette sollicitude forcée est dérangeante. Je me défais d'un mouvement brusque.

— Votre ami est en état de choc. Vous devez savoir que le cancer du pancréas est de très mauvais pronostic. Mais il est parfois possible de le soigner ou du moins de le contenir pendant plusieurs années avec des traitements adaptés.

De le contenir ?

Je ne veux pas qu'Enzo contienne cette saloperie ! Je veux qu'il l'atomise !

— Je sais tout ça ! Son père est décédé lui-même de cette saloperie il y a dix ans. Il s'est battu pendant trois ans, enchaînant les protocoles de chimiothérapie. En vain ! Peut-être que si vous aviez eu un peu plus d'humanité, et pris connaissance de son histoire, vous lui auriez annoncé les choses d'une autre façon !

Elle se redresse et relève la tête pour me regarder de toute sa hauteur.

— Madame. Il n'y a pas de bonne façon d'annoncer un cancer. C'est un bouleversement pour le patient et ses proches. Manquer d'humanité serait masquer la réalité ou donner de faux espoirs. Ce n'est pas ce que je fais. Votre ami va avoir besoin de vous.

J'ai mal. J'ai tellement mal. J'ai juste envie de tout envoyer valser dans la pièce, y compris Cruella ! Ne voit-elle pas le vide abyssal qui vient de s'ouvrir sous mes pieds ?!

Enzo a un cancer ! Mon Enzo !

— Allez rejoindre votre ami, il doit se reprendre. Il ne peut pas rentrer chez lui dans cet état, nous devons programmer très vite les prochains examens. Nous allons le transférer dans une chambre au service de chirurgie viscérale.

Je hoche la tête, hagarde. Le docteur quitte la pièce. Son interne sur les talons. Pourtant ce dernier s'arrête et se retourne vers moi, les yeux emplis d'une réelle sollicitude.

— Il ne faut pas perdre espoir. Des avancées sont faites chaque jour…

Il est sorti de son mutisme, visiblement touché par le drame qui vient de se jouer ici. Mais aucun mot ne peut soulager l'angoisse qui grandit en moi. Aucun.

Je ne trouve pas la force de répondre. Y a-t-il une réponse à donner de toute façon ?…

Silencieusement, je me contente de rassembler mes affaires et celles d'Enzo avant de sortir du box pour partir à sa recherche, le cœur au bord des lèvres.

Chapitre 4

Lucie

— Enzo !

Voilà trois fois que je crie le nom de mon ami à travers l'étroit couloir des urgences. J'évite, comme je le peux, brancardiers et matériel médical mais à plusieurs reprises, je manque de perdre l'équilibre. Plusieurs personnes se retournent sur notre passage mais je les ignore. Je n'ai qu'une chose en tête : je dois le rattraper et le ramener à la réalité.

— Enzo ! Attends ! Tu vas où comme ça ?!

Rien à faire, il ne se retourne pas. Je réajuste les vêtements qui s'échappent de mes bras et j'accélère le pas jusqu'à courir un petit trot. Je vois sa fine silhouette s'engouffrer dans un nouveau couloir et sortir par une issue de secours. Un étrange sentiment me tord les tripes : celui de le perdre.

Bouleversée, je le rejoins à l'extérieur. Il est là. Appuyé contre le mur, fixant le ballet des patients qui entrent et sortent. J'expulse un soupir de soulagement, les mains posées sur les genoux. Plusieurs personnes passent devant nous, indifférentes.

— Bordel Enzo… C'était quoi, ça ?

Ce dernier me toise, ignorant ma question, se redresse et se contente de fouiller dans sa poche pour en sortir son paquet de cigarettes. Il s'en allume une puis tire sa latte en silence. Il se laisse tomber dos contre le mur et balance la tête en arrière pour observer le ciel gris de Paris. Un fin crachin tombe doucement sur nos têtes.

Je le détaille, lui et sa gueule d'ange. Enzo est beau. Solaire. Ce n'est pas seulement le fait de sa silhouette élancée et de son visage aux traits réguliers. C'est aussi son attitude, son charisme. Cette chose qui l'habite, qui le différencie tant des autres. Parfois, il m'arrive de penser que s'il n'avait pas préféré les garçons, j'en serais tombée follement amoureuse et d'autres fois, je me dis que je n'aurais de toute façon pas supporté son caractère. Il est trop volubile, extravagant et moi trop attachée à mon calme… L'un de nous deux serait retourné chez sa mère. (Ou pas.)

J'observe encore une fois son beau profil. Cette fois, son expression est dure, sa gestuelle hachée. La grâce et la fluidité qui font sa personnalité ont déserté les lieux. Sans un mot, je viens m'appuyer contre le mur, à ses côtés. J'en ai besoin tout autant que lui.

— Tu sais combien de chances j'ai de m'en sortir ?

Enzo vient de briser le silence. Sa question exacerbe le sentiment d'oppression dans ma poitrine.

— T'es bonne avec les chiffres. Toi qui adores toujours tout calculer avec tes pourcentages. Cinq pour cent. C'est peu, pas vrai ?

Le ton désabusé d'Enzo est difficile à encaisser. D'autant qu'il ne lui est pas commun. Je voudrais retrouver sa légèreté mais à présent, rien ne sera jamais plus pareil. Ni pour lui, ni pour moi. On ne peut pas rire de tout. Pas du cancer en tout cas.

Cette fois, la boule qui me comprimait la gorge prend toute sa place. C'est un cauchemar. Je vais me réveiller et découvrir, soulagée, que je vais retrouver Enzo en pleine forme. Cette journée n'a jamais eu lieu. Cet hôpital n'existe pas. Tout ceci est juste le fruit de mon imagination.

C'est ça, un cauchemar.

— Tu sais ce que ça veut dire ?

Je tourne vers lui mes yeux humides. Les siens sont insondables. Bien sûr que je sais ce que ça veut dire. Mais je ne veux pas y penser.

— Quatre-vingt-quinze pour cent de probabilité de crever.

La violence du terme et sa dure réalité m'achèvent.

— Ne parle pas comme ça.

Enzo expulse un juron en même temps qu'il se défait du mur.

— Putain ! Mais c'est pas vrai !

Je l'observe sans rien dire. J'ai trop peur de sortir une banalité. Un truc inutile. La seule chose qui me vient en tête, qui tourne et retourne depuis l'annonce du docteur, est simple : ce n'est pas possible. Il y a forcément une erreur.

— Je ne vais pas me voiler la face, Lucie. Je n'ai pas envie de finir ma vie comme mon père.

Finir ta vie ?

Je me redresse et me plante devant lui. Je lui arrache sans ménagement sa clope du bec et le fixe, les poings serrés. Ma voix se casse, je n'arrive plus à dissimuler ma douleur.

— Enzo, écoute-moi bien. Tu n'es pas ton père ! *Primo,* tu es jeune ! *Secundo,* on ne connaît pas encore le diagnostic exact ! Tu peux te battre ! Elle a dit qu'il existait des traitements !

— Elle a aussi dit que ce n'était pas opérable !

— NON !

Une personne sursaute à côté de nous. Je me rends compte que j'ai crié. Je me retourne vers Enzo en baissant le ton.

— Elle a dit qu'elle avait besoin de le vérifier. C'est différent. Et quand bien même, on ne se laissera pas faire !

Enzo se dérobe à mon regard. Un rictus glacial déforme ses lèvres. Je n'aime pas ce sourire. C'est celui qu'il affiche lorsqu'il veut me tenir à distance.

— Arrête un peu ! Tu crois que le cancer en a quelque chose à foutre de moi ?! Tu crois que la volonté a quelque chose à voir avec cette saloperie ? Ma parole… C'est toi la pragmatique dans l'histoire, pas moi !

— On va se battre.

J'ai soufflé entre mes dents, comme un guerrier qui prononcerait un mantra avant de livrer bataille. On va se battre, mon complice de toujours va guérir. C'est tout. Ce n'est pas possible autrement.

— Ce n'est pas un combat Lucie, c'est ça que tu ne comprends pas. Ce truc qui est en moi… Il a déjà décidé de mon sort.

— Ce truc est une maladie. Et une maladie, ça se soigne. Mais il faut que tu gardes le moral ! C'est une grande part de la guérison.

Enzo fait quelques pas dans ma direction pour se planter à quelques centimètres de mon visage. Il me domine d'une bonne tête. Et lorsque ses yeux s'assombrissent de cette façon, malgré tout ce que nous avons partagé, il m'impressionne parce qu'il devient imprévisible.

— Tu crois que mon père n'avait pas envie de vivre ?

— Ce n'est pas ce que j'ai dit…

— Tu crois qu'il a manqué de volonté en enchaînant vingt-quatre chimios ? Vingt-quatre, Lucie ! Bordel, mais réalise ! Tout ça pour finir sa vie sur un de ces lits d'hôpital à même plus pouvoir se torcher le cul tout seul ! Et pourquoi ?… Pour finalement crever comme un con une nuit, sans personne autour de lui !

Enzo me crie presque dessus en tendant un bras en direction de l'entrée.

— Alors putain, ne viens pas me parler de garder le moral ou ce genre de connerie !

Il fait volte-face et passe une main sur sa bouche comme pour stopper le flot de sa colère. Il tente de se calmer, les yeux rivés au sol, une main sur la taille. Je sais ce qu'il ressent. Je me souviens très bien de l'horreur. Comment l'oublier ?… Le père d'Enzo a fait preuve d'une force incroyable. Mais j'ai vu cet homme, si solide, s'effondrer lentement, jusqu'à n'être plus que l'ombre de lui-même.

— Enzo…

Je pose une main sur son épaule. Ce geste le détend immédiatement. Sa réaction m'apaise. Elle me redonne espoir. Ses épaules s'affaissent et son visage se décrispe. Je vois sa respiration se faire moins rapide. Sa cage thoracique se lève et s'abaisse lourdement mais moins rapidement.

Il sait que je compatis sincèrement à sa peine car je la partage. Je ne fais pas semblant. J'ai toujours été à ses côtés pendant cette période difficile. J'aimais son père presque comme le mien. Je ne compte plus les fois où les parents d'Enzo m'ont accueillie en vacances dans leur maison de Provence. J'y étais reçue avec autant d'amour que si j'avais été leur propre fille. C'était ma bouffée d'oxygène. Cette pause estivale que j'attendais toute l'année.

Dans ce grand mas aux senteurs de lavande, le soleil me semblait briller toujours. Il y avait des amis de passage tous les jours, de la nourriture sur la longue table de la cuisine et de franches rigolades jusque tard dans la nuit. Et puis, il y avait le chien de la famille. Jamais mes parents n'avaient consenti à prendre un animal dans leur appartement trop parfait. Trop de poils, trop de préoccupations. Alors, Bambou, ce border collie aux yeux vairons, je l'adorais. Il me présentait son ventre doux et blanc dès lors que j'approchais la main pour lui faire des caresses. Je me souviens que nous passions de longs moments dans le parc pour lui lancer la balle ou pour lui apprendre des tours. Bambou est le seul chien que je connaisse à avoir réussi à engloutir des chaussettes entières et à les ressortir par le derrière toutes tire-bouchonnées, et ce, sans occlusion intestinale ! Nous en avons eu, des fous rires, avec ce chien… Il ne nous lâchait pas d'une semelle, comme si ses gènes de chien de berger l'obligeaient à veiller sur nous.

Et puis, il y avait ces sorties sur les routes des Alpilles, dans la voiture de collection de son père. Une Volkswagen Coccinelle cabriolet rouge des années soixante. Un petit bijou ! À l'arrière de laquelle Enzo et moi avons passé des heures à interpréter des ballades italiennes avec plus ou moins de justesse. Je dois dire que les passagers avant faisaient preuve d'une patience hors du commun !

En fait, les parents d'Enzo, c'était un peu comme les parents que j'aurais aimé choisir. Aimants, bienveillants et présents. Je me souviens des soirées que nous passions à écouter son père nous raconter ses anecdotes. Enzo et moi, nous nous asseyions l'un contre l'autre, dans le canapé que j'ai toujours connu, sous la grande glycine de la terrasse. Bambou était le plus souvent recroquevillé à nos pieds ou gardait la tête posée entre nous deux pour réclamer des câlins. Parfois, Fabio, le grand frère d'Enzo, nous rejoignait et s'installait à nos côtés. Sa mère allumait de petites bougies parfumées et nous recouvrait de l'une de ces couvertures de laine en grosses mailles pour nous protéger de la fraîcheur du soir. Elle donnait toujours un baiser à son mari avec l'infinie tendresse des vieux amoureux que le temps n'a pas terni, avant de s'éclipser pour vaquer à ses occupations. Je m'étais dit que si je vivais une histoire d'amour, je la voudrais comme celle des parents d'Enzo. Vraie, simple et douce. Vittore nous narrait ses récits tel un conteur. Je le soupçonne maintenant d'avoir pas mal romancé certains passages… Mais quelle importance ? À l'époque, c'était un chef décorateur brillant qui côtoyait les plus grands artistes de la capitale. Il avait toujours des histoires passionnantes pour deux minots comme nous, qui rêvions notre avenir. À ses côtés, nous avions l'impression d'être dans le secret des dieux. Dans les coulisses des stars. Lorsque l'histoire était terminée, Vittore soufflait les bougies et nous ordonnait gentiment d'aller nous coucher. Nous émettions toujours une petite protestation de principe et nous chuchotions pendant ce qui me semblait des heures dans la chambre d'Enzo avant de trouver le sommeil. Souvent je m'endormais grâce à la musique qui émanait du rez-de-chaussée. Chopin, Beethoven, les grands compositeurs romantiques qui passaient sur le vieux tourne-disque du salon m'aidaient à lâcher prise.

Enzo avait tant d'admiration pour son père. C'était son modèle absolu. C'est si triste qu'ils n'aient pas réussi à se comprendre, plus tard…

— Ton père était l'homme le plus courageux que j'aie jamais connu. Il avait cette force en lui. Et je la retrouve en toi.

Enzo secoue la tête. Ses lèvres se serrent. Je sais bien qu'il s'est toujours senti inférieur. Vittore avait ce côté écrasant des hommes d'exception. Même si ce n'était pas conscient. Même s'il n'a jamais voulu avoir cette influence sur ses garçons, j'en suis certaine.

— Pff arrête. Je n'ai rien de comparable à lui…

Je fouille dans ses yeux pour trouver un point d'accroche.

— Tu te trompes. Tu es bien plus fort que tu ne le penses. Le courage, ce n'est pas de ne pas avoir peur.

Ses yeux se posent enfin sur les miens. Ils ont désormais quitté leur froideur. Mais ce que j'y lis est déchirant. Je préfère la colère au désespoir.

— Je suis là Enzo. On va faire ce qu'il faut. On va se battre. Il y a toujours des solutions, OK ?

Il renifle mais ne répond rien.

— Tu crois vraiment que je vais te laisser partir comme ça, gros bêta ?

Il se frotte maintenant les yeux d'un revers de la manche. Je prends son visage en coupe pour garder son attention bien rivée sur mes paroles. Enzo s'échappe vite dans son monde. Et alors, il devient difficile de l'arracher à ses pensées.

— Je vais te traîner pour faire ces examens. Et par la peau du cul s'il le faut !

Un fin ricanement parvient à franchir la barrière de ses lèvres.

— Je ne rigole pas.

— Je sais, c'est bien ce qui m'inquiète. T'es foutue de le faire…

Il m'observe, moqueur.

— Il faut bien que mon caractère de cochon ait quelques avantages ! Ne compte pas sur moi pour te laisser tomber ! Tu as face à toi la fille…

— …la plus têtue de la planète. Je sais, petit moineau.

Cette fois, Enzo m'entraîne dans ses bras et me serre de toutes ses forces. Il engouffre son visage au creux de mon cou et je sens la chaleur de ses larmes contre ma peau. J'ai mal. Je voudrais pouvoir prendre sa peine.

— Putain Lulu, j'ai peur !

Sa voix se casse en même temps que mon courage. Je le serre plus fort encore.

— Moi aussi.

Oh oui. Moi aussi.

Je n'ai jamais eu si peur de ma vie. Je ne peux pas perdre Enzo. Ce serait comme m'arracher une partie de moi. M'enlever le petit frère que je n'ai jamais eu.

— Je suis là. On va s'en sortir ensemble, d'accord ?

Il me semble qu'Enzo me répond oui dans un gémissement étouffé. Nous restons un moment ainsi. Juste l'un contre l'autre. Les yeux clos et les cœurs serrés. Tous les deux contre le reste du monde.

Après quelques minutes, Enzo se défait de mes bras. Il fouille dans ses poches en reniflant.

— Je ne t'ai même pas proposé de clope, quel naze… T'en veux une ?

— Oui, avec plaisir…

Enzo me tend le paquet de cigarettes. Je tire un mégot et le glisse entre mes lèvres. Les doigts tremblants d'Enzo ripent sur le briquet, semblent chercher ce geste pourtant si familier.

— Laisse.

Je lui prends le Zippo des mains et allume nos cigarettes. Nous fumons en silence, la sensation de la nicotine me soulage un bref instant. Nos regards se perdent dans le vide mais l'esprit tourne à mille à l'heure. Le ciel est toujours gris. Pas de rayon de soleil à l'horizon. Les gens se pressent, les véhicules défilent. Enzo est malade mais le monde continue de tourner. Ainsi va la vie.

Au bout d'un moment, je romps le silence en écrasant le mégot au sol.

— Bon… On va retourner au service de Miss Cruella et on va programmer ces examens.

Je passe un bras sur son épaule et l'invite à passer les portes.

— Allez, viens ma drama queen.

Alors que nous marchons dans les couloirs qui nous mènent au service d'imagerie viscérale, mon téléphone sonne. Je l'avais presque oublié, celui-là ! Je le sors de ma poche et découvre un texto d'Antoine, en même temps que l'heure. Déjà 17 h 30.

Les investisseurs sont
partis. Tout va bien
pour ton ami ?
A.

Bon sang, et l'avenant ?

Ils ont signé ?

J'attends quelques secondes puis souffle en glissant mon téléphone dans ma poche dès que nous arrivons à l'accueil. Enzo m'observe en coin.

— Le boulot ?

— Ouais.

La pièce est bondée de monde. Il n'y a plus de place pour s'asseoir, tous les sièges sont pris. Je soupire. Mes nerfs sont à vif, je ne suis pas sûre d'être assez patiente et, à vrai dire, je suis déjà exaspérée.

Contrôle-toi Lucie. Ce n'est pas le moment !

Enzo semble plus abattu qu'agacé et je lui trouve un petit recoin dans lequel il pourra m'attendre.

— Ça va aller ? Tu ne veux pas que j'aille te chercher un siège ?

— Ça va, t'inquiète. Tous ces gens ne vont pas beaucoup mieux que moi je suppose…

Enzo refusera de se plaindre pour ne pas passer devant tout le monde. Je le connais.

Alors que je m'apprête à apostropher l'une des secrétaires, un jeune homme en blouse bleue, au visage doux, interpelle Enzo. Il traîne un fauteuil roulant vide devant lui.

— Tu es là ! Je te cherchais partout ! Ils m'ont dit que tu étais pris en charge par le professeur Lemonnier.

L'infirmier m'avise sans vraiment me voir, comme s'il ne prenait pas conscience de ma présence tout de suite.

Je sais, la nouvelle est assommante…

— Salut. Ludo.

— Lucie.

Enzo nous observe sans rien dire. Une fois n'est pas coutume. Je suis sûre qu'il analyse ma réaction pour voir ce que je pense de sa nouvelle conquête. Mais aujourd'hui, tout ce petit jeu n'a plus vraiment de sens…

— Tu devrais être dans une chambre. Qu'est-ce que tu fais ici ?

Le jeune homme est essoufflé et semble tout aussi préoccupé que nous. Il sait. Mais il ne fait aucune allusion à l'état d'Enzo.

— Eh bien… C'est-à-dire que… j'ai peut-être réagi un peu excessivement…

Ludo l'observe, surpris.

— Où est ta perf ?

Enzo lui adresse un sourire contrit, pas vraiment décidé à lui dire la vérité.

— Il l'a arrachée.

— Arrachée ? Genre… ?

Ludo l'observe avec ce regard mi-désappointé, mi-amoureux.

S'il craque pour les impulsifs, je peux lui donner sa dose. Je fais la moue devant leur minauderie.

— Genre arrachée. Tu peux faire quelque chose ?

Le jeune infirmier est clairement décontenancé par mon ton cassant. Enzo s'en amuse.

— Elle a promis de me prendre par la peau des fesses si je ne me pointais pas pour faire tous les tests. Et crois-moi, cette nana-là, elle ne rigole pas.

Ludo nous observe tour à tour, puis montre d'un signe de tête le fauteuil roulant à Enzo.

— Assieds-toi là-dedans.

— Hun, hun. Pas question. Je n'ai pas encore l'âge de porter un dentier. Et je peux très bien marcher.

Enzo regarde ledit objet avec dégoût. Ludo m'envoie un regard de connivence. Il a déjà compris notre fonctionnement, on dirait.

— Enzo… Pose tes fesses là-dedans. Tout de suite. Jusqu'à présent, ton ami Ludo t'a plutôt bien conseillé…

Le réfractaire rouspète comme un enfant que l'on gronde mais il s'exécute.

— Je te préviens, Lulu : moi vivant, je ne porterai pas l'une de leurs chemises bleues dégueulasses qui ne ferment pas dans le dos.

— Vois le bon côté des choses, Enzo. Toi qui rêves depuis si longtemps de te balader les fesses à l'air dans un lieu public !

Enzo me lance un faux air de vexé. La lueur coquine que je lis dans ses yeux ne va pas tarder à s'échapper dans trois… deux…

— Ce n'est pas vraiment le genre d'endroit où j'aimerais exposer mes petites fesses. Elles sont bien trop délicates. Cela dit, on peut négocier, tout dépend de la compagnie…

Ce couillon lance un sourire coquin à Ludo qui ne manque pas de lui retourner un clin d'œil appuyé.

Vraiment ?

Attendrie face à leur petit jeu, j'éclate de rire. Ce court instant me fait un bien fou. Comme si tout était normal.

Mais nous savons tous les deux que derrière cette apparente décontraction, nous nous apprêtons probablement à vivre les moments les plus difficiles de notre existence…

Chapitre 5

Nolann

Accoudé au bar du club, je commande une nouvelle tournée. Cette fois, deux magnums de Cristal. J'insère ma Platinum dans la machine et tape mon code à quatre chiffres. Le barman me retourne un sourire de politesse et part dénicher les petites protégées dans la cave du sous-sol.

Un bref coup d'œil au-dessus de mon épaule. Je ne passerai pas la nuit seul ce soir. Heureusement, mon lit est *king size*, sinon, elles ne rentreraient pas toutes les trois. Ces top-modèles, venues d'Italie pour la Fashion Week de Londres, me dévorent littéralement des yeux.

Je pourrais penser que ces créatures craquent pour ma belle gueule d'Irlandais et mes airs de gamin insolent, mais ce serait me planter magistralement. Des beaux spécimens, elles en ont vu, elles en ont vampirisé des dizaines. Mais des types, en costume Gieves & Hawkes, qui déposent leur Maserati devant l'entrée, ça convoque tout de suite le désir. L'habit ne fait pas le moine, mais le costume sur-mesure fait le compte en banque.

En rejoignant le monde des *traders*, j'ai compris une chose : tout s'achète. C'est juste une question de prix. Agitez des billets sous le nez de l'intégrité et observez. Elle opposera quelques résistances de façade, mais elle finira toujours par céder, pour peu qu'on sache comment la prendre. C'est pareil avec les femmes. Enfin, avec ces femmes-là…

Je prends grand soin d'éviter celles qui sont trop malignes, engagées ou ambitieuses, elles pourraient me déstabiliser et m'éloigner de mes objectifs. Les modèles derrière moi ? Aucun risque. Je les consomme comme une bonne bouteille de rosé. Elles sont fraîches, jeunes et distrayantes. Vite sautées, vite oubliées.

Goguenard, je rejoins les fêtards sur la large banquette en cuir qui fait l'angle du *lounge* central. La décoration est à l'image de ses clients : luxueuse. Pas d'exubérance, rien d'ostentatoire, seulement une élégance savamment étudiée. Le mobilier design de créateurs italiens se fond dans une lumière dorée et feutrée. Le jazz enveloppe l'atmosphère intimiste du lieu, loin du pop-rock et de l'animation populaire des pubs de Camden. Plusieurs couloirs mènent à d'autres salons, tous jalonnés de salles privées.

On ne va pas se mentir. Ici, on ne se retrouve pas entre « gars de la finance » pour manipuler des cartes. Même si on ne sacrifie pas de jeunes vierges pour autant, on aime agrémenter nos parties de poker en bonne compagnie. Et pour les plus éméchés, les cartes se posent sur de belles formes. Dénudées de préférence.

Nos détracteurs nous traiteront d'excentriques, d'individus pervertis. De nouveaux riches en manque d'interdit. Mais nous, nous y voyons le moyen de relâcher la pression et de laisser tomber le masque.

La luxure n'est pas incompatible avec les affaires. Bien au contraire. Argent, pouvoir et sexe sont unis comme les trois têtes de Cerbère. Dans certaines salles, loin des oreilles profanes, des accords se font et se défont, des alliances se créent. Des échanges parfois aussi aléatoires que le marché boursier mais indispensables pour tout bon trader londonien. Ce sont les backstages du métier, les *backrooms* de la finance. Ici, tout est permis. Celui qui refuse d'y entrer refuse les règles du jeu.

— Vous devriez voir ce gars-là à l'œuvre, les filles. Il est capable de gagner des millions juste le temps d'un de vos soupirs.

La petite brochette glousse. Elles sont impressionnées. Forcément. Les millions, c'est toujours impressionnant. Du moins, au début. Après, on s'habitue. Des milliards transitent tous les jours dans les salles de marché, alors on prend de la hauteur. Et finalement, on trouve l'excitation ailleurs. Le plus grisant, c'est le challenge, l'adrénaline.

Voilà notre moteur.

— Occupe-toi des millions, Jeff, je me charge des soupirs.

Jeffrey c'est le joueur. Moi ? L'architecte. Je construis son jeu avec les cartes dont je dispose. Je suis un *quant*, comme on dit ici. Un petit génie des mathématiques. J'analyse, j'étudie, je calcule le risque, le tout grâce à de savantes formules. Mais je n'investis pas. Jamais. C'est à Jeffrey de sentir le marché et de décider de suivre ou de se coucher. On pourrait penser qu'il a la part belle dans l'histoire, mais ce serait commettre une grossière erreur. La finance, c'est comme l'horlogerie fine. C'est un travail de haute précision. Un *trader* sans son *quant*, c'est comme un explorateur sans sa boussole. Il pourra peut-être découvrir des trésors par la force de son intuition mais jamais le Graal ultime.

Mon ami se pavane comme un coq en pâte entre deux magnifiques brunes. Mes yeux suivent leurs courbes jusqu'à leurs cuisses découvertes. Leurs robes sont excessivement courtes. Visiblement, elles ne craignent pas les courants d'air. Et c'est tant mieux. Il suffit de belles formes pour que mes neurones se mettent en veilleuse.

Le temps d'une soirée.

Je pousse un rire forcé. J'ai déjà joué la scène des dizaines de fois. Sourire charmeur, attitude sensuelle, regard taquin, peaux qui se frôlent… Les règles d'un jeu bien rodé. Un jeu dont je connais déjà l'issue.

Je me fraye une place entre deux paires de jambes diaboliquement longues. Je déplie mes bras sur la banquette pour venir encercler les épaules de leurs propriétaires. La largeur de mes bras contraste avec ceux, frêles, de mes nouvelles amies. Il me semble que je pourrais aisément faire le tour des bâtonnets qui leur servent de bras simplement en dessinant un cercle entre mon pouce et mon index. Un jour, ils penseront à les nourrir, dans la haute couture. Mais j'imagine qu'il faut faire des économies de tissu. Vendre au plus cher ce que le produit nous a coûté. Sauvegarder son résultat. Nous sommes tous logés à la même enseigne. Dommage que le corps de ces filles en paie le prix fort.

L'une d'elles me colle un regard appuyé tout en s'humectant les lèvres.

Pauvre petite chose.

Elle s'imagine sans doute avoir un pouvoir d'attraction sur moi. Elle doit se sentir spéciale ou se croire irrésistible. Elle a dû en discuter avec ses amies. Leur assurant qu'elle ferait de moi son petit toutou obéissant. Si elle savait… Je n'ai rien d'un chien. Je suis un requin. Solitaire et indomptable. Je dévore les petites sirènes comme elle d'un simple claquement de dents avant de passer à la proie suivante.

Je fixe néanmoins cette bouche gourmande. Elle n'est pas inintéressante et je sais déjà ce que j'en ferai, une fois dans l'intimité.

Avec une désinvolture calculée, je m'adresse à la petite assemblée.

— Jeff, je ne crois pas que nos spéculations boursières intéressent beaucoup nos amies. Et puis, il y a d'autres domaines où j'excelle. Je serai enchanté de vous en faire la démonstration, les filles.

Ma petite boutade fait mouche. Les voici qui gloussent à nouveau.

Ce soir, je décortique des crevettes.

Le plaisir de la chair fait partie de mes exutoires. Dans une journée, mes nerfs sont soumis à rude épreuve. Je dois toujours être au top de mes capacités, le cerveau ultra connecté à toutes les nouvelles informations qui lui parviennent. Alors, pour mes rares moments de détente, j'aime aller à l'essentiel sans me compliquer la tâche. Le sexe, la blanche et le Xanax sont mes plus fidèles serviteurs dans cette quête. Pour l'adrénaline et l'intellect, j'ai déjà mon job.

Rien ne me prédisposait à faire partie des hommes « qui comptent », de ces types brillants à qui tout réussit. À vingt-deux ans, je quittais mon village natal irlandais du comté de Donegal pour le dynamisme de Londres et de ses salles de marché. J'ai commencé tout au bas de l'échelle comme bon nombre de mes collègues et bossé comme un dingue. Dans ce milieu, la compétition fait la loi. Mais je ne me suis jamais découragé. Fils de pêcheur, et descendant de Vikings, j'ai davantage la carrure d'un lutteur que celle d'un banquier. Je connais la rudesse et les conditions extrêmes. L'océan a bien des similitudes avec les buildings de la City. Il regorge de bien des dangers, il vous pousse dans vos retranchements et ne tolère aucune erreur d'appréciation. À deux différences près. La première ? La nature ne vous donne aucune seconde chance. Un moment de faiblesse et vous voici engloutis dans le grand bleu, vous et votre embarcation. Dans le *trading*, la principale erreur est de penser que celle-ci est fatale, insurmontable. On peut perdre des millions un jour et gagner le double le lendemain. Il ne faut jamais rester fixé sur le passé. Toujours aller de l'avant.

La deuxième ? Voguer en mer est bien moins lucratif que surfer sur les spéculations boursières. Alors, si mon père voulait que je reprenne la petite affaire familiale, j'ai préféré mettre à profit mes aptitudes intellectuelles pour le sortir de son trou à rats.

Avec six garçons à nourrir, la vie était rude. Il fallait sortir en mer malgré le froid qui s'insinuait jusqu'à la moelle de vos os. Les après-midi bien au chaud sous la couette, je n'ai jamais connu. J'ai reçu une éducation à la dure. Je n'ai pas à m'en plaindre, elle m'a appris la persévérance et le courage. Elle m'a appris à développer cette farouche envie de vivre autre chose, autrement. Dès que j'en avais la possibilité, je me plongeais dans des ouvrages scientifiques complexes et je résolvais des équations illisibles pour les autres enfants de mon âge.

L'opportunisme a été ma carte de sortie. L'avenir appartient aux fonceurs, pas à ceux qui restent dans le rang.

Résultat : à vingt-six ans seulement, je sortais de la jungle des jeunes apprentis *traders* grâce à mon mentor, Jeffrey. C'est lui qui m'a repéré. Lui qui m'a appris les ficelles invisibles du métier. Celles que le jeune ingénu découvre en suivant le vieux loup de mer. Généralement, les *quants* sortent d'écoles prestigieuses. Moi, je sortais de l'école de la vie. Et Jeffrey préfère. Il me trouve moins sensible, plus solide que ceux pour qui l'existence a été plus clémente.

Depuis deux ans donc, je l'accompagne dans la gestion de son *hedge fund*[2]. J'ai un salaire annuel à six chiffres sans compter les primes. Les bonnes années, nous multiplions le résultat par dix, les moins bonnes, par cinq. Je vous laisse faire le calcul.

Ouais. La puissance que vous donne ce job est simplement jouissive. Elle fait de vous un *winner*. Elle fait de vous le maître du monde.

Jeffrey me lance un rire narquois avant de se pencher vers moi, un coude appuyé sur sa cuisse.

— Laisse les travaux pratiques à ceux qui prennent les risques et reste dans ta bulle de matheux, Nolann.

Je lui renvoie un sourire carnassier en jetant un coup d'œil à ma Rolex.

— La bourse de Tokyo ouvre dans dix minutes, non ? Tu devrais y aller. Tu nous encombres.

2. Un *hedge fund* est un fonds spéculatif ou fonds d'arbitrage qui vise un objectif de rendement absolu, corrélé ou non aux indices boursiers.

— La bourse peut bien attendre.

La bourse n'attend jamais. Parce que tout le jeu, c'est d'être le plus rapide. Le plus rapide à capter l'information, le plus rapide à l'interpréter, pour finalement être le plus rapide à mettre le capital au bon endroit au bon moment.

Notre vie ne suit pas un seul fuseau horaire. Elle est rythmée par les heures d'ouverture des salles de marché, partout dans le monde. Nous dormons peu, si nous dormons. Nous ne rêvons pas, nous n'en avons pas le temps.

Mais ce soir, on s'octroie une pause.

Mon ami désigne du regard les serveurs qui viennent déposer les flûtes sur notre table. Jeffrey se lève d'un bond pour saisir le magnum des mains de la serveuse.

— Nous avons quelque chose à fêter ce soir ! Demain, mon ami et moi serons riches ! Oh mais attends...

Jeffrey marque une pause théâtrale et me prend à partie.

— On l'est déjà !!!

Mon mentor se courbe en arrière et expulse un rire puissant qui ne manque pas d'attirer tous les regards vers nous. Quel provocateur !

Même s'il est quelque peu ivre, ça ne l'empêche pas de défaire méticuleusement le muselet du bouchon, reproduisant un geste qu'il a déjà fait des centaines de fois.

— Attention !

Paf !

Le bouchon vole dans les airs et le liquide pétillant jaillit au-dessus de nos têtes. Tout en s'esclaffant, Jeffrey envoie valser le précieux élixir sur toute notre assemblée, prenant un malin plaisir à tremper les jeunes femmes qui nous accompagnent. Ces dernières poussent de petits cris de surprise.

Et moi je ris.

Et moi, je m'ennuie.

Je ne sais pas ce qui me prend. Un étrange sentiment de solitude oppresse ma poitrine alors que la fête bat son plein.

L'espace d'une seconde, c'est comme si je vivais un arrêt sur image. Je me vois assis là, de l'extérieur. Et je les vois eux, mes « amis », semblant jouer une comédie grotesque. Je suis seul, je n'ai jamais été aussi seul.

Pourtant, quelque part en Californie, une femme superbe à qui j'ai passé l'anneau se languit de son mari dans sa villa de trente pièces. Elle est belle, c'est une actrice de séries TV, obsédée par sa carrière et sa plastique. Nous n'avons pas beaucoup de sujets de conversation en commun. Il faut dire que les rares fois où je la vois, si elle n'est pas assommée par ses antidépresseurs, ce n'est pas ce que je lui demande.

Je l'ai épousée un soir à Vegas. L'effet de l'ecsta, des casinos, de ma fougue, de… Vegas, en somme…

J'ai arrêté de planer le jour où elle a avorté sans m'en informer. J'ai intercepté le coup de fil de l'hôpital, mauvais timing. J'ai eu l'info. Elle ne s'y attendait pas. Avec des larmes de crocodile, elle m'a juré qu'elle regrettait de ne pas m'en avoir parlé. Comment accepter une grossesse à vingt ans ? Risquer de mettre à mal son avenir de starlette avec un ventre marqué de vergetures ? À Hollywood, ça ne fait pas bonne impression.

La soirée a été rythmée par des pleurs et des reproches. Jusqu'au moment où je l'ai laissée chialer seule dans l'une de nos six salles de bains en marbre.

Me reprocher de ne jamais être là pour elle, c'était vraiment me faire chier. De toute façon, j'avais un avion à prendre pour Londres.

Bref. Je ne serai pas papa. Pas cette fois. Je me console, je n'ai pas le temps pour ces conneries. Il faudrait que je sois fait pour donner de l'amour. Et c'est une notion trop incertaine pour moi. J'aime ce qui se quantifie, s'évalue, se mesure, s'anticipe. Ce n'est pas que l'aléatoire me fasse peur. Dans mon métier, il se calcule. On appelle ça les probabilités. Mais l'amour, lui ? C'est juste un profond merdier. J'aime gagner. Pas avoir peur de perdre.

— À notre prochaine réussite, le petit génie !

La voix enjouée de Jeffrey me reconnecte à la réalité. Il me salue et boit ce qu'il reste du champagne au goulot. Les serveurs ne se formalisent pas du caractère excessif de mon mentor et se contentent de tourner les talons vers les clients suivants.

— Tu permets ?

Je lui désigne le deuxième magnum en l'empoignant d'une main ferme. Celui-ci, j'aimerais bien en profiter. Je récupère l'attention des deux brunes qui s'épongent comme elles le peuvent.

Elles sont mignonnes…

— Ce type est un Américain, il se dissimule parmi les Anglais, mais il n'a aucune bonne manière. Désolé, mesdemoiselles.

Jeffrey titube quelque peu et m'observe en brandissant le magnum désormais vide devant lui.

— On a misé gros cette fois, petit ! C'est le plus gros coup de ma carrière !

La bouteille tangue aussi dangereusement que lui. C'est sûr, il est cuit. Parfait. Les Italiennes préfèreront ma compagnie.

J'entends la voix de mon mentor héler quelqu'un dans mon dos et j'affiche un grand sourire lorsque je vois Denis et James se pointer à côté de nous. Eux deux, c'est un peu comme Laurel et Hardy. En moins drôles. Denis s'avance avec la grâce d'un éléphant et manque de faire tomber les verres sur son passage. Il empoigne vivement Jeff par les épaules et l'écrase contre lui. Ce type doit faire au moins deux têtes de plus que nous. Mais sous son air bonhomme se cache un redoutable *trader*. Le genre qu'il vaut mieux avoir comme allié plutôt que comme ennemi.

— Alors vieux roublard ! Tu fais la fête sans nous inviter ?!

— Tu plaisantes ! Ce soir, le champagne va couler à flots mes amis ! J'arrose tout le bar !

Jeffrey se laisse tomber lourdement sur le canapé et son regard se fait vitreux. Est-ce qu'il a pris un rail sans proposer ?

Il y a fort à parier que ce soit le cas. Nous avons spéculé sur un fonds prometteur. Le gain est potentiellement énorme mais le risque aussi. Dans ces cas-là, une petite aide chimique est toujours la bienvenue. Surtout lorsque l'opération se joue sur plusieurs jours et que le sommeil est proscrit.

J'observe mon mentor. Malgré tout ce qu'il a ingéré, malgré son apparente désinvolture, je peux lire l'inquiétude sur son visage. Le stress est un monstre qui grignote les *traders* toujours un peu plus. Et celui qui vous dira le contraire vous ment. Je le connais, son fonctionnement. Il s'insinue dès les premiers jours et ne vous quitte jamais. Mais on n'a rien sans rien. Il fait partie du job. Soit on le dompte, soit on l'étouffe grâce à la magie des benzodiazépines.

Je n'avais pas les meilleurs indicatifs sur cette opération mais Jeffrey a ses contacts. Cette partie sombre qu'il ne partage avec personne, pas même avec moi. Si le coup est un succès, on passera de l'étoile à la supernova. De quoi rendre mon mentor complètement fou.

— Quoi, l'intello ?! Tu veux ma photo ? Sers donc ce champagne au lieu de me fixer comme une jeune pucelle ! Ma parole, tu sais bien que toi et moi, c'est impossible !

Je hoche la tête de gauche à droite devant son insinuation ridicule avant de verser le champagne dans les flûtes disposées devant nous.

— Trinquons à notre meilleur coup !

Denis, James et les filles m'accompagnent en soulevant leurs flûtes, toutes canines dehors. Et j'ai pourtant l'étrange sentiment d'être seul.

Encore.

Chapitre 6

Lucie

La nuit est déjà bien installée. Il doit être quelque chose comme 23 heures. Dehors, le calme a enveloppé la ville, lui donnant un nouveau visage. Un vent frais vient mordre mon cou. Je frissonne. J'enroule mon écharpe en jersey tout autour de mes épaules mais c'est peine perdue. Je n'ai pas réussi à me réchauffer de la journée.

En bas de l'hôtel particulier où Enzo loue son loft, j'observe la rue de Rivoli baignée dans la pénombre. Rien d'étonnant à ce qu'un créateur prometteur se soit installé ici. Mon ami a beaucoup d'affection pour ce quartier et je le comprends. C'est le lieu de rencontre des artistes et de toute la scène culturelle de la ville. Mais aussi une place importante de la mode et des nuits parisiennes.

Je porte mon attention sur la cathédrale Notre-Dame. Cette fois, c'est comme si la belle protectrice de Paris reflétait l'état de mon ami. Écorchée mais encore debout. *Mais lui, pour combien de temps encore ?*

Quelques voitures passent devant moi, au ralenti, il me semble. Les lumières des réverbères éclairent le trottoir et un rat d'égout qui fouille une poubelle quelques mètres plus loin. Avec un peu d'imagination, on croirait voir un monstre difforme dans son ombre, prêt à me bondir dessus. Le calme m'angoisse. Terriblement. Et les choses ont toujours été ainsi.

Sans doute parce que je déteste me retrouver face à moi-même.

Ou peut-être parce que la maison était souvent vide. J'ai été élevée par les diverses nounous qui ont défilé. Mon éducation a été mécanique, organisée selon un emploi du temps strictement établi. Une routine bien huilée.

Je ne fais pas le procès de mes parents, à chacun sa façon de voir les choses. Ils m'aiment. À leur manière. Simplement, un enfant conçu pour répondre aux injonctions sociales devient rapidement une contrainte. Une petite fille dans un couple fusionnel, qui plus est obsédé par la réussite professionnelle, trouve difficilement sa place.

Voire, ne la trouve jamais.

Mais je ne me plains pas. L'affection qui me manquait, ce sont Enzo et sa famille qui me l'ont donnée.

Enzo… Mon pauvre Enzo…

Je l'ai laissé dans sa chambre d'hôpital, il va devoir y rester pendant un moment. Ils ont refusé de le laisser sortir. Je m'y attendais, comme je m'attendais à ce qu'il proteste mais il était finalement trop vidé pour ça. Je suis passée chez lui pour prendre quelques affaires. Des vêtements, des produits de toilette et son précieux ordinateur portable. Ce n'est pas grand-chose mais je sais que ça lui apportera un peu de réconfort.

Alors, je tiens le sac d'Enzo à bout de bras, toute seule sur le trottoir. De l'extérieur, on pourrait penser que je viens de me faire larguer. À vrai dire, j'aurais largement préféré. Bon sang, mon corps pèse une tonne ! J'ai réalisé un véritable parcours du combattant à travers les couloirs et les services de l'hôpital.

En regardant le petit bistrot fermé de l'autre côté de la rue, je m'aperçois que je n'ai rien avalé depuis hier soir. Chez d'autres, le stress ouvre grand l'appétit, chez moi, il ferme toutes les portes.

Les rendez-vous pour les examens vont s'enchaîner très vite. L'écho-endoscopie est déjà programmée pour après-demain. Et je lui ai promis d'être présente à chacune des étapes.

Je l'accompagnerai et je resterai jusqu'à ce qu'il se réveille de l'anesthésie.

Il ne veut pas prévenir sa mère pour l'instant. Et je le comprends. Penelope a été très fragilisée par la mort de son mari. Elle a été un support indéfectible pour Vittore mais aussi pour ses fils. Mais même les plus grands guerriers peuvent finir à genoux. Elle sera anéantie lorsque Enzo lui annoncera son état… Il veut être sûr du diagnostic avant de lui en parler. Je lui ai promis d'être là lorsqu'il le fera. Pour son frère, c'est encore une autre histoire… Fabio et lui ne se sont plus parlé depuis des années. Cette situation m'attriste car je sais toute l'admiration que mon ami nourrissait pour son grand frère. Malheureusement, certains ressentiments ont gangrené leur relation. Des paroles difficiles ont été dites, notamment par la compagne de son frère, pas très ouverte concernant l'orientation sexuelle d'Enzo. Mais surtout, Fabio a laissé dire. Son petit frère ne lui a jamais pardonné son mutisme. Depuis, leur lien s'est rompu…

En résumé, si je veux tenir le marathon qui s'annonce, j'ai tout intérêt à prendre des forces ! Nous avons un long chemin à parcourir et nous allons avoir besoin d'être endurants. Et je ne suis pas la meilleure à ce jeu-là !

Je m'allume une clope en maugréant contre moi-même. Peut-être que le tabac n'aide pas.

Un esprit sain dans un corps sain, Lucie.

Rassurons-nous, je n'ai ni l'un ni l'autre. Je ne fais pas partie des instagrameuses #healthy, #yoga, #bodyfit #tamère. Je trouve les smoothies aux brocolis absolument dégueulasses. Je déteste transpirer. Je préfère les frites aux pousses de graines germées. Et je pourrais éviscérer de mes propres mains celui qui voudrait me faire jeûner volontairement ou, pire, me faire bouffer vegan.

Alors, autant continuer de m'empoisonner à petit feu. Et puis, la brûlure de la nicotine m'apporte beaucoup trop d'apaisement pour que j'arrête de faire appel à ses services.

Bordel ! Je me demande comment je vais pouvoir assurer pour le boulot ! Lorsque je m'absente, j'ai toujours l'impression que tout va s'écrouler. Que la maison va prendre feu. J'ai bien conscience que mon départ anticipé de ce matin n'a pas dû apaiser les esprits. J'ai tellement mis la pression aux équipes pour que tout soit parfait qu'ils doivent se demander ce qui m'a pris !

« Bonjour, c'est le meeting le plus important de l'année, souvenez-vous ! Et maintenant, maman Lucie se barre en coup de vent ! Bon courage les gars ! Vous me bipez lorsqu'ils ont signé ! Ciao ! »

Peut-être que je devrais me mettre à la méditation ?

Est-ce que ça existe en application ?

J'expulse la fumée en soufflant d'exaspération. Comme si j'avais le temps pour ces foutaises ! Ne rien faire, ne pas penser, c'est un luxe que je ne suis pas près de m'offrir.

Alors que je commence à me convaincre que me jeter dans la Seine pourrait être une excellente alternative à l'hypothermie, mon chauffeur finit par se pointer dans une Mercedes Benz grise.

Alléluia !

Il me fait signe de monter. J'écrase mon mégot au sol, j'ouvre la portière arrière, je flanque le sac d'Enzo à l'intérieur, le type me demande confirmation de mon prénom. Je me glisse sur les sièges en cuir qui sentent la bombe désodorisante et je plonge le nez dans mes messages. La chaleur qui règne dans l'habitacle me réconforte un bref instant. Pour autant, je n'ai pas envie de faire la conversation, j'ai des dizaines d'e-mails à traiter…

Ou peut-être que j'ai juste oublié d'être chaleureuse.

Je fais défiler mes messages jusqu'à bloquer sur le dernier d'Antoine.

Les investisseurs ne sont pas
chauds pour le second tour

de table. Je vais faire un
call avec celui qui pose
le plus problème demain...
Il m'a fait la vie dure au
dej. Les autres paraissent
plus open. Je vais tâter
le terrain...
Je te fais un debrief
demain.
Comment va ton ami ?
A.

C'est pas vrai !

— Fait chier !

Les mots m'ont échappé. Les yeux du conducteur dévient de la route pour venir m'observer depuis le rétro central. Je soupire, un brin coupable. Ce pauvre type n'y est pour rien si le niveau de mon karma avoisine celui du moustique. Je maudis mes vies antérieures. *Merci pour tout, les filles !*

— Désolée…

Le type m'envoie un petit sourire complice. J'imagine qu'il lui en faut beaucoup plus pour se sentir agressé.

— Mauvaise journée ?

— Non… Une mauvaise journée, ça se gère. Celle-là est… apocalyptique !

Mon chauffeur pousse un petit rire contenu. Le genre à se demander s'il peut vraiment se permettre la familiarité ou non.

— J'vais vous dire. Ici à Paris, un jour ne ressemble jamais à un autre ! Alors, ne vous inquiétez pas. Peu importent vos soucis, je suis sûr que demain, ça ira mieux.

Demain, Enzo aura toujours le cancer.

— Je ne crois pas, non. Paris est une garce.

Mon ton n'invite pas à poursuivre la discussion. Je déteste les inconnus qui tentent de glaner des informations sur ma vie privée. C'est comme les coiffeuses. Toujours à demander ce que vous faites dans la vie, ce que vous prévoyez pour les vacances ou encore ce que vous avez bouffé à midi.

Et voilà que la colère gronde à nouveau en moi. Menaçant de casser la bonne volonté de cet homme. C'est quoi mon problème au juste...?

Il est juste sous tes yeux, Lucie.

Je regarde à nouveau le message d'Antoine. Je me ronge les ongles, et mes doigts glissent sur l'écran par automatisme. Mon cerveau tente de connecter ses neurones mais le pauvre organe est HS, trop épuisé pour me donner une réponse satisfaisante.

Pour l'instant, je n'ai qu'une solution : faire confiance à Antoine et le laisser gérer. Je n'aime pas ça mais de toute façon, vu mon état nerveux, je serais capable d'insulter l'enfoiré qui nous fait obstacle.

Tu t'attendais à quoi, Lucie ? Partir comme ça, en plein meeting, c'est n'importe quoi !

Sincèrement, est-ce que j'aurais envie de parier sur une nana qui se fait appeler « petit moineau » et qui me plante pour le déjeuner alors que j'ai fait le déplacement pour venir écouter sa présentation ? Sans doute que non.

Et je ne compte pas l'épisode pathétique des toilettes où j'ai carrément pété les plombs sur le nouveau stagiaire. À la place dudit « enfoiré », je pense que je l'aurais mauvaise et que je repartirais en me disant que j'ai gentiment perdu mon temps dans une boîte où règne un beau foutoir.

OK. Bon courage.
Debrief demain.

Je n'ai pas envie de lui répondre pour Enzo. Je préfère rester pro. Antoine reste mon boss et je ferais bien de ne pas tout mélanger.

Une pensée obscure me traverse l'esprit : peut-être que, pour une fois, j'aurais dû penser à moi. J'aurais pu rejoindre Enzo plus tard. Nous avons attendu des heures avant l'arrivée des médecins… À cause de mes préoccupations personnelles, toute l'entreprise va en payer le prix fort.

Mais quelle horrible personne peut penser ça… ?

Je sais bien que c'est faux. Alors j'ai tout intérêt à chasser cette idée ridicule de mon esprit.

Et si c'était vrai ? Et si tu étais une mauvaise personne ?

Et si j'accordais plus d'importance à mon job qu'à Enzo ?

Soyons réaliste, je me démène pour cette boîte. Pas uniquement par dévouement. C'est aussi parce qu'elle me donne un objectif, un but tous les matins. C'est elle qui me permet d'être toujours en mouvement. Je lui donne beaucoup mais le travail m'apporte beaucoup. J'aime ce rythme effréné. Grâce à lui, mes journées sont si remplies que je n'ai pas le temps de trop penser au reste. Chacun ses addictions, après tout.

Je sais très bien que je ne vais pas pouvoir me reposer sur Antoine. Pas si je veux mener à bien mon projet d'avenir. Je sais qu'il a un certain nombre de doutes concernant mon approche, il est évident qu'il ne la défendra pas avec la même passion que moi…

Et en même temps, il est hors de question que je laisse Enzo affronter le crabe sans ma présence. C'est impensable et inenvisageable. Il va s'en sortir mais il n'y arrivera pas sans mon soutien. Je le sais.

Mes yeux se détournent de l'écran et se posent sur les rues qui défilent derrière la vitre. Les pensées se bousculent, s'entremêlent à ma douleur. J'ai besoin de les arrêter, de les mettre en veilleuse. Et je sais exactement comment faire.

— Arrêtez-vous là, s'il vous plaît.

Le chauffeur s'exécute. Pas besoin de lui tendre un billet, ma carte bleue est automatiquement débitée. La magie des applications mobiles. Mon trajet, la qualité de mon chauffeur et le prix de la course, tout est déjà bien stocké sur des serveurs, à l'autre bout de la planète.

Le froid me saisit de nouveau mais je ne perds pas de temps dehors cette fois. Je marche d'un pas décidé jusqu'au restaurant et pousse la porte sur une salle vide. On ne sert plus à cette heure. Il faut descendre au sous-sol pour entrer dans le *speakeasy* qui se cache bien à l'abri des regards. Seuls les Parisiens initiés connaissent cet endroit. Je connais le chemin, il faut passer derrière les frigos.

Lorsque j'arrive à l'espace caché, je prends le temps de savourer l'instant. J'aime l'ambiance qui règne ici. C'est comme un retour dans le temps. Un lieu mêlant mystère et élégance, sensualité et ivresse. Je dépasse les larges banquettes pour atteindre le bar. D'immenses étagères présentent des bouteilles de rhum arrangé dans lesquelles baignent divers ingrédients, des dames-jeannes aux couleurs étranges et bien sûr des flacons anciens de liqueurs provenant de tous pays. Je me hisse sur un tabouret en velours carmin et dépose mes affaires sur celui à ma droite. Le barman au look très hipster et paré d'un tablier en jean bleu foncé vient prendre ma commande.

— Bonsoir ! Qu'est-ce qui vous ferait plaisir ce soir ?

Ici la liste de cocktails est longue comme le bras. Mais chacun est méticuleusement préparé et joliment présenté.

— Comme d'habitude, un Monica B.

Le barman me fait un signe de tête avant de s'affairer à préparer le précieux mélange sous mes yeux. Je cale mes coudes sur le comptoir et pose ma tête contre mes poings.

J'adore les regarder faire. J'aime la façon dont les fluides se mélangent, comment, de saveurs différentes, on obtient un mélange totalement nouveau et insolite. Personnellement, je n'ai jamais réussi à avoir cette aisance. Généralement, je me contente de verser un bon single malt au fond d'un verre à whisky. Simple et efficace.

Mais dans ce temple des cocktails, j'ai devant moi un artiste. Il manie les saveurs comme un virtuose donne vie aux notes de sa partition. Son œuvre se réalise sous mes yeux admiratifs. Il verse la glace pilée au fond du verre d'un geste habile, s'empare d'un shaker dans lequel le rhum Zacapa se mélange à des jus de cerises et d'oranges frais, à un vin rouge italien artisanal et à une liqueur d'oranges amères. Il remplit le verre avant de placer un gros glaçon carré à la surface, sur lequel il vient délicatement poser une cerise enrobée de chocolat.

Je me réjouis à l'avance de l'effet de cette boisson sur mes états d'âme. Voilà qui devrait me faire oublier la rudesse de la journée. Au moins le temps de quelques heures.

— Bonne dégustation.

Le barman fait glisser sa petite merveille vers moi avec un fin sourire. Il aime ce qu'il fait, ça se voit. Je le remercie et glisse un billet sur le comptoir. Il ne perd pas de temps et s'occupe déjà du client suivant. Je ne l'avais même pas vu s'installer sur ma gauche. Pourtant, il est plutôt beau mec, si on aime le style quadragénaire bien propre sur lui. Visage volontaire, cheveux poivre et sel gominés, barbe de trois jours et costume trois pièces.

— Un rhum Dictator 72, s'il vous plaît.

— Vraiment ?

J'ai parlé tout haut sans m'en apercevoir. L'homme détourne son regard du barman.

Et merde. Un jour tu apprendras à la fermer, Lucie !

Deux iris d'un noir profond se posent sur moi.

— Je vous demande pardon ?

Je le regarde avec insolence.

— C'est juste que venir jusqu'ici pour vous faire servir un simple rhum, je trouve ça surprenant.

Pour ne pas dire complètement crétin.

Je le toise allègrement et pince la paille de mon cocktail entre les lèvres. J'en avale une petite gorgée. C'est un vrai délice pour mes papilles.

— Ce n'est pas un simple rhum.

Je soupire. Passablement agacée que l'on vienne interrompre mon bref moment de bonheur.

— Oh…

Je feins le désintérêt total. Je continue de siroter mon précieux breuvage en décidant de me passionner pour les détails de la tapisserie en face de moi.

— C'est un petit bijou âgé de quarante-cinq ans, fini en fûts de porto puis envoyé en Écosse où il a passé des mois en fût de xérès.

Je pousse un petit rire moqueur en haussant un sourcil. Il est sérieux, là ?

— Wahou ! Vous avez lu tout ça sur Google ? Bravo ! Je suis impressionnée.

Le barman revient muni du joyau en question et j'avoue que sa couleur ambrée est tout bonnement sublime.

OK, le type n'a pas mauvais goût.

Mon voisin de bar tend quelques billets au serveur avant de se tourner à nouveau vers moi.

— Je me renseigne beaucoup en effet. C'est ce que font les gens qui se passionnent pour un sujet.

Je pousse un soupir d'ennui théâtral. Il commence à me plaire, celui-là. J'aime quand il y a du répondant, le jeu se pimente un peu.

— Chacun son truc. Moi, les rhums vieux, je préfère les déguster chez moi.

— C'est une invitation ?

Cette fois j'éclate de rire et manque de recracher ma dernière gorgée sur son costume impeccable.

L'option « paye ton costume à cinq patates » n'est pas prévue au programme !

— Vous êtes un peu gonflé, vous !

— Je suis un opportuniste.

— Ou un inconscient.

L'homme se tourne un peu plus vers moi et se penche légèrement dans ma direction.

— Ce que vous cherchez ne se trouve pas au fond de ce verre.

Pas faux.

— Oh. Et comment vous savez ça ?

— Une intuition.

— Vous savez où vous pouvez vous la mettre, votre intuition ?

Le type se redresse. Il saisit son verre et commence à faire tournoyer le liquide ambré sur lui-même.

— Désolée… J'ai passé une horrible journée et j'ai tendance à déverser ma colère sur la première âme innocente qui croise ma route.

Mon compagnon de bar hausse les épaules. Il brandit le verre devant moi pour trinquer.

— Rien de nouveau sous le ciel de Paris !

Je souris. Notre échange a eu le mérite de me faire oublier ma peine quelques secondes. Mais comme une piqûre de rappel, elle revient immédiatement me tourmenter. Le poids qui m'avait quittée pendant quelques minutes revient en force.

Les yeux de l'homme se font moins joueurs et il m'observe cette fois avec une forme d'inquiétude. Je n'arrive pas à savoir s'il est sincère ou non. *Quelle importance ?*

— Vous allez bien ?

Je voudrais lui répondre que non. Que j'ai juste envie de me soûler jusqu'à la fermeture. De me lover dans ses bras pour oublier. Mais c'est juste un inconnu de passage. Je ne peux pas lui raconter ma vie et encore moins attendre de lui un quelconque soutien.

J'arrange une mèche de cheveux derrière mon oreille et inspire doucement pour faire passer le malaise. Je réussis à lui couler un faible sourire. Mais il doit davantage ressembler à un rictus figé.

— Si j'allais bien, je ne serais pas ici, seule, en train de discuter avec un inconnu qui me fait le plan drague Wikipédia.

C'est à son tour d'éclater de rire. De petites pattes d'oie viennent se dessiner au coin de ses yeux et lui donnent un charme indéniable. Puis il affiche un visage contrit, me rappelant celui d'un petit garçon qui avoue ses bêtises.

— Je vous l'accorde, je ne suis pas le meilleur à ce jeu-là.

Quelque chose me dit qu'au contraire, il n'en est pas à son coup d'essai.

— Vous préférez les chiffres et les tableurs Excel, c'est ça ?

Je lui montre de la main son costume et le scanne de haut en bas en faisant tournoyer mon index.

— Le costume, la coiffure impeccable, tout… ça.

Mon interlocuteur a un mouvement de recul, feignant d'être quelque peu vexé.

— Vous pensez que je suis banquier ?

— Pourquoi pas. Il faut de tout pour faire un monde.

Et aujourd'hui, plus que d'habitude, les financiers me tapent sur le système.

Mon mystérieux ténébreux boit une gorgée de son rhum et médite mes paroles en détaillant les contours de son verre.

— Non. En fait, je me suis fait virer la semaine dernière et je cherche du boulot. J'ai passé trois entretiens aujourd'hui.

Génial Lucie. Tu viens de te payer la tête d'un type désespéré.

— Infructueux ?…

Il plante son regard dans le mien, un petit sourire en coin.

— Pourquoi croyez-vous que je suis seul, ici, en train de discuter avec une inconnue qui piétine allègrement mon ego ?

Je lui retourne un sourire de connivence.

— Peut-être parce que vous vouliez terminer cette journée en beauté. Eh bien, me voici ! Votre coup fatal !

Je prends conscience trop tard du double sens de mes paroles et, l'alcool aidant, je reste interdite avant de m'esclaffer avec la grâce d'un macaque.

Classe, Lucie.

— Désolée. Je ne suis vraiment pas de bonne compagnie ce soir… D'ordinaire, je suis plus… disons, fréquentable.

— Au contraire. Je vous trouve rafraîchissante.

— Vous êtes maso ?

— Pourquoi pas. Il faut de tout pour faire un monde.

Il me sourit doucement.

— Désolée, le plan dominatrice en talons aiguilles pour vous faire crier mon nom, ce n'est pas dans mon délire.

Cette fois il rit plus franchement. Il boit une nouvelle gorgée et lèver les yeux vers moi d'un air innocent.

— Dommage… Moi qui croyais que la fessée était à la mode.

— Si c'est le type d'expérience que vous cherchez, vous vous êtes trompé de quartier.

Il repose son verre et glisse sur moi des yeux amusés. De toute évidence, je le divertis beaucoup.

— Ce n'est pas ce que je recherche. Et je crois qu'au contraire, j'ai eu raison de faire le chemin jusqu'ici.

Je commence à le trouver charmant. Son humour a l'avantage de me détourner de mes préoccupations. Et l'hypothèse de passer un moment contre sa peau n'est pas pour me déplaire. Désormais, elle me semble même une évidence.

L'alcool ne va pas suffire à me faire oublier. Je n'ai personne à qui parler, à qui confier ma peine. Je me vois mal appeler ma psy à cette heure-ci. Je ne suis pas une diva et je n'aime pas faire dans le drama.

J'ai besoin de la tendresse d'un homme, de la chaleur de bras réconfortants, de me perdre dans les sensations, et surtout de faire taire mes pensées. J'ai besoin qu'on me donne l'illusion que la vie n'est pas si pourrie qu'elle en a l'air.

J'attrape la cerise qui flottait sur mon cocktail et la glisse de façon suggestive entre mes lèvres.

— Si vous êtes amateur de rhum et un peu aventurier, j'ai une très belle collection privée chez moi…

Les yeux de mon inconnu s'illuminent. Je n'aime pas cette Lucie-là. Celle qui couche avec un étranger pour fuir ses problèmes. Je sais très bien que la douleur reviendra dès qu'il sera parti. Mais le corps à corps qui s'annonce aura le mérite de m'accorder une accalmie dans l'ouragan qui se prépare…

Chapitre 7

Lucie

La situation devient familière. Enzo et moi, nous attendons la venue de l'infirmière dans sa minuscule chambre d'hôpital. Je me tiens assise sur le bord du lit pendant que mon ami termine de taper un e-mail sur son téléphone. Quand je suis arrivée, tôt ce matin, il ressemblait à un savant fou. Le regard hagard et la coiffure en pagaille. Il avait passé une nuit blanche à fouiller dans ses fichiers pour rassembler tous ses documents en vue de l'assemblée générale qui doit se tenir demain avec Gaspard. Ce tordu se délecte à lui faire chercher le moindre formulaire, la moindre note pour le pousser à bout. J'ai vu rouge lorsqu'il m'est apparu qu'Enzo se préoccupait davantage de sa boîte que de sa santé, encore une fois. Mais j'ai préféré garder ce sentiment pour moi. Ce n'était pas le moment. Il devait se préparer et je devais l'aider à se recentrer. Je l'ai rassuré et j'ai mis de l'ordre dans ses affaires qu'il avait déjà réussi à éparpiller partout dans la pièce. Pendant qu'il prenait sa douche, j'ai dû le sommer de se laver à la Bétadine de la tête aux pieds.

Il a absolument tenu à s'habiller comme s'il allait sortir. Je l'ai laissé faire, l'examen n'étant pas programmé avant quelques heures. Je l'observe désormais en silence. L'originalité d'Enzo contraste avec l'endroit. La tunique en soie abricot qu'il porte sous son perfecto en cuir noir détonne avec les murs tristement blancs qui nous entourent. Enzo a toujours aimé la couleur. Il arborait toujours des tenues flamboyantes qu'il fabriquait lui-même, il portait des vernis pétillants sur les ongles et se parait de boots au design improbable. Au lycée, beaucoup le jugeaient excentrique, moi je l'ai toujours trouvé solaire. Indifférent à la norme à laquelle le monde veut nous soumettre. C'est peut-être là, la force des artistes. Faire un doigt d'honneur à la normalité. Oser être soi-même en se foutant des commentaires.

Après quelques minutes, il se décide à poser son mobile sur la petite commode blanche à côté de lui et détourne les yeux vers la fenêtre.

— Comment tu te sens ?

Enzo soupire puis son regard quitte le ciel orageux pour venir se poser sur moi. Il enroule ses bras autour de ses genoux avant de hausser les épaules.

— Comme quelqu'un qui va se faire sonder les intestins.

Je pose une main réconfortante sur sa cheville.

— Tu ne sentiras rien. Tu seras endormi.

— J'espère juste ne pas me réveiller en pleine opération.

— Enzo, ce n'est pas possible ça.

— Demande ça à Clay dans *Awake*.

Je fronce les sourcils, pas bien sûre de comprendre la référence. Enzo a une mémoire d'éléphant en ce qui concerne les œuvres cinématographiques. Moi ? J'ai tendance à les oublier sitôt que je les ai vues. Mon cerveau a appris à trier les informations reçues pour ne retenir que ce qui lui est utile.

Le cerveau d'Enzo, à l'inverse, pourrait se comparer à une pièce fourre-tout. Une sorte de bazar dans lequel s'empilent dans un équilibre relatif tout un tas de références visuelles, sonores ou sensorielles. Étrangement, dans tout son bric-à-brac, il arrive à s'y retrouver. Et le plus fou, c'est qu'il en tire son inspiration.

Enzo ouvre ses mains et déploie ses grandes jambes pour s'installer en tailleur.

— Tu sais bien, Lulu ! C'est le film que nous avions maté chez mes parents. Tu ne te souviens pas ? C'est l'histoire de ce type qui se réveille pendant qu'il subit une opération.

Je commence à comprendre pourquoi mon cerveau a jugé cette information obsolète…

— OK, ça date un peu mais quand même, il m'avait marqué ce film.

Oui, tout te marque Enzo. C'est bien ça le problème de ton plus grand atout.

Mes neurones assemblent les informations pendant que j'écoute ses indications.

— Enzo, tu me parles d'un truc qui date d'il y a au moins dix ans ! Comment tu veux que je m'en souvienne !

— Sérieux, c'était affreux ce truc ! Le type était conscient mais paralysé. Du coup, il ne pouvait pas prévenir les médecins alors qu'il sentait toute l'opération ! Même quand on lui écartait les côtes et que…

J'esquisse un mouvement de recul en plaçant mes mains bien devant moi pour lui faire signe de s'arrêter tout de suite.

— Mais arrête ! C'est dégoûtant !

— C'est bien ce que je dis !

Enzo m'observe, mi-agacé, mi-angoissé. Il croit vraiment à ce qu'il dit ?

Oui, probablement.

— Enzo… C'est un film.

— Inspiré de faits réels.

— Et largement romancé. Premièrement, ça ne peut plus arriver aujourd'hui. Et deuxièmement, les anesthésies font l'objet d'une grande surveillance. Tout ce que tu risques, c'est une bonne gueule de bois au réveil.

Ou de ne pas te réveiller du tout. Mais ça, ça n'arrivera pas.

— Ouais… Bah, j'aime mieux une soirée bien arrosée qu'un aller-retour au bloc opératoire.

— Je sais bien…

Quelqu'un tape à la porte. L'infirmière se présente et s'approche d'Enzo, les bras chargés d'un petit paquet bleu sous plastique qu'elle dépose sur la tablette à côté de nous.

— Bonjour monsieur.

Elle observe un instant ses fiches. Son visage est doux mais ses traits sont tirés par la fatigue. Il y a fort à parier qu'elle vient d'enchaîner des gardes. Ses cheveux sont rassemblés en une queue-de-cheval haute et quelques mèches rebelles retombent le long de ses joues pâles.

— Pourriez-vous me dire votre nom, prénom et date de naissance ?

— Giaco Enzo, 3 mars 1990. Et toutes ses dents.

La jeune femme replonge ses yeux noisette dans ses documents. Elle clique sur l'embout de son stylo avant de le glisser dans la poche de sa blouse.

— Vous êtes ici pour une écho-endoscopie, c'est bien ça ?

— Eh oui, Louise. Le pied, n'est-ce pas ?

Je retiens un petit rire. Mon acolyte a déjà repéré le prénom de sa soignante. Pour moi, c'est plus compliqué (ô joie de la myopie).

— J'aurais préféré une entrée en matière moins directe. Un premier rendez-vous dans un restaurant, une place pour aller à l'opéra, une petite glace partagée sur un banc public… ce genre de choses, vous voyez.

L'infirmière relève le nez de son dossier et considère Enzo, un brin surprise.

— Mais visiblement le professeur Lemonnier n'est pas une romantique. Elle aime aller droit à l'essentiel !

Et dépecer des chiots vivants, rappelons-le.

Louise reste stoïque mais je vois bien le petit sourire qui se dessine discrètement au coin de ses lèvres. J'imagine que le respect de ses supérieurs la pousse à ne pas se laisser aller à la plaisanterie.

À l'hôpital, on évite de se moquer des grands pontes. Du moins, si on le fait, c'est loin des oreilles indiscrètes ou des patients.

— Vous êtes l'ami de Ludo, c'est ça ?

Le visage d'Enzo s'illumine et il acquiesce. Ses yeux brillent. Ne me dites pas que cet idiot est déjà amoureux ?

Si. Probablement.

Il y en a pour qui tomber amoureux relève de l'exploit d'une vie. Genre, moi. Pour Enzo, c'est un peu comme arriver en retard à un rendez-vous. Un style.

— Je vois. Il m'avait prévenue.

L'intéressé prend son air faussement vexé. Et s'adresse à l'infirmière avec une voix anormalement aiguë.

— « Prévenue » ? Mais de quoi ?

Louise m'envoie un regard entendu et je hausse les épaules d'impuissance. Elle garde néanmoins tout son professionnalisme et pose une main chaleureuse sur le bras d'Enzo.

— Le professeur Lemonnier est un excellent chirurgien. Vous êtes entre de bonnes mains.

Elle se penche un peu plus vers lui et lui décoche un clin d'œil.

— Si je peux me permettre l'expression.

Nous rions de bon cœur tous les trois et l'atmosphère se fait un peu moins lourde.

Elle passe sa pochette sous le bras et s'approche de l'arbre à perfusion pour régler la diffusion du sérum physiologique qui s'écoule doucement dans les veines d'Enzo.

— L'intervention dure entre deux et trois heures. Vous serez de retour dans votre chambre avant le déjeuner.

— Ah ! J'aurais été déçu de rater la fameuse nourriture de l'hôpital !

L'infirmière ne peut s'empêcher de compatir en souriant.

— Vous avez de la chance. Aujourd'hui, c'est quenelles…

— Finalement, mettez-moi double dose d'anesthésiant !

Enzo lui lâche une moue dégoûtée pendant que je m'esclaffe.

— Je continue la liste des réjouissances, monsieur. Il va falloir enfiler la tenue qui est glissée dans ce paquet en plastique. Vous avez bien pris votre douche à la Bétadine ce matin ?

— Oui…

Enzo me regarde en coin. L'infirmière intercepte notre échange silencieux.

— Ce n'est pas très agréable, surtout sur les cheveux, mais c'est important.

Vu comme j'ai dû insister, je ne peux m'empêcher de répliquer triomphalement.

— Ah ! Tu vois ?

— Oui, oui... Ça va !

À l'évidence, nous divertissons beaucoup Louise mais j'imagine qu'elle a un emploi du temps bien condensé. Une infirmière pour trente chambres, autant dire qu'à ce stade, ce n'est plus tirer sur la corde, c'est carrément l'arracher avec les dents.

— Le brancardier va venir vous chercher et vous emmener au bloc. Madame, vous pouvez attendre ici ou en salle d'attente. Vous serez prévenue lorsque votre ami sera en salle de réveil.

J'aurais voulu accompagner mon ami jusqu'au bout, mais ça ne va pas être possible...

— Très bien.

Une fois l'infirmière partie, nous fixons le paquet, Enzo et moi.

— Bon... Quand faut y aller.

— Tu veux que je sorte pendant que tu enfiles ta robe, princesse ?

Cendrillon me répond par un doigt d'honneur et déplie la tenue de bloc opératoire avec une mimique écœurée. J'avoue, pour lui, toujours pointilleux sur son look, ce doit être une véritable épreuve.

— Comme si tu n'avais jamais vu mes fesses. Tu veux que je te rappelle nos nombreux bains de minuit sur la plage de Menton ?

— Il y avait le noir pour m'empêcher de voir.

— Menteuse. Je suis sûre que t'as jamais pu te retenir de mater mon joli petit cul.

— Mater sans jamais pouvoir toucher, ça ne m'intéresse pas.

Je lui tourne le dos et j'observe à mon tour le ciel gris. Ma météo intérieure est tout aussi morne. Alors que je tente de chasser l'inquiétude de mon esprit, je pense à cet homme que j'ai ramené chez moi l'autre soir. Je n'en ai pas parlé à Enzo. Il me poserait trop de questions. Il me dirait encore de le rappeler, de tenter quelque chose... De toute façon, je ne lui ai même pas demandé son nom. J'ai juste pris. Et laissé partir. J'ai fait ce choix avec les hommes : je les trouve distrayants sur la peau, mais pas plus d'une nuit. Qui sait ? Peut-être qu'il a trouvé un job et une nouvelle petite amie.

— Putain, vivement que je m'endorme !

Je me retourne et découvre Enzo en tenue de Schtroumpf. Le pantalon bouffant à la taille, la petite charlotte sur sa tête et son air dépité manquent de me faire tomber du lit à cause du fou rire qui me prend.

— C'est ça ! Fous-toi de ma gueule !

Je n'arrive pas à m'arrêter devant le visage indigné de mon styliste préféré. Je crois même que j'en pleure !

— T'es trop mignon comme ça !

Je tends mon portable devant moi et immortalise l'instant. J'ai vu Enzo dans des tenues improbables, mais celle-ci surpasse toutes les autres !

— Tu partages cette photo sur Instagram et je te jure que ce sera ta dernière publication.

— Tu déconnes ? Avec un look pareil, tu pourrais lancer une nouvelle mode ! Je suis sûre que ta photo deviendrait plus virale que celle du chat qui sort du bain.

— Ah. Ah. Ah. Hilarant.

Enzo bondit sur le lit et s'assied les bras croisés sous la poitrine. Il boude.

— D'accord ! Promis. Je la garde pour moi. Elle fera un très bon dossier.

J'espère que nous pourrons regarder cette photo dans plusieurs années, lui et moi, autour d'un bon verre de vin et qu'Enzo me reprochera de m'être moqué de lui dans un moment pareil. Je l'espère vraiment.

Chapitre 8

Lucie

J'arpente les couloirs du service, le nez collé à l'écran de mon portable. Enzo est descendu au bloc depuis une bonne heure et je suis incapable de rester immobile. Ma seule échappatoire à cette attente, c'est le boulot. Et là non plus, on ne peut pas dire que les choses s'annoncent faciles. Les investisseurs ne sont toujours pas favorables à mon plan de retournement et ce, malgré les interventions d'Antoine pour tenter de rattraper le coup.

Mais est-ce qu'il a fait tout son possible ?

Je n'arrive pas à me persuader que mon P.-D.G. fait son maximum pour sauver le projet. Il m'a assurée qu'il gérait, mais comment peut-il convaincre les autres s'il n'est pas lui-même totalement conquis par l'idée ?

Quelque chose me travaille. Peut-être que je devrais moi-même appeler le plus frileux d'entre eux et défendre ma position. Je connais mon sujet sur le bout des doigts. Pas seulement parce que je l'ai étudié sous toutes les coutures, mais parce qu'il fait partie de moi. Je mange, je dors, je vis, je respire Biwace. Je ne suis pas seulement motivée, je suis véritablement obsédée par la réussite de notre objectif. Et sur la dernière ligne droite, je me repose sur un autre qui n'aura jamais le même entêtement que moi pour faire bouger les choses. Je me rends compte qu'en laissant Antoine prendre les rênes là-dessus, je saborde moi-même tout ce que j'ai tenté de réaliser pendant des mois. C'est à moi et à moi seule que revient cette tâche. Je ne suis pas au bureau, personne pour me déranger. Et j'ai du temps devant moi. Alors c'est le moment de foncer.

Au pire, mon comportement créera un précédent dans ma relation avec Antoine. Si les investisseurs suivent, il aura toutes les raisons du monde de passer l'éponge et s'ils ne suivent pas, il pourra me reprocher de l'avoir court-circuité mais une dispute sera le cadet de nos soucis. Je soupire et fixe la double porte devant moi où il est indiqué de ne pas entrer pour risque de contamination radioactive. J'ai l'étrange impression d'être précisément en train de pousser cette porte et d'aller au-devant d'une catastrophe nucléaire…

Je me décide à envoyer un message directement sur le mobile du récalcitrant. La bombe est envoyée. Plus qu'à attendre la réponse. Soit je viens de réduire mes derniers espoirs à néant, soit j'ai gagné une chance de tout arranger.

Wait and see.

Je traverse les couloirs aseptisés avant de descendre le vaste escalier qui mène au hall d'entrée. Je m'arrête quelques secondes au distributeur pour prendre une barre chocolatée. D'un air distrait, j'insère ma dernière pièce de deux euros et tape les numéros. J'observe alors d'un air taciturne le tortillon se déplacer dans le vide.

Oh non !

Je peste ! Je me suis plantée de numéro ! Je n'ai pas prêté attention au décalage et je me suis trompée de rangée. Résultat, mes deux derniers euros foutus en l'air et rien pour calmer mon estomac suppliant. Mais quelle nulle ! Je fouille désespérément dans le fond de mon sac à la recherche d'une pièce clandestine mais… rien. Je suis foutue. Quand je suis dans cet état, j'ai vraiment besoin de sucre. En être privée me donne envie de chialer.

Ma pauvre Lulu, je crois que tu es à fleur de peau…

— Ces machines ! C'est une calamité, tss !

Je me retourne, le regard triste, pour faire face à une vieille dame aux petits yeux pétillants.

— Je me suis fait avoir plus d'une fois ! Quelle saleté ! Je hais ces boîtes de ferraille !

Je l'observe râler et je lui trouve tout de suite un côté attachant. Elle doit faire deux têtes de moins que moi. Elle porte une robe à motifs géométriques et un châle en laine est serré autour de ses épaules. Elle tient une canne dans la main gauche. Il émane de cette femme une aura rassurante.

— C'est ma faute, j'avais la tête ailleurs et… Bref, j'aurais mieux fait de petit-déjeuner ce matin !

La vieille dame incline la tête dans ma direction. Ses deux mains posées sur sa canne, elle m'observe avec réprobation.

— Vous n'avez rien mangé ?

J'opine d'un air coupable.

— Pas eu le temps.

La vieille dame fait la moue et tourne la tête de droite à gauche d'un air désabusé.

— « Pas le temps ! » Le mal de notre siècle !

La vieille dame m'indique la machine du bout de sa canne.

— Dites-moi ce que vous voulez, ma petite.

— C'est vraiment gentil à vous mais…

— Ne faites pas de manières.

Refuser son aide serait impoli. Et mon corps a vraiment besoin de sa dose…

— Eh bien… Je voulais cette barre chocolatée, ici…

La vieille dame glisse une pièce dans la bouche du monstre, tape le numéro et frappe un coup au sol avec sa canne.

— Cette fois, cette machine a intérêt à vous délivrer votre dû !

Elle a posé à nouveau les deux mains sur le pommeau de sa canne et fixe la machine de son regard vif. J'aurais presque envie de la serrer dans mes bras. La force vive de cette femme me rappelle celle de ma grand-mère, de qui j'étais très proche.

— Merci beaucoup.

— C'est bien normal. Si on ne s'entraide pas, alors, que sommes-nous ? Des animaux !

Alors Paris est une grande ménagerie.

Je m'empare de mon précieux en-cas pendant que la vieille dame insère une nouvelle pièce dans le distributeur qui semble désormais la craindre. De toute évidence, il risque un coup de canne s'il joue au récalcitrant.

— Je vais prendre une de ces cochonneries pour mon Joseph. Je lui répète que c'est rempli de saletés, mais vous croyez qu'il m'écoute ?

Je lâche un petit rire.

— Les hommes…

— Oh oui ! Et autant vous dire que ça ne s'arrange pas avec l'âge !

Nous plaisantons à présent toutes les deux, complices. Soudain, les traits de la vieille dame s'assombrissent.

— Ah… C'est une bien belle saloperie ce cancer. Il tourmente Joseph depuis cinq ans. Cinq ans, vous vous rendez compte ? Je sais bien qu'il va finir par me le prendre…

J'inspire doucement et lui coule un regard compatissant. Ce bref moment de légèreté est terminé.

— Ce doit être excessivement difficile…

— Oh ma petite… Ça l'est ! Mais j'ai compris que certaines choses ne peuvent pas être changées. Alors il faut les accepter telles qu'elles sont. Joseph et moi, nous avons été heureux. Et je suis tous les jours reconnaissante pour ça.

C'est admirable. Cette femme est d'une grande sagesse. J'aimerais en dire autant de moi… Malheureusement, je ne suis pas prête à concéder la partie. Le cancer ne peut pas emporter mon Enzo.

— Vous savez, il y a quelque chose de bien pire que la mort. C'est d'avoir peur de sa venue au point d'oublier de prendre le temps de vivre sa vie. Mon Joseph a toujours été de ces hommes qui voient le beau en toute chose.

Elle sourit, le regard au loin, prise dans ses souvenirs.

— Il a toujours croqué la vie avec passion. C'est un romantique, un artiste… Savez-vous qu'il fait de merveilleuses peintures ?

Désormais je la vois regarder vers le ciel, avec amour et fierté. Je me demande si moi aussi, en imaginant que je parvienne un jour à son âge, je connaîtrai une si belle aventure ou si je me serai, au contraire, endurcie dans ma solitude.

Cette conversation inattendue est interrompue par la sonnerie de mon téléphone. Je me dandine pour le sortir de la poche arrière de mon jean et adresse un regard contrit à ma bienfaitrice.

— Excusez-moi…

— Oh, allez-y mon petit. Et prenez le temps de manger un peu. Vous m'avez l'air aussi fragile qu'une plume.

Je crois que c'est bien la première fois qu'on me taxe de « fragile ». Généralement, on me colle l'étiquette de la femme directive, froide et exigeante.

— Merci encore, madame.

À contrecœur, je me détourne de la vieille dame pour prendre l'appel. Mes doigts se crispent lorsque je comprends qu'il s'agit d'un numéro provenant du Royaume-Uni. Je me précipite à l'extérieur avant de décrocher.

— Miss Cavalho.

Je reconnais tout de suite la voix et l'accent british de celui qui m'avait mise en difficulté. Mes poils se hérissent mais au moins, il ne peut pas voir ma grimace. Je m'emmitoufle un peu plus dans mon manteau avant de poursuivre.

— Monsieur Williams. Merci de me rappeler.

Un blanc au bout du fil. Fini la gentillesse, j'entre à nouveau dans l'arène.

— Je voulais discuter de vos réticences quant à notre projet de retournement.

— J'ai déjà échangé avec monsieur Gaudin à ce sujet.

— Oui, je sais, mais je tenais à discuter directement avec vous. Je peux sans doute répondre à vos interrogations ou apporter un éclairage aux points qui vous semblent flous.

Mon interlocuteur pousse un soupir las qui n'augure rien de bon.

— Votre comportement confirme mon analyse quant à votre capacité à mener à bien ce projet. Votre gouvernance à deux têtes est vouée à l'échec. Vous vous permettez de court-circuiter le président de votre start-up pour venir me parler d'un sujet sur lequel je n'ai plus rien à dire. Et je ne parle pas de votre attitude à la réunion de la semaine dernière…

J'enrage ! Il va vraiment me tenir rigueur de mon départ anticipé ? Il ne peut pas effacer tous nos efforts, tous nos résultats, juste à cause d'une présentation légèrement désorganisée !

Légèrement ? Vraiment, Lucie ?

— Je suis à l'origine de cette proposition. Antoine le sait et n'a jamais prétendu autre chose. C'est d'ailleurs pour cela que j'ai mené la première partie de la réunion et pas lui…

— « Mené » est un grand mot. Et il me semble pourtant que vous n'êtes pas la présidente de Biwace ?

D'accord. Il veut la jouer comme ça. Peut-être que sous son besoin maladif de hiérarchie, ce qui le dérange, c'est qu'une femme soit à l'origine du projet ? C'est un problème auquel je me suis heurtée plus d'une fois dans ma carrière. La condescendance à peine camouflée des hommes et la jalousie parfois virulente de mes homologues féminines. Dans cette jungle, on apprend soit à sortir les griffes, soit à fermer sa gueule. Personnellement, j'ai toujours préféré la première option.

— Si vous faites référence à mon départ soudain, j'ai dû m'absenter pour raisons personnelles. Croyez bien que j'aurais préféré m'en passer.

Oh oui…

— Miss Cavalho, vous devez être capable de mettre votre vie personnelle de côté dès lors que vous poussez la porte de votre entreprise. Si ce n'est pas le cas, je ne suis pas disposé à investir davantage chez vous. Je ne peux pas prendre en considération vos enfants malades et vos problèmes de nounou.

Pour le moment, votre boîte est votre seule priorité, la chose qui est la plus importante dans votre vie.

Non mais je rêve... Ce type est un vrai connard ! Je ne sais pas ce qui me paraît le plus arriéré comme idée. Le fait qu'à son sens, une femme trentenaire n'ait d'autre ambition que celle d'enfanter ou que la tâche d'élever sa progéniture soit essentiellement de son ressort ? Il se situe où, le Williams, entre aujourd'hui et la préhistoire ?!

Respire Lucie, respire...

— Vous vous rendez compte que vous êtes l'un de nos investisseurs principaux et que vous envoyez un très mauvais signal aux autres actionnaires en agissant de cette façon ?

— Ce n'est pas mon problème, *miss*. C'est la loi des affaires. Et ma participation ne vous est pas due.

— Monsieur Williams, je suis vraiment désolée de la façon dont s'est déroulée notre dernière entrevue. Mais prenez un peu de hauteur. Notre start-up performe ! Avec mon approche, nous annonçons un résultat en croissance de plus de 30 % pour l'année prochaine.

— Ce ne sont que des estimations. Et de toute façon, vous avez perdu ma confiance.

— Écoutez, peut-être pouvons-nous convenir d'un rendez-vous ? Je peux me rendre dans vos locaux demain si vous le souhaitez. Je prends le premier vol pour Manchester et nous pourrons parler de tout ça au calme.

Ou je pourrais commettre le crime parfait en l'étouffant avec son pudding.

— Je suis parfaitement calme. N'insistez pas. Ma décision est prise.

Mais c'est qu'il est en train de me planter ma levée de fonds, le bougre !

— Oh et une dernière chose... Je vous invite à revoir votre façon de traiter ceux qui prennent les risques pour vous. Vous y gagnerez à l'avenir.

Cette fois, ma colère explose.

— Mais quels risques prenez-vous exactement, monsieur ? C'est ici, sur le terrain, que mon équipe prend les risques ! Pas depuis votre tour d'ivoire !

— Mademoiselle Cavalho, je pense que la discussion est close.

Je n'ai pas le temps de lui répondre qu'il a déjà raccroché. Me laissant seule face à ma frustration !

— Mais c'est pas vrai !

Je souffle et me laisse glisser contre le mur en fermant les yeux, le portable posé contre mon front. Complètement abasourdie, je pose ma tête contre mes genoux.

Putain ! Tout part en vrille. Moi compris !

J'ai merdé en beauté. Je viens de me mettre à dos notre actionnaire principal. Et je n'ai aucune idée de la façon dont je pourrais rattraper ce fiasco !

Chapitre 9

Lucie

Je suis vidée. J'ai passé un temps fou à appeler tous les investisseurs pour les convaincre de ne pas suivre la décision de Williams. Je m'y suis prise de façon subtile en appuyant sur l'ensemble des bénéfices que nous pourrions tous tirer de mon plan de retournement. Deux heures à écouter, argumenter, rassurer, chercher des solutions et rattraper le mal fait par Williams sur toute l'assemblée. Heureusement, ils se sont montrés plutôt ouverts et il m'a même semblé apercevoir une issue positive. L'ennui, c'est que sans la participation de notre actionnaire principal, la marge de manœuvre va être furieusement serrée. Conclusion : il va falloir tenir la barre d'une main de maître et se retrousser les manches !

Et mettre encore plus de pression sur les équipes…

Je me pose sur un banc, absorbée par mes pensées. Le bal des patients défile devant mes yeux sans que j'y prête vraiment attention. Mon rythme cardiaque n'a toujours pas terminé sa course folle depuis ce matin. Et avec mes derniers appels, il va remporter tous les records de vitesse. J'ai toujours ces angoisses terribles lorsque mon esprit s'envole vers ces scénarios catastrophes. Les pensées tournent en boucle dans ma tête : « Tu vas te planter », « Tu n'y arriveras pas », « Tu n'es pas à ta place », « Tu ferais mieux de t'avouer la réalité au lieu de t'obstiner »…

Parfois, il m'arrive d'oublier le lien avec la réalité et d'avoir l'horrible sensation que je perds, par la même occasion, le contrôle sur moi-même. Extérieurement, mon mal-être est invisible. Rien ne laisse percevoir la lutte acharnée qui s'agite à l'intérieur. Heureusement que personne ne sait. Même pas Enzo. Son pilier ne peut pas devenir bancal. Et encore moins maintenant.

La seule solution qui me reste est la fuite.

Fuir loin de tout. Loin du boulot, loin d'Enzo, loin de ma vie.

Je déteste mes pensées, elles me torturent. Et la mauvaise nouvelle, c'est que les petites garces adorent ça, d'autant plus si je les saisis et tente de les faire taire... Ma psy m'a diagnostiquée un trouble anxieux. Je dois vivre avec. C'est comme ça. *Youpi.*

J'ai des outils pour aller mieux. Je devrais me mettre au sport et à la méditation, mais je ne trouve pas le temps. Je crois, en toute honnêteté, que j'y mets de la mauvaise volonté. Au fond, je reste convaincue que je n'ai pas besoin de tout ça. Je vais très bien. Je ne suis pas timbrée, juste stressée.

Ma main réalise un geste habituel, machinal. Elle se glisse dans la poche intérieure de mon sac pour sortir une petite boîte de cachets magiques. Grâce à un seul de ces comprimés, dans quelques minutes, je me sentirai beaucoup mieux. Je le libère de son opercule puis le glisse sous ma langue. Il fond très vite et je me sens déjà apaisée en anticipant son effet. On dit que la vie est comme une boîte de chocolats, mais pour moi, elle se présente plutôt sous la forme d'une boîte de Xanax.

En parlant de chocolat, je défais mon maigre en-cas de son emballage et en croque enfin un morceau. Le petit biscuit est croustillant. Je ferme les yeux. Je repense à la vieille dame. Quelle étrange rencontre. C'est un peu comme si j'avais croisé une version féminine du dalaï-lama à la machine à café.

Un roucoulement vient m'interrompre. Un pigeon vient de se poser à côté de moi et avise avec envie ma barre chocolatée.

— Désolée mon gars. Il va falloir te trouver autre chose.

Je lève un index réprobateur à son intention et fronce les sourcils.

— Ne compte pas sur moi pour t'en laisser ne serait-ce qu'une miette.

Il a dû en avoir, des vies antérieures ratées, celui-là, pour finir en pigeon. Peut-être qu'il a commis des crimes ou de terribles injustices dans ses vies passées ? Ou peut-être que c'est juste un piaf qui manque de bol…

— Toi aussi, t'as un karma pourri, pas vrai ?

Le volatile me toise d'un bref regard somme toute assez vide et se détourne de moi comme s'il avait compris que je ne lui serais d'aucune utilité.

Je dégaine mon portable et ouvre Instagram. C'est mon petit refuge. Le moment où je me laisse aller à ma passion. Je fais défiler les commentaires sur ma dernière vidéo. Mon truc à moi, c'est d'arpenter les rues de Paris, caméra au poing, pour faire découvrir à mes followers les lieux les plus insolites de la ville, lorsque le monde de la nuit s'éveille… Je publie ensuite mes reportages et mes bons plans sur les réseaux sociaux. J'ai une petite communauté qui s'est formée en quelques années et je dois dire que je prends plaisir à laisser de côté la Lucie productive et responsable pour la Lucie plus libre et enthousiaste. Je me souviens encore des vidéos loufoques que nous tournions, Enzo et moi. Il faut dire que si mon ami n'avait pas percé dans le monde de la mode, il aurait pu aisément trouver sa place dans celui de la comédie.

Les gens qui me suivent n'ont aucune idée de mon vrai travail. Parce que oui, c'est juste un passe-temps. Mes parents ont pensé bon de me dissuader d'entreprendre une quelconque carrière dans le cinéma. Je crois que mon père aurait bouffé ses feuilles comptables s'il m'avait vue finir intermittente du spectacle. Dans la famille Cavalho, il n'y a pas de place pour l'art. La valeur se compte en nombre d'années d'études et la réussite se mesure avant tout à ce qui se trouve sur le compte en banque.

Je soupire et jette un bref coup d'œil à l'horloge digitale qui s'affiche sur l'écran de mon téléphone.

— Merde !

Je fais rapidement le calcul : voilà plus de quatre heures qu'Enzo est parti ! Quatre heures ! Je n'ai pas vu le temps passer avec tous mes appels !

J'avale mon biscuit d'une traite, manquant de m'étouffer, je me redresse comme une furie et traverse le petit parc au pas de course. Je passe l'accueil et m'engouffre dans le couloir afin de retrouver la chambre d'Enzo. Il doit être remonté depuis un bail et se demander ce que je fabrique !

Même pas capable d'être là pour le réveil de ton ami, bravo !

Mais un autre sentiment remplace celui de la culpabilité lorsque je pousse la porte de la chambre : l'inquiétude.

Son lit est vide. Je tape à la porte des toilettes mais personne ne me répond. À tous les coups, je viens de me tromper de numéro de chambre. Je ressors dans le couloir en maugréant après moi-même. Pourtant, c'est bien le bon numéro de chambre.

C'est quoi, ce délire ?

Je décide d'aller me renseigner au secrétariat, ils auront sans doute des nouvelles. Mais il n'y a personne à l'accueil. Je tente de trouver une blouse blanche dans le couloir, passe la tête par la porte du bureau des soignants, laisse traîner mes oreilles dans les chambres voisines… personne.

— Vous cherchez quelque chose, madame ?

Chance !

Une aide-soignante qui pousse nonchalamment son chariot vient de m'interpeller depuis le fond du couloir.

— Oui ! Excusez-moi, mais la personne que j'accompagnais est descendue au bloc il y a plus de quatre heures maintenant alors qu'elle devrait être remontée depuis au moins une bonne heure.

Elle me détaille de ses yeux fatigués tout en manipulant ses lingettes.

— Comment s'appelle-t-elle ?

— Enzo. Enzo Giaco.

— Allez vous asseoir près de l'accueil, je vais me renseigner.

Je pense que c'est une façon polie de me faire remarquer qu'elle n'apprécie pas que je me balade dans le service.

— Merci.

Je les vois disparaître, elle et son chariot. Je me déplace jusqu'à la petite salle d'attente et m'installe sur l'un des sièges en plastique parfaitement étudiés pour vous préparer une lombalgie.

Anxieuse, je fais des recherches sur mon téléphone pour vérifier à nouveau la durée normale de cette intervention. Je suis certaine que l'infirmière avait parlé de deux à trois heures maximum… Sans surprise, après une brève lecture sur un site médical, je trouve la même chose. Enzo devrait être ici maintenant.

Calme-toi, Lucie. Il y a sûrement une explication. De l'attente en bas. Une intervention d'urgence qui a retenu le chirurgien. Un interne qui a malencontreusement dérapé sur un scalpel. N'importe quoi.

Je me ronge les sangs, attendant que l'aide-soignante revienne avec des nouvelles.

Cinq minutes. Dix minutes. Une demi-heure et toujours rien.

Je n'y tiens plus. Je passe par la chambre d'Enzo, toujours vide, avant de retourner au secrétariat. Par chance, cette fois, un monsieur se tient derrière le plexiglas. Il semble très occupé et ne me porte aucune attention.

— Bonjour.

Le bonhomme ne me répond pas. Il se contente de noter quelque chose sur l'une des feuilles éparpillées sur son bureau.

— Bonjour !

Le type relève enfin le nez de ses documents pour me considérer d'un air maussade.

— Je vous ai entendue, madame. Je suis à vous dans deux minutes.

Deux minutes qui vont se transformer en un quart d'heure ? C'est ça, oui. Rêve.

— Écoutez, je suis désolée de vous interrompre mais mon ami est descendu en salle d'opération il y a bientôt cinq heures et il n'est toujours pas remonté. Ce n'est pas normal.

Il ne semble pas franchement réceptif à mon désarroi et ne lève pas les yeux de sa paperasse pour autant.

— Excusez-moi, vous m'avez entendue ?

Cette fois, le type soupire bruyamment et pose deux yeux agacés sur moi.

— Oui, je vous ai entendue madame... Pas besoin de hausser le ton. Comme vous le voyez je suis seul aujourd'hui pour gérer l'accueil des patients de ce service.

Il plaisante j'espère ? Le hall est vide !

— Je comprends. Écoutez, je suis juste inquiète ! Il devrait...

Le secrétaire souffle encore comme un bœuf et croise les mains sur les papiers devant lui.

— Le nom de votre ami.

Son ton est franchement désagréable. Je me retiens de lui faire une réflexion. Mais pour l'heure, il est ma seule solution. Alors je vais éviter de m'en faire un ennemi.

— Enzo Giaco. Je l'ai déjà donné à une aide-soignante de votre service. Elle devait me tenir au courant il y a de ça une demi-heure.

— Une aide-soignante ?

Il m'observe maintenant avec mépris. Je hoche la tête en arquant les sourcils pour bien lui montrer que l'irritation est réciproque.

— Oui. Une aide-soignante.

Mon interlocuteur affiche un sourire narquois et entreprend de ranger une pile de feuilles dans le petit casier noir à côté de son bureau.

— Eh bien, madame, comme son nom l'indique, une *aide-soignante* est là pour aider aux soins des patients... Vous êtes patiente dans ce service, madame ?

— Non, j'accompagne mon...

— D'accord. Donc le mieux est de venir demander aux personnes dont c'est le travail. Maintenant veuillez patienter comme tout le monde sur les sièges derrière vous, je vais passer un appel.

Fait divers : un homme d'une quarantaine d'années, travaillant au service viscéral de l'Hôtel-Dieu, a été retrouvé inerte à son poste de travail, étouffé par des feuilles roulées en boule et engouffrées sauvagement au fond de sa gorge. Lucie Cavalho, une jeune cadre supérieure dans la high-tech, suspectée d'être à l'origine de cette odieuse agression, nie les faits. L'investigation est toujours en cours.

Prends sur toi, Lulu. Prends sur toi.

Je m'assieds sur le siège en face de lui et le garde à l'œil. Je promets que s'il ne passe pas ce coup de fil dans les cinq prochaines minutes, je descends moi-même au bloc pour voir ce qui se passe.

Fort heureusement, il compose un numéro et prend un appel. L'échange dure. L'expression agaçante de son visage se change en quelque chose de plus sombre. Il fronce les sourcils, hoche de la tête et raccroche. Presque immédiatement, je me lève pour foncer vers lui.

— Alors ? Vous avez eu des nouvelles ?

— Oui et non.

Je ne sais pas ce qui doit me choquer le plus. La douceur soudaine dans le ton de sa voix ou sa réponse qui n'en est pas une.

— Il y a eu des complications mais je n'ai pas pu en savoir plus. Ils doivent me rappeler. L'équipe fait son possible.

Quoi ?!

— Quelles complications ?

— Je ne sais pas. Votre ami est encore au bloc.

Soit il sait, soit il ne sait pas. Mais il ne peut pas savoir à moitié !

— Et vous ne pouvez pas en savoir plus ?

— Non. Pas pour le moment. Je suis désolé.

— Mais… Il va bien ?

— Je ne sais pas madame. Il faut attendre que l'équipe sorte du bloc.

Je marque un temps d'arrêt et l'observe, interdite.

— Vous rigolez, n'est-ce pas ?!

Le secrétaire me lance un regard compatissant et me fait signe de me calmer.

— Écoutez, je ne peux pas en savoir plus pour l'instant. Le mieux que vous puissiez faire est de vous calmer et d'attendre.

Attendre ! Mais je ne fais que ça !

— Vous vous rendez compte de ce que vous me demandez ? Attendre sans savoir ce qui se passe pour lui ?!

— Je comprends madame, mais si je pouvais faire plus ce serait déjà fait.

Permets-moi d'en douter !

— Putain !

Je me retourne vivement et fonce vers mon sac. Il y a une seule personne qui puisse m'aider. Ludo.

Il m'a donné son contact au cas où j'aurais besoin de lui. Il n'a pas pu être disponible aujourd'hui car il enchaînait deux gardes. J'espère seulement qu'il aura branché son portable !

Les mains tremblantes, je fais défiler la liste de mes contacts. Je vais exploser si je ne sais pas comment va Enzo tout de suite. Cette incertitude est juste inhumaine !

— Allô… ?

Une voix un peu endormie me répond à l'autre bout du fil.

— Ludo ? C'est Lucie !

— Lucie ? Tout va bien ?

Le ton vient de changer. Mon interlocuteur semble avoir pris un shoot d'adrénaline. Il semble parfaitement réveillé maintenant.

— Non ! C'est Enzo ! Il est toujours au bloc, ça fait cinq heures ! Et la seule chose qu'ils me disent ici, c'est qu'il y a eu des complications ! Je ne sais pas comment il va ! Ludo, c'est horrible ! Qu'est-ce qui se passe ? Pourquoi ils me cachent des choses ?

— Calme-toi. Je vais voir ce qui se passe. Je te tiens au courant tout de suite, OK ?

— OK. Merci Ludo.

Ce type est une crème. Pas comme l'autre crétin derrière sa vitre. Il faut dire que maintenant, il n'en mène pas large. Il devait s'imaginer que j'étais une petite chieuse impatiente comme il doit en voir souvent. Mais non, manque de bol, là, il y a vraiment urgence !

Bip, bip !

Je me précipite sur mon téléphone. Ludo doit avoir eu des nouvelles !

Lucie, t'es sérieuse là ?
T'as appelé Williams ?
Rappelle-moi ASAP !
A.

Oh toi ! T'as mal choisi ton moment !

Pas dispo. Je te
rappelle plus tard.

Bip, bip !

Ah, Ludo, enfin !

Enzo a fait une hémorragie
pendant l'intervention.
L'équipe a réussi à le
stabiliser pour l'instant.
Il va être transféré en
service de réanimation.
J'arrive tout de suite.

Une hémorragie ? Mais comment est-ce possible ?

Chapitre 10

Nolann

J'attends mon père sur les quais de Killybegs, ma petite ville natale. Il ne faut pas se fier au nombre de ses habitants. Sous ses airs modestes, elle possède le plus gros port de pêche du comté et même d'Irlande. Le genre d'endroit qui me ramène tout droit à l'essentiel, loin de l'effervescence et des artifices des villes que je fréquente.

Pendant toute mon enfance, j'ai vu défiler des milliers de bateaux de pêche, et parmi eux, les plus gros chalutiers du pays. Mes yeux brillaient devant ces géants de fer quand je traînais sur les docks. Aujourd'hui encore, ils sont remplis d'admiration. Je regarde le large, cette interminable étendue qui scintille au lever du soleil. Cette force tranquille qui s'étend pour ensuite se retirer, calmement, laissant les bateaux dénudés.

Les marées me fascinent. Depuis toujours. Ce dialogue de la nature avec l'univers, cet éternel recommencement que rien ne vient perturber. Pas même la folie des hommes. Ici, je me suis toujours senti vulnérable. Prêt à succomber aux chants des sirènes. Tenu par l'envie viscérale de partir loin et seul, pour me mettre au défi. Je soupire. L'océan me manque. Il n'y a que face à lui que j'accepte de baisser les yeux. Parce qu'aussi loin que je me souvienne, rien ne m'a jamais fait autant planer que ces vagues.

Je tourne le dos à la mer. Derrière moi s'étend la campagne irlandaise. Montagneuse, verdoyante et… rude. C'est là-bas, dans l'une de ces vieilles chaumières, que j'ai grandi avec le strict minimum. Quand je pense au peu de confort que nous avions, je prends conscience qu'on s'habitue vite au luxe.

Je penche la tête sur mon mobile et ouvre notre application de stats boursières. Les cours font leur cinéma depuis plusieurs jours. Rien d'étonnant là-dedans. La bourse peut être une vraie petite peste lunatique. Jeff doit avoir les boules. On va sans doute perdre gros dans cette affaire. Il va être d'une humeur exécrable et me mener la vie dure. Rien d'inhabituel. Demain, il sera euphorique car les actions auront repris leur valeur. D'ailleurs, on doit faire un *call* dans quinze minutes et je n'ai toujours pas de nouvelles de mon père. Il devrait déjà être là…

Je fais défiler les chiffres d'un geste souple du pouce. Mes yeux et toute mon attention se plongent dans les données. La nostalgie aurait vite fait de m'engloutir dans sa gueule béante si je la laissais faire. OK, cette terre me manque. Mes racines me manquent. Mais je ne peux pas me laisser aller aux sentiments. Un homme doit évoluer et viser plus haut que ce à quoi tout le monde le prédestinait, y compris son propre père.

Le vent fouette mon visage, je sens l'odeur aigre du poisson incrustée partout autour de moi. Je renifle et esquisse une grimace. Le problème avec la cocaïne, c'est qu'elle vous détruit les sinus.

Je relève le nez et observe les marins qui s'activent déjà pour charger leurs bateaux. Le port est encore très actif. Pourtant, aujourd'hui, les choses ont changé. Il n'y a plus la même effervescence. Les ressources se font de plus en plus capricieuses et les quotas imposés par l'Union européenne n'arrangent rien.

J'ai vu mon père trimer toute sa vie sur son chalutier de trente mètres. À soixante-dix ans, il est toujours sur le pont. Son corps est toujours aussi nerveux mais il s'est creusé comme une gourde asséchée. J'en serre les dents et ma mâchoire se contracte de ressentiment.

Putain de vie.

Difficile de dire si le paternel a eu une existence heureuse. Je me demande même s'il s'est déjà lui-même posé la question. Mais ce n'est pas difficile de voir qu'il en a bavé et que le job l'a usé. Même si c'est une force de la nature, il suffit d'un regard sur son visage marqué et sur ses mains calleuses pour deviner les traces que les épreuves traversées ont laissées. Rien à voir avec les types que je fréquente dans les salles de marché… Les peaux sont lisses et les sourires francs sont remplacés par des sourires *ultrabright*.

Mes frères et moi, nous pouvions partir plusieurs jours sous le commandement de notre père pour nous rendre là où le poisson était le plus abondant. Il devenait « le Capitaine » et nous, son équipage. Il fallait suivre chacune de ses directives, tenir le cap, rester sur le pont même lorsque le vent du nord nous glaçait le visage. Plus les années passaient, plus il fallait s'éloigner des côtes. D'autres fois, notre père décidait de partir seul. Par temps de tempête, surtout. Parce qu'il ne pouvait pas en être autrement et qu'il ne voulait pas risquer la vie de ses fils. Combien de fois j'ai arpenté cet endroit comme un chien errant, la boule au ventre, sans savoir si j'allais revoir la proue de son bateau… Les pêcheurs m'embarquaient alors souvent dans les pubs du coin pour me changer les idées. J'en ai entendu, des récits de marins, plus souvent romancés que réalistes. C'étaient mes histoires du soir. Mais les conteurs, au lieu d'être autour d'un feu de camp, étaient plutôt en mode pilier de comptoir. L'avantage, c'est que j'ai appris très tôt à écouter les autres et à tenir foutrement bien l'alcool. L'inconvénient, c'est que j'ai aussi appris à prendre de belles raclées. Un fin sourire se dessine sur mes lèvres. Aujourd'hui, cette vie de besogneux est terminée. Il suffira d'un simple virement sur leur compte en banque pour mettre définitivement mes parents à l'abri du besoin. Et le voilier en face de moi, qui flotte paisiblement à sa place, en sera le témoin. Le Wauquiez nouvelle génération est un petit bijou de performance et d'élégance.

Aujourd'hui, papa, je réalise ton rêve.

Je l'ai toujours entendu nous parler de ces voiliers, des étoiles plein les yeux. Comme quand on parle de quelque chose qu'on ne parviendra jamais à atteindre. Mais rien n'est impossible.

— Ah ! Tu es là !

Je tourne la tête vers la voix grave et rocailleuse qui m'interpelle. Mon père me fait face. Ses yeux azur se posent sur moi. Ils ont toujours eu cette profondeur qui vous sonde l'âme. Face à lui, je me sens comme un gamin, sans tous mes subterfuges. Mon père s'intéresse au fond d'un homme en se fichant bien de la forme.

Il me fait cette moue bien à lui, entre espièglerie et indifférence, avant de tendre ses bras vers moi.

— Tu ne salues pas ton vieux père ?

J'ouvre les bras et partage une accolade virile. Sa parka verte empeste le poisson mais ça n'a pas d'importance. Notre étreinte est rapide. Elle ne dure jamais longtemps. Dans la famille, nous n'avons jamais été de grands démonstratifs.

— Bon anniversaire papa.

J'affiche un sourire satisfait en faisant un signe de tête vers le voilier. Soixante-dix ans, ça se fête. Je suis trop impatient pour garder mon secret plus longtemps.

— C'est quoi, ça ?

Le ton me surprend mais j'y suis habitué. Le style bourru fait partie du personnage.

— Un Wauquiez Centurion quarante-cinq pieds, papa. Avec ça, tu vas pouvoir te faire plaisir !

Mon père incline la tête vers moi, comme s'il avait mal entendu.

— Me faire plaisir ?

Je pose une main sur son épaule et l'invite à s'approcher de l'objet de ses rêves.

— Avec ce voilier, t'as une longueur de flottaison maximum ! Il est super stable, facile à mener dans la brise et…

Mon père se défait vivement de moi et m'observe avec dureté. Son geste de rejet me surprend et j'esquisse un mouvement de recul.

— Tu viens ici pour m'offrir ce voilier...?

— Pas seulement mais... il ne te plaît pas ?

Il balaie ma question de la main.

— On ne t'a pas vu depuis un an et tu reviens pour m'offrir ce bateau hors de prix ?!

— Il y a plus que ce bateau. Lui, c'est juste un cadeau. Je vais faire virer une belle somme sur votre compte en banque, comme ça, toi et maman, vous...

— Mais qu'est-ce que tu me racontes là ? Je n'ai pas besoin de ton argent ! Je vis très bien !

Je reste bouche bée. J'étais persuadé de réaliser son rêve. De lui enlever un poids. Au lieu de ça, il vient de rentrer dans une colère noire.

— Tu vis très bien ? Papa, tu as soixante-dix ans, tu es épuisé... Tu as le droit de t'arrêter ! Et tu as aussi le droit d'accepter mon aide !

— Ce n'est pas dans l'ordre des choses !

Je lève les mains devant moi. Le ton monte.

— C'est quoi, l'ordre des choses ? Que tu continues cette vie de pouilleux jusqu'à ce que je t'enterre ? Maman a peut-être envie que tu la promènes sur un beau voilier au lieu de se coltiner cette vie de misère !

— Non mais tu t'entends...? Tu as honte de nous, c'est ça ?

Je baisse les yeux, conscient que je viens d'aller trop loin.

— Non, bien sûr que non...

— Regarde-toi, Nolann !

— Quoi ?!... Je gagne de l'argent, j'ai de quoi vous mettre à l'abri, toi et maman. Je ne vois pas le problème.

— Mais garde-le, ton pognon ! Regarde ce qu'il t'a fait !

Mon père vient se poster à quelques centimètres de mon visage. Il est tellement en colère que les veines sous sa peau sont devenues saillantes et que ses lèvres tremblent.

— Tu as vu ton nez ?! Tu es encore défoncé à la cocaïne, c'est ça ?

— Putain, papa...

Cette fois, quelque chose de plus insupportable que la fureur se profile dans ses yeux. La déception.

— Tu parviens même à décevoir ta pauvre mère ! On ne sait pas ce que tu deviens ! On ne connaît même pas la femme que tu as épousée ! N'as-tu donc que ton argent facile et sale dans la vie ?!

Je recule d'un pas, sonné. Un rictus mauvais déforme mes lèvres.

— Tu sais quoi...? Ce n'était pas une bonne idée de me pointer ici. Je ferais bien de me barrer. Moi et mon argent facile.

Mon père expulse un juron.

— C'est ça ! Fuis encore ! Tu n'es bon qu'à ça !

Je me fige instantanément avant de me rapprocher de lui, menaçant. Lorsque j'étais minot, je devais lever la tête pour soutenir son regard. Aujourd'hui, je plante mes yeux dans les siens, d'égal à égal. D'homme à homme.

— Je suis parti d'ici pour vous sortir du pétrin ! J'ai galéré pour me faire une place ! Tout ça, c'était pour vous, papa !

— Peuh ! Ne me joue pas les héros maintenant ! Tu l'as fait pour toi ! Pour te pavaner comme un coq dans ton costume !

Il me toise de haut en bas, avec une mine de dégoût.

— Oh pardon, papa ! Pardon d'avoir gagné de l'argent et de vouloir en profiter ! Tu as peut-être raté ta vie à racler le fond des mers, mais ne me reproche pas d'avoir réussi la mienne !

La violence de mes propos a le don de le faire taire un court instant. Il me semble qu'un voile de tristesse passe sur ses yeux clairs.

— Désolé... Je ne voulais pas dire ça...

— Ta mère a bien raison. Tu as perdu pied... Je ne sais pas ce qu'est devenu mon fils mais ce n'est pas l'homme qui se tient devant moi.

Je ne sais pas ce qui me fait le plus mal. Ses paroles ou le ton posé et réfléchi qu'il vient d'employer. Alors, je suis perçu comme ça dans la famille ? Comme le fils cadet qui a oublié d'où il venait… ?

— Dans ce cas, je n'ai rien à faire ici.

Je me détourne de lui, les poings serrés. La colère me consume. J'ai fait tout ça pour eux. Tout ça pour les sortir de cette vie de merde ! Je me pointe avec le cadeau de ses rêves et voilà ma récompense ?… Mais quel vieux con !

Mes pas fendent le sol. J'ai tellement la rage que je pourrais frapper dans n'importe quoi ou même n'importe qui ! Putain d'injustice. Qu'est-ce qu'il aurait préféré ? Que je reste pourrir en Irlande comme mes frères ?

C'est à ce moment-là que mon portable décide de se manifester. Quand je vois le nom sur l'écran, je décroche vivement.

— Jeff, c'est pas le moment ! Je sais, on est dans la merde !

Une petite voix fluette me répond. Ce n'est pas Jeff mais Linsay, la secrétaire de notre bureau à Londres.

— Nolann, il faut que tu rentres tout de suite. C'est Jeffrey… Il est mort.

Chapitre 11

Lucie

Encore un jour où je déambule dans les couloirs de l'hôpital à la recherche de la chambre d'Enzo. Il a été déplacé dans ce service après avoir passé la nuit en réanimation. D'après Ludo, ce transfert relevait plus d'une mesure de sécurité que d'une réelle nécessité, mais je n'ai pas arrêté d'imaginer le pire. Résultat, le seul moment où j'ai brièvement trouvé le sommeil, je me suis réveillée en sueur, la sensation de mort imminente encore vive dans ma poitrine. Il était 3 heures du matin. Depuis, je ne me suis pas rendormie et j'ai soigneusement évité de croiser des miroirs. Je n'ai jamais aimé les films d'horreur, alors autant m'épargner une frousse d'enfer en contemplant mon reflet.

Hier, j'ai bien cru que j'allais perdre Enzo. Heureusement l'hémorragie a été contrôlée. C'était mal engagé, mais l'équipe a assuré. Si Miss Cruella avait été en face de moi quand Ludo m'a rappelée pour me dire que tout était rentré dans l'ordre, je crois bien que je lui aurais roulé la galoche de sa vie.

Je vais devoir garder mes excès d'enthousiasme pour moi. Ludo m'a prévenue, Enzo est très affaibli. Je vais éviter de l'étouffer entre mes bras dès son réveil, même si j'en meurs d'envie. *A priori,* il va devoir rester sous surveillance, probablement pour quelques jours. En tout cas, sa nouvelle conquête est une perle. Je ne sais pas ce qui les lie exactement tous les deux, mais son Ludo prend soin de lui comme si c'était l'un de ses proches. S'il n'avait pas été là, Dieu seul sait ce que j'aurais été capable de faire dans cette salle d'attente…

Les bras chargés d'une boîte de macarons dont Enzo raffole et d'une surprise qui devrait faire son petit effet, je cherche désespérément mon chemin. Mais une voix familière m'interpelle.

— Lucie !

Je me retourne et fais face à Ludo. Je ne le connais que depuis peu, mais je suis si heureuse de le voir que j'ai un mouvement tout à fait singulier. Que je refrène aussitôt ! Spontanément, j'aurai voulu le saluer en le prenant dans mes bras. Il y a des circonstances qui rapprochent plus vite les êtres qu'à l'accoutumée. Mais je ne suis pas à l'aise avec les gestes trop tactiles, je décide de garder mes distances.

Mon interlocuteur reste un peu désarçonné, ne sachant pas comment gérer la situation. Je brise tout de suite le malaise en le noyant de questions.

— Salut Ludo ! Tu as vu Enzo ? Comment va-t-il ? Il est réveillé ? Tu sais si les médecins sont passés ? Tu as les résultats de l'examen ?

Le jeune homme m'observe avec tendresse.

— J'en viens. Il est réveillé et il te réclame déjà. Tu veux que je t'accompagne jusqu'à lui ? Je prends ma garde dans dix minutes, je peux te montrer le chemin.

Il est tellement gentil que j'en viens à me demander pourquoi il l'est autant.

— Avec plaisir ! Cet endroit est un vrai labyrinthe !

— Et encore, tu n'as pas vu l'aile est. Là-bas, si tu ne veux pas te perdre, il te faut un GPS. Ici, c'est le niveau pour les nuls.

— Est-ce que je dois comprendre que tu me traites de nulle ?

Il me lance une moue faussement navrée avant de se faire plus sérieux.

— Écoute Lucie, il faut que je te dise…

Il stoppe sa course et ses yeux se perdent sur le sol en lino. Il semble peiner à trouver ses mots. Je n'aime pas ça.

— Qu'est-ce qu'il y a, Ludo ?

— J'ai regardé le compte rendu de l'examen. Le pronostic est vraiment mauvais. Il faut s'attendre à ce que les jours qui viennent soient très éprouvants.

— Malheureusement, je crois qu'on sait tous de quoi il retourne. On sait très bien par quoi Enzo va devoir passer.

Je suppose que Ludo ne connaît pas toute l'histoire de mon ami. Le combat de son père avec la maladie. Enzo bavasse beaucoup, on pourrait le penser léger et naïf au premier abord, mais la réalité est tout autre. Il ne livre les choses importantes de sa vie qu'à quelques personnes bien choisies. Et pour sa défense, ce n'est pas le genre de sujet qu'on aborde lors d'un premier rencard.

Un voile de tristesse passe sur les yeux doux du jeune infirmier. Il me regarde désormais avec douleur.

Et je déteste ça.

Je fixe mon interlocuteur sans fléchir. Pas le moment.

— On doit penser positif, OK ? Enzo a besoin de nous.

Ludo reste silencieux. Visiblement, l'option *stay positive* n'est pas dans ses plans. J'imagine qu'il voit trop de drames pour ça. Mais ce qu'il attend de moi est impossible. Je ne suis pas en mesure de lui remonter le moral. Je ne peux pas le soulager de sa peine. Je ne sais même pas comment gérer la mienne !

— Avant de tirer la moindre conclusion, on va attendre l'avis du spécialiste qui a suivi Enzo, tu ne crois pas ?

Je crains de le blesser en ne prenant pas son avis en considération, mais je me protège comme je peux. Il va me voir comme une garce froide et insensible mais je refuse de continuer à l'écouter. C'est trop dur.

Pourtant, au lieu de se fermer, il se contente de hocher la tête calmement.

— Tu as raison. Viens, je t'accompagne.

Quand je pousse la porte de la chambre, je m'attends à voir notre malade fortement diminué et recroquevillé dans son lit. Pourtant, tout au contraire, Enzo est bien réveillé, habillé et assis en tailleur. Les deux seules choses qui peuvent laisser deviner son état sont la pâleur extrême de sa peau mais aussi son bras relié à un arbre à perfusion rempli de sacs transparents et rouge carmin. Je suis soufflée !

— Enzo !

Je cours jusqu'à son lit et me jette littéralement contre lui ! J'engouffre ma tête contre son cou et ses bras viennent s'enrouler autour mes épaules. L'odeur de sa peau et la chaleur que je ressens à son contact m'apaisent tout de suite. Il est là. Contre moi. Tout chaud et bien vivant. Ses mains finissent par me repousser à contrecœur.

— Hey petit moineau… Je sais que tu ne peux pas te passer de moi, mais j'ai un peu mal au ventre, tu vois… Justement là où tu viens allègrement de t'écraser.

Je me défais de lui les yeux humides. Je passe ma main le long de son bras et le scanne tout entier comme pour m'assurer que rien ne manque.

— T'inquiète, l'essentiel est toujours là.

Il me regarde avec son air d'imbécile en indiquant avec une subtilité toute relative son entrejambe. Je lève les yeux au ciel. Ce gros nigaud ne se rend pas compte que j'ai cru le perdre !

— Comment tu te sens ? Tu as l'air en forme !

Enzo ricane.

— Mais tellement ! J'ai une pêche d'enfer ! Je me suis enfilé quelques litres de sang par intraveineuse et ça va vachement mieux ! Il faudrait que je pense à le faire plus souvent !

Je lui envoie une tape sur l'épaule.

— Idiot.

Il lâche un hoquet narquois.

— Voilà. Je retrouve ma Lulu. Douce et compatissante.

Je le provoque d'un regard machiavélique.

— Ne sois pas insolent sinon…

Je remue la boîte devant son nez.

— … je les remporte avec moi.

En voyant l'objet de mon odieux chantage, le regard d'Enzo s'illumine.

— Oh putain !!!

Le voilà excité comme une puce. Ces petites merveilles l'ont toujours rendu marteau. Même avec une gastro carabinée, je crois qu'il s'en empiffrerait, quitte à ce qu'elles fassent un aller-retour express dans son estomac.

— Eh oui…

— Tu as vraiment traversé Paris pour aller me les chercher ?

— Eh oui… Vas-y, vas-y… dis-moi combien tu m'aimes… Combien tu as de la chance d'avoir une amie en or comme moi…

— Alors, tu sais qu'il n'y a rien que j'adore plus que toi…

— À part les macarons Pierre Hermé ! Ouais je sais, espèce d'ingrat !

Je lui tends le précieux trésor. Puis, d'un air malicieux, je sors la petite peluche de mon sac. Je vois les yeux d'Enzo s'arrondir.

— Oh ! Mais où est-ce que tu as trouvé ça ?!

— Dans un magasin pour enfants… Imagine un peu la volonté surhumaine dont il m'a fallu faire preuve pour pénétrer dans un lieu pareil ! J'ai bien cru ne pas en ressortir saine d'esprit !

Je bouge mes bras de façon théâtrale pendant qu'Enzo détaille ma petite trouvaille, les yeux humides.

— C'est pas vrai… Tu as même peint un œil en bleu ?

— Yes ! Tu vois, moi aussi, à mes heures perdues, je peux être une artiste !

Enzo est touché et nous sommes à deux doigts de chialer tous les deux sur cette boule de poils synthétique. J'ai trouvé la réplique (presque) parfaite de Bambou, le border collie de notre enfance. À la différence que le nôtre avait les yeux vairons. Alors, avec de la peinture, j'ai fait comme j'ai pu pour colorer l'œil gauche de la peluche.

— Merci Lulu ! Tu te souviens de ce chien… C'était un sacré numéro !

— Ce n'était pas un chien, c'était Bambou ! Il a quand même fait de la spéléo avec nous ! La tête de ta mère lorsqu'on lui a raconté notre excursion sauvage !

— Ne m'en parle pas ! J'en ai entendu parler pendant des lustres ! Tu te souviens qu'il chassait sa propre ombre, ce couillon ?

Nous nous esclaffons. Mais, rapidement, je reprends mon sérieux et pose ma main sur la jambe d'Enzo.

— Bon, comment tu te sens ?

Les autres pourraient penser qu'il prend plutôt bien la situation. Mais moi, je le connais, et je sais décrypter toutes ses mimiques. Le ton de sa voix change, je saisis le frémissement léger au coin de ses lèvres et l'affaissement subtil de ses épaules.

— Pas si mal. J'attends le toubib. Il doit passer dans la matinée.

— OK. Je reste avec toi.

— Non Lulu ! Tu as mieux à faire ! Et de toute façon, je ne compte pas m'éterniser. Il va falloir qu'ils me laissent sortir ! J'avais la réunion pour l'AG ce matin et…

— Enzo, tu te fous de ma gueule ? Je dois te rappeler que tu as fait une hémorragie ? Tu as besoin de repos !

— Je ne vois pas à quoi ça sert que je reste ici. Je me sens mieux.

Je coule un regard soucieux à mon ami. Je n'aime pas le voir comme ça. Il vient d'ériger un mur de déni devant lui. Mais je n'ose pas aborder LE sujet.

Depuis quand, au juste ?

J'ai toujours parlé de tout avec Enzo. À croire que la spécialité du cancer réside dans l'art d'être silencieux. À tous les niveaux.

Mes questionnements sont interrompus par trois petits coups frappés à la porte. Je vois la silhouette filiforme du professeur Lemonnier se glisser dans la pièce.

— Bonjour monsieur Giaco. Madame…

Je lui renvoie son léger signe de tête. Notre dernier échange ne s'est pas terminé de façon très cordiale mais ce serait m'accorder trop d'importance de partir du principe qu'elle s'en souvient. Elle croise les mains contre ses fiches et observe son patient comme le ferait un scientifique devant un rat de laboratoire.

— Comment vous sentez-vous ?

— Ça va.

Enzo affiche un sourire de façade. Vide de sens. Je le vois, il a le cœur au bord des lèvres.

— Bien.

Bien ? Elle va vraiment se contenter de ça… ?

Trois nouveaux coups sont frappés contre la porte. Plus discrets cette fois. Le professeur soupire d'agacement et se tourne en direction de son interne qui se faufile jusqu'à nous. L'air penaud, il se confond en excuses avant de baisser les yeux vers le sol. Elle lui renvoie un regard à faire trembler le diable en personne avant de se concentrer de nouveau sur son compte rendu. J'imagine que le pauvre malheureux aura son compte plus tard. Et en mon for intérieur, je me félicite de ne pas avoir choisi de faire médecine.

Inconsciemment, je me rapproche d'Enzo et lui prends la main. Cette femme me refroidit plus qu'une congère.

— Vous avez eu un épisode hémorragique pendant l'examen… Notez.

Ce dernier mot particulièrement sec n'est pas destiné à Enzo mais à l'interne qui rase le mur de la chambre. Il manque de faire tomber son calepin en se précipitant pour s'exécuter sur-le-champ.

Mon pauvre garçon, il va falloir t'endurcir si tu ne veux pas finir comme la carpette du service.

Le professeur Lemonnier poursuit sans faire attention au grand dadais qui tremble comme une feuille dans son dos.

— L'écho-endoscopie a révélé une tumeur infiltrée du pancréas avec atteinte du foie et des gros vaisseaux dans la zone.

Je l'observe avec des yeux de bulot cuit. Je ne comprends rien à son charabia mais les radars viennent de s'allumer au rouge clignotant dans mon cerveau. Est-ce qu'elle veut dire que le cancer s'est répandu ?

— La tumeur est inopérable comme le scanner tendait à montrer.

Cette fois, une main invisible s'enroule très fort autour de mon cou et serre. Elle serre si fort que je peine à respirer. Si fort que ma poitrine se comprime et me fait un mal de chien. Devant notre mutisme, le docteur continue.

— Il existe toutefois des traitements pour les cas inopérables. C'est la chimioembolisation.

— La chimio... quoi ?...

Ma question a franchi la barrière de mes lèvres sans me demander l'autorisation. Enzo, lui, ne dit rien. Le regard glacial du professeur se tourne vers moi.

— C'est un procédé qui associe l'injection d'un traitement médicamenteux à un blocage du sang qui alimente la tumeur. Ce traitement nécessite plusieurs jours d'hospitalisation à chaque fois et il y a plusieurs cures rapprochées à faire.

Mon cerveau carbure à toute allure pour trouver une issue. Il existe donc un traitement possible. Une solution. Le professeur s'adresse à nouveau à mon ami.

— Étant donné le stade de votre cancer, nous allons commencer la première cure de chimioembolisation très vite. On vous pose un cathéter et vous êtes conscient pendant l'intervention. Il est possible que vous souffriez d'un syndrome de postembolisation. Des nausées, des douleurs dans le ventre et de la fièvre sont les symptômes le plus souvent décrits. Un hématome au niveau de l'aine peut apparaître et plus rarement une infection sur le site de la chimioembolisation. Un traitement antibiotique vous serait alors administré. Même si elle est très rare avec ce traitement, il se peut aussi qu'une alopécie se produise.

Les mots du docteur défilent si vite. Je suis acculée, poignardée à de multiples reprises par toutes ces informations qu'elle nous jette au visage.

— Vous devez savoir qu'une infertilité est toujours possible à la suite d'un tel traitement. Vous serez donc amené à faire un recueil de sperme, si vous en faites la demande, au service fertilité de l'hôpital.

Je fronce les sourcils, je suis à bout de souffle. C'est un véritable cauchemar… Ces nouvelles sont toutes plus horribles les unes que les autres.

— Vous devez savoir que la chimioembolisation est un traitement qui oblige à rester à votre domicile ou du moins proche de votre lieu de prise en charge. Elle nécessite une surveillance quotidienne. Vous devrez faire des prises de sang régulièrement pour veiller que vos taux sanguins restent dans les normes. L'état de votre cathéter sera suivi par des infirmiers qui se rendront à votre domicile.

C'est comme si elle lui demandait de mettre sa vie entre parenthèses…

Ce n'est pas « comme si », Lucie. C'est ce qu'elle lui demande.

La main d'Enzo quitte la mienne et le vide s'ouvre sous mes pieds. La peluche de Bambou s'écrase sur le sol tandis qu'il rassemble ses paumes contre son beau visage. Avant que j'aie le temps de prononcer le moindre mot, il éclate en sanglots. Tout mon être se fissure. Je reste plantée comme une imbécile devant la détresse de la personne qui compte le plus à mes yeux. Je me sens inutile, impuissante, paralysée. Je viens de trouver plus fort que moi. Le crabe vient de me mettre K.-O.

— Je sais que c'est beaucoup à intégrer. J'ai un devoir d'information. Je peux vous laisser seuls et repasser plus tard si vous le souhaitez.

Je porte un regard vide au professeur Lemonnier. Et contre toute attente, son expression s'adoucit. Je me retourne à nouveau vers mon Enzo. Il ne répond pas. Il n'est plus qu'une boule fragile, recroquevillée sur elle-même, secouée par des spasmes insupportables. Son armure de protection vient de voler en éclats. Mais je refuse qu'il perde sa dignité devant ces deux blouses blanches. La voix cassée, je prends les devants.

— Oui, s'il vous plaît, laissez-nous. Je crois que nous avons besoin d'un moment…

Chapitre 12

Lucie

J'expulse la fumée de ma gorge mais rien n'arrive à déloger la boule d'incompréhension qui s'est installée là-dedans. Tout va trop vite. J'ai l'impression d'être l'héroïne d'un drame. Propulsée au centre d'une espèce de descente aux enfers. Mon esprit ne parvient pas à assimiler toutes les informations qu'il vient de se prendre en pleine face. Est-ce que c'est toujours comme ça ? Je veux dire… aussi brut ?

Comment veux-tu que ce soit, Lucie ? Une annonce avec des petits fours ?

Je pensais naïvement que le malade était un tant soit peu ménagé. Qu'on le préparait à recevoir toute la liste des réjouissances à venir. J'étais bien loin de m'imaginer combien la réalité était différente. Elle est directe, mécanique, implacable. Pour le coup, je prends toute la mesure de ce que Penelope a enduré pour épargner ses proches. Dire qu'elle a vécu ce moment, elle aussi, avec le père d'Enzo…

Prendre conscience que le cancer s'est frayé une large place dans le corps de mon ami me donne envie de vomir. Je l'imagine comme une forme noire hideuse, aux membres laxes et gluants, nécrosant tout ce qu'elle trouve sur son chemin…

La migraine me menace. N'y a-t-il pas moyen d'appuyer sur le bouton pause ? De rembobiner le film ? C'est une erreur de casting, il faut refaire la scène ! Je soupire et tire à nouveau nerveusement sur ma clope. Et ce putain de temps toujours grisâtre. Je rêverais que le soleil se pointe, il nous apporterait au moins un peu de réconfort. Mais non, cette foutue ville et son crachin dégueulasse d'automne sont bien décidés à parfaire le tableau.

Enzo est à côté de moi. Abattu dans son fauteuil roulant, les yeux gonflés de désespoir et le nez collé à son téléphone. Quelques minutes après le départ des deux docteurs, il a relevé la tête comme s'il sortait d'un long cauchemar. Ses larmes se sont stoppées net et il m'a demandé de le faire sortir de sa chambre pour aller fumer. Je l'ai aidé à s'installer dans son fauteuil et nous avons traversé les couloirs jusqu'à trouver la première issue. Depuis, il est resté silencieux. Il a ignoré ma présence.

Je connais le personnage. Il lui arrive de se refermer comme une huître et de se réfugier dans sa bulle. Dans ces moments-là, toute tentative de connexion de ma part serait perçue comme une intrusion. Je dois attendre qu'il soit prêt à me parler. Alors je lui laisse de l'espace. Même si ça m'est très difficile.

Je l'ai vu prendre un appel, tirer comme un forcené sur son mégot, pianoter sur son téléphone en maugréant et froncer les sourcils une bonne vingtaine de fois. Voilà une demi-heure que ça dure. Je ne sais absolument pas à qui il parle. À sa mère ? Peu probable… À son frère ? Encore moins.

J'ai moi aussi dégainé mon portable. Le meilleur allié des âmes esseulées. Ce dernier n'arrêtait pas de s'exciter dans mon sac depuis ce matin. Les notifications pleuvaient. Des SMS, des e-mails, et ma *to-do list* qui a bien failli devenir folle à force de m'envoyer des rappels.

Même pas un message d'Antoine. Il fait la gueule depuis l'épisode Williams. Je ne savais pas que nous étions encore en primaire et qu'il était capable de m'ignorer comme un gosse à qui j'aurais volé des billes. Après tout, nous avons juste une start-up à faire décoller et une équipe qui compte sur nous !

Un détail, donc.

Il faut croire que les adultes ne sont que de grands enfants camouflés sous les habits de la responsabilité. Bref. Ça lui passera. J'ai plus important à gérer que son ego. Et je suis en colère.

Et quand je suis dans cet état, je peux littéralement exploser sur la première personne qui croise ma route. Alors, de toute évidence, si je ne veux pas envenimer un peu plus la situation avec Antoine, j'ai tout intérêt à éviter physiquement le bureau aujourd'hui.

Encore une latte, encore la brûlure de la nicotine dans mes poumons, et encore cette gorge nouée. J'écrase le mégot au sol et lance un regard à mon ami.

Qu'est-ce qui se passe dans ta tête, Enzo ?

J'aimerais tellement lui enlever sa peine. Prendre un peu de cette saloperie en moi. Lui assurer que nous allons combattre cette chose ensemble. Former encore notre bouclier invincible contre les épreuves de la vie.

Mais je dois me rendre à l'évidence. Face à la maladie, il est seul. Tout ce que je peux faire, c'est l'assurer de ma présence. Comme je l'ai toujours fait.

Sauf que, cette fois, ça ne sera pas suffisant.

Il semble si absorbé par ce qu'il lit qu'il ne fait pas attention à moi et à mon regard qui le scrute sous toutes les coutures. D'habitude, il m'aurait lancé une vanne, mais aujourd'hui, c'est juste le silence.

Après quelques instants, il passe une main dans ses cheveux et laisse échapper un juron.

— Putain, je le crois pas !

Hourra ! Il parle !

Il souffle, roule des yeux et affiche un sourire narquois.

— J'ai demandé à un pote de se rendre au studio ce matin au cas où quelqu'un se présenterait pour l'AG, comme je n'avais pas de nouvelles de Gaspard… Eh bien, figure-toi que, pour une fois, il est venu !

— Quoi ? Mais il ne t'avait pas demandé le vote à distance et la procuration ? Il est rentré à Paris finalement ?

— Si, il me les a demandés comme d'habitude. Mais tu sais bien qu'il me renvoie toujours les documents signés au dernier moment, style quelques minutes avant la réunion. Je ne sais jamais s'il va se pointer ou pas. Toutes les dernières fois, il n'est pas venu. Putain, il fallait qu'il débarque le jour où je ne peux pas être là !

— C'était avec lui que tu étais en ligne tout à l'heure ? Je t'ai déjà dit de ne plus l'appeler…

À chaque fois qu'Enzo a des échanges avec lui, c'est comme si un rouleau compresseur venait de lui rouler dessus. Face à quelqu'un qui ne veut pas arranger les choses, il perd son sang-froid et son énergie. J'ai beau le lui répéter, Enzo garde toujours l'espoir que ce type retrouve un semblant de bon sens.

— Non. J'étais avec mon pote. Il lui a expliqué que j'étais hospitalisé. Et que du coup, il fallait annuler la réunion. Il m'a dit que son visage a changé d'expression. Pas pour ma situation, mais parce qu'il s'était déplacé depuis Amsterdam pour rien.

C'est confirmé. Je hais ce mec.

— Il a même essayé de m'appeler et il a laissé un message…

— Qui ? Gaspard ?

— Lui-même…

J'enlève ma clope du bec et m'avance tout de go vers mon ami.

— Fais-moi écouter !

— Non. Après, tu risquerais de commettre un meurtre. Et je n'ai pas envie de te récupérer chez les flics…

Je lui retourne une moue offusquée.

— Je sais me tenir. La preuve, je n'ai pas encore mis de contrat sur sa tête.

— Oui. Comme tu dis, « pas encore ».

Je le regarde en biais. Je suis peut-être un poil impulsive (*un poil*), mais je ne suis pas encore folle au point d'aller jusqu'au crime.

— En gros, il prenait ses grands airs en mode : « Je me suis rendu dans les locaux pour l'AG et je constate qu'il semblerait que tu sois hospitalisé… »

— Il « semblerait » ? Il insinue sérieusement que tu feins d'être à l'hôpital, cet abruti ?

Je vois rouge. Comment peut-on être aussi tordu ?

Peut-être parce que le mec est tellement vicieux que lui-même serait capable de balancer un gros bobard pour éviter de faire face à ses responsabilités…

— Il faut croire, putain !

Enzo est dans tous ses états. Est-ce que les astres ont décidé de s'aligner pour le descendre ?

Je bous de colère. Je crois bien que là, je viens tout juste d'atteindre la phase terminale ! Toutes mes émotions se mélangent et forment un cocktail détonnant !

— Le pire, c'est qu'il est encore au studio et qu'il doit foutre le bordel auprès de l'équipe…

— Tu déconnes ?! Il est encore là-bas ? Il a pu entrer dans les locaux ?

— Mon pote n'est pas vraiment taillé comme un déménageur. La seule chose qu'il soulève avec une seule main, ce sont ses tasses de thé. Et puis, tu sais comment est Gaspard… Il a réussi à l'intimider avec ses airs de businessman qui connaît tout Paris.

J'émets un rire âpre. Il a de la chance de ne pas être tombé sur moi. Il aurait pu essayer de m'intimider. Les grandes gueules dans son genre n'ont généralement pas grand-chose dans le ventre. Je connais l'avenir de ce Gaspard : oublié de tous.

— Tu sais qu'il n'a pas le droit de faire ça ?

— À force, Lulu, je ne sais plus ce qu'il a le droit de faire ou non…

Enzo ferme les yeux et laisse tomber sa tête dans la paume de sa main. Lui, toujours si enthousiaste, le voilà complètement découragé.

— Putain, j'en peux plus. Comme si j'avais besoin de ça maintenant…

Je m'accroupis devant lui et pose mes mains sur ses genoux.

— Enzo. Tu ne dois pas te laisser toucher, OK ? C'est un minable qui pense avoir un petit pouvoir. Pour l'heure, tu as bien plus important à penser. Tu dois garder tes forces pour le marathon qui s'annonce.

Les mains de mon ami se reposent sur les accoudoirs et son regard vient se planter dans le mien. Le vide que je lis dans ses yeux est terriblement éprouvant.

— Tu ne peux pas mener tous les combats. Il va falloir choisir, Enzo. Et choisir, c'est abandonner.

Son regard se fait plus dur. Sa poitrine se redresse et ses sourcils se froncent.

— Ce n'est pas parce que je suis malade que je vais laisser à cette enflure le loisir de couler ma boîte !

— Enzo… Pense un peu à toi, bon sang.

Le styliste soupire lourdement. Ses yeux se perdent sur les passants qui défilent sur le trottoir derrière moi. Je remue légèrement devant lui pour capter à nouveau son attention.

— Il y a des combats qui sont importants et d'autres qui le sont moins.

Enzo me lance un sourire railleur teinté de rancœur.

— Je ne crois pas que tu sois en mesure de me faire la morale sur le sujet. Madame je fais passer mon job avant ma vie perso.

Je prends le coup et j'encaisse.

Mon ami s'en veut tout de suite, je le vois à son regard qui change immédiatement d'expression. Il pose doucement ses mains sur les miennes. Elles sont gelées.

— Désolé petit moineau, je suis un idiot. Tu es là avec moi et je trouve le moyen de la ramener. Je crois que je déraille complet.

— Mais non… Et puis, dans l'absolu… tu n'as pas forcément tort.

À mon tour de le regarder tristement. Je sais très bien que je suis tout aussi victime que lui du monstre moderne. Mais je suis imbattable pour donner aux autres de bons conseils que je ne suis pas moi-même…

Je prends ses deux mains dans les miennes et le regarde intensément. J'essaie de refouler les larmes qui menacent de s'échapper.

— Là où tu te trompes, c'est que rien ne passe avant toi. Tu piges ça ?

Ses yeux s'adoucissent à nouveau et je vois bien qu'il n'en faudrait pas beaucoup pour que les larmes reviennent.

— Arrête, tu vas me faire chialer…

Mes lèvres tremblent et mes yeux me brûlent. Je lui livre ici une de mes plus grandes convictions : il n'y a rien de plus important que lui dans ma vie. Rien.

— Tu es ma priorité absolue. La seule chose qui compte aujourd'hui, c'est de défoncer cette espèce d'intrus qui a décidé de s'installer chez toi sans autorisation. Alors, tu dois consacrer toute ta volonté à lui mettre la raclée !

Un voile de désespoir passe sur les yeux d'Enzo. Le voir si malheureux m'est insupportable.

Enzo fixe nos mains enlacées, les yeux humides.

— Alors quoi ?… Je dois laisser Gaspard gagner ? Abandonner le studio ? L'équipe ? Tout ce que j'ai construit jusqu'à présent ?

— Peut-être. Tu construiras autre chose de différent. J'ai confiance en toi.

Enzo me regarde désormais comme un élève son mentor. C'est toujours l'impression qu'il me donne lorsque la femme d'affaires s'adresse à l'artiste. D'habitude, nous nous en amusons. Enzo est toujours ultra enthousiaste et mon rôle est de le remettre un peu sur les rails, sans le brider dans sa créativité pour autant. Mais nous touchons là un sujet sensible, sur lequel mon ami a toujours refusé de me laisser de l'espace.

— Tu me laisses me pointer là-bas. Tu me laisses parler à Gaspard. S'il lui reste une petite part d'humanité, il arrêtera ses conneries.

Enzo reste silencieux quelques instants. Il m'observe intensément, comme s'il pesait le pour et le contre.

— OK.

La réponse est si limpide que j'en cligne des yeux et esquisse un mouvement de recul. Pour Enzo, être si concis, c'est du jamais-vu.

— OK ?

— Oui, c'est ce que j'ai dit.

D'accord, mais nous avons un autre problème. Avec tout ce que nous avons encaissé, tout à l'heure, dans cette chambre d'hôpital, je ne peux pas partir comme ça.

— Tu es sûr que je peux te laisser ici le temps de faire l'aller-retour ?

— Je ne vais pas me balader en fauteuil roulant dans tout Paris. Tu as vu ma tronche ?

Enzo remue sa main devant sa figure en faisant de grands cercles.

— Le bazar est digne d'un Picasso.

Je me relève en tirant sur ma cigarette. Même maintenant, il parvient à me voler un sourire.

— J'ai mes clopes, tes précieux macarons, Bambou version peluche et ça doit être l'heure des *Chiffres et des Lettres* sur France 2. J'ai un programme de fou.

— Tu es sûr ?

— Oui.

Je me penche pour lui faire un petit bisou sur le front avant de repartir chercher mes affaires. J'ai bien l'intention de ne pas laisser traîner l'histoire. Il risquerait de changer d'avis.

— Lulu.

Je me retourne, inquiète. Enzo a les yeux vissés sur son téléphone.

— Laisse tomber. Mon pote me dit qu'il a quitté les lieux.

Chapitre 13

Lucie

Je fixe mon tableur. Mon index appuie machinalement sur le pavé directionnel de mon clavier, faisant sauter la petite cellule lumineuse de case en case. Je suis assise devant mon écran, dans l'intimité de mon bureau, mais le mouvement tourne à vide. Je suis ailleurs. C'est à Enzo que je pense.

Hier, il me semble que nous avons parlé pendant des heures jusqu'à ce qu'un membre du personnel soignant me demande gentiment de rentrer. Je crois qu'il était quelque chose comme 23 h 30. Nous n'avons pas reparlé du cancer et du traitement. Nous ne sommes pas dans le déni, nous avons juste besoin de nous protéger contre l'insupportable. Dans un accord silencieux, nous avons décidé de ne pas laisser l'opportunité à ce passager clandestin de redéfinir notre vie.

Pourtant…

Pourtant ce salopard ne quitte pas mes pensées.

C'est difficile. J'ai toujours pris ma vie à bras-le-corps. Je ne me suis jamais écoutée ni laissée porter. J'ai tracé ma route et j'ai envoyé valser tous les obstacles qui me barraient le chemin. Mais celui-là, il n'y a rien que je puisse faire pour le renvoyer très loin de nous.

Une fois chez moi, je me suis assommée avec un cocktail à base de somnifères et d'anxiolytiques. L'inconvénient ? Une nuit sans rêves, chronométrée par la magie de la chimie, un sommeil factice et la sensation d'une gueule de bois au réveil. L'avantage ? Éviter d'affronter le flot continu de mes ruminations.

Je suis arrivée tôt au boulot, comme d'habitude. J'ai répété les gestes quotidiens. Ouvrir la porte sécurisée, désactiver l'alarme, baisser la clim, monter les stores, allumer les lumières, laver la machine à café, lancer le préchauffage, ouvrir mon bureau, allumer la lumière, incliner les stores, poser mon sac, sortir mon mobile, allumer mon ordinateur, retourner à la machine à café, faire couler mon breuvage, sortir sur le toit-terrasse, boire mon expresso ultra serré, fumer ma clope, regarder mes messages, tirer sur ma clope, faire défiler les réseaux sociaux, tirer sur ma clope, faire semblant que j'ai une vie géniale, tirer sur ma clope, envier les gens qui ont une vie géniale, tirer sur ma clope, regarder Paris s'éveiller doucement sous mes pieds, tirer sur ma clope, remonter le col de mon pull, tirer sur ma clope, râler après la météo, écraser mon mégot, puis retourner à mon bureau, m'isoler devant mon écran pour analyser une myriade de datas.

Lorsque les premiers collaborateurs arrivent, le jour est déjà bien levé. Je m'étire et les observe. La plupart portent des écouteurs vissés aux oreilles. Les plus courageux tiennent encore leurs casques de vélo. Personnellement, j'ai toujours pensé que faire du deux-roues à Paris relevait d'une volonté inconsciente d'en finir avec la vie.

Ils sont tous jeunes, plus ou moins souriants, plus ou moins enthousiastes. Certains ont dormi comme des bébés, d'autres ont bu des verres jusqu'à pas d'heure, d'autres ont sans doute, comme moi, eu recours à une petite aide chimique pour trouver le repos et d'autres ont quitté la chaleur d'un foyer aimant pour affronter la folie de cette ville. J'aime les regarder évoluer dans cet espace baigné dans la lumière. Imaginer leur vie. Et puis, ils me rappellent tout ce que nous avons réussi à construire. Cela n'a pas été sans mal mais j'en suis fière.

Il faut absolument que je crève l'abcès avec Antoine.

En parlant du loup, je le vois pénétrer dans l'espace et serrer plusieurs mains. Il met un point d'honneur à passer un bref instant avec chacun d'entre eux avant de commencer sa journée. Tous les jours, sans exception. Et j'en suis admirative, car je suis incapable d'être aussi constante et égale dans mon rapport à l'autre. Je soupire, persuadée qu'il va encore éviter soigneusement de passer par mon bureau, mais à mon grand étonnement, il n'en fait rien. Au lieu de ça, il toque doucement à la porte.

— Lucie, je peux entrer ?

Je me redresse et éclaircis ma voix. La boule qui comprime ma gorge est toujours là. J'ai appris à tolérer sa présence depuis quelques jours. Elle et moi, on va se côtoyer encore un bon moment.

— Oui. Entre.

Je ne me sens pas à l'aise. Mes mains trouvent un point d'appui sur mes jambes. Pourtant il n'y a rien d'agressif dans l'attitude de mon CEO. Au contraire.

— Comment vas-tu ?

— On fait aller.

Peut-être que ma voix tressaute car je n'ai pas convaincu mon interlocuteur.

— On ne t'a pas vue au bureau hier. Ce n'est pas dans tes habitudes. Tu es sûre que tout va bien ?

Je baisse les yeux. Je réfléchis. J'ai peur que si j'ouvre cette porte, je ne contrôle pas les monstres qui vont en sortir.

— Pas vraiment…

Je laisse un temps de flottement. Après tout, je connais Antoine depuis des années, il est inutile de lui cacher une vérité qui me touche de plein fouet.

— C'est Enzo, on lui a diagnostiqué un cancer en phase 4…

Cette fois, Antoine s'avance plus près et s'installe sur le siège visiteur en face de moi.

— Enzo, ton ami d'enfance ? Le jeune designer dont tu me parles souvent ? C'était donc lui, ton urgence, la semaine dernière ?

— Oui.

— Oh merde, Lucie. Je suis désolé…

Le regard d'Antoine se veut réellement compatissant et je suis touchée par sa sollicitude. Il me semble que notre altercation au sujet de Williams devient ridicule.

— Si je peux faire quoi que ce soit… Si tu as besoin de prendre du temps…

Je me redresse et pose les mains bien à plat sur mon bureau.

— C'est gentil Antoine, mais ça va aller. J'ai besoin de travailler pour ne pas devenir folle.

Il me lance un signe de tête entendu. Il me connaît assez bien pour savoir que le boulot est le meilleur de mes exutoires.

— Écoute, je voulais m'excuser pour mon comportement. Mais tu m'as vraiment mis hors de moi.

C'est toujours très surprenant d'entendre Antoine dire qu'il est en colère. Il n'élève jamais la voix. C'est comme s'il était toujours sur le même niveau d'émotion. *Balèze.*

— Antoine, j'ai merdé, je le sais… Mais il fallait que je fasse quelque chose.

— Et tu as bien fait.

J'arque un sourcil. Je veux bien qu'il soit d'un naturel calme, mais là, il a dû forcer sur le Lexomil.

— Honnêtement, je ne vais pas te cacher que ta façon de faire un peu cavalière m'a agacé.

Cavalière ? Moi… ?

— Et ce n'est pas toujours facile de faire avec ton caractère. On dira… *impétueux.*

Je prends le scud avec philosophie. Et en réalité, je n'ai rien à dire pour ma défense. Donc, pour une fois, je reste dans mes petits souliers et je la boucle.

— Mais… ça fait partie de ton style et de tes qualités. Si tu n'avais pas été aussi opiniâtre, les investisseurs n'auraient jamais changé d'avis.

Si j'avais su que, pour couronner le tout, il me complimenterait, je n'aurais pas appréhendé cette rencontre ! « Bonjour, tu as vraiment un caractère de merde Lucie, mais c'est une grande qualité ! »

Attends Lulu... Il a dit quoi sur les investisseurs, là ?

— Pardon, tu dis que les investisseurs...

— Ils sont OK !

En toute franchise, ma vie a pris une telle tournure ces derniers temps que j'avais complètement écarté la possibilité d'une issue positive.

— Tu les as convaincus ! Je ne sais pas exactement ce que tu leur as dit, mais ils sont partants, même si Williams abandonne la partie.

— Oh bon sang...

— Tu as sans doute sauvé la boîte, Lucie.

Je devrais me sentir soulagée, heureuse même. Mais au lieu de ça, toute mon énergie vient de s'évanouir. Je me laisse couler dans mon fauteuil, vidée.

— Tu vas bien ?

Antoine m'observe, sincèrement soucieux.

— Oui... Je ne m'attendais pas à ça.

Un fin sourire se dessine sur les lèvres de mon boss.

— Ne t'enthousiasme pas trop vite. Ils attendent des résultats maintenant. Et ils ne transigeront pas. Et ils te veulent toi, et personne d'autre, aux manettes du projet.

Ce moment, j'en ai rêvé. Mais j'ai comme l'impression que quelque chose cloche. Qu'une baleine se cache sous le gravillon...

Antoine se dandine sur sa chaise, mal à l'aise.

— Qu'est-ce qu'il y a, Antoine ?

— Eh bien, je voulais te parler de quelque chose mais je ne sais pas si le moment est bien choisi.

C'est un peu tard maintenant...

— Dis-moi.

Antoine se retourne et scrute l'open space. Il baisse d'un ton.

— J'ai beaucoup réfléchi. Nous en avons beaucoup discuté, Carole et moi. Je ne crois pas que je puisse continuer à ce rythme. J'ai besoin de prendre un peu de recul et de profiter de ma famille.

Carole, c'est son épouse. Une femme adorable.

— Benjamin a quatre ans et je ne l'ai pas vu grandir. Plus le temps passe, plus je rate des moments avec lui. On voudrait s'installer dans le Sud. Carole a ce projet de culture bioéthique et j'ai envie de la soutenir…

Non, non, non ! Ne me dis pas que tu me lâches pour des tomates bios. Pas maintenant !

Antoine quitte son siège et amorce une petite marche dans mon bureau. Je déteste quand il fait ça, il me donne le tournis !

— Tu es largement capable de gérer cette boîte sans moi. Et on sait tous les deux que c'est toi le moteur. Je n'ai fait que mettre de l'huile dans les engrenages.

Je reste silencieuse. Qu'est-ce qui m'arrive ? Je le voulais, ce poste de CEO. Alors, pourquoi je ne peux pas me réjouir ?

Mon téléphone brise le malaise en m'informant d'un nouveau message et je m'octroie une brève échappatoire en le consultant tout de suite. C'est Enzo.

Lulu, tu peux me rejoindre
ce soir ?
Faut qu'on parle de
quelque chose d'important.

Ils se sont tous donné le mot ou bien ?

OK. Je passe après le taf !

Je repose mon mobile devant le regard placide d'Antoine.

— Excuse-moi.

Antoine se remet en mouvement.

— Il te faudra un directeur des opérations. Bien sûr, je t'aiderai à le recruter et je ferai ce qu'il faut pour la passation.

OK, on en est déjà là ! Comme quoi, sur les sujets qui l'intéressent, il sait mettre le turbo. Je passe une main sur mon front et fixe mon autre main, blanchâtre et légèrement tremblante.

— Du coup, tu restes au capital ? On fait comment ?

— Je serai dilué lors du second tour de table. On contractualisera tout ça en temps voulu.

Je lui fais confiance. Il n'a rien d'un Gaspard. Tout ce à quoi il aspire, c'est à une vie tranquille au milieu des cigales.

Nouvelle vibration de mon téléphone…

OK, chez moi.

Antoine continue les allers-retours sur sa ligne imaginaire. J'ai envie de le baffer pour l'arrêter.

— OK, je te fais confiance. Tu veux l'annoncer comment à l'équipe ?

Au fait, Enzo n'est pas censé être chez lui ce soir…

— On en parle au déjeuner ? On en profitera pour se faire un debrief, OK ?

Pourquoi il n'est pas à l'hôpital ?

— OK.

Qu'est-ce que c'est encore que ce bordel ?

— L'adresse habituelle ?

— Oui.

J'ai l'impression d'expédier Antoine tant je suis pressée d'appeler Enzo. Mon collègue semble soulagé que je prenne la nouvelle avec tant de calme. Il devait s'attendre à l'habituelle tornade Lucie. Mais elle a un autre sujet sur lequel souffler, Lucie : Enzo.

J'attrape mon téléphone et cherche le contact de mon ami.

— Allô…

— Enzo ! C'est quoi ce bazar ? Tu es où, là ?

— Chez moi.

Je me lève et ferme la porte de mon bureau.

— Je suis rentré au loft.

— Quoi ? Comment ça, tu es rentré ? Tu ne devais pas rester en observation ? Tu n'avais pas des examens à faire ? Ils t'ont laissé sortir finalement ?

— Non. Enfin. Écoute, j'aimerais te parler de tout ça ce soir. C'est important et…

— Tu plaisantes ? Tu me dis tout ou tu ne me dis rien !

Silence au bout du fil.

— Enzo !

L'inquiétude gronde en moi. Je ne vais pas aimer ce qui s'annonce.

— Je ne vais pas les faire.

— Tu ne vas pas faire quoi ?

— Les examens.

— Enzo ! Alors ça, tu oublies tout de suite ! Tu m'entends ?!

— Lucie… Je ne veux vraiment pas parler de ça au téléphone…

Sa voix est lasse mais ça ne va pas suffire à me faire lâcher.

— Il fallait y penser avant de m'envoyer ce message ! Qu'est-ce que tu fous ?!

Nouveau silence. Mon anxiété monte d'un cran supplémentaire.

— Je ne vais pas faire le traitement.

La phrase vient de claquer dans l'air. Je me sens happée par une gueule invisible, mouvante. Tout se met à tourner…

— Enzo, tu…

— C'est foutu, Lucie. Je les ai entendus. Ça ne sert à rien.

— Quoi ? Qui ?

— Les médecins, le personnel soignant, j'en sais rien… J'ai surpris une conversation. Ils disaient que j'étais condamné. Que le traitement ne ferait que ralentir la maladie mais qu'elle s'est beaucoup trop propagée pour espérer une rémission. Je te passe les détails.

Il n'est pas sérieux, là ?

— Attends, attends… Tu ne peux pas prendre une décision pareille sur des bruits de couloir !

— Tu ne comprends pas, n'est-ce pas… ?

— Non. Vraiment non ! Là, je dois dire que je ne comprends plus, Enzo !

— Quand ils sont passés hier, j'ai compris. Un cancer du pancréas en phase 4, une tumeur inopérable, je savais très bien ce que ça signifiait. Il n'y a que toi qui refuses de voir la vérité.

— Mais tu ne sais pas, bon Dieu ! Tu n'es pas toubib !

— Lucie ! Arrête ! Ouvre les yeux ! Je suis foutu ! FOU-TU ! Tu comprends ça ?!

— NON !

La force me manque, je m'écroule contre le mur. La main cachant mon visage, je répète ce mot, encore et encore. J'ai mal mais les larmes ne veulent pas couler.

— C'est impossible. On va trouver une solution, il y a toujours des solutions…

— Lucie. J'ai pris ma décision.

Je tremble comme une feuille. Je peine à respirer. Je sais très bien ce qui est en train de m'arriver et je me hisse pitoyablement jusqu'à mon sac. J'en sors rapidement deux Xanax que j'avale tout de go.

Je n'entends plus Enzo. Je le soupçonne lui aussi de se laisser envahir par la douleur.

Qu'est-ce qui nous arrive, Enzo ? Pourquoi toi ? Pourquoi nous ?

— Je sais que c'est dur, Lucie… Je sais que tu penses que je baisse les bras.

Je voudrais lui répondre mais je ne parviens toujours pas à calmer ma respiration et ce malaise qui me donne envie de vomir.

— Je me laisse l'opportunité de vivre les derniers mois de ma vie autrement que comme une épave. Je sais ce que les traitements vont me faire. Si je commence sur cette voie, je sais comment je vais finir. Et ce n'est pas ce que je veux.

C'est un cauchemar. Juste un cauchemar. Je vais me réveiller.

Tout le monde a dû m'entendre crier, mais je m'en fiche. Plus rien n'a d'importance.

Je ne sais pas combien de temps nous restons ainsi, l'un et l'autre, accrochés à nos téléphones, en silence. Petit à petit, mon rythme cardiaque se calme mais la douleur logée dans ma poitrine est toujours vive.

— Lucie… Tu dois accepter mon choix. Si tu m'aimes…

— Ne joue pas à ça, Enzo ! Tu sais très bien que je t'aime. Alors ne joue pas à ça, putain.

— Tu me dis toujours que je dois me faire confiance. Que je dois écouter ce qui est juste et arrêter de tout intellectualiser. C'est ce que je fais pour la première fois de ma vie. Je fais ce qui sonne juste en moi.

J'ai mal, j'ai trop mal. La nausée monte. C'est sûr, je vais vomir.

Je balance mon téléphone à côté de moi et me précipite hors de mon bureau. Je traverse l'open space au pas de course devant les regards surpris de mes collaborateurs et je parviens à atteindre les toilettes juste à temps.

Mon corps se crispe et se contracte si fort que j'expulse mon petit déjeuner et tout ce qui n'avait pas encore réussi à sortir. Misérablement cassée en deux, le corps secoué par des spasmes violents, les mains appuyées contre la cuvette et le regard vide, je prends conscience que le pire vient de se réaliser.

Enzo va mourir et il n'y a rien que je puisse faire pour l'en empêcher.

Chapitre 14

Lucie

Je tape à la porte d'Enzo avant d'abaisser mon regard sur le sol. Je tiens mes escarpins à la main, les pieds gonflés de douleur. J'observe mes orteils meurtris, mes fringues trempées. Je suis pathétique.

Je suis arrivée jusqu'ici comme un automate. La tête ailleurs et les émotions à fleur de peau. Je dois vraiment faire peur à voir. J'imagine que je peux faire concurrence à Marilyn Manson avec mon mascara dégoulinant.

Personne n'a osé me retenir lorsque j'ai quitté le bureau précipitamment après m'être échappée des toilettes. Ils vont finir par croire que c'est un nouveau style.

Sur le moment, je ne savais absolument pas où aller. D'autant plus sous la pluie battante. J'avais juste besoin de fuir. D'être seule. En mouvement. Alors, j'ai juste marché. Marché le long des quais, à m'en écorcher les plantes des pieds, jusqu'à ce que le soleil se couche. J'ai complètement ignoré les gouttes d'eau qui s'écrasaient sur mon visage, j'étais dans un autre monde.

Et ces larmes qui ne viennent toujours pas.

Lorsque Enzo ouvre, son regard se plante dans le mien.

— Putain Lulu… Mais qu'est-ce que t'as foutu ?! Je t'ai cherchée partout !

Il reste silencieux quelques secondes. Il est en colère. Il me semble même qu'il en tremble. Il me détaille de bas en haut avec un regard triste.

— Qu'est-ce que tu fais pieds nus ?...

Je hausse les épaules. Je ne sais pas moi-même. Enzo m'invite à entrer dans le large vestibule. Il porte un ensemble en lin blanc. Sa maigreur me saute désormais aux yeux dans cette tenue devenue trop large pour lui. Ses traits sont marqués, creusés, las. Il est aussi pâle que ses vêtements.

— Je vais te chercher quelque chose...

Je le suis jusqu'au vaste espace de vie et ses larges baies vitrées qui donnent sur la Seine. Lorsque le soleil brille, la vue est à couper le souffle. Mais aujourd'hui, il ne brille ni au-dehors, ni au-dedans. J'observe mon ami se déplacer en maugréant et disparaître quelques instants. Lorsqu'il réapparaît, il tient un grand peignoir bleu.

— Je vais préparer du thé.

Enzo et son thé. Tout un art. Il a toujours adoré me faire goûter ses dernières trouvailles qui viennent du bout du monde. Si d'habitude je me moque de lui et de son côté princesse, cette fois, il n'en est rien. J'aimerais pouvoir goûter ses foutues herbes infusées avec lui encore pendant des années. Mais plus jamais on ne pourra partager un moment normal. Plus jamais, jusqu'à ce que...

— Lucie...?

Enzo s'est retourné. Je suis plantée au milieu du salon, comme une conne, les mains crispées sur le peignoir.

En silence, je dépose mes escarpins usés et la besace difforme qui me servait de sac au sol, près du canapé. Je fais quelques pas jusqu'au tapis et mes pieds me remercient. Enzo tourne les talons et glisse doucement jusqu'à sa cuisine aux couleurs acidulées. Mon regard se perd sur les mouvements gracieux de son corps. Bientôt, cette image ne sera plus qu'un souvenir douloureux. Une chimère.

Lentement, je fais glisser ma jupe crayon au sol. Lasse, je déboutonne ma chemise. Je suis trempée jusqu'aux os. J'enfile le peignoir et m'y enveloppe en soupirant. Le contact m'apaise une seconde. Une seconde seulement.

La bouilloire siffle pendant qu'Enzo dispose le thé dans nos tasses. Je le regarde faire, m'en nourris comme une affamée, tant tous ces gestes anodins sont devenus importants. Mon attention se pose sur ses mains. Fines et appliquées. À l'origine de tant de merveilles. Les imaginer immobiles, étouffées sous un sac en plastique, me file la gerbe.

Mon ami revient vers moi et dépose les tasses fumantes sur sa table basse. Il se redresse et c'est à son tour de m'observer.

— Assieds-toi.

Je me laisse tomber sur l'assise moelleuse et me recroqueville au fond du canapé. Je suis toujours glacée et je peine à réprimer des frissons.

— Je suis passé à ton bureau cet après-midi. Personne n'a été foutu de me dire où tu étais. Je me suis aussi pointé à ton appart. Tu m'as fait flipper ! Tu n'as pas reçu mes messages ? J'ai essayé de t'appeler des milliers de fois.

— Je ne sais pas.

C'est vrai, je n'ai pas regardé mon téléphone depuis. Il doit se trouver quelque part au fond de mon sac, en train de flirter avec l'humidité.

Je soupire et fixe la fumée qui s'échappe doucement de la tasse.

— Tu fais chier, Lucie…

Je fais la moue sans oser lever les yeux vers lui.

— Je ne voulais pas te parler de ça au téléphone. Mais comme toujours, il faut que tu insistes ! Ne me refais plus jamais un coup pareil ! Je me suis imaginé le pire !

Le pire… Le pire est bien là.

Je soupire. Il soupire. La pluie se joint à la partie et teinte notre échange de petits coups secs contre les vitres.

Je suis en colère. Et j'ai peur que si j'ouvre la bouche, quelque chose de mauvais en sorte. Enzo pose sa main sur la mienne.

— Je sais que tu es en colère.

Je me demande si ce sentiment m'a déjà été étranger. J'ai l'impression d'avoir toujours été en guerre avec le monde entier et ça, depuis ma naissance.

— Crois-moi, je le suis aussi. Mais j'ai deux solutions. Soit je refuse de voir la réalité et je me raccroche à une cause perdue. Soit je concède que j'ai perdu la partie et je profite du temps qui me reste.

Le « temps », une notion bien éphémère tout à coup. Quand on a trente ans, on pense avoir la vie devant soi, pas quelques mois.

— Je n'ai pas envie de me déliter à petit feu. Ce n'est pas ce que tu veux pour moi non plus. Je le sais…

Je n'arrive pas à lui répondre. Moi qui prends les choses avec tant de poigne d'habitude, je me rends compte que j'ai atteint ma limite. En revanche, je suis impressionnée par la force de mon compagnon.

— J'ai envie de hurler. J'ai envie de crier au monde que c'est beaucoup trop tôt… Même si… Même si parfois je me dis que je n'ai que ce que je mérite.

Ses paroles me font l'effet d'un électrochoc. Je me ressaisis et tourne la tête vers lui.

— Qu'est-ce que tu racontes, Enzo ?

Son beau visage s'affaisse, je reconnais les signes du désespoir qui ternissent ses yeux.

— J'ai déjà eu envie d'en finir avec la vie. J'ai manqué de reconnaissance. Peut-être que le sort a décidé de me renvoyer l'ascenseur.

— Putain Enzo ! Arrête tes conneries ! C'est du *bullshit* tout ça !!! Tu ne mérites pas ce qui t'arrive ! Enlève-toi cette idée à la con de la tête !

Son regard se pose sur ses mains qu'il tripote nerveusement.

— Je suis qu'un putain d'égoïste. Une mauvaise personne. Peut-être que je n'ai rien à foutre ici, après tout. De toute façon, maintenant, c'est trop tard pour moi.

La détresse profonde de mon ami m'explose à la figure. Au lieu de le soutenir dans sa décision, je n'ai fait qu'aggraver les choses. Je lui ai donné le sentiment qu'en me laissant, il me ferait un mal de chien. L'égoïste dans l'histoire, c'est moi.

J'attrape sa tête entre mes deux mains et plonge mon regard bien profondément dans ses prunelles noisette.

— Écoute-moi bien, Enzo. Tu es la personne la plus généreuse que je connaisse. Le cancer ne choisit pas. Il referme ses pinces au hasard.

Ses yeux s'emplissent de larmes.

— Si j'avais su…

Je fouille à nouveau son regard pour garder son attention.

— Arrête.

Enzo se jette contre moi et s'effondre contre mon cou. La chaleur de ses larmes contraste avec ma peau gelée. Je pose une main contre sa nuque et la caresse doucement pendant que ses spasmes nous secouent tous les deux.

Nous restons silencieux un moment. Le souffle d'Enzo est saccadé pendant que la pluie continue de tomber. Imperturbable. Au bout d'un moment, il se défait de mes bras et essuie ses larmes d'un revers de main.

— Enzo…

Ses yeux glissent vers moi.

— Je t'aime. Et peu importe la décision que tu prendras. Je serai là.

Un éclair de soulagement passe dans son regard. Comme s'il attendait ces paroles depuis un moment.

— J'ai mal réagi parce que… Parce qu'imaginer ma vie sans toi, c'est insupportable.

Cette fois, Enzo me sourit tristement et il dépose un baiser sur mon front.

— Merci Lulu. C'était important pour moi de l'entendre.

J'ai toujours cette espèce d'espoir impossible. Cette impression que je vais me réveiller d'un cauchemar, que tout ceci est juste une invention tordue de mon cerveau.

Enzo se mouche et reste muet un instant. Il soupire et lève un index sentencieux en ma direction.

— Dis-toi bien un truc. Cette putain de saloperie ne va pas nous séparer. De là-haut, je continuerai à veiller sur toi et je t'enverrai des sbires te botter le cul si tu deviens trop ronchonne !

L'humour de mon ami n'est jamais bien loin. Je ne sais pas comment il fait. Soit il ne comprend pas tout à fait. Soit c'est son bouclier à lui pour faire face à l'inadmissible. Soit il ne lui reste que cette option pour ne pas se jeter du haut de la tour Eiffel.

À contrecœur, je rentre dans son jeu.

— Tu n'as pas intérêt à m'espionner depuis ton petit nuage. Je tiens à mon intimité.

— Je vais me gêner. Je serai ton ange gardien. Je veillerai à ce que tu restes dans le droit chemin.

Sa tête d'imbécile m'arrache un fin sourire.

— S'il doit vraiment y avoir des anges et des démons là-haut, je te vois plus dans la deuxième catégorie.

Mon complice feint de réfléchir, un index sur le menton, puis il se retourne vers moi.

— Tu as peut-être raison. Et puis d'un côté, je crois que je préfère les petites fesses de Lucifer. Au moins, avec lui, il doit y avoir de l'animation. Et il paraît qu'il est chaud bouillant, comme type.

Cette fois, je ricane.

— Peut-être que tu les épuiseras tellement, là-bas, qu'ils décideront de t'envoyer foutre un peu le bordel chez les anges…

— Il faut bien que quelqu'un leur apprenne à faire la fête, à ces rabat-joie…

Nous rions. Mais rapidement, une lourdeur revient nous étouffer.

— En parlant de foutre le bordel… Il va falloir que j'en parle à ma mère.

— Tu vas aller la voir dans les Alpilles ?

Enzo déglutit. Je sais que c'est un sujet épineux et je veux qu'il sache que je serai là aussi pour ce moment-là, s'il le souhaite.

— Oui, elle est à Eygalières en ce moment, mais je vais l'appeler pour lui proposer plutôt de venir passer quelques jours à Paris. Je trouverai bien un prétexte…

Il passe une main sur son visage et soupire. Il va lui falloir être fort pour lui mais aussi pour tous ceux qui l'aiment. Un bien lourd fardeau à porter pour un seul homme.

— Si tu as besoin que je sois là, tu me dis.

Il pose une main sur les miennes et me fixe avec reconnaissance. Depuis la mort de son père, tout est devenu plus compliqué, même avec Penelope.

— Et ton frère ? Enzo, tu dois lui en parler. Il ne doit pas l'apprendre par ta mère.

Enzo se referme immédiatement. Son attention m'échappe et, aussitôt, le froid envahit l'espace.

— Hors de question.

— Enzo…

— Il n'a pas été là lorsque j'avais besoin de lui par le passé. Pourquoi le serait-il maintenant ?

Mon ami n'est pas rancunier, mais le comportement de son frère, pour qui il avait beaucoup d'admiration, l'a blessé plus profondément que toutes les humiliations qu'il a pu subir.

— Tu ne peux pas le tenir responsable des propos de sa femme…

— Mais je peux le tenir responsable de ne pas s'y être opposé.

Difficile de lui donner tort. Si j'avais eu un compagnon aussi intolérant, je l'aurais dégagé sur-le-champ. Mais à vrai dire, je suis incapable de garder un mec dans ma vie. J'imagine que ceux qui tentent de construire une relation sur le long terme font ce truc que je suis incapable de faire : des compromis.

— Le fait qu'il ait laissé dire, ne veut pas dire qu'il était d'accord.

— Comme c'est facile !

Je me pelote un peu plus dans le peignoir. La discussion va être ardue.

— Je ne lui trouve pas des excuses. Je dis juste que, peut-être, ton frère n'a pas su comment gérer la situation. Et après la mort de ton père, il n'avait sans doute pas la force de s'engager sur ce terrain-là avec sa femme.

— Donc, par lâcheté, il accepte qu'elle me traite de dégénéré ? De tordu ? De contre-nature ? Qu'elle m'interdise de voir ma propre famille parce que ma *différence* l'incommode ?

— On a déjà eu cette discussion Enzo et tu sais très bien ce que j'en pense ! Mais en attendant, Fabio est ton frère et quoi que tu en dises, il t'aime. Mal, peut-être, mais il t'aime. Alors tu dois le lui dire.

— Il s'en fout.

— Ne dis pas de connerie !

— Ça fait des années qu'il ne m'a pas appelé.

— Et toi ?

Enzo me renvoie un regard noir.

— Il n'a pas pris de tes nouvelles, mais toi non plus.

— C'était à lui de s'excuser.

— Putain Enzo ! Est-ce que tout ça a vraiment de l'importance maintenant ?

— Pour moi, oui.

Je ne suis pas entièrement convaincue. Je pense qu'il y a quelque chose de plus complexe là-dessous. Enzo n'a pas pu avoir la discussion qu'il aurait voulue avec son père. Parce que sa belle-sœur avait décidé de pourrir sa relation avec les hommes de la famille. Elle a envenimé une situation qui aurait pu facilement se délier en posant des mots simples et en usant de bienveillance. Je sais que Vittore aimait son fils comme la prunelle de ses yeux. Je suis certaine que son mutisme par rapport à l'orientation sexuelle de son cadet n'était pas l'expression d'un manque de tolérance mais le poids de l'ancienne génération. Le machisme et la virilité ont la vie dure. Ces notions empêchent, encore aujourd'hui, des pères aimants de s'autoriser à la souplesse.

Enzo aura toujours cette tristesse en lui. Ce sentiment que son père était déçu. Alors, pardonner à son frère, ce serait soigner une blessure encore béante.

— Je comprends. Je te dis juste que Fabio doit le savoir. Et par toi.

Enzo se lève et se déplace vers les baies vitrées. Son regard se perd sur les lumières du soir.

— Tu sais que je n'ai absolument aucune idée de comment gérer tout ça.

— Je sais…

Je me relève et me rapproche de lui. Je passe mes bras autour de son cou et ses mains se referment sur les miennes. Je dépose mon menton sur son épaule. Je n'en ai aucune foutue idée non plus…

— Je sais, Enzo. Mais je suis là. On traversera ça ensemble.

Chapitre 15

Nolann

Sous la pluie battante, je fixe le cercueil qui s'apprête à rejoindre sa prison éternelle. Le trou en terre est béant. La voix du prêtre me parvient mais je ne l'écoute pas. Si Jeff voyait mon expression, il m'enverrait une claque derrière la tête et me traiterait de mollasson. Mais, pour le coup, j'ai la gueule de circonstance.

Mon mentor est « parti ». Une putain de crise cardiaque lui a fait exploser le cœur. La faute à la dose de trop, pour tenir l'attente de trop.

Overdose. Ou *OD* pour les intimes. La garce qui nous guette tous. Elle ne se trouve jamais bien loin des deux stars de notre cocktail phare, à base de cocaïne et d'amphet. Un duo infaillible pour tenir les nuits blanches.

Le plus ironique dans tout ça ? Les cours de la bourse. Ils sont remontés. Pas plus tard que ce matin. Résultat, le *hedge fund* vient littéralement d'éclater tous les compteurs. Au bureau, les types sont hystériques. Jeff serait fou. Serait. Pour l'heure, il s'apprête à camper six pieds sous terre.

Sa frêle secrétaire se tient à côté de moi, à l'abri sous mon parapluie. Elle s'agrippe à mon bras comme à une bouée de sauvetage. Elle doit s'imaginer que je peux la sauver. Elle se trompe. Je suis incapable de me sauver de moi-même, alors je ne risque pas de pouvoir l'aider. Et puis, elle est trop fragile.

Un simple souffle de vent pourrait l'emporter et l'entraîner très loin d'ici.

Depuis mon retour, elle tremble comme une brindille, les yeux rougis d'avoir trop pleuré et le corps épuisé par l'horreur de sa découverte. C'est elle qui a trouvé Jeffrey sur son siège en cuir. Ou plutôt, ce qu'il restait de lui. Un corps inerte, affalé comme une guimauve coulante, tournant le dos aux buildings de la City, les lèvres retroussées et recouvertes d'une mousse écœurante. Devant cet immonde tableau, le cerveau de Linsay a décidé de fixer son attention sur un détail : les mains de Jeff. Elles étaient encore crispées sur les accoudoirs du siège. Ultimes empreintes de sa souffrance.

Tu as dû te voir partir, mon ami…

Mes yeux quittent le sol et se relèvent vers le prêtre. Il récite son sermon comme un automate. Le ton monocorde de sa voix pourrait endormir le plus défoncé d'entre nous. Il peine à tenir ses feuilles, que le vent s'évertue à faire tourner, tout en se protégeant du crachin, un bras enroulé autour de la canne de son parapluie. Et pour parfaire la scène, la moumoute qu'il porte sur la tête ne tient pas en place à cause du vent qui nous secoue par bourrasques.

Jeffrey serait le premier à trouver la situation comique. Je pourrais presque entendre son rire tonitruant d'ici. Il se moquerait sans doute de ce pauvre homme, sans aucune gêne. Prêtre ou non. Il récolterait des regards désapprobateurs de ceux qui, dans l'assemblée, sont attachés à la bien-pensance, mais s'en foutrait royalement. Mon ami était ce gars-là. Celui que l'on adore et que l'on hait à la fois. Qui faisait un doigt d'honneur aux convenances et qui croquait la vie à pleines dents.

Mais Jeff ne fanfaronnera plus. Je sais qu'il aurait détesté me voir comme ça. En sa mémoire, j'aurais pu lâcher un rire nerveux mais une lourdeur oppresse mes entrailles. Mon mentor, mon seul ami et modèle, vient de me laisser sur le carreau. Il s'est barré pour un aller sans retour. Et le plus triste ici, ce n'est pas la médiocre prestation du prêtre ou nos gueules de déterrés. Non. Le plus triste ici, c'est que nous sommes trois. Quatre avec Jeff.

Où sont passés tous les Denis et James, tous ceux qui le serraient dans leurs bras, qui buvaient son champagne et profitaient de ses fêtes indécentes ?

Ils ne sont pas ici.

Mes poings se serrent et ma mâchoire se contracte lorsque le cercueil glisse lentement le long des parois de terre. Le raclement de la roche contre le bois m'arrache une grimace. Linsay étouffe un sanglot de plus. Je pose une main sur son bras.

Voilà, c'est terminé. Jeff est parti. Seul.

Et moi ? Qui sera là à mon enterrement ?

Elle est apparue sans prévenir, cette pensée. Dès que j'ai foulé le sol boueux du cimetière. Et elle ne m'a pas quitté depuis. Mais difficile de ne pas transposer, pas vrai ?

Qui sera là pour pleurer ma mort ?

Sûrement pas ma femme qui me déteste. Ni mes parents qui m'ont presque renié. Encore moins mes frères, avec qui je n'ai aucun lien autre que celui du sang. Si, par un étrange concours de circonstances, ils faisaient le déplacement, ils seraient là par politesse, repensant à quel point leur mari, fils et frère, a mal fini, la gueule salement refroidie par ses millions. Ils hocheraient la tête et s'enverraient des regards entendus sur le pauvre type que j'étais devenu.

Il pourrait y avoir quelques amis d'enfance, mais pour cela il faudrait que j'aie été capable de les conserver. Je suivrai donc les dignes traces de mon mentor, et je crèverai tout seul.

Comme un con devant mes tableurs.

Je regarde Linsay. Elle est vraiment dans un sale état. Pourtant le sort de Jeffrey n'a rien d'original. Il est même d'une banalité affligeante. Lui qui voulait une mort exceptionnelle…

Overdoses, suicides, parfois les deux de concert. Souvent. Le genre de la maison, chez les rois de la finance. Mais j'imagine que l'entendre comme une funeste rumeur et l'expérimenter de ses propres yeux représente une grande différence. Pauvre Jeffrey, la seule chose qu'il laisse, c'est une secrétaire traumatisée et un disciple paumé. Je ne compte pas vraiment sur le temps ou la chance pour m'en remettre. Je fais davantage confiance à la chimie.

J'accompagne ma collègue jusqu'au taxi. Je lui ouvre la portière arrière et referme après elle. Je lance un dernier coup d'œil vers la sépulture de notre partenaire. Je ne suis pas du style à venir me recueillir sur les tombes et encore moins à apporter des fleurs. Il le savait.

Adieu Jeff.

Je contourne la voiture et m'installe sur la banquette arrière à côté de Linsay. Sans un mot, le chauffeur démarre. Nous quittons le cimetière de Highgate. Mon comparse a dû aligner les billets verts et faire jouer ses contacts haut placés pour se payer un espace tout près de la tombe de Karl Marx. Son ultime pied de nez, la dernière boutade de mon mentor, ce capitaliste chevronné à l'égo surdimensionné. Ah, il me manquera, ce vieux loup de mer ! Un fin sourire se dessine sur mes lèvres. Même dans la mort, il fallait qu'il se paye la tête de ce système qu'il jugeait à son plus haut niveau d'hypocrisie.

Les rues défilent devant mes yeux. Nous longeons la Tamise et nous arrivons bientôt dans le centre financier de la ville. Je me prépare déjà à sortir. Pendant le trajet, Linsay n'a pas dit un mot. Je coule un regard à son intention.

— Tu devrais rentrer chez toi.

Ses yeux bouffis glissent sur moi. Elle renifle, en serrant son sac contre ses genoux.

— J'ai des affaires à récupérer et…

Je prends sa main, minuscule et glacée. Mes yeux fixent son visage d'opale. Ce que je lis dans ce regard m'encourage à sortir plus vite. Elle voudrait que je la prenne dans mes bras, que je lui dise que tout ira bien. En somme, que je sois un ami ou quelque chose qui s'en rapproche. Un individu réconfortant et à l'écoute de l'autre. Mais je ne sais pas faire ça. Et puis, je ne sais pas prendre une femme dans mes bras autrement que pour satisfaire mon désir. Et Linsay n'est pas de celles que je mets dans mon lit. J'ai trop de respect pour elle.

— Rentre. Tes affaires ne bougeront pas d'ici que tu reviennes au bureau. Tu n'es pas en état. Ne les laisse pas te voir comme ça.

Linsay soupire. Son attention se reporte sur sa besace qu'elle triture nerveusement. J'adresse un signe de tête entendu au chauffeur dans le rétroviseur central. Je pose une main sur l'épaule de la jeune femme.

— Ça va aller. Essaie de dormir un peu.

Sans attendre, je déplie mes jambes hors de la voiture. La pluie fauche mon visage et le froid s'engouffre dans mon cou. Je redresse mon col, tandis que le taxi repart dans la folie du trafic.

D'un pas décidé, je passe les portes battantes de la tour de verre et me dirige vers le portique de sécurité. Je cherche mon badge au fond de ma poche et le pose machinalement sur le détecteur. La lumière verte clignote et le passage s'ouvre, devant le regard imperturbable de Franck, l'un des dix vigiles du building. On pourrait le croire sérieux, avec son visage coupé à la serpe et ses sourcils broussailleux, mais il est plutôt drôle, surtout avec quelques Guinness dans le nez.

Ces Anglais ne tiennent pas la véritable bière.

— Salut Franck.

— Salut Nolann. Triste journée, hein ?

Est-ce qu'il est sincèrement touché par la disparition de Jeff ou est-ce simplement une formule de politesse ? Je n'ai pas envie de m'éterniser sur la question.

Comme tous les autres travailleurs pressés autour de moi, j'attends l'ascenseur, le nez vissé sur mon smartphone. Je rentre avec eux dans l'espace d'acier, sans même leur adresser un regard. Ici, tout le monde se toise. Aucune information ne doit fuiter à la concurrence.

Je surveille les cours de la bourse et scrolle du pouce sur mon application pour rafraîchir l'information. C'est devenu un automatisme. D'autres corrigeront par une addiction. Ce qui est certain, c'est que je suis incapable de me détacher des courbes de la capricieuse plus de dix minutes d'affilée.

Quand les portes s'ouvrent sur l'open space, quelque chose de désagréable vient se loger au creux de mon ventre. Un poids qui vient comprimer mes tripes. Ce bureau ne sera plus jamais le même sans Jeff.

Il sera vide.

Quelques regards faussement compatissants croisent le mien. Mais je ne suis pas dupe. Je me contente de leur répondre d'un hochement de tête avant de rejoindre les toilettes. Une fois à l'abri, je dégrafe mon manteau et pose les deux mains bien à plat de chaque côté de la vasque en marbre. Jeffrey avait une obsession pour toutes ces conneries qui transpirent le luxe. Je me passe la tête sous l'eau en poussant un juron.

Putain Jeff…

Le malaise a du mal à passer. Je me sèche rapidement les mains et fouille dans la poche intérieure de ma veste pour attraper un petit sachet de poudreuse. J'ai besoin d'un rail, tout de suite. Je connais les gestes sur le bout des doigts. J'ai développé une dextérité à toute épreuve que seule l'expérience affine. Je dépose la blanche sur le marbre, improvise une paille de fortune avec un billet de cinquante roulé entre le pouce et l'index. La tête penchée au-dessus de la ligne, ma délivrance, un doigt sur la narine gauche, j'aspire la poudre en une fraction de seconde. Un frisson se déploie de la pointe de mon nez jusqu'au sommet de mon crâne et j'expire nerveusement. Rapidement, ma gorge se gonfle et je peine à déglutir. Mais le *flash* qui suit est tellement jouissif que j'ignore tout le reste.

Bordel, que c'est bon !

La porte s'ouvre dans mon dos. Je renifle et engouffre ma précieuse dans la poche. Je me repasse un peu d'eau fraîche sur le visage. Et, dans la glace, je l'aperçois. Jeff. Tout sourire.

— Alors, le petit génie, t'as quelque chose à fêter je crois, non ?

Ce n'est pas la voix de Jeff. Je fronce les sourcils et me retourne. L'image de mon mentor s'évapore comme le ferait un génie qui retournerait dans sa lampe. Un type qui me rappelle vaguement quelqu'un l'a remplacé. Il porte un long manteau sur un costume Hackett noir et des gants assortis. Pas de cravate rouge mais un col ouvert.

Ce n'est donc pas un banquier mais un gérant de *hedge fund*.

Il se frotte les mains l'une contre l'autre. Je n'aime pas son attitude. Grand, gras et arrogant. Je sens l'écumeur des mers à plein nez.

Je l'ignore et m'apprête à quitter les lieux. Mais le type affiche un sourire de requin, prêt à attaquer.

— J'entends parler de tes prouesses depuis bien longtemps, petit. Ce vieux Richardson savait s'entourer.

Petit ?

Je stoppe mes pas et l'observe. Muet. Le type s'approche des vasques, retire ses gants avec une lenteur calculée et fait couler l'eau. Dans le miroir, son regard croise à nouveau le mien, pendant qu'il se savonne méticuleusement les mains.

Elles doivent être très sales.

— On m'avait prévenu que tu n'étais pas très causant. Mais… on a toujours besoin de petits prodiges dans ton genre, dans son équipe.

Cette ordure est-elle vraiment en train de me recruter ? Maintenant ? Alors que le corps de Jeff est à peine froid ?

— J'ai déjà une équipe.

Je tourne les talons et me dirige vers la sortie mais le type pose une main sur mon bras. J'esquisse un mouvement de recul.

— Sans Jeffrey, ce *hedge fund* ne vaut plus rien. Les clients le savent et se pressent déjà à nos portes. Tu devrais considérer mon offre, petit.

Je me fissure. Sous cocaïne, sous la fatigue, sous la mort de Jeff. J'ai juste envie de fracasser la gueule de ce mec contre le marbre. Lui et tout ce qu'il représente.

— Allez vous faire foutre !

D'un mouvement sec, je me défais de son contact répugnant. Il semble désarçonné. Il ajuste les pans de son manteau, comme pour réaffirmer son statut.

— Tss ! J'aurais dû me douter qu'il n'y avait que de la mauvaise graine pour bosser avec cet illuminé de Jeff ! Écoute-moi bien, mon gars…

Il se rapproche de moi. Il est si près que je peux sentir son aftershave à l'eau de Cologne. Ses lèvres se retroussent et dévoilent de petites canines jaunies par la caféine.

— Je vais pourrir ta réputation ! Tu sais ce qu'on dit ici : « vite monté, vite redescendu ». Tu ferais mieux de retourner dans ta campagne irlandaise. Ici, c'est la cour des grands, pas le coin des pouilleux !

Le coup part tout seul. Mon poing s'écrase sur sa joue. Le type s'effondre en poussant un cri de douleur. Sa tête percute le sol. L'adrénaline est montée d'un trait, allumant un incendie en moi et saccageant mon bon sens.

— Espèce de petit con…

Il essuie sa bouche qui pisse le sang. Je me penche, l'attrape par le col, prêt à lui asséner un nouveau shoot. Pour Jeff, contre tous les connards qui n'étaient pas à son enterrement. Contre tous ces vautours qui viennent ramasser les miettes. Contre tous ces types qui ont sacrifié ce qui leur restait d'humanité pour assouvir leur soif de pouvoir, qui ont bafoué leurs valeurs pour l'appât du gain !

Est-ce que je fais partie du lot ?

Dans le miroir, je suis happé par un regard. Un regard fou. Celui de ce mec, pathétique, le nez en sang, les narines dilatées, les yeux défoncés, la mine défaite. Son costume du type bien comme il faut ne suffit pas à le rendre moins répugnant. Il s'apprête à frapper à nouveau le type grassouillet et inoffensif qu'il tient au bout de son poing. Comme si cette violence dirigée lui permettait d'esquiver le fond du problème.

Qui es-tu, Nolann ?

Pas ce mec-là. Pas cette merde. Ce n'est pas moi.

Je pousse un juron et relâche le type. Il s'écrase au sol et se recroqueville contre le mur, effrayé. Ils n'ont pas l'habitude, les gars de la finance, de jouer avec leurs poings. Moi, c'est toute mon enfance. Mon enfance…

Peut-être que mon père avait raison.

Peut-être que je me suis perdu en cours de route. Peut-être que j'ai oublié qui j'étais. Enfermé dans cette tour de verre, à me gaver de fric, comme un putain de poisson rouge qui tourne en rond dans son bocal. Quel est le sens de ma vie, au juste ? Comment faire toujours plus de blé ? Pourquoi ? Pour me payer toujours plus de luxe, de drogue et de femmes ?

— Vous êtes fou !

Je me retourne vers le type, encore écroulé par terre, en train de se masser la mâchoire.

— Fou ?

Je passe une main dans mes cheveux, tremblant de colère.

— Vous tous, vous n'avez donc aucune morale ? Jeff est mort il y a à peine trois jours. TROIS JOURS, putain !

Mon interlocuteur me toise brièvement puis ricane d'un air mauvais.

— Parce que tu crois qu'il aurait fait quoi, ton cher Jeff, à notre place ?

Sa question me met en difficulté. Je reste muet, ne sachant quoi lui retourner.

— C'est la jungle ici. Tu le sais et Jeff le savait ! Tu fais partie de ceux qui façonnent le monde ! On n'a pas le temps pour tes conneries de convenances. Tu veux peut-être qu'on fasse une minute de silence ?

Connard !

Je me détourne de lui, dégoûté. Je ne suis pas un modèle de vertu mais j'ai quelques principes. Dépouiller les morts n'en fait pas partie.

Je pose mes mains sur le rebord de la vasque, pendant que l'autre type continue de déblatérer ses saloperies. Je l'ignore.

Je plonge mes yeux dans ce regard, en face de moi. Ma respiration est forte. Je transpire. Ma poitrine monte et descend à vive allure. J'ai l'impression de comprendre soudain le truc le plus important de toute ma vie.

Il faut que je me barre si je veux sauver ma peau.

Je fais volte-face et quitte les toilettes pour m'engouffrer dans le couloir de verre qui borde l'open space. Mon cœur bat dans mes tempes au même rythme que mes pas. Je crois bien que je cours. Je crois bien que tous les yeux sont braqués sur moi. Et je crois bien que je leur fais un magistral doigt d'honneur.

Je me précipite dans la cage d'escalier et mes jambes avalent les marches deux par deux. L'euphorie de la cocaïne semble me donner des ailes. Je dévale les étages comme si le feu était à mes trousses. Je suis en mode survie.

Lorsque j'arrive enfin au rez-de-chaussée, je déboule dans le hall et passe les portiques. Je croise le regard de Franck, incrédule. Puis, de rage, j'envoie valser mon badge dans l'une des poubelles de l'entrée avant de me précipiter dehors. Je lève le visage vers le ciel, je respire et je me sens libre pour la première fois depuis des années.

Je viens de quitter l'enfer.

Chapitre 16

Lucie

Assise en tailleur, le laptop sur les genoux et une clope coincée entre l'index et le majeur, je *checke* mes e-mails. Les pros, évidemment. En face de moi, mon écran 4K diffuse l'épisode d'une série médicale américaine. Seize saisons au compteur. Le tout premier épisode doit être plus ancien que ma première cuite au whisky-Coca ! Je l'écoute par bribes et lève le nez de temps en temps pour me replonger dans l'intrigue. Au final, je ne sais même plus pourquoi j'ai branché la télévision. Sans doute pour meubler le silence qui règne dans l'appartement.

Je m'empare du verre de rhum Zacapa hors d'âge posé sur l'accoudoir à côté de moi et bois une petite gorgée. Le liquide glisse le long de mon œsophage en y laissant les traces de sa morsure et surtout sa délicieuse note chocolatée et épicée. J'observe sa couleur acajou qui tournoie au fond du verre. La dernière fois que j'ai dégusté ce petit bijou, c'était en charmante compagnie. Je ferme les yeux et me laisse emporter par les souvenirs de cette nuit-là…

Un mot pourtant interrompt ma rêverie et attire mon attention vers l'écran. L'un des petits patients est atteint d'une leucémie fulgurante. Les parents sont en pleurs en écoutant la terrible annonce du médecin.

Génial. Quel timing !

Je me mets à pester contre les scénaristes. C'est à croire qu'ils prennent un malin plaisir à s'en prendre aux êtres les plus gentils ou les plus innocents de leurs séries ! La recherche de l'ascenseur émotionnel, voilà leur credo.

Je grimace. Nul besoin d'être scénariste, en réalité. Le cancer choisit ses victimes de la plus injuste des manières. Les pires ordures, elles, ont souvent la vie dure. L'égoïsme conserve.

J'écrase ma clope dans le cendrier sur ma table basse, avant d'attraper la télécommande et d'éteindre le téléviseur.

— La ferme !

Je n'ai pas besoin de me repaître de drames. Il y en a déjà suffisamment dans ma vie. Et dans ma réalité, le médecin ressemble plus à Cruella qu'à un demi-dieu à la gueule d'ange, taillé comme un joueur de rugby de première ligne.

Je soupire et tente de me concentrer à nouveau sur mes e-mails. Échec. Et pour cause : demain, Enzo retourne à l'hôpital pour discuter avec les médecins des traitements possibles pour retarder l'inévitable et soulager ses douleurs. Bon sang… Il suffit de m'imaginer la scène pour que mon ventre se noue. Comment est-ce possible ? Il y a quelques jours encore, ma vie tournait autour de mon boulot, de ma promotion, de mes analyses pour améliorer la rentabilité de la boîte. Je me plaignais de mon patron trop mou et de mes associés trop frileux. Maintenant, le boulot m'aide tout juste à tenir le choc. Il est devenu une sorte de béquille pour rester debout quand tout se casse la figure autour de moi. Je pensais être le pilier d'Enzo, même un pilier tout court, mais au final, je ne suis rien de tout ça.

Comme à chaque fois que l'angoisse me reprend, une douleur vive vient cogner dans le bas de mon dos. En plus de tous les autres symptômes, celui-ci a fait son entrée depuis le diagnostic d'Enzo… Ma psy m'assure que mon corps m'envoie ainsi un ultime appel à l'aide. Mais, très honnêtement, je me vois mal me plaindre d'un mal de reins quand les jours de mon ami sont comptés…

Coup d'œil à la petite horloge numérique de mon portable : minuit et demi. Je grille une nouvelle cigarette. Une aspiration profonde suivie d'une bouffée vers le plafond. Un geste banal pour une soirée typique de mon quotidien. Je ne m'arrête jamais de travailler. Le soir, le dimanche, les jours fériés… L'avantage, c'est qu'à cette heure, chez moi, il n'y a aucun collaborateur pour m'interrompre au sujet d'une nouvelle problématique, aucun interlocuteur au téléphone, aucun meeting de dernière minute. Juste le calme qui me permet de me concentrer et de progresser deux fois plus vite. Je sais, je devrais me mettre moins la pression, je devrais lâcher du lest. Mais ce n'est pas possible. Pas quand on gère une start-up. Pas quand toute une équipe compte sur moi.

Demain, nous avons prévu de réunir tout le monde dans l'open space de Biwace pour faire l'annonce avec un *big* A : le départ d'Antoine et ma promotion en tant que CEO. Le tout prenant effet dans trois mois. Pas vraiment le genre de nouvelle que l'on balance à ses équipes entre deux sushis, n'est-ce pas ? Ce serait prendre le risque que l'un d'eux s'étrangle avec ses baguettes…

On ne va pas se mentir. Je sais que la nouvelle ne va pas être bien reçue par tout le monde. Si j'étais pessimiste, je dirais qu'elle va probablement faire l'effet d'une bombe. Sans tomber dans l'excès, je ne suis pas naïve. Si mon travail acharné fait avancer la boîte comme la locomotive le fait avec ses wagons, mon caractère direct ne fait pas l'unanimité. On me dit trop exigeante. C'est vrai, je le suis. Envers les autres, mais aussi et surtout envers moi-même. Je suis une perfectionniste, une névrosée du détail, entièrement dévouée à mon travail. Peu importe le coût personnel. Je m'attache aux faits, concrets et pragmatiques. Alors oui, beaucoup me jugent froide et inhumaine. Parce qu'il est plus simple de me ranger dans une case plutôt que de chercher à me comprendre.

Je connais les bruits de couloir, les pseudonymes peu flatteurs qui circulent dans mon dos, comme le fameux :

« La reine des Glaces ». Manque de bol, s'ils pensaient être délivrés, l'hiver arrive !

Pour leur défense, je le reconnais, je n'ai ni la diplomatie d'Antoine, ni sa patience légendaire. Je ne me gêne pas pour recadrer certains collaborateurs, dont les compétences sont relatives mais la gueule grande comme ça.

En même temps, tout le monde s'accommode finalement de mon caractère dit « fort » parce qu'il est confortable de s'appuyer sur moi pour résoudre les problèmes, prendre les responsabilités et donner le tempo.

Ils le savent, je n'abandonne jamais lorsque je me suis fixé un objectif. C'est mon style. Fracassant. Difficile à suivre, certes. Mais je n'en suis pas moins humaine et digne de confiance.

Je tire une latte. Il y a une autre raison à mon angoisse. Plus difficile à accepter. Et beaucoup plus douloureuse. Je ne sais absolument pas comment je vais gérer ce nouveau statut, et la tonne de travail qui m'attend, avec « l'état » d'Enzo.

Mon téléphone vibre sur la table du salon. Je dépose mon ordinateur sur le canapé, emprisonne ma clope au bec et déplie mes jambes avant de m'emparer du mobile. Enzo, justement.

Hey ! T'es chez toi ?

Oui.

Voilà plusieurs jours que nous passons des heures à échanger des messages tard dans la nuit. La journée, il passe beaucoup de temps avec sa mère. Elle va rester quelques jours à Paris, comme si elle cherchait à rattraper le temps perdu. Son arrivée a été étrange. J'étais avec Enzo sur le quai. Il y a eu ce moment de flottement rempli de non-dits et de malentendus, mais il y avait aussi ces regards, submergés par l'espoir de la réconciliation. Enzo a fait le premier pas, sa mère le second. Ils se sont pris dans les bras et se sont embrassés. Ils ont pleuré tous les deux. De soulagement, je crois. Puis, il a su trouver les mots justes. Plus tard, je sais qu'ils se sont retrouvés seuls et il lui a expliqué sa situation avec simplicité et détermination.

Ce garçon m'impressionne. Il a toujours su exprimer ses émotions et ses sentiments sans jamais heurter celui ou celle qui l'écoute. Je pensais réellement que la réaction de Penelope serait aussi violente que sa peine, mais, étrangement, elle n'a pas opposé de résistance. Elle sait, mieux que personne, la douleur et le tourment liés à ces fins de vie sous traitement. Elle était là pour son mari. Pour le meilleur et pour le pire. Je sais qu'elle saura accompagner son fils dans ses choix, aussi difficiles soient-ils. Je nourris maintenant l'idée qu'Enzo parle avec autant de vérité à son frère.

Ne me dis pas que
tu es en train de
bosser ??! :-/ :-/ :-/

Je souris. Enzo et son utilisation modérée de la ponctuation et des smileys !

Si. Tu veux que je
fasse quoi au juste ?

Laisse-moi réfléchir, petit
moineau... Un truc cochon avec
un inconnu ? :-D Dormir ?
Ou, beaucoup mieux, déguster
avec un vieil ami un rhum
d'exception accompagné d'une
tablette de chocolat !!! <3 <3 <3

Je ne sais pas pourquoi mais j'ai toujours l'impression de voir autre chose qu'un cœur, lorsque je regarde ce smiley. Sans doute la faute à mon esprit mal placé.

C'est une proposition ?

On ne dit pas que vous êtes perspicaces dans la high-tech ? Genre, les petits génies de notre génération… ? Évidemment que c'est une proposition !!! XD

Ramène-toi. Je ne compte pas dormir plus de trois heures cette nuit, tte façon.

Ça roule, je suis chez toi dans 15 <3 À tt' petit moineau.
Et ferme-moi ces e-mails !
Dedieu !!! :-p

Son autorité toute singulière me fait sourire. Je dépose l'ordinateur sur ma commode et me dirige vers le coffre à rhum. Je devrais trouver quelques spécimens intéressants.

**

Lorsque Enzo frappe à ma porte, il doit être une heure du matin. Je le découvre avec une étrange lueur dans les yeux. Lueur que je ne lui avais pas revue depuis un moment.

Il me tend les tablettes de chocolat avec son grand sourire de gamin.

— Tu n'avais pas dit *une* tablette ?

— Teu, teu, teu… Ne commence pas à faire ta rabat-joie !

Je lui ouvre le passage en souriant. Il s'engouffre dans mon hall. Son long kimono bohème en satin flotte dans les airs.

— Le chocolat, c'est plein de magnésium, c'est bon pour le moral, chérie.

— Et le sucre qu'il contient favorise les ruminations mentales.

Enzo se retourne, choqué, comme si je lui avais fait la pire des déclarations. Je referme derrière nous et hausse les épaules, innocente.

— Quoi ?

— J'aurais dû ramener des carottes. Il paraît que ça favorise l'amabilité.

Je lui retourne une moue agacée et il soupire théâtralement.

— Tu vas nous servir un bon rhum, ambré de préférence, et t'enfourner ce chocolat sans modération ! Pigé ?

Je capitule et le devance.

— À vos ordres…

— J'aime quand tu me parles comme ça, tu sais…

Enzo pénètre dans mon salon. Il fait comme chez lui. À vrai dire, il est chez lui. Il se retourne, les mains posées sur la taille.

— Où sont les bougies ?

— Enzo, j'ai une gueule à poser des bougies ?

Je désigne mon visage, du bout de l'index.

— Mmm… Non. Aucun goût pour la subtilité. J'avais oublié. Pardon.

— Va te faire voir !

Enzo ricane.

— Rappelle-moi : on est amis, non ? On est censés se dire des trucs cools, se montrer combien on s'aime, tout ça, tout ça, pas vrai ?

— Tu t'es trompé d'adresse, l'artiste.

J'attrape un Diplomatico douze ans d'âge et le dépose sur ma table basse. Enzo avise la bouteille de Zacapa.

— Celui-là, c'est pour les plaisirs solitaires ?

— Et pour les inconnus sexy.

Les yeux d'Enzo s'agrandissent comme deux soucoupes. Je regrette tout de suite ma réponse. Je viens d'ouvrir la boîte de Pandore.

— Oui, oui, ça va… J'ai ramené un type, l'autre fois.

— Et tu ne me l'as pas dit ?!

— Non… Est-ce que tu me racontes toute ta vie sexuelle, toi ?

— Bah oui !

Je reste muette. Oui, ce n'est pas faux.

Pour me donner du répit, je vais chercher deux verres, sous le regard insistant de mon interrogateur. Je n'en ai pas fini avec les questions…

Je verse le rhum dans nos verres tulipe.

— Je vais devoir te tirer les vers du nez ou tu te mets à table ?

— Enzo, c'est bon, OK ? Je n'ai pas envie d'en parler.

Le regard d'Enzo se perd soudain sur l'écran noir du téléviseur.

— Quoi ? Tu veux regarder une série ?

— Non…

— Tu cherches un nouveau téléviseur ?

— Non !

— Tu es inspiré par le noir ? Tu es allé à une expo de Soulages ? Tu vas lancer une collection à son image ?

Enzo me lance un sourire moqueur.

— Non, non et non. Et pour ta gouverne, Soulages est un génie. Chose que vous autres, créatures dépourvues de subtilité, ne pouvez pas comprendre.

Je secoue la tête de droite à gauche en ricanant et m'allume une cigarette. Je tends le paquet à ma diva en arquant un sourcil.

— Ouais. C'est du noir, quoi.

— Ta gueule !

— J'ai des carottes au frigo, si tu veux.

Nous rions. J'aime lui laisser croire que je suis une cartésienne, incapable de voir la finesse des choses, et lui, l'artiste, incroyablement délicat. Mais, comme souvent en ce moment, nos cessions légères sont ponctuées de lourds silences.

— Écoute Lulu. Il faut que je te parle de quelque chose d'important.

Je fronce les sourcils et me redresse en tailleur. Je pose les coudes contre mes genoux et je fixe mes yeux sur les siens. Enzo passe une main dans ses cheveux, avant de se poster bien face à moi.

— J'ai pris conscience de quelque chose. Sans doute la chose la plus importante de toute ma vie.

Je lui fais signe de poursuivre.

— Tu vois… Tout mon temps, je l'ai consacré au stylisme, à mon taf de création. J'ai cherché à être le meilleur dans mon domaine, à bouleverser les codes de la mode, à créer la pièce unique, à endurer les critiques pour toujours faire mieux. Et, ces trois dernières années, j'ai mis toute mon énergie à me battre contre Gaspard…

Je hausse les sourcils et grimace. « Se battre » est le bon terme.

— Pourquoi au final ?

Je tire sur ma clope et le dévisage. La réponse me paraît évidente.

— Parce que tu t'épanouis dans la création. Tu ne peux pas vivre sans créer. Tu en as besoin. Et pour Gaspard… Parce que tu tiens à ce que tu as construit et que tu ne veux pas que ce sombre con gâche tout.

Les yeux d'Enzo s'obscurcissent.

— Mais quel est le sens de tout ça ?

— Le sens ?

— À quoi ma vie a servi ?

— Enzo… Tu te poses trop de questions…

— Non. Je crois que je me pose les bonnes questions. J'ai l'impression d'avoir enlevé un filtre qui m'empêchait de voir de façon juste.

Je le fixe attentivement et tire une latte.

— Regarde, Lulu, à peine nés, on nous fourre dans un système. Un système que l'on doit engrosser.

— Enzo, tu n'as pas de honte à avoir réussi, à avoir gagné de l'argent et à t'être fait un nom.

Enzo secoue la tête comme pour me faire taire.

— La réussite est ailleurs, Lulu.

Je reste dubitative.

— Tu vas peut-être me prendre pour un dingue mais… j'ai lu un article ce matin, et je me suis pris un putain d'électrochoc.

— Un article ?

— Oui. Il s'agissait d'une école totalement détruite en Indonésie à cause d'un tsunami. Les enfants étaient complètement dépenaillés, ils n'avaient plus accès à l'éducation.

— OK, c'est horrible. Mais si tu te mets en tête de vouloir résoudre toute la misère du monde…

— Toute, non. Mais je peux agir à mon échelle et avec le temps qu'il me reste.

— Je ne comprends pas… Qu'est-ce que tu veux me dire ?

Enzo plante son regard dans le mien. Il ne m'a jamais paru aussi sérieux.

— Je vais aller là-bas, je vais aider à reconstruire l'école, à redonner à ces enfants un peu de bonheur. Je ne suis pas le type le plus bricoleur du monde, je ne vais sûrement pas pouvoir soulever des poutres, mais je peux apporter du soutien aux familles, et avec l'argent que j'ai sur mes comptes, je peux aider à financer les travaux. Tu te rends compte ? Je peux vraiment contribuer à changer les choses, Lulu ! Et puis, ils montraient l'un des professeurs sur place, un Européen visiblement. Il était à la recherche de toute l'aide possible, en plus des aides gouvernementales.

Mon ami reprend son souffle. Il prend mes mains entre les siennes.

— En plus de ça, j'ai déjà une idée pour leur créer un uniforme. Ce n'est pas grand-chose, au vu de la catastrophe qu'ils traversent, mais ça leur apportera un peu de décence.

Cette fois, je reste muette.

— J'ai besoin de faire quelque chose qui compte. J'ai besoin de me dire que ce n'est pas une vie pour rien. Tu comprends ?

— Je suis un peu perdue, là…

Enzo resserre un peu la pression sur nos mains.

— Lucie… Pars avec moi ! Viens ! On plaque tout et on part à l'autre bout du monde ! Il ne me reste que quelques mois à vivre, je veux les vivre à fond. Et je veux que tu viennes avec moi.

Chapitre 17

Lucie

Je suis peut-être comme Truman, bloquée dans une téléréalité, sans en avoir conscience. Les organisateurs ont décidé de me faire vivre les pires épreuves, et le public est en ce moment même en train de voter pour décider de mon sort. Ou bien je suis vraiment Lucie Cavalho, pas loin de trente années au compteur, et prête à foutre sa carrière en l'air. Du moins aux prises avec un choix douloureux, et donc, pour la faire courte, dans la merde ! Voilà un scénario qui correspond bien à la réalité de la vie, n'est-ce pas ?

Droite comme un panneau de signalisation, au centre d'un arc de cercle humain, j'écoute Antoine débiter son monologue devant nos équipes. Tous se tiennent plus ou moins vaillamment. Debout, assis, ou les hanches négligemment posées sur un coin de table, café en main, écouteurs autour du cou, buvant les paroles de leur président. Je les comprends. Le moins que l'on puisse dire, c'est que le spécimen sait captiver son auditoire. Il a cette façon bien à lui d'amener tout en douceur ses équipes à adhérer à ses propos. Avec lui, on pourrait se jeter sous les roues d'un dix-neuf tonnes en étant convaincu de passer au travers. En bref, il a ce truc que je n'ai pas : la diplomatie. *My bad*.

J'observe mes collaborateurs. Aucun d'entre eux ne me regarde dans les yeux. Et s'ils le font, leurs billes insaisissables s'échappent vers le sol ou vers les murs adjacents.

Je me pose de sérieuses questions sur l'effet que je leur fais. Je crois que je les effraie. Je veux dire… vraiment ! Enzo adore se moquer de moi lorsque je m'emporte sur le boulot : « Tu dois leur faire peur à ces petits. » Je grimace. Il a peut-être raison finalement.

Enzo me l'a répété des milliers de fois : « Ils ne peuvent pas te suivre si tu passes tout de suite à la conclusion sans donner les étapes de ton analyse. »

Et c'est bien là que je peine. Je sais que mon raisonnement est juste, mais je ne peux pas expliquer tout ce qui m'a amené à me diriger vers telle ou telle solution. Quand la pensée d'une personne normalement constituée est linéaire et structurée, la mienne fonctionne comme une arborescence où chaque information se divise en plusieurs possibilités qui me permettent de voir le problème dans sa globalité.

Avec le temps, j'ai compris que cette façon de fonctionner est perçue comme de l'arrogance ou comme une manière de prendre l'ascendant sur les gens. Pourtant, je me contrefous du pouvoir. Il est même souvent une entrave à la réalisation saine des choses. Je suis une tête chercheuse. Je prends un problème, je trouve une solution et je passe au suivant. C'est mon truc. Si on me l'enlève, je deviens inutile.

Tu n'es peut-être pas faite pour tout ça, Lulu.

Peut-être que je me trompe sur toute la ligne. Je l'ai voulu, ce poste. Si ardemment que je lui ai sacrifié plusieurs années de ma vie. J'avais tant de projets pour Biwace, tant d'idées ! Mais, finalement, Enzo vient de tout remettre en question. Les perspectives sont différentes, mes priorités changent. Je ne peux pas être sur tous les fronts. Je dois choisir mes combats.

Est-ce que cette promotion est vraiment faite pour moi ? Est-ce que c'est ce que je veux ? Tout me paraît tellement dérisoire, depuis l'annonce de mon ami, depuis… l'arrivée du monstre en lui.

Antoine se tourne vers moi, prêt à me donner la parole. Ou plutôt, prêt à me lâcher *la* bombe entre les mains (et avec le sourire, s'il vous plaît). Bordel ! Je n'ai absolument rien suivi de son discours ! *Oups...*

— Lucie, j'aimerais que tu poursuives, maintenant...

Mon ex-pas-tout-à-fait-encore-boss rayonne. Il me prouve sans détour combien il est enthousiaste et fier de me voir partager l'annonce de ma nomination. C'est tout à fait ce qu'il me fallait pour culpabiliser un peu plus.

Et merde ! Connecte tes neurones, Lulu ! Toute la boîte t'observe, maintenant !

Je tente de me recentrer, mais j'échoue misérablement.

— Lucie... ?

Oui, oui, je viens, je viens...

Antoine s'impatiente. Et il me fixe maintenant avec un sourire crispé. Comment avoir l'air sincère quand, depuis tout à l'heure, la seule chose à laquelle je pense se résume à : je pars ou je reste ?

Je pourrais éventuellement proposer une petite pause, non... ?

Fuck, fuck, fuck, Lucie !!! Reprends-toi !

J'ai déjà sorti la carte de la sortie théâtrale (certes, pour me vider les entrailles), mais réitérer l'expérience en lâchant un joyeux : « Bon courage. Merci à tous, à plus. Tendresse et chocolat » serait sans doute mal perçu et signerait mon arrêt de mort professionnel. Un moment d'égarement pour les plus indulgents, qui diront que vous êtes sensible ou que vous êtes dans votre mauvaise période. Mais deux moments d'égarement coup sur coup... Même les plus charitables se mettront d'accord pour dire que vous êtes incapable de contrôler vos émotions. Pas fiable, pas loin d'être psychotique, probablement en burn-out, ou bonne à enfermer.

Ce qui, en soit, me concernant, pourrait faire sens.

Je prends une inspiration. J'en connais un autre qui m'a balancé une bombe hier soir. Sauf que, sur celle-ci, le minuteur a déjà été enclenché. Et autant dire qu'il va y avoir des dommages collatéraux. Parce que soit je plaque la boîte au moment où elle a le plus besoin de moi, soit j'abandonne Enzo dans son ultime épreuve.

Ce n'est pas un choix, c'est un putain de 180 degrés !

Je lance un « Stop ! » silencieux au brouhaha de mes pensées. Ces petites pestes pourraient continuer longtemps à faire leurs intéressantes, si je ne les faisais pas taire. Pour le coup, je réussis plutôt bien à reprendre le contrôle.

— Merci Antoine.

Je joins mes mains gelées devant ma taille. Mon cœur semble reprendre un rythme normal, au fur et à mesure que mon discours me revient en mémoire. Je ne vais pas prendre de décision aujourd'hui. Pas après une nuit blanche. Pas après avoir été à deux doigts de péter les plombs. Je suis Lucie, je gère. J'aurai toujours la possibilité de faire marche arrière plus tard. Donc, on arrête les conneries et on respire !

J'éclaircis ma voix et j'humidifie mes lèvres en buvant une gorgée de café.

— Vous savez tous que, comme Antoine, je suis là depuis les débuts de Biwace. Certains d'entre vous ont d'ailleurs été assez timbrés pour avoir fait toute la route avec nous jusqu'à maintenant.

Petits rires de l'assemblée.

— D'abord, j'aimerais sincèrement vous remercier d'être présents et de vous battre pour ce projet. Je sais qu'il nous demande à tous beaucoup d'énergie et d'investissement.

C'est pour ça que je vais très certainement vous planter là, les amis…

J'envoie valser cette pensée loin de mon esprit pour rester concentrée. Bien sûr que je tiens à cette start-up, bien sûr que je tiens à ces femmes et à ces hommes ! Mais… Enzo est si important ! Bien plus important que tout le reste.

— Nous avons longuement discuté, Antoine et moi, de son choix, et de ce que cela allait impliquer pour Biwace. Je crois que l'on doit toujours suivre ce qui nous paraît juste. C'est pourquoi je soutiens Antoine dans son choix de vie.

Alors pourquoi est-ce si difficile pour toi, Lucie ? Et si tu n'aimais pas autant Enzo que tu veux t'en convaincre ? Pourquoi est-ce que, parfois, il t'arrive d'espérer que son traitement l'empêche de partir à l'étranger ?

Tu n'es qu'une menteuse, une sombre égoïste ! Seulement motivée par ta carrière.

L'angoisse me prend. Comme un monstre évanescent sorti de l'ombre. J'ai beau mettre toute mon énergie pour l'enfermer, le cacher et le réprimer, il finit toujours par s'échapper. Toujours plus fort, toujours plus puissant. Comme s'il gagnait en force à chacune de ses apparitions. Il est comme une sorte de nuage noir et dense, insaisissable mais opaque, brouillant tous mes repères. Il envahit d'abord ma poitrine et vient s'enrouler autour de ma gorge. Puis il déploie son souffle oppressant dans tout mon corps pour qu'il ne subsiste que lui. J'ai chaud, je sens le malaise arriver. Rester en place devient un supplice. En même temps, mes intestins se tordent de douleur, et mon rythme cardiaque s'accélère, comme si je venais d'avoir la peur de ma vie. Clou du spectacle : je subis cette sensation de mal-être, de perte de contrôle. Cette impression de devenir folle. De rester bloquée dans cet état, pour toujours.

Bordel, ce n'est pas le moment !

Je déglutis.

— Hum… Excusez-moi.

Je me recule et prends appui contre la vitre, derrière moi. Le froid du verre m'apaise et me reconnecte brièvement à la réalité. Antoine s'avance vers moi, mais je l'arrête d'un signe de la main.

— Ça va.

Putain ! Mais j'ai l'air de quoi ?!

J'inspire lourdement en fixant le sol. Je vais y arriver. Je DOIS y arriver ! Je relève mon regard.

— Pardon. Vous savez ce que les nuits blanches peuvent engendrer comme désagréments ! Vive les dossiers de dernière minute !

Je tente un pâle sourire mais les collaborateurs ne sont pas dupes. Ils savent très bien que je suis une adepte de l'insomnie. Mais le fait est qu'ils ne m'ont jamais vue dans cet état. En réalité, personne ne m'a jamais vue comme ça.

Lucie, calme-toi ! Ces pensées ne sont pas la réalité !

Ma psy me l'a répété des dizaines de fois : mon angoisse se pose sur les choses qui me sont les plus importantes. Et Enzo en fait partie, évidemment. Mais si, la plupart du temps, son analyse résonne en moi comme une évidence, une autre partie de moi aime se torturer et se diriger vers une autre possibilité. Celle que je suis une mauvaise personne. Que ces angoisses sont simplement l'expression de ce que je suis vraiment. De ce que je cherche à cacher au monde.

Quelque part en moi, pour une raison que j'ignore, un ennemi s'évertue à taper là où il me fera le plus mal, résolument décidé à me détruire, pour m'empêcher d'être moi-même. Libre.

Tu n'es pas une menteuse. Tu as juste la frousse.

Enzo ne me demande pas de partir avec lui en vacances à Honolulu, pour siroter des cocktails et mater de beaux animateurs. Il me demande de partager une aventure de plusieurs mois, à l'autre bout du monde. Et l'issue n'est sûrement pas de revenir bronzés et rechargés à bloc. Non, l'issue est claire : seul l'un de nous deux reviendra. Mort de l'intérieur.

Nouvelle salve au cœur, nouveau mal-être. Encore une fois, je tachycarde et je cherche l'air. Les collaborateurs, désormais tous debout près de moi, me font l'effet de murs mouvants prêts à me broyer. Je dois sortir, tout de suite ! Je dois partir d'ici !

De toute façon, c'est bien ce que tu voulais, Lucie…

Tout se met à tourner autour de moi. Je dois être livide, des cernes béants autour des yeux, comme à chaque fois qu'une angoisse m'assaille. Il me semble que le sol se dérobe sous mes pieds. Je tente de faire un pas vers une chaise et me rattrape de justesse au dossier. Antoine me soutient, et je n'ai pas la force de le repousser. J'ai envie de hurler, tellement je me sens minable !

— Quelqu'un peut aller chercher un verre d'eau ?

Antoine m'observe, sincèrement inquiet.

— Ça va aller ?

Non !

— Oui, ce n'est rien. Juste le manque de sommeil.

Je tente de me redresser, mais il me contraint à rester assise.

— Arrête. Je t'assure que ça va.

Il ne semble absolument pas convaincu.

— *Easy*. Tu es blanche comme un linge. Rester un peu assise sur cette chaise t'évitera un aller simple vers le lino.

Je lui renvoie un rictus agacé. Steeve, du market, se penche vers moi et me tend un verre. J'approche la main vers lui et constate à quel point ma peau est blême, à la limite du gris.

— Merci.

Antoine se tourne vers le reste des spectateurs, qui n'en perdent pas une miette. *Tu m'étonnes !*

La « reine des Glaces » qui nous fait un malaise, en mode petite chose fragile, voilà un événement dont ils parleront encore dans dix ans !

— Allez faire une pause à l'extérieur. Nous reprendrons plus tard.

Après un moment qui me parait une éternité, la pièce se vide. Une personne seulement semble résolue à se remettre à son poste, mais Antoine lui fait comprendre d'un regard que sa présence n'est pas la bienvenue. Elle embarque son mug brandé Biwace et s'évapore.

Je souffle et laisse retomber ma tête en arrière. Antoine est toujours agenouillé à mes côtés.

— Bon… Tu me dis ce qu'il y a maintenant ?

Je bascule ma tête vers l'avant. Derrière mes cheveux, je lance un regard en diagonale à mon interlocuteur.

— Il n'y a rien à dire de plus que ce que je t'ai déjà dit !

— Lucie, ça fait huit ans qu'on bosse ensemble. Les nuits blanches, c'est notre quotidien.

Oui, enfin. Surtout le mien, chéri !

— C'est la première fois que je te vois faire un malaise. C'est en rapport avec ton ami, c'est ça ?... Tu sais, c'est complètement normal de...

— Bordel Antoine !

Je me relève d'un bond et me pince l'arête du nez entre le pouce et l'index.

— Qu'est-ce que tu veux que je te dise, au juste ?!

Mon interlocuteur se redresse, pas impressionné le moins du monde par le ton que j'emploie. Comme d'habitude.

— Si tu ne veux pas en parler, je comprends. Mais je ne pense pas que ce soit une bonne idée.

Mais je me fous de ce que tu penses !

— J'ai déjà un psy que je paye très cher. Le filon est pris, merci.

— Lucie...

Cette fois, la colère remplace le mal-être. Le côté positif, c'est que mon énergie est revenue, comme après une piqûre d'adrénaline.

— Je ne suis pas une machine, Antoine !

— Je n'ai jamais dit ça !

— Oh, vraiment... ? Je t'annonce que mon ami d'enfance est en phase terminale d'un putain de cancer, et qu'il va probablement mourir dans les prochains mois, et toi, tu m'annonces ton départ et ma promotion, sans te soucier du niveau de stress que ça peut impliquer pour moi ! Ne viens pas faire comme si ma vie et son lot de drames avait une importance pour toi ! Tu pensais que je pouvais tout encaisser ? Parce que « Lucie assure toujours ! ». Eh bien, surprise : non !!

— Wow, wow, wow ! On se calme deux secondes...

Un employé se présente à la porte de l'open space. Il s'arrête brusquement lorsqu'il nous aperçoit, Antoine et moi, très loin de notre convivialité habituelle. L'intrus effectue un repli stratégique en murmurant un faible « pardon » du bout des lèvres. En voilà un qui n'a pas oublié son instinct de survie !

Antoine se retourne à nouveau vers moi et pointe un index accusateur dans ma direction.

— Cette promotion, tu l'as toujours voulue, Lucie ! Ne me fais pas croire que la nouvelle ne t'a pas réjouie ! Garde ton beau discours pour eux !

Antoine fait signe vers l'extérieur.

OK. Je vois. Tu veux la jouer comme ça ?!

— On joue tous un rôle, non ? Tu ne vas pas non plus me faire croire que ta soudaine envie de jouer les Charles Ingalls n'a rien à voir avec les derniers événements !

Il m'observe de ses yeux ronds.

— Tu sais très bien combien la pression va être forte sur les équipes ! Et c'est le parfait moment pour me refiler le bébé ! Si une tête doit passer sur le billot, ça ne sera pas la tienne ! Tu pars avec les honneurs, avant la tempête. Résultat : les collaborateurs garderont une image merveilleuse de l'ancien président, quand moi je vais devoir leur demander de puiser dans leurs dernières réserves pour éviter le naufrage !

Antoine soupire et commence à faire quelques pas. C'est parti pour la ronde !

— Attends… On parle d'un bébé dont tu as toujours voulu, on est bien d'accord ? Je connais très bien ta position, depuis le départ de Franck. Je ne suis pas idiot.

— Je ne m'en suis jamais cachée.

Antoine me lance un sourire railleur. C'est vrai, je dis ce que je pense. Contrairement aux autres, je ne lui ai jamais fait de ronds de jambe.

— N'est-ce pas toi qui me disais que j'étais le moteur ? C'était, comment déjà ?… Ah oui ! « Lucie… on sait tous les deux que c'est toi le moteur. Je n'ai fait que mettre de l'huile dans les engrenages… » Et c'était pas plus tard qu'il y a quelques jours !

— Alors, où est le problème, Lucie ?

— Le problème ?! C'est que le timing est franchement pourri !

Mon interlocuteur grogne et lève ses bras au ciel.

— OK, Lucie ! Dis-moi quand le timing sera le bon et j'organiserai ma vie en fonction de la tienne !

Incroyable ! À l'entendre, je suis une sale gosse égoïste !

— Désolée que tout parte de travers dans ma vie ! Ce n'était pas noté sur l'agenda. Mais tu sais quoi ? Laisse tomber ! Tu as raison, j'en demande toujours trop à tout le monde.

Antoine me tourne le dos quelques secondes, les mains sur la taille. Je fulmine, à deux doigts de quitter la boîte pour ne jamais y revenir. Cet endroit de tous les sacrifices qui a été si cher à mon cœur.

Il se retourne et réajuste ses lunettes. Son visage s'est radouci.

— Qu'est-ce que tu veux faire ?

Je n'en sais rien, mon pauvre ami. Et c'est bien là tout le problème !

— J'aimerais juste avoir un peu de temps pour réfléchir. L'état de mon ami conditionne beaucoup de choses…

— Tu veux prendre un mois de recul ? Je peux faire patienter les investisseurs. Leur expliquer ta situation.

Je fais abstraction de la durée énoncée par Antoine. Ce n'est pas un mois qu'il me faut !

— Arrête Antoine, au mieux ils s'en foutraient, au pire ils retireraient leurs billes. Tu sais très bien que je suis liée à eux. Ils ne me lâcheront pas.

— Tu es dans une situation que tout le monde peut comprendre.

— Va expliquer ça à leurs conseils d'administration !

— Je peux très bien repousser mon départ de quelques mois. Ton absence ne sera pas synonyme de foutoir, ici…

Pourquoi faut-il qu'Antoine soit un mec aussi bien ? Ce serait tellement plus simple s'il n'était qu'un sombre connard ! Je n'aurais alors aucun scrupule à lui claquer la porte au nez.

— Je sais… Et j'apprécie.

Il me retourne un hochement de tête discret. Je m'en veux de lui avoir parlé si durement. Un jour, j'arrêterai peut-être de voir les autres comme des ennemis…

— Écoute, pour l'heure, rentre chez toi. Souffle, va voir ton ami. Sors, va prendre l'air, boire un verre. Prends quelques jours *off*.

Comme si c'était possible ! Pour ça, il faudrait que je désintègre ma boîte e-mail !

— Et tu vas dire quoi aux équipes ?

— La vérité. Que tu as des problèmes personnels à gérer. Tu es humaine, tu as le droit de flancher.

— Pas devant eux !

— Arrête de te mettre la pression ! Ils savent très bien que, sous tes grands airs, au fond, tu n'es pas méchante…

J'aime le « au fond ».

Je me mords la lèvre inférieure et je fixe mes mains encore tremblantes.

— Tu n'es pas en état. Tu le vois bien…

Il n'a pas tort. Au final, j'ai enclenché le mode pilote automatique, en priant pour que les journées s'enchaînent sans que je pète les plombs. Ce qui est manifestement un échec.

En silence, je me déplace vers mon bureau. Je jette un dernier coup d'œil à l'intérieur, consciente que c'est peut-être l'une des dernières fois que je vois cet endroit. J'attrape mon sac et mon laptop, puis je me dirige vers la sortie.

Je me retourne une dernière fois avant de prendre l'escalier, une clope déjà glissée entre les lèvres.

— Merci Antoine.

Chapitre 18

Nolann

5 juin, port de Fremantle Harbour, Australie, veille de départ

Voilà deux semaines que le Wauquiez est amarré au port de Fremantle. Il a été convoyé depuis l'Europe à bord d'un cargo. J'ai dû attendre son arrivée pendant deux mois et essuyer une note à cinq chiffres, mais ça valait le coup. Une fois en ma possession, il est devenu une véritable obsession. Et, après plusieurs jours, j'ai transformé ce petit bijou de plaisance en voilier de course.

Ce tour du globe en solitaire, je le mûris depuis que j'ai quitté Londres et la City, il y a trois mois, pour venir m'installer sur la terre des kangourous. J'avais besoin de partir loin et je n'ai pas fait les choses à moitié : j'ai choisi l'autre bout du monde. Je me suis plongé corps et âme dans mon projet. J'ai tout anticipé. J'ai mis en place ma feuille de route, analysé les passages difficiles et les lieux d'escale, commandé tout le matériel logistique indispensable : radar, VHF, GPS… Sans oublier de préparer mon principal allié dans cette aventure : moi-même. Physiquement, je n'ai pas eu de mal. En toute injustice, j'ai hérité du gabarit rustique de mes ancêtres. Une remise au sport drastique m'a permis de reprendre une bonne endurance et une musculature correcte. Mentalement, c'est une autre histoire. Je suis loin d'être au point, et plutôt proche de l'épave. J'ai encore beaucoup de paliers à passer avant de regagner la surface…

Alors ce défi, seul à bord de mon Centurion quarante-cinq pieds, je le vois comme l'unique espoir de retrouver celui que je suis. Faire face à ce type dans le miroir, sans possibilité de me dérober.

Un solitaire autour du globe, c'est une épreuve d'endurance physique et mentale. Mais je n'ai rien à perdre et tout à gagner.

Pendant les deux derniers mois, l'apprentissage du surf et les sourires des Australiennes m'ont appris à faire semblant d'oublier la mort brutale de Jeff. Je me suis « éclaté », j'ai goûté à tous les plaisirs locaux, j'ai découvert une nouvelle passion avec le surf et j'ai veillé tard dans la nuit autour de feux de camp. Entouré de guitaristes, souvent sous substances décontractantes, j'ai plané sur le sable de Leighton Beach. Mais, malgré ce tableau idyllique, mes vieux démons ne m'ont pas quitté d'une semelle, et la blanche est restée ma copine.

Demain, pourtant, la garce ne larguera pas les amarres avec moi, elle restera sur le quai. C'est ma plus grande peine, mais aussi la meilleure décision que je puisse prendre. Ou alors je suis devenu fou.

Possible. Mais à quoi bon rester ? Je suis mort de l'intérieur.

Ce matin, j'ai fait un point sur la météo. Il fera beau, il devrait y avoir un vent de sud-ouest entre quinze et vingt nœuds. J'ai pris les devants et organisé le matossage. Les conditions sont plutôt bonnes pour mon départ, on devrait être au portant. J'ai fait un dernier point de contrôle sur le matériel embarqué. J'ai vérifié une dernière fois l'accastillage. Avant de me coucher, je regarderai encore la météo pour vérifier que rien n'a changé. Cette fois, nous y sommes…

6 juin, jour du départ

Je me suis levé aux aurores. J'ai pris mon dernier rail et j'ai jeté le reste de ma poudreuse dans la cuvette des toilettes.

Je n'ai pas hésité, résolument décidé à en finir avec cette merde. Mais, une fois ma précieuse disparue, j'ai eu comme une sueur froide et ce doute immédiat : est-ce que j'ai bien fait ?

Je ne me suis pas attardé sur la question, j'ai glissé la dernière échéance de paiement du bungalow dans la boîte aux lettres du propriétaire, et je suis parti sans me retourner. Je franchis une étape. Tendu.

Mis à part quelques surfeurs que je ne reverrai probablement jamais, personne n'est au courant. Ni ma mère, ni mon père, et encore moins mes frères. La disparition du voilier au port de Killybegs n'a alerté personne. La mienne n'aura sans doute pas plus d'effet. J'ai bien compris que cette famille ne voulait plus de moi. Ils ont tiré un trait sur le petit dernier. Mais, étrangement, j'ai du mal à les blâmer. Qui pourrait s'attacher à un fantôme ?

J'ai passé un moment sur la météo pour étudier les vents qui vont rythmer ma journée. Finalement, comme je le craignais, le scénario a changé et je vais devoir assurer au près. On sortira le spi un autre jour. Peu de repos en perspective et beaucoup d'écume dans la figure, donc.

Sur le ponton, pendant que je m'occupe du gréement, des pêcheurs de l'âge de mon père sont venus me faire la causette, avec leur accent à couper au couteau. Ces vieux loups de mer sont étonnés de voir un bleu comme moi se lancer dans une aventure pareille. J'ai aimé ce bref moment en leur compagnie. Quelque part, il y avait cette étincelle dans leurs yeux qui a réchauffé mon âme.

Car l'émotion est bien là. Mais je la refoule. Au moment de traverser le chenal, le sentiment de solitude n'a jamais été aussi fort : je ne laisse personne. Et personne ne sera là à mon retour. Pas de larmes, pas de dernier au revoir, pas de câlin maternel ou d'accolades viriles, pas de sourires émus. Rien. Juste le bruit de la coque qui glisse sur la flotte. Le néant d'une vie absurde.

7 juin, première nuit à bord du Wauquiez

La navigation n'a pas été simple. J'ai dû rester vigilant et éviter les erreurs sur les voiles. J'ai rapidement retrouvé mes marques et mes anciens réflexes.

Le vent est monté en seconde partie de journée et j'ai failli faire une erreur de réglage sur les ris. En soirée le ciel était clair, les grains se sont faits plus rares. Le vent m'a laissé un peu de répit. J'ai pu dormir quatre heures d'affilée dans le carré que j'ai aménagé. Tout est à sa place. Bien à l'inverse de mon état intérieur.

Même si ce voyage commence mieux que je ne le pensais, l'euphorie du départ semble s'estomper. On verra demain…

9 juin, latitude du tropique du Capricorne

Trois jours que je suis en mer. J'ai peu dormi. Le vent a forci, il change de direction. Je dois en permanence recadrer l'allure si je ne veux pas dévier de ma trajectoire. En plus de ça, les insomnies ont décidé de venir me rendre visite. Je ne les attendais pas si tôt. Et elles ne sont pas les bienvenues. La moindre heure de sommeil m'offre un précieux regain d'énergie.

Mais il y a plus inquiétant : le manque. J'ai envie de reprendre de la cocaïne. J'en ai besoin. J'enrage. Quel abruti ! Je n'aurais jamais dû m'en débarrasser !

J'ai failli oublier de verrouiller les drisses sur les taquets. Je perds patience sur les manœuvres, je fais des erreurs d'inattention. Je râle après les éléments. Difficile de garder patience.

Trois bonnes heures à batailler pour enrouler une voile dans la soute, tout ça pour la déplier trois heures plus tard ! Pendant une accalmie, l'alarme AIS s'est déclenchée. Je venais enfin de m'endormir. C'était une fausse alerte, un cargo au loin, qui remontait sans doute vers la Thaïlande. Pourtant, j'ai perdu mon sang-froid, j'ai paniqué. Je ne savais plus ce que je devais faire.

Je me sens minable. Pas à la hauteur. Si mon père me voyait, il aurait honte. Quel petit con je fais !

J'ai essayé de manger mais je n'y arrive pas. Le bordel tangue autant dans mon estomac que dans la cabine.

10 juin, îles Cocos et manque !

Je vais crever ici. Quelque part au sud-est des îles Cocos. Ce nom est une putain de provocation ! Quatre jours sans ma dose, deux jours sans fermer l'œil de la nuit, et probablement une journée à ne rien pouvoir avaler. Je comptais faire une escale à Coco Keeling, mais les conditions d'entrée dans le lagon, par quarante-cinq nœuds et de nuit, m'ont découragé.

Je suis en manque, j'ai des idées noires, mais ce serait du suicide d'accoster dans ces conditions. Je sais pourtant ce que le sevrage me réserve : anxiété, dépression, envie d'en finir, toutes les joyeusetés du genre. La garce n'aime pas se faire larguer ! J'aurais pu m'éviter l'enfer sur le voilier avec cette escale. Changement de plan.

Je dois m'affairer sur le pont. Le junky attendra. Le vent de secteur sud-est est de force trente à cinquante nœuds. Ce n'est pas lui que je redoute. Tout est au portant. Un ris, deux ris, trois ris, j'enchaîne les manœuvres. Non, la galère, ce sont ces énormes vagues qui viennent s'écraser sur la coque à bâbord. Elles atteignent les six à dix mètres et tentent de nous broyer, le Wauquiez et moi, avant de me laisser quelques minutes de répit.

Pendant un moment, j'ai disjoncté dans le carré. Jeff était assis sur la banquette, dans son costume trois pièces. Il m'observait sans dire un mot.

Putain ! Ça recommence ! Je suis épuisé ! Si la tempête ne se calme pas, je suis mort ! Je ne dois pas laisser tomber. Je dois tenir la barre !

11 juin, quelque part dans l'océan Indien

La tempête ne me lâche pas. Jeff est là, dans le carré. Il affiche un sourire étrange. Il arrange ses boutons de manchettes comme si de rien n'était. Le roulis n'a aucune incidence sur lui. Il se tient bien droit, dans son costume impeccable, et observe mon installation, le menton altier, caressant sa barbe poivre et sel, avec cet air dédaigneux et théâtral qui en exaspérait plus d'un, moi compris. Je repense à lui. Jeffrey ne faisait pas l'unanimité, il avait un certain nombre d'ennemis. Un nombre certain. Dans la finance, mais aussi dans la vie. Pourtant, il y avait quelque chose en lui de plus profond que ce qu'il donnait à voir. Je l'ai vu une fois, à la mort de sa première femme. Ce jour-là, il m'avait confié ce poids, cette solitude, ce regret de voir ses enfants lui reprocher de ne pas avoir été un père présent et aimant. Et puis, il était passé à autre chose, un sourire railleur aux lèvres, l'haleine chargée d'alcool. Comme s'il se foutait de tout. Comme s'il se foutait de sa vie.

J'ai cette sale impression. Et si Jeff s'était foutu en l'air ? Et si son overdose était calculée ?

Eh merde, le bateau recommence à tanguer ! Il faut que j'envoie un SOS cette fois. Je

Chapitre 19

Lucie

La première chose qui me saisit, c'est la morsure du froid. Je fronce les sourcils et pousse un grognement. J'observe mes mains. Elles sont bien là, mais je peine à les sentir tant elles sont lourdes et engourdies. Les extrémités de mes doigts virent au rouge grenat, elles sont presque noirâtres, comme si je les avais plongées des heures dans la glace.

Alors que je les rapproche de mon visage pour mieux les détailler, je perds l'équilibre ! Mais bon sang, le support sur lequel je suis assise est mouvant ! Immédiatement, je pose les deux paumes bien à plat de chaque côté de mon buste pour retrouver ma stabilité. Le contact est désagréable. Celui du bois humide et décharné. En prenant un peu de recul, je constate qu'il s'agit d'une sorte d'esquif qui flotte sur l'eau… Je cligne des paupières, incrédule. Mes yeux se promènent un peu plus loin et je déchante.

C'est quoi, ce délire ?!

Je me trouve quelque part en mer, sur une embarcation de fortune, au beau milieu du noir profond de la nuit. La seule source lumineuse provient de la lune, astre brillant dans un ciel sans nuages. Je ne sais par quelle circonstance tordue je me retrouve ici… Mais étant donné mes *skills* en survie, j'ai autant de chances de m'en sortir qu'un phoque chantonnant gaiement *I Will Survive* au centre d'un banc de requins.

Mes vêtements humides me collent à la peau. Ils me gênent et freinent mes mouvements. Je pousse un hoquet de surprise lorsque je découvre que je porte une robe en satin rose, taille empire, avec une ceinture serrée qui me comprime les côtes.

Sérieusement ?

Je HAIS le rose.

— Lucie…

Un chuchotement étouffé, une complainte déchirante, qui me saisit les tripes. Je connais cette voix, c'est celle de mon ami. Il est tout près. Je peux sentir son souffle. Son corps est immergé dans l'eau glaciale. Sa tête s'échappe du piège qui nous entoure, maintenue à flot grâce à ses bras qui prennent appui sur le radeau qui me porte. Ses cheveux bruns sont figés dans un mouvement improbable et recouverts d'une pellicule blanche. Sa peau est blafarde.

— Enzo !

Je me penche vers lui et j'attrape ses mains. Elles sont anormalement dures.

Des cris me parviennent, tout autour de nous. Des cris de terreur. Des hommes et des femmes se débattent dans l'eau gelée. Dans cette vision d'épouvante, il me semble reconnaître des visages familiers.

— Lucie… ne m'abandonne pas…

Je fixe à nouveau mon regard à celui d'Enzo. Ses mots sont hachés et lui coûtent sans doute un effort surhumain.

— Tu dois monter, Enzo, viens !

Je tente de lui faire de la place en rampant sur le côté mais l'embarcation tangue dangereusement.

— Je ne peux pas Lucie… tu le sais… Je suis condamné…

Hors de question que je reste sur ce radeau pendant qu'il meurt de froid !

— Ne dis pas de conneries, Enzo ! On va réessayer !

— Lucie arrête… C'est fini.

Enzo rapproche sa tête de la mienne et nos fronts gelés se touchent. Ma gorge se noue douloureusement.

— Ne fais pas ça. Ne fais pas celui qui me dit adieu, putain !

J'ai envie de pleurer mais je n'y parviens pas. Je sais qu'il a raison. Mais accepter sa disparition m'est insupportable.

— Je te demande juste… une chose.

Nous grelottons si fort tous les deux que je dois rassembler toute ma volonté pour retenir ses mains dans les miennes.

— S'il te plaît… Ne me laisse pas ici… dans ces… ténèbres… tout seul.

— Enzo ! Jamais je ne te laisserai ici ! Pas comme ça ! Pas maintenant !

— Lucie… promets-moi… que tu ne m'abandonneras jamais. Promets-le-moi… et… ne romps jamais… cette promesse.

— Je ne t'abandonnerai jamais !

Tout à coup, il me semble percevoir une lumière au loin, j'ouvre grand les yeux et distingue une silhouette familière, celle d'Antoine. Il rame dans un petit canot et éclaire tout autour de lui, grâce à une lampe torche, à la recherche de survivants. Désormais, tout est calme. Un calme effroyable. Les cris se sont tus : des dizaines de têtes déformées par la terreur se sont figées à jamais. Les corps, retenus par les gilets de sauvetage, flottent sans bruit, comme autant de bouées abominables. Antoine doit délicatement les écarter de son embarcation pour éviter de les percuter. Le spectacle me donne la nausée.

Je lui fais signe, mais au même moment, mes mains lâchent celles d'Enzo. Une angoisse terrible me foudroie mais je vois son corps qui s'échappe déjà et sombre dans les abîmes ! Ses yeux, exorbités, me glacent le sang. C'est de ma faute ! Je hurle de toutes mes forces :

— ENZO, NON !!!

En nage et grelottante, à bout de souffle, je reste stupéfaite quelques secondes. Progressivement, je reprends conscience de la pièce où je me trouve. Je suis assise en travers de mon lit, la couette défaite et à moitié au sol. Les murs tournent autour de moi. Paniquée, je tâtonne pour trouver l'interrupteur de ma lampe de chevet. Je peine à comprendre ma position dans l'espace. Heureusement, la pollution lumineuse est telle à Paris que l'éclairage de la rue perce à travers l'interstice de mes rideaux.

Je parviens à allumer. Je suis trempée ! J'attrape un bout de la couette et la rabats sur moi. Je m'appuie contre mon oreiller et rassemble mes genoux contre ma poitrine. Je passe une main sur mon front dégoulinant.

Mon état « humide » ne justifie pas à lui seul ce cauchemar dans la flotte. Hier soir, Enzo a insisté pour regarder *Titanic*. Évidemment, je n'ai pas pu lui refuser ce petit plaisir. Heureusement, il y avait du rhum pour faire passer la pilule. Lui et ses idées à la con ! Je hais les films à l'eau de rose et je déteste connaître la fin à l'avance ! Résultat, trois heures et demie d'ennui profond.

Après ce sacrifice poignant et toutes les émotions de la journée, je suis rentrée chez moi en mode carpette. Je me suis écroulée comme une masse, sans même avoir besoin d'une aide chimique. Je crois que mon cerveau a fait un *reset*. Le pauvre.

J'attrape le paquet de clopes dans le tiroir de ma table de nuit et m'en grille une. J'expulse la fumée en levant le nez vers le plafond. Mon inconscient ne s'est pas foulé en me rejouant la scène qu'il venait de voir ! Pas besoin d'être la descendante de Freud pour comprendre que ce cauchemar répondait à cette question qui me torture : dois-je soutenir Enzo jusqu'à la fin ou l'abandonner à son sort funeste pour poursuivre ma carrière ?

Je souris amèrement. J'ai reçu le message cinq sur cinq. Laisser vivre l'enfer à Enzo tandis que je sauve ma peau, bien à l'abri sur mon radeau…

Force est de constater que l'image était convaincante. Ce que j'ai ressenti lorsque Enzo m'a échappé des mains allait au-delà de tout. C'était une déchirure de le voir disparaître dans le noir. Un sentiment d'abandon insupportable.

J'inspire la nicotine à plein régime. Bon sang, j'ai une peur bleue de ce que ça signifie !

Choisir, c'est abandonner. Et abandonner ne se fait jamais sans douleur. Le boulot m'obsède, c'est un moteur puissant dans ma vie. Mais… La seule chose qui est là, qui reste lorsque mes angoisses s'estompent, lorsque mes doutes se mettent en sourdine, lorsque je décide de vivre pour autre chose que pour me prouver quoi que ce soit… c'est le visage d'Enzo. Nos délires, nos rigolades et tous nos souvenirs.

Je grogne et me relève. Je passe à la salle de bains, me glisse sous le jet d'eau. La chaleur m'apaise. Je ferme les yeux. Ma décision est prise.

Je coupe l'eau, m'enroule dans une serviette-éponge et viens chercher mon portable sur la table de nuit. Je prends quelques secondes encore pour envisager ce que je m'apprête à faire. J'ouvre les rideaux et m'installe sur le rebord de ma fenêtre. À cette heure-ci, Paris s'éveille à peine. J'inspire un bon coup, ouvre mes e-mails et balance la bombe qui va changer ma vie.

Chapitre 20

Lucie

Plusieurs jours, au rythme plus infernal que jamais, se sont enchaînés avant que nous nous retrouvions dans cet avion. Généralement, un voyage à l'autre bout du monde se prépare pendant des mois. Surtout lorsqu'on plaque tout. Mais pas pour nous. Enzo n'a pas le temps.

Avez-vous déjà entrepris un vol de quinze heures avec un bambin de trois ans ? Si c'est le cas (je vous admire), vous imaginerez sans mal ce que c'est que de voyager au côté de mon protégé. Nous sommes partis depuis à peine trois heures et je n'arrête pas de l'entendre jacasser : « Quand est-ce qu'on arrive, déjà ? », « Il y a combien de décalage ? », « Je m'ennuie. », « Je n'arrive pas à dormir… », « Tu crois qu'on va avoir un petit goûter avant le dîner ? », « Je me demande s'ils ont le dernier Pixar dans leur sélection ? », « Oh regarde ! Comme c'est beau tous ces nuages ! » (pour la trentième fois) ou encore, le non moins célèbre : « Laisse-moi passer, j'ai envie de faire pipi. »

Il y a une seule personne capable de me taper sur les nerfs puissance mille sans que je succombe à l'envie de l'étriper, et cette personne, c'est Enzo.

Il souffle, il se dandine, il marmonne.

— Enzo… Tu trouves ta place ?

Ce dernier grogne, pendant que je le regarde en biais.

— Tu sais que passé le cap des six ans, normalement, un être humain est capable de tenir en place ? Je veux dire, physiologiquement parlant.

Enzo ignore superbement ma remarque. Il se penche légèrement vers moi et m'indique un steward du regard.

— J'ai toujours été sensible aux uniformes.

Je ricane. En réalité, Enzo est surtout sensible à tout ce qui est beau mec.

— Ah oui ? Et ton Ludo, qu'en pense-t-il ?

Le visage d'Enzo se renfrogne aussitôt.

— Tu parles du mec qui m'a *ghosté* dès que je lui ai parlé de ma décision ?

Le comportement est dégueulasse mais, il faut le reconnaître, bien en phase avec notre époque. Au moment de l'hyperconnecté, blacklister une autre personne est un jeu d'enfant. Chaque réseau possède sa fonction de blocage. Je n'aime plus ta voix ? Je te dégage de mes contacts. Je ne te vois plus, tu ne me vois plus. Tu n'existes plus. Rayé de ma carte e-sociale, et donc de ma vie. C'est aussi simple que ça.

Cela dit, c'est surprenant de la part de ce garçon qui m'avait paru plutôt gentil et investi pour Enzo. Malgré tout, le choix de mon ami est profondément effrayant. Et je suis bien placée pour le savoir…

— Ce n'était pas sérieux de toute façon. En tout cas, pas pour lui.

— Ce n'est pas l'impression qu'il m'a donnée.

Enzo s'assombrit davantage. Il fixe les nuages par le hublot et finit par poursuivre difficilement, sans desserrer la mâchoire.

— Les gens n'aiment pas les jouets cassés.

Je réprime une grimace et pose une main sur son bras.

— Je suis là, moi, d'accord ?… Et puis, même si je n'ai pas les attributs de l'infirmier ou du steward, je suis d'une compagnie absolument délicieuse.

— Tu parles de ce regard, il y a genre trente secondes, qui semblait dire : « Continue de gigoter et je te balance par l'issue de secours » ?

Enzo avise la poignée juste à côté de son siège.

— Oui, c'est vrai, j'avoue que je cède parfois à l'impulsion… Mais cette réaction un peu excessive et passionnée, c'est parce que je t'aime. Tu le sais bien.

— Ma Lulu, tu es complètement barrée !

Nous rions tous les deux. Notre duo est franchement improbable. Je ne sais toujours pas sur quels ressorts il fonctionne, mais il fonctionne.

La finalité de notre aventure revient cogner à ma porte. Dans quelques mois, il ne sera plus là. Et alors, plus rien ne sera comme avant.

— N'empêche, tu avais bien raison, tu sais.

Je l'observe. Il triture ses doigts fins. Le ton de sa voix a perdu de sa légèreté.

— Sur quoi ?

— Sur la nature humaine.

Il y a des sujets sur lesquels j'aimerai me tromper.

— Sans déconner, Lulu ! Tu te rends compte que deux de mes collaborateurs m'ont annoncé leur départ quelques jours après qu'ils ont été mis au courant pour mon état de santé ?

Seulement deux ? Il a de la chance ! Difficile de le réconforter là-dessus. L'individualisme à son paroxysme est l'une des plus grandes plaies de nos sociétés occidentales.

— C'est compliqué, Enzo. Les gens font passer leur job avant tout…

Enzo me lance un sourire aigre.

— Tu vois, c'est aussi pour ça que je veux partir. Ailleurs, c'est différent. Là où nous allons, c'est différent. Les gens placent leurs priorités dans des choses beaucoup plus essentielles.

J'émets un rire désabusé.

— Tu crois ? Donne-leur tout notre confort, notre luxe, nos privilèges et observe-les changer. L'humain reste l'humain.

— OK, admettons que ces deux-là aient eu des craintes pour leur avenir professionnel…

— Tu sais que, sans toi, le studio est fini, Enzo ?

— Oui, peut-être…

— Non, c'est sûr ! Gaspard n'a ni les couilles ni les compétences pour prendre ta place. Il était bon pour baratiner le monde mais pas pour faire le job !

Mon ami s'agace et fronce les sourcils.

— Je sais ! Mais je n'ai plus de temps à perdre à me battre contre lui. J'en ai fini avec tout ça. Je lui laisse carte blanche. J'ai prévenu les membres de l'équipe avant de partir. C'était vraiment super étrange comme réunion, d'ailleurs…

— Tu m'étonnes ! Les gens savent très bien ce que ça signifie, Enzo. Ils ne sont pas idiots et ils ont besoin de bouffer. Ta maladie, ton départ, tout ça leur fait peur. Quand tu as des factures à payer, une famille à nourrir, tu dois faire des choix. Même si, pour ça, tu endosses le rôle ingrat.

— C'est juste que si j'avais su… Je ne me serais pas battu pour eux aussi longtemps.

— Bien sûr que si ! C'est ce que tu es, Enzo. Tu aimes les gens.

— Dans ta bouche, ça sonne comme un reproche.

— Oh non ! Bien au contraire. Tu n'imagines pas à quel point j'aimerais avoir la même vision des choses que toi.

Un peu d'utopie et moins de réalisme, voilà qui m'éviterait d'être aussi désenchantée, et seule.

— Ce que je veux dire, c'est que tu ne t'es pas battu pour attendre quoi que ce soit en retour. Tu l'as fait parce que c'est ce qui faisait sens pour toi.

Enzo approuve sans enthousiasme.

— Ils n'ont pas pris de mes nouvelles à l'hôpital. Ils ne m'ont rien envoyé. Pas même une petite carte ou un petit SMS. Je ne pensais pas avoir été si nul…

Je n'aime pas le voir emprunter cette pente-là. Il peut très vite se remettre en question, et perdre toute estime de lui-même. Quand beaucoup trouvent toujours à faire porter la responsabilité aux autres, Enzo, lui, se rétrécit. Je ne veux pas qu'il se torture. Surtout pas maintenant.

— Ce n'est pas ça, Enzo. Tu sais… Le cancer fait peur. Beaucoup de personnes ne savent pas comment se comporter, que dire au malade. C'est délicat. Alors, souvent, elles préfèrent ne rien faire, ne rien dire.

— Mouais… Enfin bref. Tout ça c'est derrière moi, maintenant.

— Exactement !

— Et toi ? Le taf ? Tu ne m'as toujours pas raconté comment ils avaient réagi à ton départ ?

— La grande majorité ont dû faire la fête. Sans moi. Et une petite partie ont dû tirer la tronche une minute. Par politesse.

Enzo m'observe, les yeux rieurs.

— Arrête tes conneries. Ils ont dû tellement flipper ! Sans toi aux commandes, c'est comme si leur mère était partie !

— AH, AH, AH… Plus sérieusement, Antoine a compris. Enfin, je crois. Il a décidé de rester, le temps de recruter un nouveau CEO. Ses tomates bios attendront !

— J'ai toujours pensé que ce mec était un bon gars.

— Oui. Mais pas le gars pour Biwace.

— T'es dure.

— Je sais.

Une hôtesse nous interrompt en nous demandant ce que nous souhaitons boire. Je choisis un café corsé tandis qu'Enzo demanderait presque à voir la carte des thés. Il a élevé le don de tergiverser au rang d'art !

— En fait, je pense qu'il y a eu un beau tsunami. Je devais annoncer ma nomination en tant que CEO, pas leur faire mes adieux.

— Je suis désolé, Lucie…

— Ne le sois pas. Je crois que j'avais besoin de partir aussi.

Nous nous adressons un demi-sourire complice. Je ne veux pas qu'il s'en veuille. J'ai pris ma décision en toute connaissance de cause.

En vérité, je sais très bien que ma réputation est grillée, cramée, désintégrée. Les investisseurs vont détester ça. Ils vont même sûrement crier au scandale. Après que je les ai suppliés de ne pas nous lâcher, c'est moi qui me barre… Je vois d'ici ce connard de Williams se repaître de la situation depuis sa tour de verre. Il ne doit pas se gêner pour me détruire aux yeux des autres actionnaires.

Mais c'est étrange, depuis que je suis montée dans cet avion, j'ai ressenti ce départ comme une évidence. J'ai compris que c'était bien ici que je voulais être. Avec mon compagnon de toujours. Et nulle part ailleurs.

Enzo pose une main sur la mienne.

— Je suis vraiment content que tu sois là, petit moineau. Sans toi, ça n'aurait pas été pareil.

Je lui souris tendrement mais me reprends aussitôt pour ne pas me laisser aller à l'émotion.

— D'ailleurs, j'espère que tu as réservé notre première nuit, avant d'arriver sur le site…

— Euh… Alors oui… Enfin, je crois…

Je me redresse, légèrement inquiète. Enzo qui *croit* avoir organisé quelque chose, c'est comme Enzo qui n'a rien organisé du tout.

— Comment ça, tu crois ?

— Alors, en fait, j'ai appelé un hôtel que j'avais vu sur le *Routard* et je suis tombé sur une dame. Elle ne parlait pas bien anglais mais elle était vraiment adorable. Je me demande si elle était vraiment réceptionniste ou si elle a juste décroché le téléphone. Parce qu'elle ne m'a pas demandé mon nom pour la réservation. Elle a juste dit que c'était bon…

— OK… Et ils viennent nous chercher à l'aéroport ?

— Normalement oui.

Comprendre : non, absolument pas. Il va falloir se démerder.

— Bon sang, Enzo…

Ce dernier hausse les épaules et, comme à chaque fois qu'il se sent fautif, sa gestuelle vient reprendre la place.

— Quoi ?! J'ai fait ce que j'ai pu ! Au pire, on demandera au taxi !

— On demandera au taxi ?

— Bah oui. De nous conseiller un hôtel, pardi !

— Enzo, tu te fous de ma gueule ?

Il soupire, pendant que j'enrage. Je vais le buter, je le jure !

— Pas du tout ! Tu manques de spontanéité, ma Lulu. À chaque jour suffit sa peine… Aujourd'hui, on prend l'avion. On n'est pas encore arrivés ! Il y a encore l'escale et les trois heures de vol jusqu'à Bali.

— Enzo, je te préviens que tu n'as pas intérêt à me sortir d'autres surprises dans le genre…

Cette fois, il me coule un regard coupable et plisse la bouche sur le côté.

Oh putain !

— Quoi encore ?!

— C'est-à-dire que… Enfin, je ne sais pas encore vraiment comment on sera logés sur place… Sûrement dans des tentes.

— Des tentes ?

— Oui, mais de grandes tentes, le genre spacieux, tu vois…

— Tu sais que j'ai toujours détesté le camping…

— Je sais.

— Et tu sais que je déteste environ tous les insectes qui peuplent notre planète…

— Je sais !

— D'accord. Tu veux me rendre dingue, c'est ça ?

— Lucie pas d'inquiétude, OK ? Je gère.

— C'est bien ça qui m'inquiète !!!

La poignée de secours devient à présent une option tout à fait envisageable. Pas pour le jeter par-dessus bord (quoique…), mais plutôt pour m'expulser de cet avion *illico presto* !

Chapitre 21

Lucie

Après un vol de quinze heures et une escale de cinq heures à Singapour, nous voici enfin arrivés à l'aéroport de Denpasar. J'ignore par quel miracle j'ai gardé patience face à l'excitation presque pathologique d'Enzo. Je suis vannée ! Avec mes angoisses, diverses et variées, impossible de dormir. Le confort relatif et la position trop verticale de mon siège n'ont rien arrangé. À chaque fois que je me sentais partir, ma tête semblait se décrocher de mon cou comme une noix de coco le ferait de sa branche ! Je me suis bien gardée d'avaler un Stilnox alors que j'avais un enfant sauvage sous ma responsabilité. Résultat, j'ai vu les heures défiler *très* lentement, et j'ai eu tout le loisir de passer en revue l'ensemble des scénarios qui pourraient nous mener à la catastrophe une fois sur place.

Enzo, lui, s'est endormi comme un bébé pendant au moins huit heures, ce qui, au-delà de me faire râler, m'a octroyé un sursis salvateur. Ce petit veinard s'est réveillé aussi frais que la Belle au Bois dormant lorsque l'avion a atterri à Singapour.

Cinq heures d'escale dans un lieu plus semblable à un parc d'attractions qu'à un aéroport international. Enzo est resté stupéfait quelques secondes lorsque nous avons pénétré dans la salle principale. Entièrement végétalisée, à la manière d'une serre amazonienne, une chute d'eau de plusieurs dizaines de mètres trône en son centre. C'était tout simplement bluffant !

On aurait pu se croire sur l'île de *Jurassic Park* (les dinos hyperphagiques en moins) si un métro ne passait pas tranquillement derrière l'installation gigantesque. Malgré la fatigue et mon éternel scepticisme, j'étais tout aussi subjuguée que mon ami et tous les autres voyageurs. J'en ai profité pour poster quelques vidéos sur mon compte Instagram et ravir mes abonnés. Nous avons ensuite randonné jusqu'à notre terminal. Puis Enzo a passé des heures à contempler l'exposition de gouttelettes de bronze suspendues dans notre salle. Le voir si émerveillé m'a redonné un peu foi en ce voyage et, pour une fois depuis longtemps, je me suis surprise à sourire, en observant ce garçon si spécial évoluer dans ce lieu hors du commun.

Un lieu à son image.

Ce sentiment de paix s'est envolé lorsqu'il a sorti de son sac les cachets de son traitement. Les prises doivent être quotidiennes pour masquer les symptômes… Pour l'instant, Dieu merci, ses maux de ventre le laissent à peu près tranquille.

Maintenant que nous sommes enfin arrivés à Bali, je ne rêve que d'une seule chose : pouvoir étendre mes jambes sur un lit douillet. Nous avons passé le contrôle de l'immigration. Nous attendons désormais que nos bagages apparaissent sur le tapis roulant.

Enzo attrape une première valise, puis une seconde. Je peste en constatant que la mienne se fait désirer. Lorsque ma précieuse arrive enfin, je trépigne de joie. Nous allons enfin pouvoir quitter les lieux et griller une clope ! Mais Enzo me retient.

— Euh… Attends.

— Quoi ?

— Il reste encore quelque chose.

— Quelque chose… ? Tu as déjà deux valises pleines à craquer ! Tu as embarqué toute ta vie ou bien ?

— Pas loin…

Son ton énigmatique ne m'alarme pas tout de suite mais, lorsque je le vois convoiter une sorte de grosse housse grise en forme de cube, je fronce les sourcils.

— Qu'est-ce que c'est ?

Enzo l'attrape en silence et un sourire en coin se dessine sur son visage.

— Une vieille passion…

Je hausse un sourcil. Enzo doit avoir mille et une passions enfouies. Difficile de savoir à laquelle il fait référence.

— Mon paramoteur.

— *What* ?!

— Bali, c'est juste le lieu idéal, Lulu ! Je vais pouvoir m'envoler au-dessus des surfeurs ! Profiter d'un paysage *sublimissime* ! Le pied !

— Tu plaisantes ?! Tu n'es pas sérieux ! Dans ton état ?!

L'intéressé soupire, passablement agacé.

— Je savais que tu allais dire ça…

— Enzo, depuis combien d'années tu n'en as pas fait ?

Je me souviens lorsqu'il partait des après-midi entiers avec son père. Ils adoraient tous les deux ces petites balades dans le ciel de Provence. Ils revenaient excités comme des puces et passaient la soirée à nous relater les détails de leurs vols. Penelope et moi, nous échangions un regard à la fois moqueur et attendri devant ces deux grands enfants.

Tout a tellement changé depuis ! L'innocence de ces moments a disparu.

— Trop d'années ! Mais vois-tu, chère amie, je compte bien me rattraper !

Je m'apprête à le dissuader, puis je me ressaisis. Après tout, que risque-t-il ? Je me vois mal casser son enthousiasme. Personne n'en a le droit. Il est libre de ses décisions. Et c'est sans doute le moyen qu'il a trouvé pour se reconnecter à son père. Cet élan de vie est trop précieux pour être entravé.

Comme je suis beaucoup trop lisible pour cacher mon inquiétude, Enzo se penche vers moi et pose une main sur mon épaule.

— Ne t'inquiète pas, petit moineau, je serai prudent. Et puis, tu monteras avec moi. Je peux adapter cette petite merveille pour en faire un biplace !

— Jamais de la vie !

Cet idiot éclate de rire, si fort que quelques touristes se retournent vers nous. Ils doivent se demander où il trouve encore toute cette énergie. Et s'ils savaient ce que son corps endure, ils en resteraient encore plus pantois.

Il a une force incroyable. Et dire qu'il en doute ! À sa place, loin d'entreprendre une aventure à l'autre bout du monde, la plupart des gens s'apitoieraient sur leur sort.

Moi la première !

— C'est ce qu'on verra, ma Lulu. Je te promets que tu ne seras plus la même, après des mois passés ici.

Il prend conscience de la portée de ses paroles au moment même où elles passent la barrière de ses lèvres. Un silence lourd de sens s'installe entre nous. Il y a des choses qui n'ont pas besoin d'être dites pour être entendues.

À la sortie, comme je m'y attendais, personne ne nous attend. Pas de petite pancarte à notre nom, brandie fièrement par notre hôte. La perspective réconfortante de l'hôtel cinq étoiles avec massage balinais vient d'éclater comme une bulle de savon ! Il est 20 h 30 ici, je suis épuisée et nous n'avons aucune idée de l'endroit où nous devons nous rendre.

— *Well, well…* On fait comment maintenant, Enzo ?

Ce dernier plonge le nez sur son téléphone en ignorant ma question, ce qui a le don de m'exaspérer.

— ENZO !

— Oui, oui ! Du calme, petit moineau ! Je cherche juste quelques mots dans la langue locale, histoire de pouvoir me faire comprendre si on doit trouver nous-mêmes un taxi.

— OK.

Je souffle et avance droit devant moi. Je récupère l'attention d'Enzo qui s'élance à ma poursuite.

— Où tu vas ?

— Je ne vais pas attendre que tu apprennes le balinais ! Je n'ai pas envie de prendre racine ici. Si tu veux te faire comprendre, n'importe où dans le monde, il y a un langage universel : le pognon. Alors, la première chose à faire, c'est de retirer des roupies.

J'arque les sourcils et empoigne notre chariot, prêt à rendre l'âme sous le poids de nos valises. Rectification : sous le poids des valises d'Enzo. Je me mets tout de suite à la recherche d'un bureau de change pendant que mon apprenti linguiste s'exerce avec plus ou moins de brio au dialecte local.

Je décide de retirer environ trois cents euros. Ce sera amplement suffisant pour l'instant. Et puis, hors de question de me trimballer avec trop d'argent liquide dans un pays que je ne connais pas encore.

La compteuse du guichetier s'emballe, puis celui-ci me tend des liasses de billets d'un air égal. J'ai l'impression d'être dans la peau d'un contrebandier en réceptionnant tout ce paquet d'argent !

Nous voilà heureux propriétaires de plus de cinq millions de roupies ! Je fourre rapidement tout ça dans mon sac à dos, bien à l'abri des regards.

Enzo met son nez dans l'ouverture et siffle d'étonnement.

Merci pour la discrétion !

— Eh bien, mon petit moineau, il fallait qu'on se pointe en Indonésie pour être millionnaires !

— Attends de payer ton taxi cinquante mille roupies, tu la ramèneras moins, chouchou !

Enzo grimace en croisant les bras sous sa poitrine.

— Pourquoi toujours briser mes rêves ?!

— Allez, ramène tes fesses. On va se chercher un taco !

Nous arpentons le terminal à la recherche de la bonne sortie. Mes jambes semblent peser une tonne et, au moment où je suis prête à m'affaler sur le charriot, histoire de l'achever, nous atterrissons, je ne sais trop comment, au niveau des départs. Dehors, plusieurs taxis déposent des passagers.

— Merde, ça devait être en bas !

— Enzo ! Je te l'avais dit ! On a monté un étage de trop !

— D'un côté, s'ils déposent, ils doivent bien repartir ! Ne bouge pas.

Il s'avance vers un des chauffeurs, qui vient à peine de fermer le capot de son véhicule.

Au bout de quelques secondes, l'apprenti routard se retourne avec un air satisfait et me fait signe d'approcher. Notre chauffeur me sourit de toutes ses dents et me salue en anglais. Après quoi, il prononce deux mots absolument incompréhensibles.

— *Selamat datang* !

Je lui retourne un sourire crispé. Enzo se penche vers moi pour me dire, sur le ton de la confidence :

— Ça veut dire « bienvenue » en balinais.

— Merci. J'avais déduit !

Non, pas du tout !

Enzo ne se formalise pas de mon ton grognon et s'installe à l'arrière, pendant que notre chauffeur range les bagages dans le coffre. Je me glisse à côté de lui.

Notre conducteur s'installe à l'avant, côté droit, conduite à l'anglaise oblige, et se retourne vers nous, toujours aussi chaleureux. J'avoue que son accueil est assez différent de celui que nous réservent ses homologues parisiens… Et puis, la sonorité de son anglais comprend des notes exotiques agréables, et il est parfaitement compréhensible. Il n'y a qu'en France, je pense, que nous défigurons à ce point la langue des rosbifs.

— Où allez-vous ?

Je me retourne vers l'artiste, railleuse.

— C'est vrai ça ! Où allons-nous, Enzo ?

Celui-ci ignore mon regard moqueur et feint de gérer totalement la situation. À vrai dire, je le soupçonne même d'être carrément dans son élément !

— Là où le vent nous porte, mon ami !

Notre chauffeur éclate de rire.

— Ah les Français ! Vous êtes tellement romantiques !

Enzo et moi nous regardons, surpris, puis nous levons nos mains en avant.

— Oh non, non ! Nous ne sommes pas ensemble. Juste amis !

Visiblement notre justification n'est pas aussi évidente que notre accent *frenchy* et le chauffeur s'esclaffe de plus belle.

— Oui, c'est ce que vous dites toujours… Des « amis ».

Et le voici qui nous lance un clin d'œil de connivence, et je souris à cette idée qui nous semble si saugrenue.

— Mon *ami* donc, avait prévu une nuit dans un hôtel cinq étoiles, pas loin d'ici. C'était comment le nom ?

Enzo baragouine le nom en question. Le chauffeur désapprouve de la tête.

— Ce n'est pas terrible, là-bas. Compliqué pour s'y rendre. Je connais un endroit beaucoup plus beau, dans des bungalows, les pieds dans l'eau.

L'idée est alléchante mais je suis trop suspicieuse pour me laisser aller à l'enthousiasme. On devrait peut-être…

— Génial ! On vous fait confiance !

Je fixe le petit inconscient à mon côté en mode *what the fuck*.

— D'accord. Vous verrez, vous ne serez pas déçus ! Ça vous fera dix mille la course.

— *Sin Ken Ken.*

Je ne sais pas ce qu'Enzo vient de dire mais le chauffeur a l'air de comprendre et d'apprécier. Mon compère me regarde innocemment et avise mon sac à dos.

— Allez, Lulu, ça va être chouette !

Ouais, génial ! On va peut-être se retrouver au beau milieu d'une merveilleuse arnaque, ou égorgés dans une pièce sombre ! Allons, gardons le *smile* ! Je choisis un billet de dix mille roupies et le dépose avec peu de délicatesse dans la paume d'Enzo, qui donne l'argent au chauffeur.

Ce dernier démarre et je serre mon sac contre mes genoux. Les deux tapent la causette. Nous apprenons rapidement que notre conducteur s'appelle Nyoman Santi et que sa famille vit à Bali depuis des générations. Il nourrit le rêve de visiter un jour

Paris et a même appris quelques mots en français. Il nous fait rire et, finalement, mon inquiétude du début s'efface au fur et à mesure que les kilomètres défilent. Une fois que nous sommes sortis de Denpasar, où le trafic est mouvementé, les routes sont plutôt agréables. Habituée à la conduite parisienne, je ne suis pas vraiment choquée par celle, un poil « dynamique », de notre chauffeur. De nombreux scooters et motos à l'état douteux passent à côté de nous. Il faut avoir les yeux partout !

Malgré le soleil couchant, nous avons tout loisir d'observer plusieurs temples que nous longeons sur notre chemin. Nyoman nous explique qu'il en existe près de dix mille sur l'île et que les Balinais vont y prier quotidiennement. Ils déposent aussi chaque jour de nombreuses offrandes : de petits bouquets de fleurs, des fruits, de l'encens… dans les rues, près des temples, parfois même aux pieds des passants.

Les singes côtoient les habitants. Ils sont assis ou se chamaillent, çà et là, au bord de la route. Il n'y a pas de traces du tsunami de ce côté de l'île. Il me semble que l'école se trouve dans la région de Kubu, au nord. Nous regarderons mieux demain, lorsque nous prendrons la route pour aller à la rencontre de notre contact sur place.

En tout cas, force est de constater qu'il se dégage une atmosphère paisible et accueillante, ici. Aux antipodes de l'atmosphère des grandes métropoles que j'ai pu côtoyer pour le boulot.

Alors que nous longeons un champ, notre chauffeur s'arrête et descend de la voiture. Il dit quelque chose que je ne comprends pas. Nous l'observons cueillir quelque chose, avant de revenir dans la voiture. Avec un beau sourire, il me tend une fleur jaune aux pétales allongés.

— Ylang-Ylang. Sens.

Je la prends et la porte à mes narines. L'odeur est délicieuse, elle m'enveloppe totalement et j'en ferme les yeux d'aise.

— Merci !

— Pose-la dans ton bungalow et elle parfumera la pièce pendant des jours. On s'en sert partout dans le monde comme base pour la confection des parfums.

Décidément, ce Nyoman me plaît de plus en plus ! Est-ce que tous les Balinais sont aussi charmants ? Je me réjouis de le découvrir ! Enzo avise ma tête ravie et rayonne.

— Je te l'ai dit. Ça va te plaire ici !

Chapitre 22

Lucie

Dans la voiture, je me sens nauséeuse. J'ai l'esprit embrumé et ma bouche est pâteuse. Sûrement à cause de la nuit épouvantable que j'ai passée. Non pas que Nyoman nous ait trompés. Loin de là. Le bungalow était exactement comme il nous l'avait annoncé. Positionné directement sur la plage et à un prix tout à fait correct. Quelques mètres à faire sur le sable blanc et nous étions les pieds dans l'eau. Malgré notre arrivée tardive, les propriétaires nous ont accueillis avec un grand sourire et, voyant que nous n'avions pas dîné, nous ont apporté, avec une infinie gentillesse, un panier de fruits frais. C'était la configuration idéale pour recharger les batteries. Mais, comme souvent, le problème venait de moi, de mes angoisses et de leur foutu lot de ruminations !

Je m'étais juré de ne pas le faire. Ou plutôt, je l'avais promis à Enzo. Mais évidemment, je n'ai pas résisté.

Il faut croire que tu aimes te faire du mal, Lulu.

J'ai eu l'idée lumineuse de consulter mes e-mails pros et mes réseaux sociaux avant d'éteindre la lumière. Bien mal m'en a pris ! Je n'aurais jamais dû lire les interprétations de mon départ précipité par les uns et les autres… Tour à tour, j'étais soit une usurpatrice qui n'a pas eu le courage de faire face à ses responsabilités, soit une comédienne qui a feint un malaise pour s'attirer la sympathie de ses détracteurs, soit une connasse d'arriviste qui a préféré prendre la dernière navette avant que le vaisseau ne se crashe !

Tous ces commentaires, tous ces *likes*, tous ces vautours qui s'acharnent sur ma carcasse sur les pages Facebook ou Twitter des uns et des autres, ils sont à gerber ! Leurs mots ont tourné et retourné dans ma tête toute la nuit et ils continuent de me tourmenter depuis. Les réseaux sociaux ont de nombreux bienfaits mais il faut leur reconnaître deux points faibles majeurs. Le premier, c'est de donner une visibilité monumentale à une masse d'idiots réacs, dont les commentaires bas de plafond restaient autrefois limités entre deux piliers de bar. Et le deuxième, c'est de permettre aux individus les moins courageux de vomir toute leur haine, bien à l'abri derrière leur écran. Ceux-là mêmes qui n'osent pas vous regarder dans les yeux pour vous exprimer le fond de leur pensée, lorsque vous êtes physiquement à leurs côtés.

— Ça ne va pas, Lulu ?

Enzo penche sa tête vers le bas, pour m'observer au-dessus de ses lunettes de soleil. Quelques secondes, je bloque sur l'élégance qu'il dégage. Même malade, même avec un *jetlag* monstrueux dans la figure, il reste simplement sublime. Il a quitté ses tongs et il repose avec désinvolture, une jambe repliée sur le siège. La fenêtre ouverte, son avant-bras appuyé contre la portière, il tire sur sa clope. Le look bohème qu'il a décidé d'adopter pour ce voyage lui va comme un gant. Je ne connais pas beaucoup d'hommes qui oseraient porter une chemise dorée en soie, aux motifs tribaux, surmontée d'un long collier de perles. Sur d'autres, ce serait probablement ridicule. Mais sur Enzo, plus rien n'est normé, tout prend une autre saveur et tout devient possible. Il peut briser tous les codes avec un naturel déconcertant.

— Non. Je suis en train de m'apercevoir à quel point je fais pâle figure à côté de toi, toujours *sublimissime*.

Enzo éclate de rire. Ses petites fossettes se dessinent au creux de ses joues, comme à chaque fois qu'il rit de bon cœur.

Cette particularité lui donne un charme innocent et constitue, j'en suis convaincue, l'un de ses meilleurs atouts séduction.

— J'essaierai de te plaindre une autre fois, tu veux ? Toi la *working woman*, stylée *badass* aux yeux azur…

— Stylée ? Tu parles !

Enzo ne tarit jamais de compliments concernant mon apparence – avec des mots bien à lui, j'en conviens. Le fait est qu'en réalité, je n'y porte pas un grand intérêt. Je fais beaucoup moins d'efforts que lui – voire je n'en fais pas du tout – pour choisir mes vêtements. Je n'ai pas envie de m'encombrer l'esprit avec des questionnements quotidiens sur le choix de mon look. Un short, un jean et un débardeur blanc, le tout fois quatre. Voilà ce qui compose la majeure partie de ma valise.

— En vrai, je pensais à tous ces gens qui se régalent de me dresser le portrait à la truelle, maintenant que je suis à des kilomètres d'eux.

Enzo enlève ses lunettes aviateur et croise les mains sur ses genoux. Aïe, il va me la jouer « grand sage du management », je le sens.

— On ne combat jamais une lionne en face-à-face. S'ils avaient à peine poussé un petit soupir de protestation, tu les aurais déchiquetés sur place, mon petit moineau.

Ce n'est pas tout à fait faux.

— Tu sais que ce surnom est vraiment à l'opposé du sentiment que je fais naître chez les autres ?

Il hausse les épaules et remet ses lunettes en place.

— Je m'en fous des autres ! Pour moi, tu es mon petit moineau. Il ne faut pas te donner à manger à partir de minuit, ni t'offrir autre chose que du rhum, sinon tu te changes en pioupiou grognon. C'est tout.

Je rigole puis je me penche vers lui et lui fais un gros bisou sur la joue. Je passe un bras sous le sien et pose ma tête au creux de son épaule. Il me paraît si frêle, aujourd'hui, que je retiens un peu de mon poids. Il maigrit à vue d'œil et je crains ce moment où il sera si fragile, si léger, que je comprendrai que nous arrivons à la fin de la route… Je contiens tant bien que mal l'émotion qui monte. Mais Enzo n'est pas dupe, alors il pose une main sur le haut de mon crâne et caresse tendrement mes cheveux. Je voudrais pleurer mais je n'y parviens toujours pas.

Et puis merde ! Je n'ai plus le temps de me pourrir la vie avec des conneries ! Au diable ce que les autres pensent de moi ! Au diable le sort que les investisseurs me réservent à mon retour ! La seule chose sur laquelle je dois me focaliser, ce sont tous ces instants précieux passés ici, parce qu'un compte à rebours sordide a commencé…

Je ferme les yeux et prends une grande inspiration. Dans cette bulle de douceur, bercée par le ronronnement de la voiture et réchauffée par les rayons du soleil, il me semble que je réussis à m'assoupir…

L'arrêt du véhicule me réveille en sursaut. Je me redresse, aux aguets, et croise un regard moqueur.

— On est arrivés ?

Les yeux d'Enzo se font plus sombres lorsqu'ils se posent à l'extérieur.

— On dirait bien… Le chauffeur dit qu'on ne peut pas aller plus loin. La route est trop mauvaise. Viens…

Nous sortons du véhicule et ce que nous voyons dépasse tout ce que nous avions imaginé… C'est un spectacle de désolation. Le tsunami a fait des ravages dans cette région de l'île. Ce village n'a pas été épargné. Quelques habitations aux façades déchiquetées se dressent encore, par on ne sait quel miracle, dans une mélasse difforme faite de débris de tôles et de bois. Par endroits, des voitures sont encastrées dans ce qui fut autrefois des logements qui sont à présent éventrés. L'intimité de leurs intérieurs est exposée à la vue de tous. Les panneaux ont une drôle d'orientation, si bien qu'aucune direction n'est plus indiquée. Au sol, un mélange improbable de plastique, de verre et d'autres matériaux recouvre la route.

Le chauffeur nous lance un regard contrit.

Je me retourne vers Enzo qui pose une main sur l'épaule de l'homme, sans autre commentaire. Un regard suffit. Il y a cet amour de l'autre en lui qui ne nécessite aucune parole.

— Nous sommes ici pour aider, comme je vous l'ai expliqué.

Le chauffeur sort lentement de son trouble, pendant que mon ami s'adresse doucement à lui.

— Nous devons retrouver le professeur qui s'occupe de la reconstruction de l'école avec les ONG locales, monsieur MacMillan... ?

— Je vais demander que quelqu'un vous escorte jusqu'au site. Ce n'est pas loin, mais dans tout ce chantier et sans guide, vous aurez de la peine.

Encore une fois, la gentillesse de son accueil contraste avec le monde d'où nous venons.

Nous cherchons un peu d'ombre à l'abri d'un arbre centenaire. C'est l'un des rares à se tenir encore debout. Les autres sont soit couchés au sol, soit taillés en pièces.

Il ne doit pas être loin de 14 heures et le soleil tape fort. Des cris stridents au-dessus de nos têtes attirent mon attention. Des petits singes nous fixent de leurs yeux vifs, perchés sur les branches solides de leur hôte. Je tente d'en prendre un en photo mais pour toute pose, j'obtiens un grattage de parties en bonne et due forme.

Charmant.

Enzo entreprend de retrouver ses chaussures de randonnée, bien plus adaptées au terrain que ses petites tongs, pendant que je me grille une clope. Après quelques minutes d'attente, notre chauffeur réapparaît, un vieux monsieur à ses côtés. Il est de petite taille et d'un âge avancé, pourtant sa démarche n'a rien de celle d'un vieil homme. Il se tient droit et son pas est assuré. Au vu de son allure digne, j'en déduis qu'il appartient à une caste spéciale. Peut-être est-il le chef du village ?

Il porte un sarong aux motifs colorés, surmonté d'une grande chemise en lin blanc au col mao, ainsi qu'un turban noué sur la tête. Dès qu'il parvient à notre hauteur, il nous serre la main avec un beau sourire. Quelque chose de très lumineux se dégage de ce personnage.

— Ida Bagus Made est le prêtre du village. Il va vous conduire sur le site.

Le chauffeur nous salue, nous souhaite bon courage, puis regagne son véhicule. J'observe la voiture s'éloigner. Je comprends, non sans une pointe d'angoisse, que ça y est, nous y sommes.

— *Selamat datang.*

La voix du prêtre me happe et, par chance, m'arrache à mes pensées. Elle est presque envoûtante et me fait perdre mes moyens l'espace de quelques secondes. Je suis intimidée, loin de mes repères. Enzo prend les devants.

— *Terima kasih.* Je suis Enzo et voici Lucie. Nous cherchons le professeur MacMillan. Nous sommes ici pour apporter notre soutien aux familles et à la reconstruction de l'école.

Ida Bagus Made avise nos valises et le gros sac du paramoteur. Le bord de ses yeux s'étire avec malice.

— Le site est à trois cents mètres. Vous pouvez laisser vos affaires ici. Je demanderai qu'on vous les porte.

Le vieil homme parle très bien anglais. Il n'a que très peu d'accent. Cette fois, je m'empresse de prendre la parole, gênée.

— C'est gentil mais nous n'allons pas abuser de votre hospitalité. Je reviendrai les chercher.

Hors de question que ces gens en détresse portent nos bagages ! J'en hisse un sur mes épaules et attrape une valise dans une main. Enzo porte le sac du paramoteur. Mais il n'a pas assez de bras pour l'énorme valise qui reste au sol. Le prêtre pousse un rire discret.

— Je vous ferai porter cela. Suivez-moi maintenant. Je vais vous conduire à Nolann.

Je lance un regard à Enzo. Je suppose qu'il s'agit du fameux professeur.

**

En chemin, Enzo ne s'est pas privé de discuter avec notre aimable guide. Le prêtre lui a expliqué qu'il venait d'atteindre sa dernière réincarnation humaine. La prochaine fois, il devrait se réincarner en dieu mineur. Rien que ça ! Je suis flattée, ce n'est pas tous les jours qu'on a la chance de tailler la bavette avec une future divinité !

Plus sérieusement, je note à nouveau l'omniprésence de la religion hindouiste. Sur notre parcours, nous croisons une statue qui se dresse encore, là où tout a été dévasté. Sa présence est étrange dans ce paysage bouleversé. Je suis harponnée par les yeux hypnotiques du dieu à tête de dragon, la gueule grande ouverte, installé sur un énorme bloc de pierre. Il semble me suivre du regard tandis que nous avançons le long des décombres. Des offrandes sont déposées à ses pieds, sur l'une des marches qui appartenait jadis à l'escalier auprès duquel il trônait. Le tsunami a frappé avec une telle force que les pierres sont fissurées de toute part. Mais le dieu dragon, lui, n'a pas bougé. J'imagine que les habitants y voient un message fort.

Après cinq minutes de marche, nous arrivons sur le chantier de l'école. Tout autour de nous, le même chaos. Un engin de chantier compacte d'énormes plaques de tôles. Le bruit de la ferraille qui cède à la pression fait vriller mes tympans. Je grimace et couvre mes oreilles. Face à nous, le sol s'est littéralement effondré, comme si un monstre souterrain avait tout dévoré avant de retourner dans sa tanière. Difficile de dire où se trouvait l'école, dans ce décor apocalyptique… Nous nous regardons, Enzo et moi, à la fois hallucinés et horrifiés.

Dans ce paysage ravagé, des dizaines de tentes sont montées. Elles s'étendent sur plusieurs centaines de mètres. De nombreuses personnes s'affairent. Des hommes et des femmes travaillent à déplacer des décombres, des masques ou des bandeaux sur la bouche. D'autres s'activent dans des cuisines de fortune ou sont assis en tailleur, perchés sur des gravats. Et d'autres encore discutent autour de ce qui semble être des plans. Des enfants passent devant nous en courant, apportant comme un élan de joie dans ce sinistre tableau. Lorsqu'ils se rendent compte de notre présence, ou plutôt de celle du prêtre, plusieurs travailleurs s'interrompent. Ils le saluent avec une grande déférence. Le moteur de l'engin de chantier finit par s'arrêter et je soupire de soulagement. Le prêtre nous interpelle :

— Suivez-moi, je vais vous présenter à Nolann. Il est là-haut.

Le vieil homme fait un signe de tête vers la cabine de la machine, et nous le suivons bien sagement. Enzo commence à peiner à côté de moi. Le trajet était court, mais le poids qu'il porte n'est pas en adéquation avec son état.

— Ça va aller ?

— C'est bon.

Le ton et la brièveté de sa réponse me surprennent. Je le vois grimacer légèrement. Il n'a visiblement pas envie que je le plaigne devant Ida Bagus Made. Je décide de ne pas insister. J'imagine qu'il ne veut pas paraître faible. C'est une chose que j'ai remarquée depuis l'annonce de son cancer : Enzo fuit la pitié. Il refuse de se laisser résumer à la maladie. Je le comprends mais je ne veux pas qu'il minimise ses symptômes pour autant.

Quand nous arrivons au pied du monstre de ferraille, je me sens minuscule et je déteste cette sensation. Je relève la tête et protège mes yeux du soleil. Ma peau de blonde vire au cramoisi dès que le bel astre s'intéresse de trop près à elle. Merci à cet ancêtre italien qui a craqué pour une belle Finlandaise…

Tout en haut de la machine, une Rangers terreuse s'écrase sur la tranche haute de la chenille, lui arrachant un petit cri de protestation métallique. Je plisse les yeux et discerne une silhouette qui s'extirpe du poste de conduite. À contre-jour, et avec toute cette poussière, impossible de détailler l'inconnu, mais sa carrure n'a pas grand-chose à voir avec celle d'un professeur. Moi qui m'attendais à trouver un vieil Européen à la retraite, le nez fourré dans ses livres de classe ! Soit papi en a sous le capot, soit notre retraité est en réalité plutôt jeune et visiblement bien foutu.

Le *professeur* saute d'un bond agile à deux mètres de nous. Je recule d'un pas et choisis un meilleur angle pour m'éviter d'avoir le soleil en plein visage.

L'homme passe l'avant-bras sur son front pour essuyer de petites perles de sueur. Il doit faire une chaleur étouffante dans cette cabine…

Son visage est recouvert d'une fine pellicule de poussière, comme tout le reste de sa personne. Il s'avance vers le prêtre, un sourire franc aux lèvres. Le vieil homme joint les deux mains devant sa poitrine, tandis que son interlocuteur pose une main sur son cœur. La petite taille et la corpulence menue d'Ida Bagus Made contrastent avec celles de l'homme qui lui fait face, mais on sent qu'il y a un grand respect entre eux, et l'aura du prêtre vient d'ailleurs. La scène dégage même une certaine tendresse. J'imagine sans peine que ces deux hommes se connaissent très bien et qu'un lien fort les unit. Je lance un regard circulaire. L'adversité rapproche les êtres.

Ils échangent quelques mots en anglais. À en juger par son accent, l'homme ne me paraît pas anglais, et encore moins américain. De toute façon, Enzo m'a parlé d'un Européen. Peut-être un Écossais ou un Irlandais… ? Possible, au vu de sa chevelure aux reflets dorés.

— Nolann, ces jeunes gens sont là pour aider. Ils te cherchaient.

Ledit Nolann salue le prêtre d'un sobre signe de tête puis se tourne vers nous. Son regard se pose sur moi. Des iris d'un bleu-gris profond se plantent sans détour dans les miens. Des yeux aiguisés, intenses, qui semblent lire au fond de mes entrailles, comme pour me sonder. À la façon dont il m'observe, avant de passer à mon ami, je dirais qu'il est au moins aussi méfiant que moi quand il s'agit de découvrir de nouvelles personnes. J'aurais juste apprécié qu'il dissimule un peu mieux son scepticisme.

Encore une fois, Enzo prend les devants et se présente, en anglais, pendant que je reste un brin désarçonnée et aussi souple qu'un piquet de tente.

— Je suis Enzo Giacco, nous avons échangé par e-mail…

Notre interlocuteur fronce les sourcils, passe une main dans ses cheveux couverts de poussière, puis semble rassembler à nouveau ses pensées.

— Oui, Enzo, bien sûr !

Ce dernier sourit de toutes ses dents, ses fossettes se creusent et ses yeux pétillent.

Je rêve ou il minaude ?!

Je me retiens de lever les yeux au ciel, me reprends et tends une main vers Nolann.

— Bonjour. Je suis Lucie, l'amie d'Enzo.

Nolann repose ses yeux bien en face des miens et un fin sourire se dessine sur ses lèvres.

— Bonjour Lucie, l'amie d'Enzo.

Il empoigne ma main avec fermeté. Sa paume est douce et sèche et je me laisse aller à savourer la sincérité de ce contact. Nolann relâche la pression et observe nos bras encombrés de bagages.

— Suivez-moi, je vais vous conduire jusqu'à votre tente.

OK, le bungalow les pieds dans l'eau, c'est terminé…

Chapitre 23

Lucie

Nous suivons Nolann dans les allées de terre qui se dessinent entre les tentes alignées. Enzo marche fièrement à la droite du professeur tandis que j'avance légèrement en retrait. J'observe la silhouette de Nolann et je me surprends à imaginer son passé. Des épaules larges, un corps solide et souple, un bon mètre quatre-vingt-dix, des mains robustes et une démarche déterminée. Il y a quelque chose chez lui qui transpire la sincérité. Peut-être un ancien militaire ou un ancien sportif ?

Je ne peux pas m'empêcher de déjà chercher à l'analyser. Enzo va passer les derniers moments de sa vie en accompagnant le travail de cet homme, je dois absolument m'assurer que c'est un type bien. Je ne supporterais pas de lire la désillusion dans les yeux de mon ami. Plus maintenant. Il a eu son lot avec les connards qui ont abusé de sa confiance.

Je prends une grande inspiration puis je reporte mon attention sur les bâtiments gonflables qui bordent notre chemin. Ils me rappellent ceux que l'on voit dans les campements militaires. Je suis mal à l'aise, loin de mes repères et propulsée dans ce décor de guerre. Jusqu'à présent, je regardais ce monde-là depuis mon appartement parisien, bien à l'abri…

Nolann montre une grande tente de la main. Plus grande et légèrement excentrée par rapport aux autres.

— J'ai monté cette tente comme salle de classe temporaire.

La grande majorité de nos salles a été dévastée. Les débris de verre et de métal mettaient les enfants en danger. J'ai pu récupérer quelques chaises et quelques tables, ainsi qu'un peu de matériel. C'est rudimentaire mais elle a le mérite d'exister.

Enzo et moi restons silencieux. Impossible de trouver les mots. Nolann ne s'en offense pas et continue ses explications.

— Plusieurs familles du village, dont les maisons ont été détruites, dorment dans les tentes que vous voyez tout autour. Je travaille, avec une ONG et les représentants locaux, pour créer des espaces sécurisés accessibles aux familles. Des toilettes, des espaces communs pour les repas. Des vêtements…

Cet homme est sur tous les fronts.

J'imagine que, pour qu'il soit ici, à l'autre bout du monde, et dans de telles conditions, son école compte énormément pour lui. Tout comme ces élèves et leurs familles. Qui est-il ? D'où vient-il ? Pourquoi se donne-t-il tant de peine ? Fait-il tout ça par altruisme ou essaie-t-il de se racheter de quelque chose ? Il y a forcément une raison qui le pousse à faire cela, et j'aimerais savoir ce qu'il en est…

La voix de Nolann interrompt mes questionnements intérieurs.

— Je crois me souvenir que vous venez de France, c'est ça ?

— Oui, de Paris.

— L'accent avait dissipé mes doutes…

Nolann envoie un sourire en coin à Enzo. Je saute sur l'occasion et poursuis, en trottinant jusqu'à leur hauteur :

— Et vous ? Quel est cet accent ? Écosse… ?

Le professeur me regarde en biais, comme si je l'avais insulté.

— Irlande du Nord.

Je comprends mieux le gabarit.

Notre discussion est interrompue par une tornade de cris et de poussière qui tournoie autour de nous. De jeunes enfants courent comme des fous et six d'entre eux s'arrêtent devant Nolann, excités comme des puces.

— Professeur Nolann ! Professeur Nolann ! Professeur Nolann !!!

J'ai déjà mal à la tête...

Les enfants nous encerclent mais, par chance, ils n'ont d'yeux que pour leur maître d'école. Je me demande même s'ils remarquent les deux étrangers que nous sommes.

Nolann lève les bras en guise de capitulation et leur sourit chaleureusement, avant de leur demander de se calmer un peu.

Oh que j'aime la présence des enfants !

Enzo, qui a toujours adoré les bambins, est aussi à l'aise que Nolann. Il s'esclaffe en voyant ma tête. Je fais la moue et croise les bras sous ma poitrine.

Tout ce petit monde se bouscule autour d'une petite fille qui ne doit pas avoir plus de sept ou huit ans. Je suis frappée par son regard pétillant de malice. Elle s'exprime dans un anglais presque parfait et se tient avec une grâce qui détonne dans le chaos qui nous entoure. Son visage brille de fierté lorsqu'elle tend ses mains à son professeur. Dans le creux de ses deux petites paumes se tient une minuscule grenouille. Nolann pose un genou au sol, entoure les petites mains des siennes pour observer le batracien en pleine crise de panique.

L'un des enfants se presse contre moi et me dévisage de ses grands yeux curieux. Je l'ignore mais il insiste. Je tente de me décaler d'un pas mais il se rapproche à nouveau. Les enfants décident toujours de se coller à moi, alors que mon langage corporel hurle : *garde tes distances*. Je me retiens de le pousser discrètement et, à la place, je lui retourne un sourire forcé. Il s'enfuit aussitôt pour rejoindre ses compagnons.

Nolann ne s'aperçoit absolument pas de mon malaise et décrit la créature à sa jeune élève. Elle l'écoute avec une grande concentration, comme le reste de la petite assemblée. J'ai l'impression qu'il leur livre les secrets de la vie sur Terre, alors qu'il parle juste d'une minuscule bestiole verte et gluante ! Ah, la capacité des enfants à s'émerveiller de tout ! C'est beau ! La petite fille observe ensuite ses petits camarades, heureuse de sa prise.

Tu as raison ma fille, montre-leur qui est la boss ! Avec les mecs, ce sera comme ça toute ta vie !

— Professeur, on peut apporter le bocal dans la tente pour l'observer et la dessiner dans nos carnets ?

— Oui. Mais après, n'oubliez pas de la remettre délicatement dans son habitat.

Les enfants sautent de joie et repartent à toute allure en direction de leur salle de classe improvisée. Étonnant. Généralement, par chez nous, les enfants courent comme des fous lorsque la sonnerie retentit, pour rejoindre le domicile familial et se connecter en réseau sur *Fortnite* !

— Les enfants des pays occidentaux devraient en prendre de la graine… Vos petits élèves ont l'air si heureux d'étudier. C'est troublant !

Nolann se redresse et avise mon air émerveillé.

— Tous les enfants du monde aiment apprendre. C'est le système dans lequel nous les enfermons qui brise leur enthousiasme. Ici nous étudions beaucoup grâce aux livres, bien sûr. Mais aussi énormément avec ce qui nous entoure, avec des exercices pratiques et concrets. La nature est au centre de tout et c'est une source inépuisable d'apprentissage. Avec un peu d'imagination, elle nous fournit tous les outils dont nous avons besoin. On peut expliquer les théorèmes les plus complexes juste en observant l'ombre d'un arbre, par exemple.

Enzo ne manque pas l'occasion de plaisanter.

— Mince ! Avec votre méthode, j'aurais pu être un génie des mathématiques !

Nolann rit chaleureusement et lui décoche un clin d'œil amusé.

— Probablement. Et, bonne nouvelle, il n'est jamais trop tard pour apprendre !

— Alors, peut-être que je viendrai faire des sorties nature avec vous !

Il glousse comme une midinette. J'hallucine ! Je suis presque sûre qu'il est mordu, cette andouille. Après cinq minutes seulement. Je crois que c'est un record ! Enzo regarde des enfants qui jouent un peu plus loin avec ce qui semble être un vieux jeu de quilles en bois.

— Ils semblent bien supporter tout ce qui se passe ici, en s'évadant dans leurs activités…

Nolann passe une main derrière sa nuque et son regard se couvre d'un voile d'amertume. Il observe en silence les jeunes enfants entrer dans la tente.

— Ils ont un pouvoir de résilience qui nous donne à tous une belle leçon de vie. Et leur rapport à la mort est très différent du nôtre. Dans nos sociétés occidentales, nous y voyons une fin, tandis que les Balinais, eux, y voient une continuité. Mais il n'empêche que je travaille tous les jours avec eux sur la gestion de leurs émotions. Tous les enfants du monde se ressemblent. Ils ont simplement une façon différente de celle des adultes de les exprimer. Il faut rester vigilant. Nous parlons beaucoup de ce qui s'est passé. Nous avons perdu un enfant dans cette tragédie.

Enzo se sent immédiatement idiot d'avoir fait cette réflexion, je peux le lire aux imperceptibles mimiques de son visage. Comme s'il saisissait le trouble de son interlocuteur, Nolann se tourne à nouveau vers lui.

— Heureusement, des personnes d'autres villages, ou qui viennent de plus loin comme vous, leur redonnent un vrai souffle d'espoir. Les gens se sentent moins laissés pour compte et c'est un formidable exemple de solidarité à transmettre aux plus jeunes.

Enzo lui sourit faiblement. Moi qui le connais sur le bout des doigts, je m'aperçois que, malgré ses efforts pour le dissimuler, ses traits sont tirés. La fatigue se fait sentir beaucoup plus vite que la normale. Il va falloir qu'il parle de son état à Nolann. Et, pour cela, je vais devoir le pousser au train. Il serait capable de ne rien en dire pour ne pas attirer l'attention. Je sais qu'il ne veut pas de *ce* regard.

Nolann se remet en route, puis s'arrête devant une tente. La nôtre, je suppose.

— Voici votre modeste demeure. C'est une tente PMA[3], comme les autres. Vous ne risquez rien, là-dessous.

— Je dois retourner sur le chantier. Je vous invite à vous reposer. Pour le souper, on se retrouve généralement vers 19 heures, à côté de la tente numéro quatre, avec les habitants qui le souhaitent. Vous trouverez sans peine, en suivant les effluves ! Je sais que l'horaire va vous surprendre mais, ici, on se couche et on se lève avec le soleil…

— Oh ? Pas de soirées cocktails en perspective, alors !

Ces paroles m'ont échappé. Mon ton moqueur, en revanche, a fait mouche. Les deux hommes se retournent vers moi. Enzo me regarde en mode : « Qu'est-ce que tu fous ? », tandis que Nolann affiche un sourire mutin, avant de poursuivre :

— Si c'est ce que tu cherches, Lucie, le Club Med le plus proche se trouve de l'autre côté de l'île, au sud.

Je me renfrogne, pendant que mon nouveau colocataire se retient de pouffer de rire.

— Je plaisantais…

— Bien sûr.

Nolann relève la bâche à l'entrée de notre tente et l'enroule habilement au-dessus de sa tête. Il nous fait signe d'entrer. Lorsque je passe près de lui, il penche la tête à ma hauteur, pour m'observer un peu par en dessous.

— Je vous en prie…

Sa déférence théâtrale m'irrite. Je suis certaine qu'il m'a déjà cataloguée comme une nana de la ville. Je lui renvoie une grimace et me glisse à l'intérieur. Je suis saisie par la chaleur moite qui règne là-dedans. Et le moins qu'on puisse dire, c'est que la déco est rudimentaire ! Deux couchettes, deux tables en plastique, deux chaises pliables et un gros carton bien rempli.

— Ah ! Bah, il y a de l'espace !

---

3. Les tentes PMA (poste médical avancé) sont gonflables, rapides à installer et à transporter, et peuvent être déployées n'importe quand et n'importe où. Elles répondent généralement aux besoins des initiatives humanitaires, des premiers secours (UMPS, pompiers, ambulanciers, Samu…) et des corps d'État (armée, police, gendarmerie).

J'observe celui qui joue le bon élève et pousse un soupir d'exaspération. Je me retourne vers Nolann. Je le soupçonne de ne pas m'avoir quittée des yeux. Il devait se délecter par avance de ma réaction à venir. Depuis le début, j'ai la sensation qu'il doute de ma motivation.

Je ne me démonte pas devant sa mine amusée et enchaîne aussitôt :

— Pour la toilette, on fait comment ?

Ses yeux s'étirent légèrement.

— Vous avez des toilettes sèches, dans un petit cabanon en bois vers l'entrée du campement. Et pour la douche, c'est dehors.

Dehors ? Comment ça, dehors ?!

Je dois afficher une mine horrifiée car, cette fois, son sourire s'élargit. Voyons le bon côté des choses : au moins il y en a un qui se marre !

— Il y a un ruisseau avec de l'eau propre non stagnante en contrebas.

Nolann s'approche de moi. Il se poste tout près et incline sa tête. Je dois relever la mienne pour soutenir son regard. Des petits malins dans son genre, j'en connais des tas ! S'il croit que je vais…

— Pardon Lucie, mais je voudrais accéder au carton, derrière toi…

J'avise l'objet derrière mes jambes et me pousse immédiatement de côté, un brin vexée. Enzo se mord les lèvres pour ne pas exploser de rire, et moi je lui renvoie un regard furibond. Nolann se baisse pour fouiller dans la boîte et se redresse avec une sorte de lampe-tempête.

— Vous allez avoir besoin de ça.

Il me tend l'objet. Je le regarde, dubitative.

— Je suppose que ce sera notre seule source lumineuse ?

— Oui, en effet, Lucie.

Je lui prends la lampe des mains, non sans une pointe d'humeur.

— C'est une lampe de camping solaire. Je vous conseille de l'économiser.

Il me faut quelques secondes pour décrypter ses mots. Même si je suis bilingue, ils ne font pas partie du jargon que j'ai l'habitude d'utiliser dans mon métier. Je me reprends et ricane.

— Oui merci, même à Paris, on sait se servir d'une lampe comme celle-ci.

Mon taquet ne semble pas du tout le déstabiliser. Il se désintéresse même de moi et s'approche d'Enzo pour lui indiquer l'espace sous les lits de camp.

— Évitez de trop utiliser la lampe si vous ne voulez pas servir de repas aux moustiques... Vous avez des moustiquaires sous les couchettes, pensez à les installer avant la nuit.

Mon ami lui répond d'un signe de tête, signifiant : « T'inquiète, je gère ! », alors qu'il n'a jamais installé une moustiquaire de sa vie. Je me réjouis du fou rire à venir quand je vais le voir se débattre avec l'objet en question.

— Une dernière chose, vous avez des bouteilles d'eau dans le carton. Je vous laisse. À ce soir.

C'est ça, à ce soir ! Au menu, une infusion et au lit.

Lorsqu'il passe à ma hauteur, Nolann s'arrête un bref instant pour me murmurer :

— Ne t'inquiète pas, Lucie. On sait aussi s'amuser, ici. Plusieurs fois par semaine, avant le coucher, j'organise des séances de méditation pour les enfants et pour les plus grands. Tu devrais essayer, ça te détendrait...

Je manque de m'étouffer pendant qu'il repart, l'air innocent.

Je sens qu'on va bien s'entendre, lui et moi...

Chapitre 24

Lucie

Je ne vais pas y arriver.

Est-ce que vous avez déjà essayé de dormir en équilibre sur un fil suspendu au-dessus du vide ? Non, certainement que non. Parce que vous risqueriez de faire une chute mortelle dès lors que vous abaisseriez votre vigilance.

C'est à peu près ce que je ressens à chaque fois que ces crises d'angoisse me prennent par surprise. Dès que ma respiration se calme, que mes pensées m'accordent un peu de répit, que je sens l'assoupissement me gagner, je suis secouée d'un sursaut brutal !

À l'endormissement, on connaît tous cette désagréable sensation, celle de tomber du trottoir ou d'un train en marche. On se réveille brutalement, désorienté et légèrement humilié, mais soulagé de se trouver paisiblement dans son lit douillet.

Pour moi, à chaque sursaut, c'est le cauchemar qui redémarre : mon rythme cardiaque se remet à battre des records de vitesse, j'ai excessivement chaud et le malaise remonte en flèche. Pour le chasser, il ne me vient qu'une réaction primaire, venue tout droit de mon cerveau reptilien : FUIR !

Je ne vais pas y arriver.

Voilà ce que fait le trouble anxieux. Il vous étouffe de l'intérieur, il vous rétrécit, il vous oblige à ne voir les choses que par son angle déformé. C'est un ennemi silencieux, invisible et redoutablement convaincant. Hormis ma psy, personne ne connaît ma souffrance. Elle ne se voit pas. De l'extérieur, je semble forte. Une fonceuse. Une battante. La « reine des Glaces » pour certains... Donnez-moi un problème et je vous le résous avec une volonté farouche. Mais laissez-moi seule avec mes pensées et je me fais laminer. Et ça, plusieurs fois par jour et un nombre incalculable de fois par nuit.

Les crises d'angoisse, je ne les compte plus. Elles font partie de ma vie. Le genre de *petites garces* auxquelles il ne faut jamais ouvrir la porte. Une fois entrées chez vous, elles reviendront sans attendre votre permission pour débarquer dans votre salon, votre chambre à coucher ou même vos toilettes !

Je ne vais pas y arriver.

Le plus rageant, c'est que comme d'habitude, tout allait bien, et puis, d'un coup, elles refont surface. Je ne sais pas si c'est dû à ce concert inquiétant qui enveloppe l'atmosphère nocturne. La nuit est loin d'être silencieuse ici. C'est comme si un autre univers s'éveillait dès que le soleil prend congé. Le grésillement des insectes se mêle au coassement des crapauds. Depuis que nous nous sommes couchés, le son est puissant et crée un vacarme assourdissant.

Et comme j'aime mêler le son et l'image, des flashs de la journée reviennent me hanter... Tantôt les yeux inquisiteurs de cette divinité dragon puis ceux, pénétrants, de Nolann. Tous deux décidés à me mettre à l'épreuve.

Cette ambiance mystique et inquiétante suffit largement pour ouvrir une brèche dans laquelle mes *petites garces* s'empressent de pénétrer...

Résultat des courses : il est 2 heures et demie du matin et, depuis trois heures, j'enchaîne les sursauts et les phases d'angoisse.

Aucun moyen de me changer les idées en surfant sur mon téléphone portable. Dans notre tente, on ne capte pas ! Il faudrait que je sorte pour rejoindre l'une des installations principales.

Mais honnêtement, je me vois mal déambuler dans le campement, en mode dame blanche hallucinée, juste pour me connecter à Internet ! Bonjour la première impression : Lucie, amie d'Enzo, et par ailleurs bien cintrée.

Je ne vais pas y arriver.

Je me concentre sur la respiration régulière d'Enzo. J'essaie de me caler sur son rythme. Mais ça ne fonctionne pas !

Les questions se bousculent dans ma tête. Alors j'argumente contre elles. Mais les sales garces trouvent toujours une nouvelle réponse, un nouvel argument plus oppressant que le précédent ! Je concentre alors tous mes efforts pour mettre en place les exercices de respiration que je connais, mais rien n'y fait ! Cette fois, je ne peux pas. Je suis trop loin de mes repères, trop loin de mon espace sécurisant. Je me sens vulnérable, exilée à des milliers de kilomètres de chez nous, sans hôpitaux proches. Enzo est gravement malade et nous nous trouvons dans une tente, loin de tout ! Et s'il lui arrivait quelque chose ? Et s'il faisait un malaise ? Et s'il faisait une erreur dans son traitement ? Et si je pétais un câble ? Et si je n'avais pas vraiment envie d'être là ? Et si je n'étais pas l'amie qu'Enzo pense que je suis ? Et si ? Et si ? ET SI ???

Je ne vais pas y arriver.

Je n'y tiens plus et me redresse d'un bond. J'enclenche le mode torche de mon portable et je soulève ma moustiquaire. Je tarde à trouver l'ouverture et j'hésite à l'arracher. Finalement je parviens à m'extirper hors du filet. Je fais tomber mon mobile au sol. Le faisceau lumineux balaie l'espace, y compris le visage endormi d'Enzo. Je jure. Je cogne mes orteils en butant sur quelque chose au sol. La douleur me vole un nouveau juron. Enzo et sa fichue habitude de tout laisser traîner partout !

— Lucie ?

Sa voix perce alors dans mon dos mais je l'ignore.

— Lucie, qu'est-ce que tu fais ?

Agacée, je marmonne dans ma barbe. Il allume alors la lampe de camping et se déplace jusqu'à moi.

— Qu'est-ce que tu fous ? Qu'est-ce que tu cherches ?

— Mes Xanax, putain !

— Tes... Mais qu'est-ce que tu racontes ?

Je transpire et tremble à la fois. J'essuie la sueur qui perle sur mon front. Je me déteste de montrer cette facette de moi à Enzo.

Mes mains trouvent enfin ma précieuse boîte et, l'espace d'un bref instant, je suis soulagée. Je sors immédiatement un cachet. Je le pose aussitôt sous ma langue et me laisse tomber en arrière.

Ah ! Elle a fière allure, la battante !

Enzo s'accroupit à ma hauteur, au milieu de mes affaires éparpillées. Il pose la lampe sur le côté, avant de s'approcher prudemment, comme il le ferait s'il devait désamorcer une bombe.

— Lucie... Qu'est-ce qui se passe ?

— Je n'y arriverai pas, Enzo ! Je dois... je vais rentrer à Paris.

— OK, calme-toi ! C'était un voyage fatigant et la situation sur place est bouleversante. C'est normal de se poser des questions et de douter, d'accord ?

Je pousse un hoquet aigre. « Se poser des questions », chez moi, c'est une pathologie !

— Tu ne comprends pas !

— Alors explique-moi, Lulu ! Merde ! Tu te lèves en pleine nuit comme si tu avais le diable au cul ! Qu'est-ce que je ne comprends pas ?

Je soupire et rassemble mes bras autour de mes genoux. Le malaise s'est mis en sourdine.

— J'ai des angoisses depuis des années.

Je lui adresse un regard contrit. Eh oui, moi, la Lucie qui a toujours fait croire qu'elle était si forte.

— J'avais eu des épisodes à l'adolescence mais personne ne s'en était inquiété. Tu connais mes parents... Il faut que ça aille. Par la suite, j'ai préféré le cacher.

Enzo hoche doucement la tête. Il comprend mieux que quiconque à quel point c'est difficile.

— Elles ont pris de l'ampleur pendant HEC. Je me tapais des nuits horribles. Toutes les nuits. Les soirées à faire la bringue, les afters jusqu'à 6 heures du matin, l'alcool sans modération. Tous les moyens étaient bons pour éviter de me confronter à elles. Une belle fuite en avant. Putain, Enzo ! Je n'ai pas envie de t'emmerder avec mes angoisses existentielles à la con, alors que toi…

Je ne termine pas ma phrase. Mon interlocuteur reste silencieux quelques secondes.

— On ne fait pas un match, Lucie.

— Je sais. Mais tu as besoin que je sois solide.

Il se penche vers moi et prend ma main dans la sienne. Ce contact m'apaise. Je regarde nos doigts entrelacés.

— Tu sais, un peu plus tôt, tu m'as demandé pourquoi je t'appelais « petit moineau ». Tu crois vraiment que je ne sais pas qui tu es, Lucie ?

Je le dévisage. Cet échange est étrange. Les rôles s'inversent.

— Les autres peuvent bien penser ce qu'ils veulent, imaginer que tu es une femme redoutable. Mais moi je sais qu'au fond de toi, tu es une écorchée vive. À cause des injonctions qui t'ont été faites. À cause de la pression que tu te mets pour donner le meilleur de toi-même. Sauf que tu n'es pas satisfaite, parce que ce n'est jamais assez. Toute ta vie tu as subi cette espèce de violence non verbalisée, mais bien réelle, qui t'a persuadée inconsciemment que tu ne valais pas grand-chose. On sait tous les deux d'où ça vient. Parce qu'on est pareils. Et on sait tous les deux que le problème, c'est qu'on a fini par le croire.

— J'ai une frousse folle, Enzo ! Parfois, il y a ces horribles pensées !

— On a tous des pensées bizarres, parfois…

Je grimace. On en a tous. Mais sont-elles aussi moches chez tout le monde… ? Il doit savoir !

— Parfois, il m'arrive de penser que j'aurais préféré que tes traitements t'empêchent de partir. Tu te rends compte ?! Qui peut penser un truc pareil ?!

Je m'en veux mais, maintenant que j'ai ouvert la boîte de Pandore, je dois aller jusqu'au bout.

— Je sais bien que ce n'est pas vrai. C'est ta peur qui parle, Lucie. La réalité, c'est que tu es ici, avec moi. Et crois-moi, tu es la seule qui pouvait faire ce choix.

J'inspire lourdement. Ce n'est pas suffisant. Enzo vient chercher à nouveau mon regard. Nous sommes agenouillés tous les deux sur le sol en plastique. La lampe éclaire grossièrement nos corps. C'est jour de fête pour les moustiques.

— Ça va aller ! J'ai confiance en toi. Je sais que ça va aller.

— J'ai mes Xanax et mes somnifères, donc oui.

Mon ton est las. Je ne me supporte plus.

— Tu crois que je n'ai pas peur, moi ?

Sa question a le mérite de couper mes ruminations.

— Raison de plus pour que j'arrête de me lamenter !

— Mais arrête de culpabiliser, bordel !

Enzo s'agace, mais il finit par reprendre, plus calmement :

— Ce que je veux te dire, c'est que si tu laisses tes peurs prendre le dessus, elles vont te bouffer. J'en sais quelque chose, j'ai expérimenté le truc… Et tu le sais aussi !

Pas besoin de nommer l'épisode de sa tentative de suicide, elle a été suffisamment traumatisante pour nous deux.

— Moi aussi, j'ai peur ! J'ai peur de la mort. J'ai peur de ne pas être capable de mener à bien ce que je me suis fixé ici. J'ai peur de n'être qu'un petit con présomptueux qui pense pouvoir améliorer les choses avec le temps qui lui reste. J'ai peur d'être passé à côté de ma vie. J'ai peur de te laisser seule dans ce monde de fous. J'ai peur que ma mère ne s'en remette jamais. J'ai peur d'être un égoïste. Ces pensées, elles me hantent jour et nuit, Lulu !

— Et c'est bien légitime ! Tout le monde aurait peur à ta place ! Tout le monde remettrait tout en question ! Moi, c'est complètement irrationnel !

Enzo semble ne pas en croire ses oreilles. Il se penche vers moi, en fronçant les sourcils.

— Irrationnel ?! Tu étais là quand j'étais au plus bas. Et cette saloperie qui est en moi ne t'épargne pas non plus, Lucie. Tu étais là pour mon père… Et pour moi, à chaque étape. Tu étais là pendant l'annonce, tu as pris la nouvelle de plein fouet, comme moi. Et après ça, tu plaques ton taf du jour au lendemain ! Ton taf qui était si important pour toi. Le truc pour lequel tu as tout donné. Et pour quoi ?… Pour me suivre dans mes idées folles ! Il m'est avis que tout ça, c'est plutôt rationnel !

— Enzo…

— Écoute. Ce que je sais, c'est que ma Lulu n'abandonne pas ! Tu as cette volonté de malade que j'ai toujours admirée. Alors ce ne sont pas des angoisses à la con qui vont te faire flancher ! Et puis à Paris, il n'y a pas de professeur irlandais ultra sexy…

Il me sourit de toutes ses dents et m'arrache un petit rire. Je n'aurais jamais cru pouvoir me laisser aller à la plaisanterie, vu ma détresse précédente. Mais c'est la magie d'Enzo. Putain… Avec ce qu'il vit, il me parle avec une force incroyable. Je savais qu'elle sommeillait en lui mais elle est en train de se révéler pleinement aujourd'hui. Dans tout ce qu'elle a de plus beau.

Il se relève et m'invite à faire de même en me tirant par la main.

— Maintenant, tu vas te recoucher. Et, surtout…

Il lève un doigt sentencieux devant ma truffe.

— Tu vas me foutre cette culpabilité aux chiottes !

Chapitre 25

Lucie

Dehors, il fait doux. Il est un peu plus de 6 heures du matin et le soleil perce déjà à l'horizon. Une légère brume enveloppe l'atmosphère et l'immense montagne au loin flotte paisiblement au-dessus d'une mer de nuages. Les crapauds ont enfin cessé leur vacarme et la douce voix des oiseaux leur a succédé. Tout est calme. Un lever de soleil comme celui-ci, je n'en ai jamais vu.

Ma clope au bec, je brandis mon téléphone pour photographier le paysage. Cette fois, pas besoin de filtre pour enjoliver l'image. Du bout du pouce, je partage la capture sur ma story Instagram. Un brin addict, j'attends que les premiers *likes* s'affichent. Comme prévu, l'image peine à se charger, puis l'application se ferme. Problème de réseau. Je râle et tire à nouveau sur mon mégot. Presque compulsivement, j'ouvre mes e-mails. Lorsque je m'apprête à scroller pour rafraîchir la page, un message d'erreur apparaît sur ma boîte pro : « Compte désactivé, veuillez contacter votre administrateur. » Je quitte l'application, la relance et obtiens le même résultat.

C'est quoi cette blague ?

J'envoie immédiatement un message à Antoine.

Salut Antoine. Je ne parviens pas à me connecter à ma boîte e-mail.

Mon compte a été désactivé...
Qu'est-ce que ça veut dire ?

Sitôt partie, on me désactive mes accès comme on le ferait avec un employé mal intentionné ?! La grande classe...

Je soupire. Génial. Ainsi va la vie dans le milieu des affaires.

OK. Du calme Lulu... Le réseau est au bout de sa vie ici. Il fait probablement bugger l'application.

Mon état de nerfs n'aide pas. Cette nuit, j'ai réussi à m'assoupir deux ou trois heures, tout au plus. Au réveil, la gueule dans le brouillard, j'ai enfilé un jean et un tee-shirt. Puis, j'ai subtilisé le kimono d'Enzo pendant qu'il ronflait comme une forge. Mon accoutrement est improbable et il le ferait hurler d'horreur. J'aime prendre un malin plaisir à lui « emprunter » ses fringues pour faire des associations très personnelles. C'est un exercice qui a le don de l'exaspérer, et moi, de m'amuser.

J'écrase ma clope au sol et la dépose dans la petite coupelle à côté de l'entrée. Je passe les mains dans mes cheveux gras et les rassemble en un minuscule chignon. Ils sont coupés court, en carré plongeant, mais ça ne suffit pas à retarder l'inévitable. Je vais devoir me résoudre à me laver dans les « eaux non stagnantes » d'en bas. *Joie.*

Je me mets en mouvement. C'est la meilleure solution que j'ai trouvée pour passer à autre chose. L'immobilité ayant toujours été une entrée de premier choix pour les *petites garces*.

Plusieurs personnes sont déjà dehors, prêtes à entamer cette nouvelle journée de labeur. Lorsqu'elles m'aperçoivent, elles me sourient aimablement. Je leur retourne un signe de la main. Si je croisais un Parisien m'adressant tant de marques de gentillesse, je m'inquiéterais pour sa santé mentale.

Un peu plus loin, devant une large tente, j'aperçois Nolann, assis sur un gros caillou, à l'abri sous un toit de fortune en bois. Il n'a pas remarqué ma présence. Alors je prends le temps de le détailler. Son visage volontaire est tendu. Toute son attention est portée sur les feuillets du dossier qu'il examine. Il porte un ensemble en lin clair surmonté d'un gilet en laine. Plusieurs talismans enroulés autour de son cou retombent le long de son buste et oscillent doucement dans le vide tandis qu'il tourne les pages. Je comprends pourquoi Enzo le trouve beau. Il l'est. Mais je n'arrive pas à être aussi légère que lui concernant cet Irlandais.

La communication avec lui ne s'annonce pas facile. Il y a quelque chose que je ne parviens pas à cerner. Ce qui le rend imprévisible et donc, agaçant. Pourtant, je vais devoir faire un effort. Pour Enzo.

Lorsque j'arrive à sa hauteur, il semble étonné de me voir seule.

— Bonjour Lucie. Tout va bien ?

— Oui. Enzo dort encore.

Il m'invite à m'asseoir sur le banc en pierre improvisé en face de lui. Je m'installe et rabats les pans du kimono sur mes genoux.

— Tu as froid ?

— Ça va.

Nolann n'est pas responsable de ma fatigue et encore moins de mes angoisses, mais je refuse sa sollicitude.

— Tiens.

Il me tend une sorte de berlingot vert encore fumant qu'il sort d'une petite caisse en ferraille posée à ses pieds.

— Du riz mélangé à de la banane. Le tout enroulé dans une feuille de bananier.

— Merci mais je n'ai pas faim.

J'enroule les bras autour de mes tibias et détourne le regard vers le dossier.

— Qu'est-ce que c'est ?

Nolann rabat la couverture et pose les documents derrière lui.

— Rien d'intéressant. Juste de la compta. Tu devrais manger. Il te faut de l'énergie. J'ai entendu que vous étiez réveillés tôt ce matin, toi et ton ami.

Piquée au vif, je cloue mes yeux aux siens.

— Tu fais des insomnies ou tu aimes espionner les nouveaux arrivants ?

Ma remarque ne le fait pas ciller.

— Ni l'un ni l'autre. J'ai appris à dormir en fractionné. À force, on finit par s'habituer. Trois heures me suffisent.

Pourquoi a-t-il appris à dormir si peu ?

— J'en profite pour planifier mes journées, entre les cours et les travaux. Je fais aussi des rondes pour surveiller que rien ne vient troubler le calme du campement pendant la nuit...

— Pourquoi ?... Il y a déjà eu des problèmes ?

Nolann ignore ma question et approche à nouveau son berlingot à la banane non loin de mes narines. L'odeur n'est pas désagréable mais je ne peux rien avaler.

— Si tu ne dors pas et que tu ne manges pas, tu ne tiendras pas. Prends-en un peu.

Je le regarde en biais. La seule personne qui pouvait me forcer à manger lorsque mon ventre était noué, c'était ma grand-mère maternelle. D'abord, parce que refuser sa nourriture aurait été l'équivalent d'une déclaration de guerre (la *mamma* italienne ne doit pas sa réputation à une légende) et ensuite, parce que je l'aimais trop pour lui enlever cette étrange fierté de me voir me bâfrer comme quatre.

— C'est gentil mais je sais prendre soin de moi-même.

Nolann bascule le poids de son corps en arrière. Le cliquetis de ses talismans cognant contre son thorax vient rythmer l'instant. Il m'observe toujours calmement, mais avec ce même scepticisme que je lui ai vu la veille.

— Vraiment ? Je ne veux pas me mêler de ce qui ne me regarde pas mais si tu veux tenir la distance ici...

— En effet. Ça ne te regarde pas.

Je ne le connais pas, il ne me connaît pas. Il ne sait rien de mon histoire pas plus que je ne connais la sienne, alors, qu'il ne vienne pas me chier dans les bottes !

Il ouvre la caisse, y dépose délicatement le berlingot mal-aimé puis la referme méticuleusement à l'aide d'une fermeture type grenouille. Je suis un peu surprise par toutes ses précautions mais je ne relève pas. Il déplie ses longues jambes et se redresse pour touiller la mixture qui frémit doucement dans la marmite.

— J'ai été comme toi un jour. Je pensais que je pouvais tout contrôler. Pourtant, je ne contrôlais rien. J'ai pris des choses pour tenir, pour me sentir libre. Mais en réalité, j'étais enchaîné.

Je suis désarçonnée. Toujours avec cette tranquillité qui le caractérise, il vient de m'envoyer, avec courtoisie, deux de mes vérités : mon addiction au contrôle et mes béquilles chimiques.

Innocent, il reprend sa place et ses yeux se plantent dans les miens. Il cherche sans doute à décortiquer l'effet de sa déclaration sur mes émotions. Manque de bol, je suis passée maître dans l'art de les dissimuler au monde. Enfin, c'est ce que je croyais. Visiblement, mon jeu d'actrice est à revoir, vu le peu de temps qu'il lui a fallu pour percer mes failles à jour.

Je feins de me désintéresser de lui pour vouer une passion soudaine au volcan qui domine le paysage plus au sud. À juste titre en fait. Le mastodonte est magnifique. Nolann suit mon regard.

— C'est le mont Agung, le plus haut volcan de l'île. Il occupe une place importante dans la religion hindouiste.

À vrai dire, personnellement, quand on me parle de volcans, j'ai des considérations beaucoup moins spirituelles.

— Il est déjà entré en éruption ?

— Plusieurs fois. La dernière date de fin 2017.

Rassurant.

Nous restons silencieux quelques secondes. Des petits singes viennent de s'approcher de nous. L'occasion rêvée pour que Nolann dévie son attention de moi. Leur groupe se compose d'une dizaine d'individus et ils nous observent, postés à quelques mètres de distance. L'un d'eux grimace à mon intention. Je lui retourne le compliment. Ce dernier ne semble pas s'en offenser.

Une notification interrompt cet instant poétique avec la vie sauvage. Je sors mon portable et ouvre le message.

Les investisseurs ont exigé
que tu n'aies plus accès aux
informations internes. J'ai dû
demander à Yvan de désactiver
ton compte. C'est presque 1 h
du mat ici, Lucie ! On s'appelle
demain, si tu veux !

Je cligne des yeux, incrédule. Il se fout de ma gueule… ? Depuis quand les investisseurs décident de ce qui se passe en interne ?! Il peut bien être une heure du matin chez lui, putain !

— Tu devrais ranger ce téléphone.

Nolann indique le mobile dans mes mains, d'un bref signe du menton. Je fronce les sourcils, agacée.

— Et toi, tu devrais vraiment t'occuper de tes oignons.

Le professeur capitule en relevant les paumes de ses mains face à moi. Il affiche un sourire de gosse insolent qui me hérisse le poil. De l'index, il me montre les singes autour de nous. Ils ne bougent pas mais nous fixent avec attention. Je crois comprendre mais je peine à y croire.

— Quoi… ? Ils vont me le voler peut-être ?

— Oui.

J'éclate de rire ! C'est la meilleure ! Comme si un singe pouvait…

Tout à coup, sans que je comprenne d'où le mouvement est venu, mon mobile est littéralement arraché de mes mains !

What the f…

Incrédule, je cherche des yeux le responsable. Je repère un petit singe qui s'enfuit vers ses congénères, tout en poussant de petits cris triomphants en brandissant l'objet de son larcin ! Il fait volte-face et se pose sur son derrière, mon portable dans ses petites mains de voleur. Je pourrais jurer qu'il me regarde avec provocation !

— Hey, toi ! Rends-moi ça !

Je me relève d'un bond et hurle vers la bande de macaques. Décidément, après les crapauds gueulards, je vais finir par croire que les bestioles se sont liguées pour me pourrir la vie !

— Assieds-toi.

Je me retourne vers Nolann, furieuse.

— C'est ça, oui ! Et puis quoi, encore ?! Il m'a piqué mon téléphone, ce petit con !

— Donne-lui ça, c'est ce qu'il veut.

Il vient de sortir à nouveau le petit berlingot de sa caisse et me le tend. Il veut vraiment refourguer sa banane à tout le monde, celui-là !

— J'ai moyennement envie de faire copain-copain avec lui alors qu'il se paye ma tronche avec ses potes !

— Arrête de ronchonner et donne-le-lui. Il te rendra ton précieux portable.

— Tu vas vraiment me faire croire que ce petit singe a prémédité son acte ?

— Oui. Ils sont bien plus malins que tu le crois.

Non sans humeur, j'attrape le berlingot et lance un regard noir à Nolann. Je m'approche à contrecœur de mon petit agresseur pour lui tendre la nourriture. Ce dernier n'hésite pas ! Il abandonne le téléphone comme une vieille chaussette usagée, se saisit immédiatement de feu mon petit déjeuner, me gratifie d'une dernière grimace et s'enfuit rapidement avec sa bande de délinquants velus ! Alors là ! J'en reste bouche bée !

Je récupère mon portable, l'essuie précautionneusement et l'engouffre dans la poche de mon jean. Nolann est hilare. Évidemment.

— Ça n'a rien de drôle !

L'Irlandais penche la tête sur le côté et ses yeux rieurs me fixent par en dessous. Je me renfrogne et me rassieds. Je marmonne.

— Ce n'est pas drôle…

— D'accord Lucie.

Je le regarde de travers et plisse les yeux. Je commence à croire qu'il s'amuse beaucoup de moi.

— Ne fais pas la tête. Nous avons tous eu notre expérience humiliante avec ces petits primates. Mais il va te falloir garder ton calme et éviter de crier comme tu viens de le faire. Ils sont sacrés ici.

— Sacrés ?

— Oui. Ils sont considérés comme les gardiens des temples. La croyance veut que l'on puisse communiquer verbalement avec eux.

Je pousse un rire railleur.

— Je pense alors que nous ne sommes pas partis du bon pied, ce singe et moi.

Nous nous lançons un regard de connivence. Je suis certaine que nous pensons à la même chose. Je pourrais très bien parler de lui et de moi.

Nous finissons par rire de bon cœur et, après cet épisode surréaliste, mon estomac se dénoue.

— On se marre et on ne m'attend même pas pour le petit déjeuner ?! J'ai raté quelque chose ?

La voix d'Enzo me fait sursauter. Je me retourne et le découvre, les paupières encore gonflées par le sommeil et les cheveux en bataille. Il avise ma tenue mais ne dit rien. Je lui tends la main pour l'inviter à se glisser à côté de moi. Je passe mon bras sur ses épaules et dépose un bisou sur sa joue. Il grimace comme le ferait un adolescent avec sa mère, devant la grille du lycée.

— Non, absolument rien, Enzo.

Nolann ne vend pas la mèche et me coule un regard complice. Il observe la tendresse de notre échange sans dire un mot. Soudain, la pensée de perdre Enzo me foudroie en même temps que la joie de l'avoir à nouveau près de moi. C'est un sentiment tristement familier depuis l'annonce du diagnostic… C'est comme si une force invisible nouait immédiatement une corde autour de mon estomac.

Le dossier sous le bras, Nolann se relève et emporte la marmite. Il montre la petite caisse à Enzo.

— Le petit déjeuner. Sers-toi. Retrouvez-moi dans une heure dans ma tente. On pourra échanger sur l'aide que vous pouvez apporter.

Nous approuvons de la tête. Je le regarde s'éloigner vers l'une des tentes. Il dépose la marmite sur une large table et une jeune Balinaise le remercie en joignant les paumes de ses mains devant sa poitrine. Il lui retourne le même geste.

Je sens le coude d'Enzo cogner doucement contre mes côtes.

— Alors, on drague le bel Irlandais pendant que je pionce… ? C'est déloyal !

— La ferme, Enzo !

Il s'esclaffe tandis que je grogne. Du coin de l'œil, j'observe la silhouette de Nolann disparaître entre les tentes. Je me demande bien pourquoi la remarque d'Enzo m'asticote autant…

Chapitre 26

Lucie

Je suis postée à l'entrée de la tente depuis cinq bonnes minutes. Les pieds à quelques centimètres de la terre boueuse. L'humidité a fait remonter toutes les odeurs du chantier et de la jungle. Les bonnes, comme les mauvaises. Je tire sur ma clope. J'observe les feuilles des palmiers se plier doucement sous le vent. S'il y a une musique qui m'apaise ici, c'est bien celle-ci. Mais cette fois, elle est masquée par les gouttes qui martèlent la toile au-dessus de ma tête, comme des milliers de petits couteaux cherchant à la perforer. Je n'ai pas très envie de faire un pas à l'extérieur.

La journée n'est pas perdue pour autant. À Bali, le temps change dans l'instant. Nolann nous a prévenus : la mousson ouest s'étend de décembre jusqu'au mois d'avril. Nous allons devoir faire avec la pluie.

L'idée ne m'a pas dérangée, je suis habituée. À Paris, le temps morose peut s'éterniser pendant des jours, voire des semaines. Rien à voir avec ce qui se passe ici. Sur cette île du Pacifique, la pluie dure rarement plus d'une heure et le soleil n'est jamais bien loin. Un éternel duel qui rythme nos journées. Deux éléments qui jouent au chat et à la souris. Quelque chose qui me rappelle vaguement mon fonctionnement avec Nolann… Je tire sur ma clope en lâchant un hoquet moqueur. Cette comparaison me fait sourire.

Le chantier est désert. Tout le monde est à l'abri dans les tentes ou sous les auvents. La prochaine accalmie se fait attendre. Depuis plus d'une semaine, c'est mon quotidien. Tantôt dans la tente, tantôt les mains dans les décombres.

Entre deux lattes, je laisse traîner mes yeux jusqu'à Enzo. Il est à peine 6 heures et demie du matin et il est déjà installé à son bureau, le nez collé à ses croquis. Depuis hier soir, il s'est mis à l'œuvre, crayons et aquarelle en main, pour poser les premières recherches de ses uniformes. Il a veillé une bonne partie de la nuit. Chose qui ne m'a pas dérangée. Je peine tant à trouver le sommeil que sa présence m'a apaisée. Comme une enfant, rassurée de voir la lumière filtrer sous la porte de sa chambre.

Enzo traverse une phase obsessionnelle. Je sais qu'elle se terminera dès qu'il aura obtenu un résultat satisfaisant. En attendant, il est à ce point absorbé par sa tâche qu'il en oublie tout ce qui se passe autour de lui. Y compris de manger et de dormir. On dit que le génie n'est pas loin de la folie. À le voir ainsi, on pourrait le croire en effet. Ses cheveux sont ébouriffés, sa mine est défaite. Il griffonne, encore et encore, avec une frénésie excessive. Mais il y a quelque chose de merveilleux dans l'expression de son regard. Il n'est jamais aussi vivant que dans ces moments-là. Et il n'y a rien de plus beau que de le voir ainsi.

Je l'ai vu s'épanouir peu à peu. Il s'investit beaucoup auprès des familles. Il a déjà sympathisé avec les membres de l'ONG sur place. Il intervient dans les foyers pour collecter les données en discutant avec les habitants pour comprendre leurs besoins. Il a cette facilité déconcertante pour nouer des liens, susciter la confiance. C'est une évidence : Enzo est là où il doit être.

Le cancer progresse. Il étouffe un peu plus chaque cellule de son corps plus le temps passe mais, pourtant, je le trouve heureux. Et en connaissant l'issue, c'est bien une petite victoire sur notre ennemi.

Et moi qui peine à lâcher prise… Je n'arrive pas à trouver ma place dans l'aventure de mon ami. Les crises d'angoisse sont toujours là, bien que moins présentes que lors des premiers jours. Mon critique intérieur a décidé de camper sur ses positions. Et je dois continuellement le raisonner pour ne pas prendre mon billet retour. La culpabilité revient comme un boomerang lancé à pleine vitesse… J'ai beau me répéter que je vis les derniers mois de ma vie avec Enzo, que je dois me concentrer sur ce que j'ai et non pas ce que je n'ai plus, je n'arrive pourtant pas à dire adieu ce qui m'appartenait à Paris. C'est une vie que j'ai construite. Je ne peux pas me contenter de la laisser au bord de la route.

Alors je me suis vue prendre mon téléphone, perdre le contrôle et crier sur Antoine. Je me suis écoutée le traiter de sombre merde avant de lui raccrocher au nez. Si je l'avais eu en face de moi, je lui aurais tatoué mes phalanges sur la gueule.

Comme on dit, il me l'a faite à l'envers. Les investisseurs n'ont aucun droit sur l'opérationnel. Je n'ai pas gobé ses salades. Je l'entends encore, avec sa voix doucereuse : « Mais Lucie, je n'avais pas le choix… » Facile. La victimisation ou l'apanage des lâches. On a toujours le choix. Sauf face à la mort.

Je souffle la fumée en passant une main derrière ma nuque pour détendre mes cervicales. Mon départ a semé le doute dans les équipes. Il était nécessaire de shooter définitivement la trouble-fête !

Résultat, j'ai mal vécu le « sevrage »… Ma psy dirait que je suis un cas d'école, le cliché parfait de la *work addict* parisienne. Privée de tous mes précieux e-mails, de ma *to-do list* à rallonge et de mes *Skype meetings* à répétition… De quoi devenir barge, pas vrai ?

Anyway, j'étais tellement remontée que j'ai passé mes nerfs sur les décombres. J'ai retroussé mes manches pour me venger sur un tas de débris qui obstruait l'entrée d'un temple. Dans le silence et le labeur, j'ai noué une sorte de lien avec une habitante qui soulevait elle aussi les gravats. Au début, nous n'avons échangé aucun mot, je me suis postée à ses côtés et je me suis mise au travail. Après un temps de réserve mutuelle, nous avons échangé des sourires. Puis enfin, nos prénoms, quelques mots en anglais et même quelques jurons lorsque certains débris nous causaient de la peine. Pas besoin de longs discours lorsqu'on galère sur les mêmes ruines !

Je me suis peu à peu habituée à sa présence. J'ai même pris plaisir à la retrouver chaque jour, au même endroit. Nengah parle bien l'anglais, ses parents se sont sacrifiés pour qu'elle puisse suivre le parcours scolaire. Chose qu'elle reproduit aujourd'hui pour ses deux fils. Chez elle, j'ai puisé de la force. Une force vraie. Sa maison est en ruines, ses enfants auraient pu être emportés par le tsunami, le temple où elle avait l'habitude de se recueillir a été dévasté, elle doit improviser chaque jour et rester le ciment de son foyer, elle ne sait absolument pas de quoi demain sera fait. Elle a été mise à terre par le monstre. Mais pour autant, elle s'est relevée, elle ne s'écroule pas. Elle fonce. Elle reste en mouvement. Elle porte, chaque matin, ses belles étoffes colorées et son sourire radieux. Elle se donne pour contribuer à redonner un visage à son village. Elle est fière de sa communauté. Sans se plaindre, sans avoir la moindre saute d'humeur.

Plusieurs fois, cette femme, j'ai eu envie de la prendre dans mes bras. Pas par compassion mais par admiration. Une admiration sincère et une sorte de reconnaissance.

Grâce à ma présence active sur le chantier, j'ai pu garder un œil sur Nolann, observer ses faits et gestes. Ses allées et venues sur le campement, ses fréquentations, son implication. Mon comportement est excessif mais quelque chose me retient de donner ma confiance. J'ai pu aussi constater l'efficacité toute relative de plusieurs des ouvriers. Des gens qui n'appartiennent pas au village et qu'il paye pour la reconstruction.

Déformation professionnelle, sans doute.

J'ai voulu lui en parler, voir avec lui comment rendre les choses plus productives, mais Nolann n'était pas réceptif à mes conseils. Il est resté toujours évasif et insaisissable.

Il me tient à l'écart. Depuis le début. Quelque chose cloche.

Il semble dépenser sans compter. Je peux comprendre qu'il soit très impliqué pour son école, qu'il a créée lui-même il y a six mois. Dépenser des milliers d'euros pour un projet dans lequel il s'est tant investi est tout à fait légitime. Mais il participe aussi financièrement à la reconstruction du village. Nengah me l'a fait comprendre. Et à en juger par la grande reconnaissance que j'ai lue dans les yeux de la jeune femme, on ne parle pas d'une petite donation.

D'où sort-il ce fric ? Pourquoi le dépenser de façon si altruiste ?

Si c'est un fils à papa, au lieu de rebâtir un village entier, il devrait passer son temps à surfer sur les plages de Bali ou soupirer après l'ennui de ne savoir que faire de tout son héritage. Mais dans son attitude, il n'a rien de commun avec celle de ce genre de types. J'en ai suffisamment croisé dans les soirées branchées d'Enzo pour reconnaître les spécimens. Dans la pub, dans la mode, dans la musique, dans les médias, on en trouve à foison… Ils roulent en voiture de luxe, portent des montres hors de prix, se défoncent les narines à la cocaïne et se déplacent en jet privé tout en t'expliquant combien le Français moyen chie sur l'écologie.

Mais il y a plus étrange encore que cette générosité désintéressée : pourquoi ne veut-il pas que je jette un coup d'œil au dossier comptable ? Il connaît mon parcours, nous en avons parlé. Je pourrais lui apporter mon expertise, voir avec lui comment optimiser les dépenses. Tout le monde est prêt à faire des économies, même les riches. Encore plus lorsqu'on parle d'investissement personnel. Alors, que cache-t-il ?

Une notification sur mon téléphone m'arrache à mes questionnements. Je viens de convaincre une nouvelle âme.

— Regarde ça !

Je m'avance vers Enzo et lui colle le téléphone sous le nez en lui donnant un coup de coude. Ce dernier proteste, décolle enfin de ses feuilles et écarquille les yeux.

— Putain ! Deux cents balles ! Bravo ma Lulu !

J'affiche un sourire triomphant avant de scroller sur mon application. Il y a de ça quelques jours, j'ai décidé d'utiliser mon compte Instagram pour partager de courtes vidéos sur l'avancement du chantier. J'ai ouvert une cagnotte en ligne pour récolter des fonds qui iront directement aux familles sinistrées.

Si l'humanisme d'Enzo me dépasse, en revanche, j'ai appris toute ma vie à faire de l'argent. Je suis née dans la culture du profit. À la maison, on ne trouvait pas de *Voici* ou de *Marie Claire* sur la table du salon mais plutôt les derniers numéros des *Échos* et du *Revenu*. Pendant mes études, j'ai fait mes armes dans le marketing, cette science incroyable qui scrute les besoins des consommateurs pour leur en créer de nouveaux. Une abomination des temps modernes qui ne se rassasie jamais et n'en finit jamais de grossir. Il existe tant de leviers, tant de techniques, tant de *tricks* psychologiques pour encourager une personne à sortir sa carte bleue. Faire croire à une femme qu'elle sera plus belle avec une crème miraculeuse, laisser miroiter à un homme qu'il sera plus séduisant en s'aspergeant d'un parfum aux senteurs prétendument viriles. En résumé : faire de l'idée que le bonheur passe par la possession une vérité absolue et irréfutable.

Et puis, à l'arrivée de Facebook, ce fut l'apogée de mon art. Une vraie révolution : le client devenu le produit. On ne paie pas pour utiliser cette plateforme, *right*… ? Dès lors, l'acquisition, la rétention, la monétisation et tout leur jargon ne m'ont plus quittée. Ni moi, ni mes tableurs. *Target, ROI, ARPU, CPM, Reach*… Les maîtres mots du marketeux. Les maîtres tout court.

Je suis bonne à ça. Faire de l'argent. Je suis d'ailleurs convaincue de n'être bonne qu'à ça. Chacun son talent.

Évidemment, dans le contexte qui est le nôtre aujourd'hui, la cause est plus noble, mais les moyens de la servir, pas si différente. Ma cible ne tire pas un bénéfice immédiat du don qu'elle fait mais elle devient la pierre supplémentaire sur l'édifice du bien. Quelque chose qui, somme toute, se trouve en chacun de nous et ne demande qu'à être révélé. Pour peu que l'on sache nous atteindre et nous parler de la bonne façon.

Enzo se lève et recule de quelques pas, les mains sur les hanches, les yeux sévèrement posés sur ses esquisses. Dans le silence, je m'aperçois que la pluie a cessé.

Je me garde bien d'émettre un avis à ce stade de son travail. Je les trouve bien, moi, ses dessins. Mais « bien », pour Enzo, c'est pire que de ne rien dire.

Je m'attends à ce qu'il récupère ses feuilles, grogne après l'imperfection de son travail et se remette à la tâche en repartant de zéro. Mais il n'en est rien.

— Nolann propose une séance de yoga dans l'une des tentes principales ce matin. Je vais y aller, j'ai besoin de me recentrer. Tu m'accompagnes ?

Un petit rictus moqueur déforme mes lèvres. Se « recentrer » ? Enzo commence à parler comme tous ces bobos parisiens qui se mettent à la *slow life* et mangent trois cuillères de quinoa comme plat de résistance. La plupart du temps, je ne comprends rien à leurs références culinaires. Les pires connards.

— Tu vas ouvrir tes chakras ?

Enzo me retourne un regard agacé.

— Ça te ferait du bien, tu sais ?

— Quoi ? De faire la position de la chandelle ? Risquer de me tordre le cou ou de lâcher un pet vaginal ? Non merci. Et puis, la dernière fois que j'ai essayé le taï-chi, j'ai cru crever d'ennui. Alors le yoga… Tu sais bien que plus on me dit de me calmer, plus je me stresse.

Enzo fait rouler ses yeux vers le ciel. Je ne comprends pas ce revirement soudain. Il était le premier à se foutre de ma gueule quand je lui ai parlé de mon cours d'essai. (Soyons clairs, l'idée ne venait pas de moi, mais de ma psy.)

— Tu veux que je te rappelle nos barres de rire à propos de ce mec qui faisait des câlins aux arbres pour récupérer leur énergie ? Fais gaffe, bientôt tu vas te mettre à caresser des courgettes !

Enzo attrape une petite couverture et me regarde en biais.

— Peut-être. Et peut-être que si tu t'y mettais aussi, à caresser la courgette je veux dire, tu serais moins revêche.

Je fais la moue et croise les bras sous ma poitrine.

— Je n'aime pas les légumes.

— Ils en font de très bons en Irlande. Tu devrais essayer.

Je balance mes bras le long du corps et montre les crocs.

— La ferme, Enzo !

Ce dernier s'esclaffe.

— Lâche-moi un peu, tu veux ? Si la verdure irlandaise te tente, va donc y faire un tour !

— Alors, ce n'est pas que l'idée me dérangerait… Mais ça sent l'hétéro à plein nez.

Enzo tapote le bout de son nez de son index.

— J'ai le flair pour ces choses-là, petit moineau.

Je tourne la tête de droite à gauche et lui lance un sourire désabusé. Il se rapproche de moi et penche la tête sur le côté en affichant son air de petite fouine.

— Et j'ai aussi le flair pour savoir quand un mec te plaît. Ce gars-là, dans un autre contexte, tu n'aurais pas hésité à le croquer tout cru. Pose-toi la question de savoir pourquoi, cette fois, tu le tiens tant à distance…

— Tu n'as pas un cours de yoga, toi ?

Pas dupe, Enzo me lance un dernier regard de côté avant de quitter la tente.

La réponse est simple : pour me protéger.

Chapitre 27

Lucie

Je poste une vidéo des tentes après la pluie. La faune locale se fait à nouveau entendre. Un murmure timide sur le début, puis la cacophonie habituelle. Le jour se lève à peine et une brume légère flotte dans l'atmosphère. La lumière se diffuse en touches dorées sur mon cliché, donnant une allure mystique au chemin de terre qui trace entre les tentes. Enzo me dit toujours que j'ai un truc pour capter le bon moment sur les photos. Moi je trouve simplement que les filtres proposés sur l'application de mon appareil font bien le job.

Après une dernière vérification sur ma cagnotte en ligne, je fais quelques pas en direction du chantier. Je m'arrête à hauteur de la tente de Nolann. Elle est vide, fatalement, puisqu'il donne sa séance un peu plus loin.

J'inspire tout en tordant mes lèvres. L'idée qui vient de germer dans ma tête ne me ressemble pas et n'est pas le fruit d'un sentiment bien avisé. Mais la curiosité et la suspicion sont plus fortes que ma conscience.

Après tout, personne ne saura que je suis entrée dans cette tente. Et puis, regarder de la paperasse n'est pas un crime de haute trahison…

Je lance un regard circulaire, et avec l'impression de violer un lieu sacré, je me faufile derrière l'auvent pour pénétrer dans l'antre de Nolann. Je connais les lieux, j'y suis déjà venue. Mais jamais seule. Il règne une odeur florale enivrante. Je repère tout de suite la belle fleur de frangipanier, posée délicatement sur le bord d'une étagère. À côté d'elle, des livres sont disposés dans un ordre relatif. Plusieurs malles sont entassées dans un coin. Sur les parois de la tente, Nolann a accroché plusieurs photos des enfants et des villageois et mon regard est attiré par un cliché du prêtre que nous avons rencontré le premier jour. Les deux hommes posent, le regard et le sourire franc, devant ce qui semble être l'école de Nolann lorsqu'elle était encore debout. Sans doute lors de son inauguration. Je dois me faire violence pour ne pas céder à la tentation d'espionner un peu plus son intimité et décide d'aller droit où notre professeur range ses dossiers. Un bruit à l'extérieur me fait sursauter et je suspends immédiatement mon geste dans le vide.

Tu ferais mieux de sortir d'ici et d'arrêter tes conneries, Lucie !

J'attends que les pas s'éloignent et reprends mon investigation. Sur son bureau improvisé, plusieurs dossiers sont empilés les uns sur les autres. J'imagine que celui qui m'intéresse se trouve ici, bien en vue. Je l'espère, car si je dois passer en revue toutes les archives qui sont disposées derrière, probablement dans les malles, je n'aurai pas assez de temps !

Bingo !

Après avoir soulevé le premier dossier, je tombe sur un grand carton nommé « *Reconstruction file* ». Je prie pour que Nolann soit un homme méticuleux et ouvre fébrilement le dossier. À l'intérieur plusieurs chemises plus ou moins épaisses sont classées par noms et dates. Je ne m'attends pas à trouver un document comptable aussi propre que celui de ma start-up mais je cherche tout ce qui pourrait s'en approcher.

Il me semble que je suis ici depuis plus d'une heure, alors que cinq minutes à peine se sont écoulées. Et si Nolann se pointait maintenant ? Que dirait-il ? Et si, par ma faute, Enzo se faisait virer du chantier ?

Tu te comportes vraiment comme une merde, Lulu !

J'hésite à poursuivre ma fouille mais la curiosité remporte encore la mise. Enfin, je trouve une chemise violette, marquée du titre « *Accounting* ». Je la reconnais, c'est bien celle-ci qu'il feuilletait intensément ce matin-là.

Je jette un coup d'œil vers l'entrée avant de l'ouvrir. La voilà, ma boîte de Pandore. Je tourne les feuilles sans perdre de temps. Mon cerveau imprime les informations, les noms, les chiffres, tout ce qui peut me donner la moindre indication. Je fronce les sourcils et reviens en arrière pour comparer plusieurs feuilles. Certaines choses semblent avoir été commandées plusieurs fois, à des fournisseurs différents. Il y a aussi des retraits récurrents, de sommes identiques, en liquide…

Le venin de la suspicion s'insinue dans mes veines. Que fabrique-t-il au juste ? Est-ce qu'il trafique par le biais de son association ? Est-ce qu'il se sert du prétexte de l'école pour blanchir du fric ? Il ne serait pas le premier pourri à faire ça sous couvert d'une bonne action. Certains n'ont peur de rien. Demandez à Crozemarie.

Sans prendre plus de risques, je referme les dossiers, range le tout à l'identique et me faufile vers la sortie. Je devrais être rassasiée mais quelque chose de plus lourd a pris place dans ma poitrine : le doute. Si Enzo est déçu, si Nolann n'est pas celui qu'il prétend être, je jure de l'étriper de mes propres mains…

**

Lorsque mon ami me rejoint un peu plus tard dans la matinée, je suis préoccupée. Je tente de masquer mon trouble en rangeant nos affaires. On dirait qu'une guerre a ravagé l'intérieur de la tente et contrairement à mon acolyte artiste, le désordre n'est pas mon pote.

Pendant que je rassemble le linge, Enzo rayonne et me vante encore et encore les bienfaits de sa séance et l'incroyable pédagogie de Nolann. Ce qui ne fait que m'agacer davantage. Moi, je n'ai que ces foutus retraits liquides et ces commandes étranges en tête.

— Vraiment, ça fait un bien fou ! Je me demande comment j'ai pu me passer de ça depuis tout ce temps ! Tu sais qu'ici, les gens font la salutation au soleil tous les matins ?

— La quoi ?

Mon ton est sec, comme à chaque fois que mes pensées me tourmentent. Je sais enfiler une armure mais en revanche, je ne sais pas mettre de filtre.

— C'est une routine de yoga. Une série de mouvements que tu pratiques au réveil et qui permettent à ton corps de recevoir l'énergie du soleil.

Je m'arrête un instant et le fixe, narquoise.

— Génial. Je penserai à dire bonjour au soleil, demain, quand je me lèverai. Il m'apportera joie et énergie. Youpi.

Devant mon ironie, Enzo souffle et jette négligemment sa couverture sur une chaise. Je vois rouge.

— Tu as remarqué que je range ton bordel, là… ?

— Oh pardon, chef !

Il attrape le tissu avec humeur et le plie rapidement. Il le pose sur son lit et me regarde.

— C'est mieux ?

— Oui !

Nous restons silencieux quelques secondes. L'atmosphère dans la tente est tendue. Enzo finit par parler.

— Tu peux ne pas vouloir essayer mais tu n'es pas obligée de me faire penser que je suis un débile ou un illuminé en m'intéressant à tout ça.

— Je ne te prends pas pour un débile, Enzo…

— Ah non ? Alors explique-moi pourquoi tu te fends la poire à chaque fois que je parle d'explorer de nouvelles choses. Ce voyage, c'est l'occasion de changer, Lulu.

— Changer ?

— Oui ! Tu ne te dis pas que ces gens, ici, ont des choses à nous apprendre ?

— Pff… On ne change pas.

— Tu as raison. On ne change pas. Si on ne veut pas changer.

Je souffle d'exaspération.

— Je n'ai pas besoin d'offrir des bananes à un dieu dragon, de converser par télépathie avec des singes ou de saluer le soleil pour me sentir bien.

En réalité, je ne sais pas ce dont j'ai besoin pour me sentir bien.

— Je ne t'ai jamais dit de te convertir à l'hindouisme !

— Encore heureux !

— Je dis simplement que mettre plus de spiritualité dans nos vies ne nous fera pas de mal. Il n'y a rien de fou à mettre du sacré dans les choses.

Je lâche les affaires que je tenais en main, ferme les yeux une seconde et pose mes mains à plat sur une table imaginaire.

— Bon. Enzo. Laisse-moi un peu d'air, OK ? Tu veux suivre des cours de yoga, *fine* ! Tu veux penser que ton Irlandais est merveilleux, *fine* ! Tu te sens soudain connecté à je ne sais quoi, *fine* ! Je peux comprendre.

La machine est lancée. Je vais regretter les prochaines paroles, comme à chaque fois que la colère prend les commandes.

— Je t'ai suivi jusqu'ici, et je dois faire un travail quotidien pour ne pas péter un câble, crois-moi. Alors ne m'oblige pas à te suivre sur tout !

Ses yeux s'humidifient et je vois à son visage que je viens de lui faire de la peine. Beaucoup de peine.

— Obligée, c'est ce que tu ressens ?

— Non, ce n'est pas ce que j'ai voulu dire…

Le visage d'Enzo se ferme et quelque chose de plus dur ternit ses yeux.

— Tu sais quoi ? Je n'ai pas envie de gâcher ma bonne énergie à lutter contre ta mauvaise humeur ! Garde ta colère, ce n'est pas la mienne ! Moi, je vais prendre l'air !

Je le vois fouiller dans ses affaires de paramoteur. J'écarquille les yeux. Je pensais jusqu'à présent que ce n'était qu'une lubie qu'il aurait vite fait d'oublier.

— Où tu vas ? Tu n'es pas sérieux ? Tu crois que tu es en état ?

Il se retourne, ses sacs sur l'épaule, et me lance un regard noir. Je le prends comme un coup de poing dans le ventre. Je ne l'ai pas volé.

— Qu'est-ce que tu veux qu'il m'arrive au juste ? Que je me plante ? Au moins, on en finira plus vite.

Ses paroles m'arrachent une grimace. La douleur est d'autant plus vive que c'est moi qui en suis à l'origine. J'ai poussé Enzo dans ses retranchements.

Un fois qu'il s'est volatilisé au-dehors, je me retrouve seule, le cœur en miettes.

Je devrais m'élancer à sa poursuite, m'excuser, lui expliquer mes doutes, mais ma fierté m'en empêche.

Je décide de me mettre en mouvement pour rejoindre Nengah. C'est le meilleur exutoire que j'ai trouvé. Cela m'aide à ne plus penser ni à mes angoisses, ni au destin d'Enzo.

**

Je suis passée devant la tente de l'école. Je n'ai pas croisé Nolann, il devait être déjà à l'intérieur pour préparer la classe. Une pointe de culpabilité m'a poussée à m'arrêter pour tenter de le saluer. J'ai observé le rituel des enfants. Ils ne m'ont pas vue, concentrés sur leur tâche. J'aime les voir faire avec minutie et application. Chaque matin, vers 9 heures, ils commencent par balayer l'entrée de la tente avant de faire leur prière. Ensuite, ils entrent en classe. Le plus souvent la matinée est ponctuée par une sortie dans la nature environnante. Malgré le cadre inhabituel, j'imagine que ce rythme est bien plus adapté à l'envie de mouvement des enfants que celui qu'on leur inflige chez nous. Je repense à la remarque d'Enzo. Il a raison : les Balinais ont bien des choses à nous apprendre sur la façon d'appréhender le monde, et ce, depuis tout petits.

Un peu plus loin, comme d'habitude, Nengah est là, fidèle au poste. Nous nous saluons en joignant nos mains et la jeune

Balinaise avise un morceau de rocaille particulièrement gros devant elle. Il bouche l'entrée qu'il nous reste à évacuer.

— On va devoir attendre le passage de la pelleteuse.

Je jette un regard noir à l'intéressé. Le salopard est énorme, compact et ne bougera pas d'un millimètre. Impossible de dégager un truc pareil à mains nues. Je râle, frustrée de ne pouvoir me mettre à la tâche. Nengah m'observe par en dessous.

— Mauvaise nuit ?

— Plutôt mauvaise amie. Nous nous sommes fâchés, Enzo et moi. Et je crois avoir mérité qu'il me fasse la tête.

Elle me sourit doucement, puis quitte ses gants.

— Viens.

Elle n'a pas le réflexe de me rassurer, de me juger ou de minimiser la situation. C'est généralement ce qui arrive, lorsqu'on se confie à une autre personne.

La jeune femme prend délicatement ma main et m'invite à suivre un petit chemin de terre sur notre droite. Il s'éloigne un peu du village et s'enfonce dans la jungle, ou ce qu'il en reste.

— Où est-ce que tu m'emmènes, Nengah ?

— Tu verras.

Une petite promenade improvisée ne peut pas me faire de mal. Je suis un peu surprise par son geste qui me renvoie à mes années de primaire, quand je tenais la main d'Enzo. Mais à Bali, j'ai remarqué que c'était quelque chose de tout à fait naturel. Nengah me témoigne simplement son amitié et je suis touchée.

Nos pas nous mènent jusqu'à une jolie cabane. Ses couleurs sont claires et la construction se mariera sans doute à la perfection avec la végétation, lorsque tout aura repoussé.

— Elle est entièrement faite en bambou !

Nengah observe avec fierté la petite construction. J'avoue qu'elle est très belle.

— C'est grâce à Nolann. Il connaît bien ceux qui sont à l'origine de la société qui construit des bâtiments en bambou. C'est un matériau naturel solide et, avec le bon traitement, il résiste aux tremblements de terre. Il veut refaire l'école et une partie du village de cette façon.

C'est ingénieux. Le bambou se trouve facilement et on ne peut faire mieux en matière de respect de l'environnement.

— C'est une excellente initiative.

— Nolann a tenu à construire cet endroit très vite. Il sait que c'est important pour nous.

J'ai le sentiment d'être une ingrate, à douter de cet homme qui fait tant pour ces villageois. Pourtant, une petite voix intérieure me répète qu'il y a forcément un loup, surtout avec ce que j'ai découvert sur ses comptes.

— Nolann a beaucoup de contacts, n'est-ce pas ?

Nengah hausse les épaules.

— Il connaît du monde. Il a fréquenté des gens importants avant de venir sur notre île. Et grâce à lui, ces personnes s'intéressent à nous.

« Des gens importants », voici qui vient apporter de l'eau à mon moulin. Quelle vie a connue Nolann avant d'atterrir ici ? Qui peut avoir des contacts avec des entrepreneurs du monde entier ? Un ancien banquier ? Un ancien avocat ?

Nous nous approchons de l'entrée et une odeur florale très agréable vient chatouiller mes narines. Ma guide m'envoie un regard énigmatique avant de grimper les trois marches qui mènent sous la petite terrasse. Autour d'elle, plusieurs bouquets sont méticuleusement disposés. Les fleurs ont été fraîchement coupées et leurs couleurs sont tout bonnement magnifiques. Je reconnais la fleur de frangipanier, emblème de l'île, mais aussi des orchidées de toute beauté.

Nengah me fait signe d'approcher.

— Viens, je vais te présenter.

Me présenter ? À qui ?

Je ne veux pas paraître impolie alors je quitte mes chaussures avant de pénétrer à l'intérieur. Plusieurs femmes, dans l'intimité chaleureuse créée par le bambou, sont assises en tailleur. Certaines réalisent des compositions florales dans des paniers de toute taille. D'autres tissent des corbeilles. Des fleurs sont déposées au centre du cercle et dans les angles de la cabane, des bâtonnets d'encens se consument lentement.

Nengah prononce des mots que je ne comprends pas. Les femmes me regardent et me sourient chaleureusement. Leur accueil singulier m'apporte du réconfort. Je suis une étrangère pour elles, mais elles m'accueillent avec une telle sincérité que je me sens comme chez moi.

— Assieds-toi avec nous.

J'obéis à Nengah. Une place nous est faite et nous complétons ce cercle féminin. J'observe toutes ces femmes. Elles sont belles. Difficile de leur donner un âge précis. Mais il y a ici plusieurs générations. Leurs cheveux bruns, souvent agrémentés d'une fleur, retombent sur leurs reins ou sur leurs épaules. Elles arborent toutes des sarongs colorés. Les plus jeunes portent des hauts en dentelle aux manches longues qui laissent apparaître leur soutien-gorge en transparence. Les Balinaises ne dénudent pas leurs épaules. Depuis que je l'ai compris, même si je n'ai jamais ressenti la moindre pression liée à nos différences culturelles, j'ai privilégié les tee-shirts aux débardeurs.

Plusieurs d'entre elles s'attellent à créer de belles compositions avec les fleurs dont elles disposent.

Une vieille dame me tend une feuille de palmier tressé et me montre le centre du cercle pour m'inviter à me joindre à elles. Nengah se penche vers moi et murmure à mon oreille :

— Elles confectionnent les offrandes pour la cérémonie qui aura lieu cet après-midi. C'est un rituel important pour nous. Le tressage et le pliage des tiges végétales des feuilles de palmier est un art qui nous est transmis de génération en génération. Les hommes aussi sont très bons dans ce domaine, mais nous aimons nous retrouver entre nous !

Elle me coule un regard complice. Je ne me suis jamais sentie à l'aise dans les groupes exclusivement féminins, alors j'esquisse un sourire crispé.

Une des plus jeunes me demande alors en anglais d'où je viens et je lui explique que je travaillais à Paris.

— Paris ! Ahhh…

Ses yeux s'illuminent comme si je lui avouais avoir laissé ma soucoupe spatiale dans la jungle avant de repartir sur ma planète.

— Que faisais-tu comme travail ? me demande une autre.

Je souris nerveusement et triture mon panier. Je déteste être au centre de l'attention. Manque de chance, ces Balinaises semblent très curieuses et très intéressées par ma personne. Si elles savaient… Il n'y a rien de bien passionnant à mon sujet.

— Je travaillais pour une start-up. Dans les nouvelles technologies.

Une start-up qui m'a éjectée vite fait, bien fait. Peu importe. Je comprends que mon jargon business, dans ce lieu hors du temps, leur est sans doute étranger, d'autant plus avec la barrière de la langue.

— Tu connais Jean-Paul Gaultier ?

Plusieurs femmes éclatent de rire et semblent se moquer de celle qui vient de me poser la question. Celle-ci se renfrogne un peu et pousse sa voisine du plat de la main.

— Non, pas personnellement. Peut-être qu'Enzo le connaît, lui. En France, c'est un styliste plutôt célèbre.

Comment refiler le bébé. Bien joué Lulu ! Avec de la chance, elles vont se désintéresser…

La jeune femme lance un regard conquérant à l'assemblée tandis qu'une autre se penche vers moi.

— Tu as laissé ton mari en France ?

J'éclate de rire. Un peu fort (un peu trop fort, à vrai dire). Mais il faut bien dire que le mot « *husband* » associé à ma personne crée quelque chose d'inédit ! Je suis certaine que si, par un étrange concours de circonstances, j'en avais un, il serait bien content de ne pas voir ma tronche pendant plusieurs mois. Il y a les gens « faciles à vivre ». Et puis il y a moi.

— Non. Je n'ai laissé personne.

— Tu as des enfants ?

Je secoue la tête de droite à gauche.

— Non.

Elles me regardent, un peu médusées. J'imagine qu'une femme trentenaire, sans mari et sans enfants, ce n'est pas commun pour elles. Elles doivent penser que j'ai raté ma vie. Je les rassure, les injonctions de la société me le rappellent tous les jours.

— Que fais-tu ici ?

Ma voisine glisse ses doigts dans les mèches de mes cheveux et les observe avec attention. Leur couleur, d'un blond très clair, doit très certainement lui poser question. La rareté attise la curiosité.

Nengah, qui a senti mon trouble, prend la parole. Je devine qu'elle leur explique que je suis venue ici avec Enzo pour aider à la reconstruction de l'école.

Les femmes approuvent de la tête et se remettent progressivement à bavarder. J'entends plusieurs fois le nom de Nolann. Nengah s'adresse doucement à moi.

— J'espère que tu n'es pas mal à l'aise ?

— Non ça va !

Si peu. J'adore parler du vaste désert aride qu'est ma vie privée.

L'une des femmes m'observe alors avec gentillesse. Elle m'adresse un remerciement. Toutes se taisent autour de nous. La voix cristalline de la femme s'élève dans la pénombre de la cabane.

— Ce que tu fais, cela compte beaucoup pour nous tous. Tu sais, j'ai perdu un enfant dans le tsunami.

Je reçois un coup vif à la poitrine. Je suis désarçonnée et ne sais que dire à cette mère.

— Je suis désolée…

Mon interlocutrice baisse les yeux sur sa composition. Je ne lis aucune douleur sur son visage. Juste un voile de tristesse qui disparaît presque aussitôt.

— Chaque jour, la présence de mon fils me manque. Mais je sais que son âme s'est libérée pour passer à un état supérieur.

Je sens les yeux de Nengah se poser sur moi. Ma stupéfaction doit être trop lisible.

— Pour nous, la mort fait partie de la vie. Nous considérons qu'il n'y a pas de destruction sans création. C'est un cycle et non une fin.

Je comprends mieux l'attitude de cette femme face au drame d'avoir perdu son enfant. Voir la mort comme un recommencement et non comme une fin change la donne. Secrètement, je m'en veux de ne pas croire. Ce serait probablement plus facile. Mais je suis une scientifique. Convaincue que les choses sont définies par la science et non pas par une force cosmique ou spirituelle qui nous surpasserait. On naît, on vit, on meurt, *end of story*.

Si j'étais spontanée, je leur livrerais ma peine. Je leur dirais que mon Enzo est gravement malade, qu'il va probablement mourir ici. Pour moi, c'est une fin. Une injustice terrible. Je voudrais tellement penser différemment.

Abattue, je reste silencieuse. Le dire à ces femmes ou à d'autres, c'est donner raison au cancer. Alors qu'en me taisant, je me laisse l'espoir. Il reste une infime chance qu'Enzo s'en sorte et lorsque je suis plongée dans le noir, je me raccroche à cette idée. Les régressions spontanées sont mystérieuses mais, aussi rares qu'elles puissent l'être, elles existent.

Pour détourner mes pensées, je demande à mes hôtes :

— Pourrais-je prendre une photographie ? C'est pour mon compte Instagram. Je partage à mes abonnés ce qui se passe ici pour récolter des aides.

Je leur montre le compte en question pour appuyer mes propos et je fais défiler quelques posts devant leurs mines attentives. Visiblement, elles sont ravies de mon initiative.

Après quelques clichés, plusieurs d'entre elles souhaitent poser avec moi. Je me surprends alors à réaliser des selfies avec ces femmes que je ne connais pas, tout en riant gaiement.

À partager un moment de complicité avec de parfaites inconnues. À écouter les conseils d'une ancienne pour réaliser une magnifique composition florale. Jamais je n'aurais pensé me retrouver dans cette situation. Si on me l'avait dit dans ma vie d'avant, j'aurais sans doute explosé d'un rire narquois.

Chapitre 28

Lucie

Une pluie torrentielle s'est abattue sur le campement. Je n'ai pas de nouvelles d'Enzo depuis qu'il est parti fâché. Il devrait être rentré à l'heure qu'il est, le soleil a bientôt terminé sa course. Est-ce qu'il a seulement regardé la météo avant de foncer tête baissée ?

Je lui ai envoyé plusieurs messages, je l'ai appelé plusieurs fois. Tous mes essais se sont soldés par un échec. Deux solutions : soit il boude (très probable) et il a éteint son portable, soit il lui est arrivé quelque chose avec ce foutu paramoteur ! J'enfourne des roupies dans mon sac à dos pour payer le taxi. Je ne peux pas me contenter d'attendre.

Au moment où je sors de la tente, des voix me surprennent. Elles proviennent des tentes principales. Je me précipite vers elles, convaincue qu'il s'agit d'Enzo qui revient. L'espoir me fait marcher plus vite. Si c'est bien lui, je compte lui passer le savon de sa vie !

Derrière le rideau de pluie, je ne comprends pas tout de suite ce qui se passe. Je plisse les yeux et m'approche en prenant soin de ne pas glisser dans la boue. Au bout de quelques mètres, je parviens à reconnaître Nolann, en discussion avec trois autres hommes. Je peine à entendre ce qu'ils se disent mais l'échange est animé. Visiblement, ils ne sont pas venus pour s'échanger des mots doux. La gestuelle est tendue et saccadée.

Qui sont ces types ? Que font-ils dehors ? Ils devraient être à l'abri sous une tente.

L'un des étrangers fait signe à son acolyte, resté en retrait. Ce dernier, taillé comme une armoire à glace, s'avance vers Nolann avant de lui asséner un coup de poing dans le ventre.

L'Irlandais se plie de douleur et tombe, genoux à terre. Deux des trois hommes lui assènent des coups de pied tandis qu'il se protège en repliant les bras sur la tête. Mon sang ne fait qu'un tour ! Il faut être une belle merde pour tabasser un homme au sol, à trois contre un ! Je hurle de toutes mes forces, et fonce sur ces salopards.

Je pousse l'un des mecs en arrière, par surprise. Il vacille légèrement mais pas assez pour tomber. Le mastodonte doit faire deux fois ma largeur. Lorsque Nolann prend conscience de ma présence, ses traits passent de l'étonnement à la stupeur. Il redresse une main dans ma direction pour me faire signe de m'éloigner. Trop tard. Rageuse, j'apostrophe les types qui me regardent désormais, les yeux chargés d'incompréhension.

— Non mais vous êtes dingues ?! Qu'est-ce que vous voulez ?!

Je me poste à quelques centimètres de celui qui fait visiblement office de chef et lui aboie dessus, en anglais.

— Vous êtes qui, bordel ?!

La colère brûle tellement en moi ! Toute la rage, toute la haine, toute l'injustice que j'ai accumulées durant ces dernières semaines s'enflamment sur ces trois étrangers.

Le type m'ignore magistralement et lance un dernier regard à Nolann avant de me tourner le dos comme si je n'existais pas. Le fou !

Furibonde, j'attrape vivement son épaule pour le faire pivoter vers moi. Ce dernier lève les bras au ciel et grimace comme si quelque chose d'immonde lui avait coulé dessus, tandis que les deux autres réduisent l'espace entre nous. Mon interlocuteur relève ses yeux de serpent et les braque droit dans les miens. Malgré la pluie qui s'acharne à faucher mes paupières, je discerne le tigre tatoué qui remonte sur le côté droit de son cou. La gueule grande ouverte, les yeux exorbités, il semble vouloir me sauter à la gorge. Visiblement plus courageux que son propriétaire…

— Oh ! Je t'ai parlé ! T'es qui, putain ?!

Le type s'approche. À tel point que je peux sentir son haleine fétide. Ses yeux coulent sur moi, comme pour me jauger. Il a rarement dû se faire hurler dessus par un gabarit comme le mien.

Regarde-moi encore avec cet air méprisant et je fais un porte-clefs avec tes couilles !

— Personne.

L'un de ses acolytes me pousse vivement en arrière tandis qu'il tourne les talons. Je tombe à la renverse et m'enfonce dans la boue. Je heurte quelque chose de dur au niveau du coccyx et esquisse une grimace. Je n'ai pas le temps de me relever, ils remontent déjà dans leur Jeep noire rutilante et démarrent en trombe. Évidemment, en faisant demi-tour, ces ordures ne manquent pas de nous frôler au passage.

— Hey !!!

Je crie, pathétique et frustrée, éclaboussée par la mélasse de terre. Une main ferme se pose sur mon bras. J'amorce un mouvement, prête à attaquer, mais le regard de Nolann arrête mon geste.

— Lucie, tu vas bien ? Tu n'es pas blessée ?

Un genou à terre, la main contre le ventre, l'Irlandais grimace et m'adresse un regard sincèrement inquiet.

— Je crois que non ! Mais qui sont ces types ?!

Ses yeux se voilent de tristesse. Il se redresse difficilement en expulsant un gémissement. Une fois debout, il me tend une main. Je la prends et me hisse jusqu'à lui. La pluie n'a pas cessé, le sol est glissant et je perds l'équilibre. À la manière d'une chorégraphie de comédie romantique, ma joue s'écrase contre son buste et ses bras s'enroulent autour de moi pour m'empêcher de m'étaler au sol à nouveau. Je reste sidérée quelques secondes. Le contact de ma poitrine contre son torse est troublant et je me surprends à désirer qu'il se poursuive. Je ne serais pas contre l'idée de promener mes mains sous le lin de sa chemise, pour découvrir la texture de sa peau. Mes yeux remontent jusqu'à son menton et s'attardent sur ses lèvres entrouvertes où perlent quelques gouttes. Nos regards se croisent. Il semble comprendre. Une flamme invisible lèche mon cœur. Je me défais rapidement de son étreinte, comme si le feu m'avait brûlé.

Le déluge se calme enfin. À croire que quelqu'un, là-haut, a appuyé sur le bouton stop.

Merci, mieux vaut tard que jamais !

Les gouttes ruissellent sur le visage de Nolann. Il n'est pas en meilleur état que moi. Nos habits nous collent à la peau. Ses sourcils se froncent.

— Qu'est-ce qui t'as pris, Lucie… Tu n'aurais pas dû te mettre en danger comme tu l'as fait !

— Et te laisser te faire tabasser ! Bordel Nolann, je t'ai posé une question !

Ma voix est toujours au volume maximal, preuve en est que plusieurs personnes sortent des tentes pour nous observer. Nolann jette un regard circulaire avant de me parler à nouveau.

— Calme-toi. J'en ai déjà pris d'autres. Demain, ça ira mieux.

Il me dévisage, je peine à analyser son expression.

— Lucie, l'amie d'Enzo, on peut dire que tu as du cran.

Il amorce un pas puis grogne en se tenant le ventre. Je me glisse sous son bras pour le soutenir et l'observe de côté, un sourire en coin.

— Tu en as pris d'autres, hein ?

Alors que je l'aide à regagner sa tente, une voix familière nous interpelle.

— Tout va bien ?

Enzo est le seul de nous trois qui, manifestement, n'a pas entrepris de braver les éléments. Bien au sec, chargé au possible, il nous détaille et bloque sur notre accoutrement et notre… proximité. J'échange un regard avec Nolann. Nous sommes presque comme deux gamins pris en faute. Je m'aperçois que cet épisode m'a fait oublier l'absence préoccupante de mon ami et l'objet de la précipitation qui m'animait au départ.

— Enzo ! Je m'occupe de Nolann et après, c'est ton tour !

Mon ton est un peu trop théâtral pour être crédible et pour duper le styliste. Pourtant, ce dernier se crispe, se renfrogne et repart tout de go vers sa tente.

Oh toi, ne crois pas t'en sortir à si bon compte !

Une fois à l'intérieur, j'aide Nolann à s'asseoir sur l'une des chaises et avise les dossiers empilés, avec une pointe de culpabilité. J'espère seulement les avoir remis correctement à leur place…

Pour me donner une contenance, j'entreprends de passer le professeur à l'interrogatoire. Je me poste à côté de lui, les bras croisés sous ma poitrine.

— Donc… ?

L'Irlandais passe une main dans ses cheveux puis se penche en avant en soufflant. Il pose les coudes sur les genoux et accuse le coup. Ses talismans se balancent devant sa peau que je vois en transparence sous le tissu mouillé. Je me défais de leur mouvement hypnotique. Non sans mal. Nolann joint ses mains puis relève sur moi ses yeux gris incisifs. Lorsqu'il me regarde de cette façon, j'ai la confirmation qu'il n'a pas toujours été l'homme que j'ai devant moi. Sous cette apparente tranquillité sommeille quelque chose de plus volcanique. Un monstre qu'il tente probablement de dissimuler aux autres.

Voilà bien une chose que nous avons en commun.

— Donc quoi ?

— Ces types ? Ils te voulaient quoi ? Tu as dû les énerver pour qu'ils confondent ton ventre avec un punching-ball !

Il pousse un hoquet moqueur.

— Tu ne lâches jamais, pas vrai ?

— Je ne sais pas. J'ai rarement assisté à ce genre de scène. Dans mon domaine, les types s'envoient des coups bas, pas des raclées. Alors on va dire que la situation pique ma curiosité.

Si j'avais des doutes sur le fait qu'il traînait dans des affaires louches, maintenant, ce sont de sérieuses hypothèses.

— Ils viennent d'un village, plus à l'ouest.

Il passe une main sur son menton et je lis dans son regard une sorte de lassitude. Celle que l'on voit chez ceux qui ont décidé de prendre les choses avec philosophie.

Une attitude qui m'est étrangère et qui a le don de m'énerver, en clair.

— La corruption gangrène cette île...

— À Bali ?

La bouche de Nolann se déforme en un rictus amer.

— Oui... Tu n'imagines pas le travail que j'ai dû entreprendre pour gagner la confiance des habitants. Ils nous considèrent, pour la plupart, comme des nantis, qui viennent ici simplement pour profiter de leur nature et de tout ce qu'elle offre. Et je ne te parle pas que du décor, si tu vois ce que je veux dire...

Il se penche en arrière et soupire.

— Ils savent que je m'investis pour l'école et le village. J'ai une dette envers eux. Et si beaucoup me sont reconnaissants, d'autres, en revanche, y voient le moyen de se faire de l'argent facile.

Je m'installe sur la chaise en face de lui. De quelle « dette » parle-t-il ?

— Ils viennent régulièrement me rappeler que je reste un étranger venu s'installer sur leur île. Je dois leur verser des sommes pour pouvoir continuer mes activités, dont le chantier.

Mon sang ne fait qu'un tour.

— Ils viennent te racketter alors que tu rebâtis une école ?!

Nolann hoche la tête en guise d'approbation.

— Mais tu ne peux pas les laisser faire ! Tu dois en parler à la police locale !

Il se met à rire comme si je lui avais raconté la blague de l'année. Il me regarde, un brin attendri. Je déteste ça, cette façon qu'il a de me considérer comme une ingénue.

— Lucie. La police aussi est corrompue. C'est tout le système. Mais je l'ai accepté.

— Accepté ?!

— Oui. L'un dans l'autre, je réussis à faire ce que je veux et le chantier avance. L'école sera reconstruite, le village aussi. Je fais avec les règles du jeu, même si ça me coûte plus que prévu. Je considère tout ça comme une sorte de taxe.

Je suis médusée. Je ne vois pas comment on peut accepter un truc pareil avec autant de décontraction ! Bon sang, il vient de se faire cogner !

— Et les coups dans le ventre ? C'est une taxe aussi ?!

— J'ai merdé. J'ai voulu passer par d'autres fournisseurs et contourner leur barrage. Ils n'ont pas apprécié.

Je le fixe, incrédule. Plus la conversation avance, plus je me sens minable. Voilà qui explique sans peine les nombreux retraits en argent liquide et les commandes de matériel répétées. Pas difficile de conclure que la note soit anormalement élevée. En revanche, quelque chose m'interroge.

— Tu as parlé de dette envers ces villageois. De quoi s'agit-il ?

Nolann m'observe par en dessous, malicieux.

— Tu devrais aller voir ton ami. Je crois qu'il a besoin de toi.

**

Encore perturbée par mon échange avec Nolann, je pénètre dans notre tente. Enzo est assis sur son lit et me tourne le dos.

Je cherche une serviette et m'assieds calmement à côté de lui. Ce dernier reste muet pendant que j'entreprends de sécher mes cheveux. Je m'en veux. À bien des égards.

— Enzo, je suis désolée. Je sais que je t'ai fait du mal. Je ne voulais pas.

Il tourne la tête vers moi et me prend la serviette des mains. Il essuie méticuleusement des gouttes sur mon épaule et dans mon dos.

— Tu as raison. J'ai beaucoup à apprendre des gens ici. Et je crois que j'ai peur de changer. Parce que l'inconnu me fout une trouille folle.

Enzo interrompt mon autoflagellation d'une voix douce.

— Je n'aurais pas dû te laisser sans nouvelles et dire… ce que j'ai dit en partant.

Ses yeux s'humidifient et ses lèvres tremblent.

— Moi aussi j'ai peur, Lulu.

— Je sais, Enzo, pardonne-moi !

— Tout ça, tout ce que j'entreprends, doit te paraître dingue. Tu dois te dire que je deviens fou. Que je suis faible. Mais mettre du sacré dans les choses, ça me permet de comprendre et d'accepter.

Les paroles de la Balinaise dont l'enfant est mort me reviennent en mémoire.

— Je cherche tous les outils que je peux trouver pour me connecter au présent sans penser à ce qui m'attend. Les toubibs ont dit que j'en avais pour six mois mais c'est comme si chaque matin, je redoutais que tout s'accélère. Je ne veux pas partir avant d'avoir fini ce que j'ai entrepris ici, tu comprends ? Il faut que je sois là.

— Je sais, Enzo, je sais…

Nous nous prenons dans les bras, et je sens ses larmes chaudes couler dans mon cou. J'ai mal, mais je ne parviens toujours pas à lâcher. Mes larmes à moi sont bloquées.

Il se défait de mes bras. Je lui caresse les cheveux.

— C'était tellement beau de refaire du paramoteur, Lulu ! C'était comme si je me reconnectais à papa. Comme s'il était avec moi.

— Il l'était sûrement.

Enzo me sourit tendrement. À défaut de croire à un « après », je me dis que les gens que nous aimons ne meurent jamais tout à fait tant que nous pensons à eux.

— J'ai beaucoup réfléchi pendant que j'étais « là-haut ». J'ai repensé à des tas de choses. Il me venait des flashs, des émotions fugaces. Des moments heureux de mon enfance.

Il tripote nerveusement ses doigts comme à chaque fois que quelque chose le tourmente.

— Je crois que je vais demander à Fabio de venir. Peut-être qu'il pourra faire le déplacement et amener maman avec lui…

Enzo ne termine pas sa phrase mais nous nous comprenons d'un simple regard. Je suis heureuse et bouleversée à la fois. C'est une décision que je voulais qu'Enzo prenne. Ça ne lui ressemblait pas, d'abandonner ainsi sa famille et de rester fâché avec son frère. Ce garçon est capable d'une grande résilience. Il fallait simplement que le temps et la distance fassent leur effet.

— Je pense que c'est une superbe idée, Enzo. Je serai là pour toi, pour vous. Tu sais combien Penelope et Fabio comptent pour moi.

Enzo tapote sur ses genoux comme s'il avait réglé un problème, puis ses yeux se font joueurs.

— Il faudra que tu montes avec moi, un de ces jours ! La vue était incroyable !

Je recule, choquée.

— *No way*… La terre ferme me va bien.

Nous rigolons et cette légèreté nous fait du bien. Pourtant, quelque chose de lourd s'abat immédiatement sur moi. La pensée que cette opportunité ne se représentera pas.

— Bon, on verra…

— On verra ?

Le visage d'Enzo s'éclaire.

— Ne t'excite pas, l'artiste. Je vais y réfléchir…

Il me saute dans les bras et me fait un gros bisou sur la joue.

— Ce sera génial ! Tu verras !!!

— Du calme, du calme…

Nous restons silencieux quelques secondes.

— Je sais que tu as un peu de mal avec Nolann.

— Ce n'est pas ça… C'est juste que je ne veux pas qu'il devienne une sorte de gourou pour toi.

Enzo éclate de rire.

— Pas de risque. Mais je l'aime beaucoup. Il m'écoute sans gravité. Et il m'apporte des clés pour me sentir mieux.

— Tu lui as expliqué ? Je veux dire… pour ton cancer ?

— Ouais… À la fin de la séance de yoga, nous avons pas mal discuté lui et moi. Mais c'est bizarre, quand je lui ai parlé de tout ça, il n'était pas étonné. Comme s'il savait déjà que quelque chose de lourd était en moi.

— Professeur, sexy, chef de chantier et voyant, la totale quoi !

Ses yeux s'agrandissent et je percute aussitôt la portée de mes paroles.

Et merde !

— Sexy ? Elle a dit sexy ?!

— Il faut bien reconnaître qu'il n'est pas inintéressant. La pluie a eu quelques avantages en révélant certaines parties de son anatomie…

Ce que j'ai ressenti quand j'étais contre lui me revient en mémoire et mon cœur s'emballe. On dirait une adolescente !

— La vache, vous avez fait quoi quand je suis parti ? Et d'abord, qu'est-ce qu'il se passait quand je suis arrivé ? Tu faisais quoi contre lui ?

— Rien.

Enzo hausse les sourcils.

— Il est tombé, je l'ai juste aidé à se relever.

— Vraiment… ?

— Oui.

Je décide de ne pas en dire davantage pour ne pas inquiéter Enzo avec les menus détails de l'agression. Il n'a pas besoin de ça et je préfère qu'il reste dans son monde idyllique.

Chapitre 29

Lucie

Je vis sans doute la plus terrible expérience de ma vie. Et le pire, c'est qu'en disant oui, je savais que j'allais souffrir.

Non, je ne parle pas du mariage.

Je ne sais même plus comment j'en suis venue à accepter d'aider Enzo à prendre les mesures des petits écoliers. Depuis que mon ami les a réunis ici pour leur présenter son projet d'uniforme, les enfants sont excités comme des puces. Ils se bousculent, se chamaillent, se passent les feuilles de croquis en poussant des exclamations admiratives. Leur enthousiasme est touchant. Ils nous tournent autour, s'agglutinent et affichent des sourires radieux. Nous avons sans doute illuminé leur journée, et je suis surprise de me laisser attendrir par leur joie communicative. Me voici donc à courir après les uns, à en appeler d'autres, à expliquer avec calme et à contenir les plus vifs, pour qu'Enzo puisse noter ses mesures avec le plus d'exactitude possible.

La silhouette énergique de Nolann se dessine un peu plus loin. Sa tranquillité contraste avec la tornade qui souffle autour de moi. Pliée en deux, les bras en croix, une main sur l'un, une main sur l'autre, à la limite de l'extinction de voix, je lance un regard implorant à l'Irlandais. Je suis sûre qu'à côté de ce que je vis, un cyclone n'est pas plus impressionnant qu'une petite brise matinale… Quel est donc le secret de cet homme pour canaliser ces petits monstres ?

Peut-être qu'il glisse de l'arak dans leur gourde…

J'ai eu le malheur de goûter une gorgée de cet alcool sur le marché du coin. Il était présenté dans une bouteille de bière. J'y suis allée de confiance. Erreur ! J'ai perdu ma gorge, mon œsophage… et ma dignité.

En tout cas, notre petit cirque semble beaucoup distraire le professeur. Il se poste à quelques mètres, s'appuie contre un arbre et nous observe, les bras croisés. C'est dimanche, il n'y a pas classe et le chantier reprendra demain. En d'autres termes, c'est le jour où Nolann tourne le bouton sur *off*. Je grogne après le petit garçon qui m'échappe des mains. Je le vois attraper un mètre de couturier et l'enrouler autour de la tête de son petit copain.

Épuisée, je lâche l'affaire. J'attrape mon mobile et lance l'application photo. Je vais faire un joli cliché d'Enzo et des enfants, histoire de revenir à ce que je maîtrise. En deux semaines, ma cagnotte s'est bien étoffée. Ce que je partage sur mon compte Instagram, de façon régulière, prend de plus en plus d'ampleur. De nombreuses personnes sont sensibles à ce qui se passe ici. L'image de l'île paradisiaque cache une réalité que beaucoup ignorent. Dans ce village, ces familles sont laissées pour compte. À Bali, il n'y a ni aide sociale, ni école gratuite. Les frais d'inscription, les fournitures, les livres sont à la charge des foyers.

Avec les dons que j'ai déjà reçus, j'ai lancé en commande du matériel scolaire dont les enfants avaient besoin. Rien d'extraordinaire, mais des choses indispensables.

Pendant que je fais mes réglages, je pense au projet qui mûrit dans ma tête. Si ce que je mets en place fonctionne sur le long terme, je voudrais instaurer un système de parrainage. Il permettrait aux familles les plus défavorisées de scolariser leurs enfants. Et pourquoi pas, plus tard, étendre le principe à d'autres villages ? C'est ambitieux et j'ai conscience que c'est un projet au long cours. J'en ai parlé à Enzo bien sûr, mais aussi à Nolann.

Depuis l'épisode des sales types, nos échanges sont plus fluides et spontanés. Comme si nous avions dépassé notre méfiance mutuelle. S'il était dubitatif, au départ, il a fini par considérer que mes idées avaient du potentiel.

— Enzo, tu peux leur dire de se mettre autour de toi pendant que tu prends les mesures de la petite ? Je vais faire une photo de vous.

Le styliste semble apprécier l'idée et parvient à rassembler la petite troupe autour de lui. Il dit quelques mots aux enfants en balinais. Je sais que ses efforts pour apprendre leur langue sont grandement appréciés. Les enfants se régalent à le reprendre et à le corriger pour l'aider à progresser. C'est très mignon. Un lien spécial s'est tissé entre lui et ses petits protégés. Il s'est beaucoup impliqué auprès des familles. Il aide quotidiennement à la distribution de riz, d'œufs et autres denrées de première nécessité. Il fréquente aussi les marchés pour acheter des poules pondeuses et les offrir aux habitants. Ici, on n'achète pas une boîte de douze œufs aussi facilement que chez nous. Alors, posséder des cocottes, pour une famille, c'est s'offrir la possibilité de manger à sa faim. Il m'arrive d'avoir des relents de culpabilité quand je repense à tout ce que je gâchais dans mon frigo…

En concertation avec Nolann, Enzo organise maintenant des sessions d'expression artistique avec les enfants, chaque mercredi après-midi. Les écoliers adorent et en redemandent. Enzo sait rendre les choses drôles et accessibles. Pour ces enfants, propulsés dans une situation qui ne laisse que peu de place au loisir, pouvoir exprimer leur sensibilité à travers des travaux de peinture, c'est une véritable bouffée d'oxygène. Depuis, il y a des dessins accrochés un peu partout : sur les tentes, à la cantine, et même sur des arbres. Le mois de mai est doux à Bali. Nous sommes enfin sortis de la mousson, alors les enfants s'installent souvent à l'extérieur et n'hésitent pas à exhiber leurs créations.

Enzo se sent bien avec eux et c'est réciproque. Les petits Balinais ne le lâchent pas d'une semelle. La timidité du début a laissé place à une joie sans retenue. Pour prendre la photo, ils se bousculent pour être au plus proche de lui. Les yeux de mon ami brillent d'émotion.

Si, au départ, sa démarche me déroutait, à présent je comprends clairement pourquoi il a entrepris cette aventure. Il a décidé de vivre. Quand je le vois ainsi, aussi radieux, j'espère de plus en plus fort que le cancer batte en retraite.

Cruella et ses collègues se sont peut-être trompés...

Pour preuve, depuis que nous sommes arrivés, et cela fait plus d'un mois maintenant, son état ne s'est pas dégradé. J'ai même l'impression qu'il s'est amélioré. On dit que le moral joue beaucoup dans la guérison. J'aime me raccrocher à cette idée.

— Allez ! Maintenant, on ne bouge pas et on sourit !

Je mitraille la scène, en espérant avoir un rendu correct. Pas facile, parce qu'entre ceux qui regardent leurs pieds, ceux qui bougent sans cesse, ceux qui confondent Enzo avec un mur d'escalade et ceux qui ont décidé de concurrencer les singes niveau grimaces, tout pourrait laisser présager une photographie ratée. Mais je sais aussi que j'ai là tous les ingrédients d'un beau cliché. Alors je décide de me faire oublier, faisant mine de m'affairer sur mon appareil. Mais, d'un œil, je guette le moment. Tout l'art du photographe est de se rendre invisible pour capter l'instant fugace qui sublime son sujet. Et, lorsque j'appuie sur le déclencheur, je sais que je tiens ce que je voulais. Je regarde rapidement l'image et l'émotion me submerge. La lumière est parfaite, les silhouettes se fondent dans un joli halo doré. J'ai saisi la joie des écoliers et le sourire frappant d'Enzo, qui happe l'attention, son regard tourné vers le ciel, pendant qu'un enfant se jette sur ses épaules. Le vrai bonheur ne se contrefait pas.

— Merci, c'est parfait !

Je me mets un peu en retrait. Je repère un primate sur ma droite. Je lève un index sentencieux dans sa direction mais une voix interrompt le cours de ma pensée.

— Il s'en sort bien.

Nolann m'indique Enzo d'un signe du menton.

— Ton ami a un don.

— Enzo a de nombreux dons ! Si je ne l'aimais pas comme je l'aime, j'en serais jalouse.

Nolann rit doucement, avant de lancer un bref regard à mon téléphone.

— Et si tu lâchais un peu ton précieux pour m'accompagner à la plage ?

Je cligne des yeux, stupéfaite. Est-ce que Nolann est vraiment en train de m'inviter à passer du temps avec lui ?

— Pardon ? Ai-je bien entendu ? Est-il possible que Nolann MacMillan fasse bronzette sur les plages de sable blanc de Bali ?

Il me dédie un sourire en coin et penche sa tête vers moi.

— Pas vraiment. Viens. Tu verras.

J'hésite. Avec lui, je ne sais pas à quoi m'attendre. Si c'est pour utiliser ma serviette de bain comme tapis de yoga et me retrouver à faire la position du pigeon royal, non merci !

Il y aurait d'autres positions bien plus intéressantes à imaginer avec lui…

Je chasse cette pensée de mon esprit et me racle la gorge.

— Je me suis engagée auprès d'Enzo pour l'accompagner pour choisir ses tissus au marché. Il a… insisté.

Comprendre : je n'ai pas eu le choix, il m'a suppliée, avec ses yeux doux d'artiste torturé.

— Je ne savais pas que tu avais un don pour la couture.

— Moi non plus. Et pour que ce soit clair, je n'ai aucun don.

— Je crois que tu te trompes.

Nolann m'observe avec des yeux énigmatiques et, avant que j'aie le temps de le relancer sur la possibilité que je puisse être pourvue d'un don – peut-être celui d'être une casse-pieds émérite –, Enzo interrompt notre conversation.

— Salut Nolann, les enfants sont ravis ! J'ai tout ce qu'il me faut. Plus qu'à trouver le tissu ! Je suis tellement content !

Tu sais qu'ils m'ont demandé que je crée un uniforme pour toi aussi ? Ce serait génial, non ? J'ai tellement d'idées ! Je me dis qu'on pourrait aussi travailler sur la décoration de la salle de classe. Qu'en dis-tu ? Tu sais, j'aimerais commander des Lego, et nous pourrions créer une statue géante avec les enfants, que nous pourrions ensuite défaire et refaire chaque mois. Je suis sûr qu'ils adoreraient l'idée, et une telle activité les pousserait aussi à collaborer !

Pauvre Nolann ! Il ne savait pas ce qu'il faisait en laissant entrer Enzo dans sa classe. Il est tellement enthousiaste que, parfois, il est épuisant.

— Oh… Euh. Oui, pourquoi pas Enzo.

L'Irlandais répond poliment et je pouffe de rire devant son embarras.

— Oh oui, Nolann ! Tu serais tellement mignon avec un short à bretelles !

Enzo m'envoie un coup de coude dans le bras pendant que Nolann s'interroge sur le sérieux de ma remarque. Le style extravagant du créateur ouvre un large champ des possibles.

— Ne l'écoute pas ! Elle ne connaît rien à la subtilité de toute façon… Cette nana me fatigue !

Je pose les mains sur les hanches, le regard moqueur.

— Tu es prêt pour aller chercher tes tissus, ma diva ?

Enzo fait la moue.

— Mmh, pas encore. Je dois réfléchir à deux ou trois petits détails…

Je l'observe en arquant les sourcils.

— Tu ne fais pas une pièce de haute couture, Enzo…

Il me regarde comme s'il était profondément scandalisé. Je souris en coin.

— Mon petit moineau, tout doit être pensé, créé et confectionné comme si c'était une pièce d'art.

Il balaye l'air de la main, comme s'il avait devant lui un insecte gênant. Nolann, interrogateur, reprend mon surnom dans un français relatif et demande ce que ça signifie en anglais à Enzo. Ce dernier s'empresse, avec délectation, de le lui expliquer.

— Petit moineau ? C'est un adorable petit oiseau, on en trouve beaucoup en France. C'est comme ça que j'appelle Lucie.

Cette fois, Nolann me regarde, hilare. Je me retourne vers lui et plisse les yeux. Mais mon interlocuteur n'a pas l'air très impressionné.

— Une seule personne a le droit de m'appeler de cette façon ! Ne t'avise pas d'imaginer que tu puisses être la seconde !

Enzo envoie les griffes dans ma direction et pousse un rugissement ridicule. Si c'est censé être une caricature de moi-même, elle est franchement grotesque !

Nolann pose une main sur l'épaule d'Enzo et lui envoie un regard complice. Puis il se retourne vers moi, un sourire insolent sur les lèvres.

— En attendant que tu comprennes la subtilité, Lucie, tu peux donc librement m'accompagner à la plage ?

Un drôle de son, peu subtil justement, sort de la gorge d'Enzo. Je lui lance un regard noir, sachant pertinemment qu'il s'apprête à sortir une de ses conneries. Je promets que, s'il ose, il n'y aura rien de très « subtil » dans ma façon de le faire taire !

— Mais avec plaisir, Nolann.

J'exagère volontairement la prononciation des trois premiers mots, et je scrute la mine ahurie de mon ami. Je me réjouis de l'avoir mouché, mais je m'attends déjà à l'interrogatoire de ce soir…

Chapitre 30

Lucie

— Non.

Je fixe la planche étendue à mes pieds avec la ferme intention de la laisser se décolorer au soleil. Même si j'ai ressenti une brève hésitation, les vagues qui s'écrasent violemment contre les rochers autour de nous m'ont rapidement dissuadée.

— Je ne monterai pas là-dessus.

Nolann hausse les épaules. Il lâche l'affaire et c'est tant mieux !

— Comme tu veux Lucie. Mais tant que tu n'as pas essayé, tu ne peux pas savoir si ça te plaît ou non.

Je relève vers lui des yeux railleurs et lui lance de but en blanc :

— Tu n'as jamais essayé la sodomie et je suis sûre que ton petit cul sait que ça ne lui plairait pas.

— Qui te dit que je n'ai jamais essayé ?

Nolann laisse flotter ses paroles dans l'air quelques secondes puis éclate d'un rire franc.

— Bon ! Je vais donc devoir surfer la vague seul !

— On dirait bien. Si tu voulais un compagnon, il fallait embarquer Enzo. Je suis certaine qu'il aurait été comme un petit fou ici.

Je fais quelques pas autour de moi pour chercher une ouverture de sable fin entre les rochers saillants. Une main de géant semble avoir creusé grossièrement la falaise. C'est splendide, sauvage et… accidenté. Je jette un coup d'œil mélancolique aux nombreux bars disposés un peu plus haut. Les types doivent avoir une vue imprenable et jouir d'un confort quatre étoiles sur leurs transats molletonnés. Mais qu'est-ce que je fous en bas, au milieu de tous ces surfeurs chevronnés… ?

— Le *swell* est phénoménal ici !

Je me retourne vers Nolann, interrogative. Je connaissais le *swag* mais pas encore le *swell*.

— Le quoi ?

Ce dernier penche la tête et soulève sa chemise en lin pour la jeter négligemment sur un rocher. Ses talismans, qui ne le quittent jamais, s'entrechoquent contre le dessin troublant de ses pectoraux. Mes yeux suivent le mouvement hypnotique des pendentifs en même temps qu'un feu invisible s'anime dans mon bas-ventre… Sa peau est hâlée par le soleil, il n'y a rien à jeter dans ce que je vois et mes mains me picotent d'envie. Prenez Nolann, une plage, des surfeuses, et vous obtenez un remake de *L'Île de la tentation*. Si Enzo voyait ce spectacle indécent… Je me gausse intérieurement en imaginant sa tête.

Les yeux azurés de l'Irlandais se reposent sur les miens. Je vois bien qu'ils sont rieurs.

— La houle. Ici les vagues s'enroulent autour d'une pointe et le fond rocheux provoque leur déferlement. En d'autres termes, ces petites chipies sont géniales.

Je pose mes fesses sur un rocher et remonte mes genoux contre la poitrine. Je le regarde par en dessous en enroulant mes bras autour des tibias.

— Elles peuvent l'être, après trois heures de route !

Le pick-up de Nolann est un vieux Ford 100 au bout de sa vie. Ses suspensions sont aussi souples que celles du tracteur de mon grand-père. Et je ne parle pas de la climatisation. Inexistante.

Les babas cool du coin trouveraient un charme rétro à son vieux tacot. Mais pour ce qui est de traverser l'île du nord au sud, c'est moins mignon. Trois heures assise sur un marteau-piqueur à prier pour que ça s'arrête, ça reste dans les annales. La route à travers les rizières, aussi belle soit-elle, n'a pas réussi à me faire oublier l'inconfort du voyage.

Nolann comble l'espace entre nous et relève mon menton du bout de l'index. Ce contact m'électrise plus qu'il ne le devrait. Je me croyais plus originale que ça. *J'ai passé l'âge, bordel !*

Le dernier surfeur pour lequel j'ai craqué, c'était dans *Point Break*, comme à peu près toutes les jeunes adolescentes de ma génération. En même temps, réunir Patrick Swayze et Keanu Reeves dans le même casting, c'était clairement diabolique de la part du réalisateur.

— Ne sois pas si grognon. Tu as devant toi l'une des plus belles plages du monde.

Difficile de lui donner tort. Tout au sud, au pied des falaises, l'océan gronde sa toute-puissance. Le spectacle est bluffant et nous remet à notre juste place de petits avortons. Bienvenue sur la plage d'Uluwatu.

Avec un nom pareil, je m'imaginais une douce sieste à l'ombre d'un cocotier, pendant que Nolann me jouerait une musique locale au ukulélé. Mais… non. Point du tout.

— Rejoins tes petits copains et va barboter dans l'eau avec ta planche de malheur. Moi, je reste là. Et ne compte pas sur moi pour t'envoyer des saluts encourageants depuis le rivage. Je ne suis pas ta mère.

— Lucie, Lucie… Qu'ai-je fait pour mériter tant de haine ?

Sans me laisser le temps de répondre, il attrape sa planche sous le bras, m'adresse un salut théâtral et me tourne le dos. Il prend de la vitesse, s'élance à travers les vagues avant de se coucher sur sa planche pour fendre les premières vagues. Je l'observe faire. Lui et ses acolytes. C'est divertissant. Ils m'offrent une sorte de ballet improvisé. Tout semble bien rodé, chacun à sa place. On dirait qu'ils ont délimité leurs lignes. Il semble même régner une ambiance de compétition. Si je m'étais fourrée au milieu, je me serais sans doute fait laminer. Enfin, pour ça, il aurait fallu que je tienne plus de deux secondes debout sur ma planche.

Et sinon, le paddle, c'est sympa non ?

Lorsque Nolann revient, il se laisse tomber sur la serviette à côté de moi en expulsant un gros soupir de satisfaction.

— Impressionnant. Tu as appris ça où ?

— J'ai commencé en Australie. Mais c'était différent. Ici, je me sens libre.

— Quelle différence ? Une planche est une planche, non ?

— Aucune. C'était en moi. Le surf fait partie des disciplines qui m'ont permis d'assumer certaines parties de ma vie que je cherchais à fuir. Quand tu es seul sur ta planche, au milieu de l'océan, à attendre la vague et que tu ne peux plus te défiler, tu apprends à l'accueillir et à danser avec elle. Je devais lâcher des choses en me confrontant à elles mais surtout en acceptant qu'elles soient une partie de moi.

— J'aimerais bien, moi aussi, réussir à *lâcher des choses* !

— Il suffit que tu le choisisses, Lucie.

— Ce n'est pas si simple ! Pour l'instant, je recule devant la vague. Si je décide de la regarder en face, je ne crois pas être jamais capable de revenir à la surface.

Le regard de Nolann se fait compréhensif.

— Ton ami ?

J'inspire lourdement. Et mon expiration se perd dans le courant des vagues qui se laissent entraîner vers le large. Une boule se forme dans ma gorge. Et tout le décor magnifique qui s'étend devant moi se ternit immédiatement.

J'en suis toujours à espérer et à me dire que tout ce qui nous arrive n'est qu'un cauchemar. Que le cancer va reculer et qu'Enzo va s'en sortir. Que les docteurs se sont trompés, qu'il n'est pas condamné. Il est si radieux ici… Mais en même temps, je sais que la vie ne fait pas de cadeau.

J'observe mes mains. Elles sont pâles et je les serre pour les empêcher de trembler. Nolann pose sa main fraîche sur les miennes. Je suis touchée par le geste et laisse tomber un peu la barrière que j'érige en permanence entre nous.

— C'est trop difficile d'imaginer la vie sans lui. Alors je ne peux pas accepter, tu comprends ? Je ne peux pas lâcher. Je n'arrive même pas à pleurer. J'ai l'impression d'être complètement sèche à l'intérieur.

— Tu saignes encore trop pour cicatriser. Tes larmes couleront quand tu auras décidé d'accepter. Admettre la perte d'un être cher demande du temps.

— Sauf ici. Il y a cette femme qui a perdu son enfant dans le tsunami. Elle a une vision de la mort très différente de la mienne. Pour elle, c'est l'opportunité de s'améliorer dans la vie suivante. C'est un passage vers du mieux.

Les yeux de Nolann se voilent de tristesse. Et je m'en veux aussitôt d'avoir abordé ce sujet, il était sans doute attaché à son élève.

— Désolée, je n'aurai pas dû…

— Ne le sois pas. La mort fait partie de la vie. Mais parfois, elle arrive beaucoup trop tôt. J'aurais aimé pouvoir faire plus pour ces familles et cet enfant.

— Tu fais déjà beaucoup… Tu ne crois pas à la réincarnation ?

— La question n'est pas de croire ou de ne pas croire, Lucie. J'ai beaucoup appris au contact de ces gens. Et mon cœur s'est ouvert. J'ai ressenti des choses, au fond de moi, que je n'avais jamais ressenties auparavant.

Je l'observe en silence.

— Lorsque j'ai atterri ici, j'étais un déchet rejeté par l'océan. Échoué, paumé, révolu, sans but. J'avais entrepris de faire un tour du monde en voilier.

Nolann émet un rire âpre.

— Je m'en pensais capable. J'étais prétentieux et trop orgueilleux pour me remettre en question. J'étais persuadé qu'il suffirait de larguer les amarres pour régler tous mes problèmes. Mais j'avais oublié qu'ils me collaient à la peau comme des sangsues. Un soir, pendant ma traversée, j'étais tellement en manque que la tempête a fait chavirer le voilier. J'étais en train d'écrire mon journal de bord lorsque ma tête a percuté quelque chose. J'ai perdu connaissance, je ne sais pas ce qui s'est passé exactement. Peut-être que j'avais décidé d'en finir. Mais tout ce que je sais, c'est que je me suis réveillé sous un toit de paille, allongé sur un lit confortable. La première chose que j'aie vue, c'était le visage lumineux d'une vieille dame. C'était comme si je me réveillais d'un long cauchemar.

Le visage de l'Irlandais se crispe sensiblement. L'évocation de ce souvenir semble encore douloureuse.

— Malgré toute la misère de son quotidien, elle a pris soin de moi, elle m'a nourri, elle m'a aidé à boire, à me lever, à me laver... Comme une mère l'aurait fait avec son enfant. Sans jugement. Avec une douceur et une volonté qui m'étaient étrangères. Jusqu'à présent, personne n'avait jamais pris soin de moi. Elle a lu dans mon âme ce que les autres n'avaient jamais vu. Cette détresse que j'avais en moi. Alors, elle m'a conseillé de venir voir Ida Bagus Made.

— Elle est au village ?

— Non elle habitait au sud de l'île. Elle était malade. Elle est morte il y a six mois. Je suis heureux qu'elle ait pu venir à l'inauguration de l'école.

Le regard de Nolann se perd dans les vagues.

— Mais je sens sa force tous les jours. Je suis intimement convaincu que le voyage n'est pas terminé pour elle.

Mes yeux se détournent à leur tour vers l'océan et nous restons silencieux quelques secondes.

— J'ai parcouru l'île pour trouver le prêtre. Avec une infinie bonté, il m'a accueilli et m'a appris que la joie se trouvait en moi. Pas aux dépens des autres, ni aux dépens de ce que je possédais. Tout le fric que j'avais accumulé n'était qu'un leurre. Un truc qui m'avait pourri de l'intérieur. Et qui avait occulté l'essentiel. Je n'avais pas de véritable ami. Même mon mariage était une blague. Mon ex-femme n'a pas sourcillé quand je lui ai envoyé les papiers du divorce après presque une année d'absence. Je crois même qu'elle s'en réjouissait.

Je ne laisse rien paraître, mais apprendre que Nolann a été marié me procure un sentiment étrange. C'est comme s'il avait vécu une autre vie avant de renaître ici. Une existence sombre, opaque et dénuée de sens.

— Ida Bagus Made m'a initié à la méditation, au yoga, à la pleine conscience... Il m'a appris à vivre au présent. À écouter celui que j'étais vraiment et à tout accueillir, même ce que je détestais. J'ai été un élève insupportable mais je crois que le challenge que je représentais l'amusait beaucoup.

Une expression douce et attendrie apparaît sur son visage.

— Tu venais d'où ? Je veux dire, avant d'entreprendre ton tour du monde ?

— Je revenais de l'enfer.

Nolann me décoche un sourire qui ferait fondre la banquise. Il est beau, c'est certain, mais je suis bien plus attirée par ce qui se cache derrière la vitrine.

Il bondit de son rocher et me fait face.

— Faites-moi confiance ! Investissez dans notre *hedge fund*. Demain, je vous promets de vous faire nager avec les dauphins et de vous payer toutes les top-modèles de la côte ouest !

— Sérieusement ? Tu étais banquier ?

— Pire. *Trader*.

J'éclate de rire.

— Toi ? Un *trader* ? Non ! Tu me fais marcher...

— En réalité, j'étais ce qu'on appelle un *quant*. Je travaillais en duo avec un *trader* pour un *hedge fund*. Mon mentor était un putain de génie dans son domaine. Il m'a tout appris. J'ai mis mes aptitudes au profit de ce monde, Lucie. Et crois-moi, les requins que tu y croises sont bien plus nombreux et redoutables que ceux qui confondent les surfeurs avec des proies. J'étais le pire des prédateurs. À travers nos opérations financières, on a foutu un paquet de gens à genoux. Nous avions une gestion agressive. Mais peu importait, tant qu'on faisait péter les scores et les bouteilles de champagne pour nos clients.

Je le détaille, dubitative. Je ne parviens pas à l'imaginer dans cette peau. Pourtant, je vois très bien de quoi il parle.

— Je connais le monde des financiers… Souviens-toi que je bossais dans une start-up avant d'accompagner Enzo ici. Nos investisseurs et les banques sont en partie responsables de tout le stress que j'ai accumulé…

Nolann pose une main sur le rocher et se rassied d'un bond à mes côtés.

— Si ça peut te réconforter, ils ne sont pas logés à une autre enseigne. Ne les crois pas plus heureux. La plupart de mes collègues étaient accros à la chimie, à toutes les saloperies qui te font tenir. Tout ça pour « performer » dans leur job. Moi y compris. Un *trader* qui dépasse la cinquantaine, c'est un miracle. Je serais resté là-bas, je serais probablement mort.

Nolann inspire profondément. Je soupire et murmure :

— C'est ce que fait le monde moderne, j'imagine. Nous tuer à petit feu.

L'Irlandais se tourne vers moi. Il y a une profondeur nouvelle dans ses yeux, celle de celui qui se livre sans faux-semblants.

— Enzo a pris la meilleure des décisions. Pour lui et pour toi.

Il laisse passer un moment de silence.

— Je suis jaloux de ce que vous avez… Il y a quelque chose de transcendant dans votre relation.

Je ris, nerveuse. J'ai du mal à m'épancher sur mes sentiments. J'ai toujours peur que mon interlocuteur s'en serve contre moi.

— Enzo a de la chance de t'avoir choisie comme amie. Sans doute, vous avez été liés dans une vie antérieure.

J'éclate de rire.

— OK ! C'est le truc le plus perché qu'on m'ait jamais dit ! Mais aussi le plus joli… Merci.

— Ce n'est pas « perché », Lucie. J'en ai fait l'expérience. Grâce à la méditation. J'ai ressenti des choses si fortes dans mes tripes que je sais que ce n'était pas le fruit de mon imagination. J'ai été pirate dans une vie antérieure.

— Pirate ?

Je le regarde, hilare. Je m'amuse beaucoup aujourd'hui.

— Eh oui.

— Quoi… genre, Barbe-Noire ?

— Probablement pas aussi emblématique… Mon destin semblait moins glorieux. J'étais au fond d'une cale, l'une de mes jambes était gangrenée et je ressentais la douleur et l'odeur comme si j'y étais… Il ne me restait plus beaucoup de temps à vivre. L'essence de la mort, ça ne s'invente pas.

J'affiche un rictus dégoûté.

— Mais quelle horreur ! Comment veux-tu que je tente la méditation maintenant, avec des histoires pareilles !

Nolann rit avec innocence.

— Ne t'inquiète pas. Avant d'arriver à visiter tes vies antérieures, tu as une longue pratique à faire. Certains ne parviennent jamais à ce niveau de conscience.

— Me voilà rassurée. Plus sérieusement, je n'ai jamais eu l'occasion de te le dire… Mais je veux te remercier pour tout ce que tu as appris à Enzo. Je sais que vos séances lui font du bien. J'aimerais gérer mes angoisses aussi bien que lui !

— Tu veux essayer ?

— Non… Je ne crois pas en être capable…

— Il n'y a pourtant rien à réussir, Lucie.

Analysons la situation. C'est la fin d'après-midi, nous sommes seuls sur cette plage, à l'abri des regards… Qu'est-ce que je risque, au juste ?

— Bon… Pourquoi pas.

— D'abord, je voudrais tenter quelque chose pour te faire lâcher prise. Tu me fais confiance ?

Je lui souris.

— Peut-on raisonnablement faire confiance à un pirate ?

— Non.

Nous pouffons comme deux ados. Nolann attrape une serviette qu'il étend sur le sable. Il s'allonge sur le dos et relève ses jambes, les plantes de pied vers le ciel.

— Viens. On va essayer une position d'acroyoga.

— Pardon ?

Nolann me lance un sourire énigmatique.

— Le yoga traditionnel ne te conviendra pas. Par contre l'acroyoga peut être un challenge de taille. Tu vas devoir baisser la garde et te laisser guider. Nous allons devoir travailler à deux pour tenir une position d'équilibre.

Je passe mes mains sur ma bouche avant de les placer devant mon visage en signe de capitulation.

— L'équilibre et moi, c'est une histoire impossible !

— Arrête de te trouver des excuses et approche.

Je ne suis pas convaincue. Vraiment pas. Mais notre échange d'aujourd'hui me pousse à tenter l'expérience. Si Enzo voyait ça, je l'entendrais jacasser pendant des semaines.

— Je décline toute responsabilité si d'aventure je m'écrasais brutalement sur toi.

Il me fait signe de venir me placer devant lui. Les hanches contre ses plantes de pied.

— Tiens-toi bien droite. Gainée.

« Gainée ». *Ah, ah, ah.*

Il m'offre ses mains, je viens y déposer les miennes. Un frisson me parcourt l'échine. Je peine à me concentrer sur autre chose que sur ce contact et la nudité de son torse.

— Concentre-toi. Regarde-moi. Reste bien droite et solide, je vais fléchir mes jambes puis les tendre lentement. Tes pieds vont quitter le sol.

Sérieux, il y a des moyens plus conventionnels pour s'envoyer en l'air !

— OK… Tu sais que je suis aussi musclée qu'une limace en fin de vie ?

— Fais-moi confiance. On y va…

Je me raccroche à ses yeux, en mode : toi seul es le gardien de notre survie !

Je sens mes pieds décoller du sol et pousse un petit cri, entre l'excitation et l'inquiétude. Je retiens mon souffle et tente de recentrer le poids de mon corps.

Capitaine Lucie, tout ça tangue bien dangereusement !

— Ne bloque pas ta respiration. Maintenant, regarde loin devant toi. Fixe un point à l'horizon et ne le lâche pas.

— Facile à dire !

Mes bras tremblent. Tout mon corps se tend et je sens que je lui demande de faire l'effort de sa vie !

— Tiens la position et respire. Tends bien les pointes de tes pieds.

Je fais ce que je peux mais j'ai l'impression de ressembler à une mouette bourrée.

— Je vais tomber !

— Respire. Tiens-toi droite. Regarde devant toi.

Je lui jette un coup d'œil apeuré ! *Mayday* ! *Mayday* !

— Bon sang, je vais tomber, Nolann !!!

— Regarde devant toi ! Regarde devant toi ! Lucie !

L'équilibre précaire se fissure et je pars sur le côté en criant.

Heureusement, pas de casse, au lieu de percuter le sable, c'est le buste de Nolann que je sens sous ma poitrine. Beaucoup moins dur et beaucoup plus agréable… Ses bras m'enserrent pour éviter à mon torse d'opérer une drôle de torsion. La peur laisse place au rire. Putain, je crois bien qu'il y a des lustres que je ne me suis pas amusée comme ça.

Mon rire s'étouffe dans le creux de son cou. Je ne m'aperçois pas immédiatement que mes lèvres effleurent sa peau. Tout à coup, c'est autre chose qui me submerge. Il y a bien longtemps que je n'ai pas été serrée dans les bras d'un homme. Pas de cette façon. Je n'ai pas le souvenir d'avoir jamais été enlacée avec tant d'affection et de respect.

Je prends appui, une main sur le sable et l'autre contre lui. Je relève fébrilement la tête, le cœur au bord des lèvres.

Les mains de Nolann glissent lentement le long de mes flancs pour se poser sur mes hanches. Je frémis, touchée d'être ainsi étreinte. Il ne relâche pas la douce pression de ses mains. Mes cheveux frôlent ses talismans et je sens le froid du métal à travers le tissu de mon tee-shirt. Ses yeux gris accrochent les miens et leur intensité déclenche un feu invisible dans mon bas-ventre. Jamais personne ne m'a regardée de cette façon, de celle qui cherche à comprendre qui je suis. Nos respirations se font plus lourdes, plus profondes. Nos bustes montent et descendent et font pression l'un contre l'autre. Mes doigts courent malgré moi sur le contour de ses muscles. Son odeur, mêlée à celle de l'eau salée, achève de me convaincre. Il me plaît.

Mon regard descend vers ses lèvres, entrouvertes, charnues… J'hésite, consciente qu'il n'y aura pas de retour possible. Est-ce que j'ai envie de prendre cette vague ? Parce qu'elle ne se représentera peut-être jamais…

— Lucie…

La chaleur qui gorge ma poitrine et qui tord le bas de mon ventre a besoin d'être comblée. Elle me hurle de lancer un doigt d'honneur à ma peur, elle s'égosille pour que je lui laisse enfin la place de vivre. Alors, sans réfléchir, je restreins le peu d'espace qui nous sépare et plaque mes lèvres contre celles de Nolann. Il me semble que mon geste est désespéré. Comme une mise à nu. Je fais *all-in*. Et une explosion de sensations se déploie dans mon corps. C'est comme si je venais de reprendre mon souffle pour la première fois depuis une longue et interminable apnée. Les mains de Nolann se referment sur ma taille et son baiser se fait plus intense. Mon corps fond contre le sien, comme une chose impatiemment abandonnée à celui qui la touche. Il remonte une de ses mains le long de mon dos et vient attraper ma nuque. Il me fait pivoter sur la serviette et effleure lentement mes flancs et mes cuisses. Je sens tout le désir qu'il a pour moi contre mon intimité. Nos souffles sont saccadés et se meurent dans nos soupirs. Ses gestes se font plus entreprenants, sa langue s'enroule autour de la mienne et je pousse un gémissement de plaisir. Il fait glisser la peau de ses doigts sous mon t-shirt et un délicieux frisson fait naître la chair de poule sur mon épiderme. Je me contrefous du spectacle que nous donnons aux petits curieux en haut de la falaise. Il n'y a que lui contre moi et le bruit des vagues qui se déchirent sur les rocs.

Bip, bip.

Les lèvres de Nolann m'abandonnent et je ressens tout à coup un grand vide ! Un terrible goût d'inachevé vient remplacer celui de l'eau salée…

— Je crois que c'est le tien.

L'Irlandais se racle la gorge et avise le portable un peu plus loin. Nous nous observons une seconde, mal à l'aise.

— Excuse-moi.

Je me relève et arrange maladroitement ma tenue pour attraper le responsable de ma frustration. Je jure lorsque je découvre de quoi il s'agit. Enzo.

Luluuuuuuu <3 Alors ça se passe comment la petite escapade romantique à la plage avec notre bel étalon irlandais ?
Tu serais pas en train de tester les suspensions de son pick-up par hasarrrrrrd ? :D

Je me retourne vers Nolann qui me tourne le dos, assis en tailleur. Et tout à coup, l'angoisse me prend.

Qu'est-ce que tu as fait, Lucie ?

Mais merde ! Qu'est-ce qui m'a pris de me jeter sur lui comme une affamée ? Je ne peux pas me permettre de débuter une relation. Pas maintenant, pas ici. Je ne sais même pas où je serai demain. Nolann ne peut pas être un amant de passage. Je m'y refuse. J'ai trop de respect pour lui et il a trop d'importance pour Enzo.

Fébrilement, je m'avance vers lui. J'ai une farouche envie de me blottir à nouveau dans ses bras sans penser aux conséquences. Mais à la place, je dis :

— C'est Enzo. Il a besoin de moi au campement et il s'impatiente. On devrait rentrer.

— OK.

Le ton est neutre, indéchiffrable. Je n'aime pas lui mentir mais pour l'instant, je ne me sens pas capable de parler de ce qui vient de se passer ou de ce que ça signifie vraiment.

Nolann se relève, attrape les planches et regagne le petit chemin par lequel nous sommes descendus. Je me sens lourde tout à coup. J'ai l'impression de gâcher quelque chose qui venait à peine de commencer…

**

Depuis que je suis rentrée sur le campement, la sensation des lèvres de Nolann ne m'a pas quittée. Le chemin du retour a été étrange. Il n'a pas reparlé de notre épisode *sex on the beach*, moi non plus. Nous avons simplement échangé de courtes phrases superficielles entrecoupées de silences gênants pour combler les trois heures de route retour.

Enzo m'a posé mille et une questions évidemment, mais surtout, il a été très surpris de me voir prise d'un si grand enthousiasme à l'idée de l'aider à faire l'inventaire des denrées qu'il doit distribuer demain au village, comme chaque semaine. Je ne voulais surtout pas que Nolann saisisse que la soi-disant demande d'Enzo n'était qu'une invention, alors je me suis trouvée pathétique, à m'enliser seule dans mon mensonge…

Je ne suis ni une gamine, ni une garce et jusqu'à preuve du contraire, je n'ai pas encore été diagnostiquée bipolaire.

Je dois me résoudre à parler de tout ça avec Nolann. Il ne doit rien comprendre à mon comportement.

Pas plus que je ne le comprends moi-même, d'ailleurs.

Dans la soirée, donc, je me décide à aller le voir dans sa tente. Lorsque j'écarte les pans de tissu, je le trouve assis en tailleur, pieds nus, au centre de l'espace, sur un petit tapis en jute. À côté de lui, une bougie se consume paisiblement. Ses yeux sont clos et ses mains reposent l'une dans l'autre, posées sur ses genoux.

— Nolann, excuse-moi de te déranger, mais il faut qu'on parle.

— Je suis en pleine méditation, Lucie.

— Je sais, mais on doit parler de ce qui s'est passé. Je te dois des explications.

L'Irlandais ouvre les yeux, passablement agacé, et me lance un regard impassible.

— Viens. Partage d'abord cette méditation avec moi et nous verrons ensuite.

Je me vois mal la ramener, alors je m'approche sans faire d'histoires, quitte mes sandales et m'installe en face de lui, au bout du tapis.

— Trouve une position qui te convient, à la fois confortable et stable. Tu peux être assise, allongée ou même debout.

Je me contente de me placer en miroir.

— Tes yeux peuvent rester ouverts, fixés devant toi. Ou tu peux les fermer doucement.

Je ferme les yeux. Ce sera bien plus facile que de l'avoir directement dans mon champ de vision. D'ailleurs, sous l'émotion, mes paupières tremblent légèrement.

— Appréhende cette séance avec la ferme volonté de rester connectée au moment présent. Peu importe la façon dont il se présente à toi maintenant. Accueille-le, sans chercher à le changer, l'analyser ou le juger. Observe ton état intérieur. Et sers-toi de mes paroles comme d'un guide qui t'aidera à te diriger dans la séance. Souviens-toi, il n'y a rien à réussir…

Je me dandine pour trouver ma place et pousse un grand soupir. Ne pas juger mes pensées, c'est proche de l'impossible.

— Remercie-toi de te consacrer ce temps. Maintenant, nous allons prendre une grande inspiration. Puis une grande expiration. Note la sensation à l'inspire. Et la sensation à l'expire.

À l'inspiration, ma poitrine se bloque avant d'atteindre son maximum. Quelque chose est là. Un poids. Mais à l'expiration, le ballon de baudruche se dégonfle et mes épaules se détendent. Je me concentre sur la respiration de mon guide pour garder le bon tempo.

— Respire normalement. À ton rythme. Concentre-toi simplement sur ton souffle. Sur l'air, qui entre et qui sort. Visualise le chemin de l'air, remarque comme il se réchauffe à l'expiration. Porte ton attention sur ton ventre, qui se gonfle doucement à l'inspiration puis qui se dégonfle à l'expiration.

À chaque expiration, mon corps se détend un peu plus. Je me sens comme dans un cocon. Mes paupières ne tremblent plus du tout désormais.

— Et sans effort, sans chercher à forcer quoi que ce soit, berce-toi doucement grâce aux vagues de ton souffle.

Je visualise le mouvement des vagues de cet après-midi et y appose mon souffle. Quand j'inspire, la vague recule et quand j'expire, la vague revient sur le rivage. Je me sens apaisée. Je le sens même à mon visage qui se décrispe.

— Ressens, en pleine conscience, chaque moment de ton souffle. Lorsqu'il apparaît d'abord, à l'inspiration, puis ce bref moment où il se suspend, et enfin, le moment où il quitte ton corps, à l'expiration.

Je continue ma visualisation mais je peine à rester concentrée lorsque l'image des vagues dévie sur le rivage et que la pensée de notre étreinte sur le sable me revient en mémoire.

— Si des pensées détournent ton attention du souffle, ne le considère pas comme un échec. C'est tout à fait naturel.

Tes pensées sont très actives, elles ne cessent jamais de combler l'espace, de se créer des scénarios. Ton esprit est distrait. Il rumine, anticipe, imagine… Il se laisse même emporter par des émotions liées à des moments passés.

Je me sens rassurée. J'étais toujours partie du principe que dans la méditation, il fallait réussir à ne plus penser. Je m'étais toujours demandé comment une telle prouesse était possible.

— La seule chose que tu as à faire, c'est de noter ces pensées, de les observer. Comme si tu les voyais passer. Sans les juger. Sans chercher à les analyser. Puis de ramener doucement ton attention sur le souffle.

Je me focalise à nouveau sur ma respiration et sur la visualisation de son mouvement grâce aux vagues. Mais les pensées persistent.

— Dès l'instant où tu remarques que ton mental a dévié du souffle, sans te décourager, note ce que tu as à l'esprit, puis ramène doucement ton attention vers ta respiration.

Je m'efforce de reprendre conscience de mon souffle même si l'exercice est loin d'être facile.

— Prends conscience que tes pensées sont autonomes et agitées. Discipliner ton esprit prend du temps. C'est une pratique, un entraînement du mental. Nous ne sommes pas nos pensées. Elles ne sont qu'une projection de notre esprit à un moment donné. Si tu ne les saisis pas, elles disparaissent puisqu'elles se contentent de passer.

Je crois que c'est la chose la plus apaisante qu'il m'ait été donné d'entendre ! Moi qui me culpabilise toujours d'avoir des idées tordues et des pensées horribles… Savoir qu'elles ne définissent pas ce que je suis, qu'elles ne sont pas la vérité, me soulage considérablement.

— Demeure ici et maintenant, avec la seule volonté d'être connectée à ton souffle. Sois présente à cet instant.

Plusieurs pensées reviennent kidnapper ma bonne volonté mais je mets en pratique les conseils de Nolann pour les dissiper de mon champ mental.

Je ne sais pas combien de temps nous demeurons dans le silence. Cinq, peut-être dix minutes, avant que Nolann reprenne la parole.

— Quand tu seras prête, tu pourras doucement bouger les doigts des mains, le bout des pieds et rouvrir les yeux.

Contre toute attente, malgré ma réticence du début, je suis déçue que ce soit déjà terminé ! Je prends une dernière inspiration et ouvre à nouveau les yeux. Nolann me fait face et s'étire doucement.

— Tout va bien ?

— Oui…

Je crois que je viens de lui répondre avec un sourire béat. Je ne me suis pas sentie aussi détendue depuis très longtemps. À vrai dire, je me demande si je me suis *déjà* sentie aussi détendue !

— Je ne pensais pas que ça se passait de cette façon.

— Nous sommes tous remplis d'idées reçues concernant cette pratique. Il faut voir la méditation comme une hygiène de vie, un soin que tu accordes à ton mental. Sans discipline, il devient incontrôlable et bondit de pensées en pensées. Ce dialogue intérieur nous submerge et nous nous laissons emporter par les émotions associées. Finalement, nous vivons dans les divagations de notre esprit au lieu de vivre en conscience du présent. Il y a bien d'autres techniques de respiration que je pourrai t'apprendre, si ça t'intéresse.

Enzo avait raison et j'aurais dû l'écouter plus tôt. Mais ce n'est pas pour ça que j'étais venue ici, à la base.

— Nolann, je crois qu'on devrait parler de ce qui s'est passé, à la plage…

Nolann souffle sur sa bougie et se redresse.

— Lucie, j'ai compris. Ce soir, profite de ta séance. Savoure la paix que tu ressens à l'intérieur. On reparlera de tout ça lorsque tu seras prête.

Chapitre 31

Lucie

J'observe mes petits élèves se chamailler sur le chemin du retour. J'ai eu de la peine à trouver ma place dans cette aventure, mais depuis quelques semaines, je ne me contente plus d'accompagner Enzo. Mon projet de parrainage prend forme. Je travaille maintenant sur un site web pour expliquer quelles sont nos actions pour l'école mais aussi, par la suite, pour le village. Petit à petit, ce que je voyais comme un « coup de pouce » se transforme en association caritative ou, du moins, en quelque chose d'approchant. J'avais besoin de construire. Je ne peux pas réparer Enzo, alors je contribue à réparer ce qui peut l'être, comme une partie de la vie de ces enfants.

Le chantier étant dans une phase où je ne peux pas spécialement apporter mon aide, j'ai décidé de me faire violence. De sortir de ma coquille. Après un bon coup de pied aux fesses, et l'appui soutenu de Nengah, je me suis proposée pour dispenser des cours d'anglais. Et, comme je vais de découverte en découverte, je me suis surprise à aimer ça ! Les enfants ont beaucoup de lacunes mais ils sont si désireux d'apprendre qu'ils en sont profondément touchants. Je me suis attachée à plusieurs d'entre eux.

La confiance s'est installée et ils m'ont même confié leur impatience de retrouver les murs de leur école. Je sais que c'est pour bientôt. Normalement, les travaux devraient être terminés dans un mois. Mais Nolann préfère ne pas communiquer de date pour le moment.

Avec lui, ces dernières semaines ont été étranges... Nous avons gardé nos distances, comme si nous craignions mutuellement de déraper de nouveau. Je ne suis pas la seule à avoir peur. Je me demande seulement si je suis la seule à penser à notre étreinte plusieurs fois par jour. Si je suis la seule, quand je suis dans mon lit la nuit, à m'imaginer être encore dans ses bras, et ce qui aurait pu s'y passer. La question demeure entière et elle aime me torturer.

Je soupire en expulsant ma fumée. C'est l'heure de ma méditation. J'ai décidé de m'y astreindre, depuis mon essai avec Nolann. Il m'a conseillé de commencer par faire des séances de dix minutes, tous les matins. Avec le bien que ça me fait, je m'y raccroche comme à une bouée de sauvetage. Et, chose qui se serait apparentée à un miracle il y a encore quelques jours, je n'ai pas touché à un seul psychotrope depuis une semaine. Juste avec l'aide de ma respiration, j'ai réussi à faire passer de nombreuses angoisses. J'en suis venue à la conclusion que, si on nous apprenait très tôt la pratique de la méditation, ce serait sans doute la faillite pour les laboratoires pharmaceutiques. J'écrase mon mégot, un sourire désabusé aux lèvres. Il y aura toujours du blé à se faire sur le malheur des autres. Et certains ne seront jamais à court d'idées pour monnayer l'illusion du bonheur.

Je m'apprête à prendre le chemin de ma tente, pour bosser sur mon site, mais la voix de Nengah m'interpelle. Lorsque je me retourne, je la vois courir à toutes jambes vers moi.

— Lucie ! Je cherche Nolann ! Tu l'as vu ?

Mon amie est essoufflée. Elle semble complètement bouleversée. Quelque chose de grave a dû se passer pour que sa bonne humeur habituelle se soit évanouie.

— Il est parti pour la journée, je crois. Il me semble qu'il devait récupérer une cargaison de matériel. Pourquoi ? Qu'est-ce qui se passe ?

Nengah passe les mains sur son visage et lance des regards inquiets tout autour d'elle. Je m'approche, pour tenter de l'apaiser, et pose une main sur son épaule.

— Du calme, Nengah !

— Des hommes sont venus intimider plusieurs des ouvriers sur le chantier ! Ils demandent à voir Nolann ! Je n'arrive pas à le trouver !

J'attrape mon téléphone et cherche le contact de l'Irlandais.

— Je l'appelle. Ces hommes… Ils ont dit pourquoi ils sont là ?

— Je ne sais pas… Ils menacent de faire cesser les travaux. Les ouvriers n'y comprennent rien, moi non plus. Nous les avons déjà vus traîner dans les parages mais jusqu'à présent, Nolann était toujours là pour leur parler.

J'ai un mauvais pressentiment… L'épisode sous la pluie me revient tout de suite en mémoire. Est-ce qu'ils vont venir semer la terreur tous les mois, ces salopards ? Mon sang ne fait qu'un tour. Je me mets en marche, mon portable collé à l'oreille, Nengah sur les talons.

— Je n'ai pas su quoi leur dire. Ils me font peur…

Je n'écoute plus la Balinaise. La colère a pris les commandes. La sonnerie retentit plusieurs fois mais je suis basculée sur la messagerie. C'est monnaie courante avec lui. Il est aussi disponible qu'un ministre !

Furieuse, je regarde à nouveau mon amie. Elle est terrifiée.

— Ne t'inquiète pas, Nengah, je m'en occupe.

Mon interlocutrice relève sur moi des yeux dubitatifs. Elle n'a pas encore vu la tornade Lucie à l'œuvre ! Dommage, j'espérais ne plus jamais avoir à la faire sortir de ma cage.

— Mais… ne devrait-on pas attendre le retour de Nolann… ?

Je stoppe ma course et me plante face à elle.

— Nolann n'est pas là. On ne va pas laisser ces connards foutre le bordel sur notre chantier !

Je lui crie dessus. Nengah a un mouvement de recul. Mais c'est plus fort que moi : l'injustice m'emporte toujours au-delà de moi-même. Plusieurs personnes sortent des tentes et me dévisagent, comme si je venais de m'échapper de l'asile. On repassera pour la séance de méditation au calme… Pour l'heure, je vais défoncer ces sales types, et en pleine conscience !

Arrivée près du chantier, je reconnais tout de suite la Jeep noire qui nous avait presque roulé dessus, il y a des semaines. Il s'agit bien des mêmes hommes. Leur chef au tigre tatoué est là. Lorsqu'il avise ma présence, un regard mauvais se dessine sur son visage de fouine. Il m'interpelle avec la douceur d'un chien enragé, ses deux acolytes autour de lui, en guise de remparts.

— Toi ! Tu sais où est Nolann ?

Je ne lui réponds pas tout de suite et m'avance jusqu'à lui.

— Oui. Il est absent. Qu'est-ce que vous lui voulez encore ? Taxer son fric ? Vous n'en avez pas eu assez la dernière fois ?!

Il semble mesurer mon niveau d'assurance. Tout dans ce qu'il dégage empeste le vice, et j'ai bien conscience que ma remarque n'a aucun effet sur lui.

— Vous n'avez pas honte de vous en prendre à ce village ?! Ce sont des enfants qui ont perdu leur école, merde !

Le vaurien part dans un rire gras et il se détourne de moi avec dédain.

— Je veux parler à Nolann, pas à sa pute.

— À sa quoi ?!

J'ai sifflé entre mes dents serrées. Quelque chose se fissure en moi. La colère me submerge d'un coup.

— Qu'est-ce que tu viens de dire ?

Aussitôt, ses deux gorilles viennent s'interposer entre lui et moi.

— Wow ! Tu n'es pas capable de te défendre toi-même ? Tu as besoin de tes deux copains pour te venir en aide ?

Je lui retourne mon sourire le plus méprisant, avant d'enchaîner sur un ton narquois.

— Dis-moi, qui est la petite pute dans l'histoire… ?

Les deux mastodontes s'avancent un peu plus et je serre les poings. Prête à leur envoyer tout ce que j'ai de force dans les parties. Je ne sais pas si ma détermination se sent, mais leur chef lève une main pour les stopper. Ils grimacent et reculent à contrecœur.

Braves toutous !

La vermine fait un pas vers moi. Il mord sa lèvre inférieure, passe son doigt dégoûtant dans mes cheveux pour en soulever une mèche. Il me reluque salement. Tout mon corps est tendu et le coup peut partir à tout moment.

— Les petites salopes comme toi, je les...

Tout à coup, son regard se perd derrière moi et il suspend ses paroles. Mes poings sont tellement serrés que mes ongles meurtrissent ma chair. Je suis la direction de ses yeux et croise le regard d'Ida Bagus Made. Celui-ci ne dit pas un mot, il se contente de signifier sa présence.

— On n'en restera pas là ! Et je n'en ai pas fini avec toi...

Les trois hommes tournent les talons et repartent, en faisant gronder le moteur de leur Jeep.

**

J'ai merdé !

Impossible de fermer l'œil. Je me repasse en boucle l'altercation de ce matin et les paroles de l'homme au tigre tatoué : « On n'en restera pas là ! »

Je n'aurais pas dû le provoquer. Je n'aurais pas dû crier sur Nengah. Je n'aurais pas dû me mêler de ce qui ne me regarde pas. Je n'aurais pas dû mentir à Enzo sur la raison de ma mauvaise humeur...

Je suis découragée. Cette fatalité m'écrase à chaque fois qu'une lueur d'espoir pointe le bout de son nez. Je suis incapable de changer. Et le premier qui m'a fait entrevoir le contraire vient probablement d'en faire les frais.

Nolann est rentré au campement en fin d'après-midi et mes « exploits » lui ont été narrés par Nengah et les ouvriers encore sur place. Sa réaction a été étrange. Je n'arrive toujours pas à l'interpréter. Quoi qu'il en soit, je me suis enfermée dans ma tente et je n'en suis plus sortie. Enzo m'a rejointe vers 20 h 30, avec l'innocence de celui qui ne se doute de rien. Ma culpabilité est remontée en flèche quand j'ai prétexté un mal de tête. Pendant combien de temps encore vais-je lui faire gober ce tableau idyllique « pour son bien » ?

Mon compagnon de tente dort du sommeil du juste depuis deux heures lorsque des cris au-dehors nous font littéralement bondir de nos couchettes. J'allume la lampe-tempête et croise les yeux hagards d'Enzo.

— C'était quoi, ça ?!

— Aucune idée !

Nouveaux cris.

J'enfile rapidement un short et me précipite à l'extérieur. Une odeur de brûlé me surprend aussitôt. Je lève le nez vers le chantier et discerne, dans la nuit, une épaisse fumée noirâtre avec, à sa base, des flammes rougeoyantes !

Un incendie !

Nous nous regardons, Enzo et moi, effarés. L'espace d'un instant, nous nous demandons s'il s'agit d'un mauvais rêve ou de la réalité. Nous courons vers le lieu du drame et ce que nous découvrons nous déchire les entrailles : un des deux échafaudages de l'école vient de prendre feu ! Si on ne fait rien, les flammes auront bientôt tout englouti !

C'est la confusion ! Je vois des silhouettes courir dans tous les sens. Elles se découpent dans la pénombre, comme des torches mouvantes.

Tout à coup, dans ce chaos de panique, une voix perce.

— Le puits ! Faisons une chaîne depuis le puits ! Cherchez tout ce que vous pouvez utiliser pour transporter de l'eau !

Je pivote sur moi-même plusieurs fois de suite, et je percute Nolann. Son regard est sombre, et des flammes semblent danser dans ses prunelles.

— Il faut récupérer des seaux de chantier !

Je reste *stone* quelques secondes, puis je reprends mes esprits. Je me précipite vers l'endroit où nous avions l'habitude d'entreposer les débris, Nengah et moi.

— Suivez-moi ! Venez prendre un seau !

Par chance, plusieurs villageois me suivent. Enzo en rabat d'autres sur moi. Je fais passer les seaux à toute allure, les mains tremblantes. J'ai le triste sentiment que notre organisation, si pleine de bonne volonté soit-elle, n'est qu'une vaine parade face au monstre de flammes…

Chapitre 32

Lucie

Les yeux hagards, une clope au bec et une tasse de thé fumante entre les mains, j'examine le chantier noirci et recouvert de cendres… Tout le monde s'est activé cette nuit et, grâce à une entraide formidable, nous avons réussi à limiter le carnage. Par chance, les flammes n'ont pas eu le temps d'atteindre l'ossature en bambou. Seul l'échafaudage est parti en fumée.

Je distingue Nolann, déjà sur le pied de guerre. Il charge une remorque de débris. Je le soupçonne de ne pas s'être arrêté depuis l'incendie. Je m'avance doucement vers lui. Tout son corps est tendu, et pour le coup, j'hésite à entamer la conversation.

— Nolann… Tu devrais aller te reposer… On va prendre le relais.

Il relève vers moi des yeux éteints.

— Je n'ai pas le temps, Lucie. Vraiment.

Sa voix est calme. Il maîtrise parfaitement l'expression de son émotion mais son apparente tranquillité ne me trompe pas : la colère est bien là.

— Il va y en avoir pour deux semaines pour tout reconstruire et tout nettoyer. Pour les enfants, c'est une désillusion de trop. Ils ont besoin de voir que les choses avancent dans le bon sens. Je ne peux pas me reposer pour le moment. Si je ne me bats pas pour eux, qui le fera ?

— Je pense qu'ils comprendront que tu puisses prendre quelques heures pour récupérer. Et nous sommes tous avec toi pour nous battre pour ces enfants.

Les yeux de l'Irlandais s'adoucissent.

— Excuse-moi, Lucie… Je sais que vous donnez tous beaucoup.

Il passe son avant-bras sur son front trempé de sueur et de suie, avant de reprendre son travail.

— Comment une telle chose a pu se produire ?

— C'est criminel. J'ai retrouvé des bidons d'essence vides, dans les fossés, plus loin.

Je pense tout de suite aux types que j'ai défiés hier. Le « On n'en restera pas là » de la veille s'affiche en quatre par trois dans ma tête.

— Est-ce que tu penses que ça pourrait être ces types que j'ai rembarrés hier… ?

Nolann relève un regard sombre sur moi. Cette fois, c'est la phrase « J'ai merdé » qui clignotte dans ma tête. Rapidement, son regard se mue en tout autre chose, la surprise peut-être.

— Quels types ?

Cette voix familière me fait sursauter. Je suis prise d'une sueur froide lorsque je le vois. Mon ami est emmitouflé dans un grand poncho, des poches sous les yeux, le teint blafard et les cheveux en pétard. Ce qui s'est passé cette nuit l'a clairement affecté.

— Enzo…

— Quels types, Lucie ? Qu'est-ce que tu as fait ?

Je les regarde tour à tour, lui et Nolann.

— Comment ça, « Qu'est-ce que j'ai fait » ? Vous allez tous m'en vouloir parce que je ne laisse pas des connards venir nous racketter ?! Deux fois qu'ils se pointent ! On ne va pas se laisser intimider comme des gosses, merde !

— DEUX fois ?!

Je reste muette, ne sachant que répondre. Sans surprise, je lis la déception dans les yeux d'Enzo. Son attention se détourne de moi, comme si je n'existais plus. Il s'avance vers Nolann.

— Qu'est-ce que je peux faire pour aider ?

Le professeur soupire et lève sur Enzo un regard bienveillant.

— Tu peux rassembler les enfants loin du chantier et leur expliquer la situation. Avec tes mots à toi, et cette façon unique que tu as de leur présenter les choses, ils seront à l'écoute. Je veux nettoyer un maximum aujourd'hui pour leur éviter un traumatisme supplémentaire…

Enzo pose une main sur l'épaule de Nolann et les deux hommes échangent une accolade chargée d'émotion. Je n'ai jamais pensé que je pouvais m'appuyer sur Enzo. Je comprends qu'en définitive, il y a bien longtemps que le garçon fragile de mon enfance, qui se laissait submerger par les épreuves de la vie, a disparu. Il a fait de sa sensibilité une force.

Il se retourne vers moi, fait quelques pas dans ma direction, puis s'arrête et fronce les sourcils. Je m'attends aux reproches de circonstance…

— Lucie… Je ne me sens pas bien.

Sa voix s'éteint dans un murmure et sa mine vire au gris.

— Qu'est-ce que tu as… ?

Il prend son front dans sa main et titube légèrement. Il bredouille quelques mots incompréhensibles et il tombe en avant comme un arbre mort !

— Enzo !

Je me précipite et lui évite de percuter le sol de plein fouet, tête la première ! Nolann vient de lâcher ce qu'il portait pour venir me prêter main-forte. Bien tristement, je constate, en retenant son poids plume, à quel point mon complice de toujours a maigri.

Nous l'allongeons doucement sur le sol. Nolann attrape sa gourde d'eau. De mon côté, je tente de le faire revenir à lui.

— Enzo ! Hey !

Il est complètement dans les vapes ! Les yeux clos, le visage tendu et déformé, les poings serrés, il me paraît traverser un mauvais rêve. Je tapote doucement sa joue, le souffle court. Nolann passe une main sous la nuque d'Enzo et verse un peu d'eau fraîche sur son visage. Mais aucune réaction, il ne bouge pas d'un millimètre.

— Mais qu'est-ce qu'il a ? Qu'est-ce qu'il a ?!

— Il fait un malaise. Redresse-lui les jambes, tiens-les en hauteur.

J'attrape ses mollets et les porte à la hauteur de ma taille, pendant que Nolann lui parle doucement.

Après quelques interminables secondes, Enzo grimace et ouvre les yeux. Il observe, désorienté, ses jambes qui remuent dans mes mains.

— Qu'est-ce que… ?

— Garde ses jambes dans cette position.

Nolann a pris la situation en main. Les yeux d'Enzo se posent sur lui.

— C'est sûrement un malaise vagal. Reste allongé. Je vais te chercher du sucre.

Mon ami contemple une minute le ciel, avant de me regarder, une touche d'espièglerie dans les yeux.

— Tu comptes me secouer les guiboles longtemps, comme ça ?

On a coutume de dire : « Quand l'appétit va, tout va. » Chez Enzo, ce serait plutôt : « Tant qu'il y a de l'humour, ce n'est pas la tombée du jour. »

— Idiot, tu m'as fait une belle frayeur ! Tu es tombé comme une masse ! J'ai bien cru que tu allais te fracasser la tête au sol !

Il pose les mains sur ses joues et soupire péniblement.

— La vache… ! Je ne me sens pas frais.

— Ce n'est pas l'entraînement qui nous a manqué, pendant toutes ces années ! Mais c'est la première fois que je peux te mettre des baffes sans culpabilité…

Il sourit, mais son visage est toujours d'une pâleur extrême. Je m'inquiète de ne pas le voir reprendre des couleurs.

— Tu t'es déjà senti mal comme ça ?

— Ça m'est déjà arrivé… Mais, d'habitude, je le sens venir.

Nolann revient avec un gobelet dans les mains. Il remue le liquide avec une petite cuillère et s'accroupit près d'Enzo. Il le soutient sous les épaules pour l'aider à boire.

— Tiens, ça va te faire du bien.

Quelques minutes plus tard, mon ami a déjà récupéré un peu d'énergie. La blancheur de son teint s'estompe comme par magie et je le retrouve presque dans son état normal.

— Est-ce que tu as dormi après l'incendie ?

Enzo reprend un peu de hauteur, en se plaçant doucement en tailleur, et regarde son interlocuteur d'un air las.

— Pas vraiment… Je me suis inquiété pour le chantier et j'ai passé mon temps à chercher ce qui avait bien pu se passer. Maintenant, je crois que j'ai ma réponse.

Il vient harponner mon regard. Je comprends le message, cinq sur cinq. Nolann soupire doucement, puis une expression tendre se dessine au coin de ses yeux.

— Ça va aller ! Ne t'inquiète pas pour le chantier. Ce n'est pas le dernier coup dur que nous connaîtrons. Maintenant, va te reposer.

— Mais… Et les enfants ?…

— Je vais m'en occuper.

L'Irlandais m'envoie un signe de tête entendu. J'attrape Enzo sous les épaules et l'aide à se redresser.

**

Je reste plantée comme un piquet devant l'entrée de sa tente. Je sais qu'il est à l'intérieur. Ce n'est clairement pas le bon moment, mais je dois absolument lui parler. De ma connerie. De notre connerie. De tout.

Je grimace. Il y a fort à parier que je le dérange. Mais peut-il y avoir un « bon moment » un jour ?

Je m'éclaircis la voix. Pourquoi est-ce qu'il m'intimide autant ? Je gère des équipes entières, et là…

Peut-être parce que c'est un individu qui ne peut pas se « gérer ».

Oui, je crois bien que c'est un électron libre. Je prends une grande inspiration…

— Nolann ? C'est Lucie. Je peux entrer ?

Je n'entends rien. Puis, finalement, un bruit de pas. Le visage volontaire de l'Irlandais apparaît derrière la main qui pousse un pan de tissu.

— Qu'est-ce que tu veux, Lucie ?

— On doit parler.

Il m'invite à pénétrer dans son espace. Je me glisse à l'intérieur, où la pénombre règne. Une petite bougie, au coin de sa table, éclaire un grand livre ouvert, et un bâton d'encens se consume sur l'étagère à côté. Le calme après la tempête.

— Je te dérange ?

Il m'observe de ses yeux malicieux, sans répondre à ma question. Il passe derrière son bureau, tire son siège et s'y laisse négligemment tomber. Il pose les coudes sur ses cuisses et croise les mains au-dessus de ses genoux. Après m'avoir observée pendant quelques secondes, il m'indique le fauteuil devant lui, d'un signe du menton.

— De quoi veux-tu parler, Lucie ?

Je m'assieds et accroche son regard. Il y a cette chose chez lui, cette façon qu'il a de sonder mon âme et de la mettre à nu. J'ai l'étrange impression d'être incapable de lui cacher ce que j'ai pris soin d'enfouir profondément.

— Je suis désolée pour ce qui s'est passé avec ces types… J'ai conscience que je me suis emportée. Je n'aurais pas dû. Mais je ne pouvais pas les laisser faire. Ils nous rackettent !

— *Nous ?*

Je reste muette.

— Ils *me* rackettent. Ils *me* cherchaient. C'était à *moi* de régler le problème !

Je lâche un soupir agacé. Je ne sais pas ce qui m'agace le plus. Son ton moralisateur ou cette démonstration un brin machiste ?

— Régler le problème… Tu veux dire, en les arrosant encore de pognon ?

Nolann se lève de sa chaise. Il s'approche de moi, irrité. Aussitôt je me redresse, histoire de le regarder droit dans les yeux.

— Tu imagines que je ne veux pas que cet argent aille aux enfants ? À leurs familles ? Aux travaux ? Tu crois que je leur donne ce fric par manque de courage ?

Je crois qu'il choisit la facilité. Mes yeux se rétrécissent. J'ai envie de le pousser plus loin.

— Peut-être que, par le passé, tu as tellement manipulé l'argent des autres que ça ne te dérange plus de le dilapider de manière absurde !

Il reste interdit, comme si je venais de le gifler.

— Il s'agit de mon argent.

— Que tu as gagné sur le dos de qui ?

L'air confiné de la tente se charge d'électricité. Si le chantier de l'école n'a pas totalement cramé, cette tente et ma relation avec Nolann sont sur le point de partir en combustion spontanée.

— Peut-être que tu devrais apprendre l'humilité, Lucie. Et peut-être aussi que tu devrais cesser d'être dans le jugement.

Il se rapproche et, un bref moment, mes yeux se détournent de lui.

— Tu ne connais rien au pays. Tu ne connais rien à ses habitants. Tu ne connais rien de l'équilibre fragile sur lequel tout mon projet repose ! Tu arrives comme une furie et tu fous un putain de coup de pied dans ce que j'ai mis des années à construire ! Merde Lucie ! Réveille-toi ! Tu n'es pas dans ton petit monde de petite citadine ici !

Ah ! La voilà, la colère ! Il l'avait bien cachée ! Cette fois, point de calme dans sa voix. C'est bien la première fois qu'il passe à l'attaque.

— Je te remercie… Au moins, je vois ce que tu penses de moi.

Nolann pose les mains sur sa taille et soupire bruyamment.

— Il n'y a rien d'absurde dans ce que je fais ici. L'absurdité de ce monde est ailleurs. Et je suis bien placé pour le savoir. J'ai fait un certain nombre de conneries. J'ai perdu pied pendant un temps. Mais, aujourd'hui, j'ai changé. Bien sûr que j'ai envie de les défoncer. Mais je n'ai pas d'autre choix que de composer avec les règles d'un jeu qui n'est pas le mien. Que ça me plaise ou non. J'ai un objectif en tête et je fais tout pour l'atteindre.

Je bloque sur le bâton d'encens, dont la fumée se dissipe doucement autour de nous. C'est le seul à rester impassible dans cette pièce… Nolann penche la tête de côté pour retrouver mon attention.

— Je sais donner des coups de poing. Ne crois pas que j'ai passé ma vie en costume trois pièces. Je me souviens d'où je viens. J'ai grandi au contact de la pauvreté. Mes parents ont trimé tous les jours pour pouvoir nous nourrir, mes frères et moi. J'ai vu tous ces pêcheurs, dont j'ai oublié les noms, se coltiner une vie de misère, avant de noyer leurs problèmes au fond d'une bouteille de mauvais whisky. Tu peux faire tout ce que tu veux, la parka imprégnée de l'odeur puante du poisson te suit toute ta vie !

— Alors tu connais la valeur de l'argent !

— Oui. Et je sais aussi que détruire, c'est facile et rapide. Mais j'ai appris qu'il est bien plus difficile de construire. Pour ça, il faut être patient, il faut savoir mettre sa fierté de côté, accepter de faire des compromis, et se faire à l'idée que tout ne peut pas être sous notre contrôle.

— Je vois… C'est une façon élégante d'accepter de se laisser intimider et dépouiller.

— Tu veux que je fasse quoi ? Que j'en parle à la police ? Tu t'attends à ce qu'ils règlent le problème ?

— Peut-être bien.

Nolann lâche un rire moqueur et tourne la tête de droite à gauche.

— Ils accepteront peut-être de protéger ce que j'entreprends ici... moyennant finance ! C'est comme ça que ça fonctionne, Lucie.

Je croise les bras sous ma poitrine. Je devrais m'avouer vaincue, mais ce serait lui laisser prendre l'ascendant, et ce n'est pas possible.

— Pour les Balinais, je resterai toujours l'étranger nanti.

— Tu es bien plus que ça, Nolann.

Ma réplique a le don de le surprendre. Et moi aussi. Les mots sont sortis tout seuls. Même si, pour tout un tas de raisons, il me met face à mes contradictions, je reste admirative de l'homme qu'il est devenu. Sans doute parce qu'il me laisse entrevoir l'espoir que, moi aussi, un jour, je puisse devenir une meilleure version de moi-même.

— Demain matin, j'irai les voir et je leur donnerai ce qu'ils veulent. Mais notre relation sera sérieusement entachée.

— C'est vrai qu'elle était au beau fixe ! Ils t'ont très cordialement roué de coups, lors de leur dernière visite. La prochaine fois, propose-leur une petite camomille.

Nolann passe une main sur son menton et me regarde par en dessous.

— Je te l'ai dit, tout repose sur un équilibre fragile.

— Fragile ? Dis plutôt dangereux ! Si ces types peuvent venir foutre le feu sur le chantier, de quoi d'autre sont-ils capables, alors ?

— Je suis une source de revenus beaucoup trop rentable pour eux. Ils ne me feront pas de mal. C'est de l'intimidation. Chien qui aboie ne mord pas.

— Oui, jusqu'à ce que tu aies le dos tourné.

— Pas si tu évites de le provoquer.

OK, notre discussion reste au point mort !

— Maintenant, tu devrais aller te reposer, Lucie.

Nolann commence à s'éloigner mais je le retiens par le bras. J'ignore pourquoi mais je m'inquiète pour lui. L'idée qu'il pourrait lui arriver quelque chose me touche plus que je ne le voudrais.

— Tu ne peux pas y aller seul…

Il s'attarde une seconde, ma main enroulée sur son avant-bras, puis ses yeux retrouvent les miens. Cette connexion qui nous dépasse vient à nouveau de nous percuter à toute vitesse.

— Pourquoi est-ce que tu es venue dans cette tente, Lucie ?

— Je ne sais pas. Qu'est-ce qui se passe, Nolann ?

— À toi de me le dire.

— De quoi as-tu peur ?

— Et toi ?

Nolann détaille mes lèvres une seconde, puis ses yeux replongent au fond des miens.

— J'ai peur que tu ne sois pas prête à embrasser tes désirs. Que tu t'échappes à nouveau. Tu es une bombe à retardement, Lucie. Et, lorsque tu imploseras, je ne veux pas faire partie des dommages collatéraux.

— Qui te dit que je vais imploser ? J'ai l'impression d'être assise sur une caisse d'explosifs depuis que je suis née. Il y a ce feu à l'intérieur de moi. J'ai appris à vivre avec.

— Non. Tu as appris à l'étouffer. Peut-être que tu devrais le laisser s'exprimer, d'une manière ou d'une autre, avant qu'il ne te consume entièrement.

Un silence intense règne pendant quelques secondes. Ma main n'a toujours pas quitté son avant-bras. Mue par une volonté qui lui semble propre, elle remonte maintenant le long de son biceps. Les yeux de Nolann en suivent la trajectoire. Le bruit de ma peau qui frôle la sienne occupe tout l'espace. Nolann s'adresse doucement à moi.

— Tu ne t'échapperas pas, cette fois ?

— Non. Mais je ne veux rien te promettre. Ne t'attends pas à ce que je tombe amoureuse de toi.

— Je n'ai pas besoin de promesses. Et je ne m'attends à rien.

Je m'abîme dans la contemplation de son visage. Nolann passe son pouce sur ma lèvre inférieure et je ferme les yeux pour profiter de ce contact. L'impatience me rend fébrile.

Enfin, ses lèvres se posent doucement sur les miennes. Sa main glisse doucement le long de ma joue. Notre baiser est léger, lent, sur la retenue. Lorsque le contact se rompt, j'ouvre à nouveau les yeux et les plonge dans ceux de Nolann. Je retiens ma respiration. Il y a quelque chose d'effrayant dans ce que je m'apprête à faire. Je prends le risque d'ouvrir la porte de mon cœur, et donc de ma fragilité, à un autre. La seule idée que je puisse devenir vulnérable me terrifie. Pourtant, l'envie de me laisser aller me pousse à me serrer contre lui et à embrasser ses lèvres comme si c'était la chose la plus importante à faire. Maintenant.

Tandis que la pression de nos bouches se fait plus puissante, ses mains s'agrippent à mes hanches. Chacun de nous décide d'oser et nos corps se délient. Nos langues s'enroulent à présent sans pudeur et entament un tango sur le tempo crescendo de nos respirations. Nolann fait glisser mon tee-shirt au-dessus de ma tête, puis reprend son baiser avec avidité. Mes bras s'enroulent autour de son cou et il me soulève vigoureusement pour me porter vers sa couchette. J'enroule mes cuisses fermement autour de sa taille. Mes mains fouillent ses cheveux, mes lèvres poursuivent leur exploration sur les siennes.

Il nous laisse tomber sur le lit. Sa bouche quitte la mienne et s'aventure au creux de mon cou. La chair de poule naît sur ma peau, tandis qu'il dégrafe mon soutien-gorge. En une seconde, je me retrouve la poitrine nue, le corps frémissant. Je sens le froid de ses talismans retomber sur mes seins. Nolann se redresse et me détaille un instant. Je suis émue sans que j'en sache la raison. Ou plutôt sans être prête à me l'avouer.

— Tout va bien, Lucie ?

— Tu as l'impression que je vais mal ?

— Je veux simplement m'assurer que tu restes avec moi.

Je lui souris. S'il n'était pas aussi troublant, il m'agacerait d'être aussi perspicace. Avec Nolann, il y a quelque chose de nouveau : je ne veux plus seulement prendre, je veux donner et je ne veux pas oublier. Et surtout, j'ai peur que ce moment ne se reproduise plus jamais.

— Regarde-moi, Lucie.

Sa main se pose sur ma joue et ses yeux me sondent avec une intensité qui pourrait redonner vie à un cœur asséché.

Il s'empare d'un de mes seins, qu'il fait rouler sous la paume de sa main. Sa langue vient titiller mon mamelon et je pousse un soupir d'impatience. Mes mains attrapent son tee-shirt pour le lui enlever avec empressement. La faible lueur de la bougie laisse tout loisir à mon imagination pour combler ce que je ne peux voir.

Son corps pèse à nouveau sur le mien. Sa main défait le bouton de mon jean et se glisse le long de mon intimité. Je me cambre. Mes doigts s'enfoncent dans son dos, lorsque ses caresses se font plus intenses. Je ferme les yeux et me concentre sur les sensations. Je ne pense plus qu'à ce qu'il me fait. Tout le reste disparaît. Je sens son souffle contre mon cou, ses doigts qui cherchent toujours un peu plus à me propulser au bord du précipice, et son corps qui épouse le mien, comme s'il lui avait toujours été destiné.

J'ai besoin de reprendre le contrôle. Je me dérobe et roule sur le côté. Je défais son pantalon et le fais glisser le long de ses jambes, de sorte qu'il soit totalement nu. Je me positionne en amazone et le prends en moi. Nous poussons tous les deux un gémissement de plénitude.

Je ne suis pas dupe, je sais que dans cette danse diabolique, peu importe celui qui mène. Nous sommes deux à vouloir quitter définitivement l'enfer de nos vies passées. Au moins l'instant d'une étreinte, dans la nuit moite de Bali…

Chapitre 33

Lucie

L'air du matin fouette mon visage. Comme à chaque fois que je prends un taxi balinais, une multitude d'odeurs viennent bombarder mes narines. Je ferme les yeux et me laisse envelopper tour à tour par les fragrances entêtantes de l'encens qui brûle sous les autels, par l'odeur des pots d'échappement mêlée à celle des brochettes de poulet vendues sur le trottoir, et par celle plus subtile des fleurs disposées dans les paniers d'offrandes. Un bras en dehors de la voiture, j'observe le changement de décor. Les rizières défilent et scintillent au lever du jour. J'esquisse une grimace lorsque je remarque ce chien mort sur le côté de la route. Sur cette île, il y a des spectacles dont je ne me lasse pas, et d'autres dont je me passerais bien.

Perdue dans mes pensées, je m'interroge encore sur ce qui m'a poussée à accepter la proposition d'Enzo. En temps normal, je serais restée impassible devant ses yeux de teckel suppliants, mais cette fois, quelque chose a changé. La désagréable intuition que ce moment ne se représenterait jamais m'a convaincue de céder.

— Tu vas adorer t'envoyer en l'air avec moi, petit moineau !

L'intéressé me regarde par en dessous, ses lunettes de soleil abaissées sur sa truffe. Je ne l'ai jamais vu aussi étonné et heureux à la fois lorsque je lui ai répondu un simple : « C'est d'accord. »

— Évidemment, même si je promets de faire de mon mieux, je ne suis pas certain d'égaler l'effet Nolann.

Il joue la carte de la provocation et je lui réponds par un regard agacé. Ma relation naissante avec le professeur suscite beaucoup d'intérêt chez ce petit curieux.

— Contente-toi de me ramener sur la terre ferme avec tous mes morceaux et dans le bon ordre !

— Tu vas tellement adorer ! Je m'en réjouis d'avance !

Enzo joint les mains devant lui, comme le ferait un enfant découvrant ses cadeaux un 25 décembre. Je ne peux pas m'empêcher de l'observer tendrement. C'est un véritable rayon de soleil depuis plusieurs jours.

— Il y a des choses qu'on accepte sans trop savoir pourquoi et qu'on regrette très vite.

Je lui lance un sourire carnassier et nous éclatons de rire tous les deux.

— Tu parles de ce moment où tu as fait goûter à Fabio la boisson locale ? Il était trop poli pour refuser l'invitation malgré l'odeur. Je crois qu'il était presque en PLS !

— C'est sûr qu'on était loin des millésimes qu'on se sifflait en douce dans la cave de ton père…

Enzo me retourne une mine choquée, une main sur la poitrine.

— C'est Fabio le responsable. Nous ne faisions que suivre le plus grand.

— Les complices ne sont pas innocents, très cher.

Mon ami hausse les épaules puis ses yeux se perdent sur un paysan qui dirige la charrue tirée par un puissant buffle au milieu d'une rizière.

— Tu te souviens, au temple de Tirta Gangga ? Maman était tellement belle dans ce sarang… On aurait dit une déesse sortie des eaux.

C'est vrai. Le moment était d'une grande poésie. Cet ancien palais royal est d'une beauté époustouflante. Dans son jardin aquatique, il est possible de marcher sur des dalles disposées au milieu de l'eau. Je n'ai pas été insensible à l'atmosphère féerique de la visite et je comprends aisément pourquoi le lieu est sacré.

Ces quelques jours ont été une bénédiction pour Enzo. Il y a des réconciliations qui sont de véritables cadeaux de la vie.

J'étais certaine que Fabio accepterait cette opportunité offerte d'arranger les choses. S'il partage quelque chose avec son petit frère, c'est bien la gentillesse. Et puis l'amour va toujours au-delà des vieilles querelles ou des paroles malheureuses. Lui et sa mère ont fait le voyage pour venir passer une semaine avec nous. J'étais soulagée que sa femme ne soit pas du voyage. Elle aurait terni le tableau. Au moins, elle a eu l'humilité de s'effacer. Peut-être qu'elle a fait l'effort de se mettre en retrait, sachant que cela ne se reproduirait pas…

Ma gorge se serre. C'était tellement étrange. Nous savions tous mais nous nous sommes comportés comme une famille en vacances, presque comme si de rien n'était. J'ai pu avoir une discussion avec Fabio, une après-midi, alors qu'Enzo était occupé à présenter fièrement sa maman aux enfants. Il était profondément triste d'avoir perdu des moments précieux avec son petit frère. Le temps ne peut pas toujours se rattraper. Lorsque nous les avons quittés à l'aéroport, les embrassades ont été sincères et plus longues qu'à l'accoutumée. Penelope a pleuré et Fabio a embrassé une dernière fois son frère, les yeux chargés de regrets.

Quoi qu'il en soit, Enzo s'est senti soulagé d'un poids. Et c'est ce qui compte le plus pour moi. Il avait besoin de sentir les siens en paix avant le grand départ.

Mon malaise reprend de plus belle. Comment se sentir normale quand un horizon aussi sombre piétine l'avenir ?

Mon voisin de course tapote ma cuisse.

— Bon et sinon… Parlons peu, parlons bien. Tu vas lui dire quand, à l'Irlandais, qu'il te plaît vraiment ?

Je soupire. C'est reparti !

Je crois que j'ai dit oui à un traquenard.

— Ne t'emballe pas, l'artiste. Pour l'instant, je ne sais pas ce que je ressens pour lui.

Enzo imite le son d'un buzzer.

— Faux. Je le vois à ta tête quand tu me parles de lui. Tu as des étoiles dans les yeux, ma petite Lucie.

Je grogne et dirige mon regard vers la côte qui se dessine au loin. La lumière dorée, qui s'étend au large, est incroyable et j'aimerais tant pouvoir en profiter sans avoir un adolescent prépubère qui s'agite à côté de moi !

— Je ne suis pas une princesse Disney, Enzo. Les papillons dans le ventre, les étoiles dans les yeux et toutes ces conneries de coups de foudre, ce n'est pas pour moi !

— Je n'ai jamais cru au coup de foudre.

Je me retourne vers lui, comme si je venais d'entendre le truc le plus dingue de mon existence. Enzo qui ne croit pas au coup de foudre, c'est comme apprendre que ma grand-mère italienne achetait sa sauce bolognaise chez Panzani ! Une désillusion inconcevable.

— Je te demande pardon ?

Ses yeux pétillants viennent aussitôt se ternir.

— Je ne compte plus les fois où je suis tombé amoureux… Mais, au final, le seul vrai amour que je connaisse, c'est celui que nous partageons, ma Lulu.

J'incline la tête et le dévisage avec une grande émotion. Il a raison. Entre nous, il n'y a absolument aucun désir physique ni aucune ambiguïté de ce côté-là. Il y a quelque chose qui va bien au-delà. Un lien très fort. C'est un amour inconditionnel. Touchée, je passe un bras sous le sien et dépose un baiser sur sa joue.

— Tu es mignon quand tu deviens philosophe…

Enzo pose une main sur mon crâne et caresse doucement mes cheveux.

— Je suis sérieux… L'amour ne doit rien au hasard. Avec Nolann, vous vous êtes trouvés au bon moment, et vous avez pris le temps de vous découvrir avant d'entamer quelque chose.

— Je ne sais pas moi-même ce que nous avons entamé… Il me plaît, je ne vais pas mentir. Je ressens des choses pour lui. Mais tout est tellement chiffonné là-dedans…

Je fais tournoyer ma main devant ma poitrine.

— Je sais. Mais il me paraît être la meilleure personne pour démêler la pelote.

— Sauf que ce n'est pas mon thérapeute, Enzo !

— Non… Mais il t'aide plus que tu ne le penses.

Je soupire et presse son bras entre les miens. Nous restons silencieux quelques instants.

— Je ne sais pas pourquoi j'ai si peur.

— Et Nolann ? Qu'est-ce qu'il en dit ?

— Il dit ne rien attendre. Ce qui, en un sens, me rassure mais me contrarie en même temps. Si je ne ressentais rien pour lui, c'est ce que je ferais : je n'attendrais rien.

— S'il te disait le contraire, tu ne lui laisserais aucune chance. Mais, au fond, ce n'est pas ce que tu veux entendre.

Je relève les yeux vers lui. Depuis que nous sommes ici, j'entrevois chez lui une clairvoyance nouvelle, qui ne pouvait pas s'exprimer jusque-là derrière ses éternelles blagues.

— Pourquoi faut-il que je flippe dès qu'un homme commence à me manifester un réel intérêt ?

Enzo hausse les épaules. Il ne trouvera pas la réponse pour moi.

— Tout ce que je peux te dire, c'est que la peur nous pousse souvent à prendre de mauvaises décisions. Il faut réussir à faire la part entre les peurs qui nous appartiennent et celles qui appartiennent à notre passé, et même à d'autres. Si j'avais cédé à la panique, je n'aurais jamais entrepris ce voyage. Et pourtant, ici, j'ai trouvé un vrai apaisement.

Je vois tout le chemin qu'il a parcouru ces derniers mois. Je l'ai toujours admiré, mais cette sagesse qui est en train d'éclore en lui le rend simplement inspirant. Je le serre un peu plus contre moi. Je l'aime tant !

**

Debout, Enzo dans mon dos, mon casque vissé sur la tête et le corps saucissonné de tout l'attirail de mousquetons, de boucles de sécurité et de sangles, je trouve maintenant bien lointaine la discussion apaisante que nous avons eue sur le trajet. J'ai le bide en vrac et l'estomac pas loin de lâcher tout ce qu'il s'est enfilé une heure plus tôt. Je soupçonne Enzo d'avoir pris sa caméra d'action uniquement pour immortaliser ce moment d'humiliation.

Contrairement à lui, je fais partie de ces gens terriblement classiques qui aiment avoir leurs deux petons bien à plat sur le plancher des vaches ! Si, comme les Balinais en sont convaincus, j'ai évolué à travers des vies antérieures, je suis à peu près certaine de n'avoir jamais été oiseau ! Ou alors, j'ai connu un destin tragique.

Bordel, mais pourquoi j'ai dit « d'accord » ?!

J'observe le décor pour tenter de reprendre un peu de ma superbe. Enzo a choisi la plage de sable noir de Manggis.

OK, il y a plus laid comme endroit pour tirer sa révérence.

Avec une grande méticulosité, il a d'abord étalé soigneusement sa voile au sol, puis il a hissé le moteur derrière son dos, avant de nous harnacher fermement. Nous nous sommes placés de façon stratégique. Il n'a pas plaisanté avec la sécurité et son sérieux en la matière m'a rassurée. Il m'a répété au moins une dizaine de fois que le paramoteur était le moyen le plus sûr de l'aéronautique. De toute évidence, il connaît son sujet, mais malgré tout, je ne suis pas très à l'aise à l'idée de dépendre d'une petite hélice !

J'observe les pêcheurs sur la rive, en train de tirer sur leurs filets. Puis mon regard se perd sur l'horizon et sur tous les bateaux de pêche qui longent la côte. La plage est totalement dégagée.

Enzo fait ses derniers réglages, pendant que mon palpitant pique le sprint de sa vie. Je le sens, un jour, ce pauvre organe va jeter l'éponge !

Mon pilote allume l'hélice du moteur. Je retiens ma respiration. Le bruit me fait grimacer. Il me fait penser à celui d'une vieille motocross. Le genre que les mômes passent leur temps à réparer dans leur garage, et dont la fiabilité est toute relative.

— Tu te souviens ? Quand je te dis de courir, il faut courir sans t'arrêter ! C'est un travail d'équipe !

— OK !

— C'est parti !

Plusieurs fois, la voile nous tire si fort sur les côtés que je manque de m'échouer sur le sable. Le départ me paraît complètement chaotique mais Enzo continue de m'encourager. Après quelques interminables secondes, nos pieds quittent le sol, et mon estomac prend un peu d'avance sur le mouvement !

— Oh putain !!!

— Et voilà ! On vole, petit moineau !

— Avoue que tu as choisi ce surnom pour ce moment précis !

Enzo ricane dans mon dos. Je l'entends tirer sur les sangles pour positionner le paramoteur sur le bon angle. L'horizon prend une inclinaison fort inhabituelle et j'ai un haut-le-cœur.

— Tu peux faire glisser tes petites fesses dans la sellette, maintenant.

Les mains crispées sur les lanières, je me recule précautionneusement dans la nacelle. Pendue tranquillement au-dessus du vide, rappelons-le.

— Enzo, mon ami, j'espère que tu sais à quel point je t'aime pour grimper là-dedans !

— Nous avons fait le plus sport de la balade ! Maintenant, on va se caler sur un rythme de croisière, tout en douceur. Détends-toi et profite du paysage.

Je pose ma respiration et je ferme les yeux. Il en a de bonnes !

Petit à petit, je retrouve un rythme cardiaque normal, et je prends conscience que le démarrage mouvementé a laissé place à une stabilité tranquille. Il n'y a aucun à-coup.

— Tu te rends compte, Lulu ? On partage le ciel !

Lorsque j'ouvre les yeux à nouveau, je suis percutée par la beauté du paysage. Le bonheur de partager ce moment avec mon compagnon de toujours se déploie dans ma poitrine. La peur a disparu. Nous planons au-dessus de Bali !

— Enzo, c'est magnifique !

D'un côté, la mer de Bali, qui s'étend à perte de vue, dans un dégradé allant du turquoise au bleu profond. De l'autre, les falaises. Imposantes et luxuriantes, ponctuées par des hôtels de luxe aux piscines indécentes. Quand nous prenons de la hauteur, les vagues semblent venir creuser les falaises et les surfeurs ne sont plus que de tout petits points de couleur sur l'immensité du grand bleu.

— C'est dingue ! J'ai l'impression de voler comme un oiseau. C'est si paisible…

— Ah, ma Lulu ! Je suis tellement heureux que tu m'accompagnes ! Je savais que ça te plairait !

Mon regard se balade à travers ce décor de carte postale. Je suis submergée, gonflée par un élan d'enthousiasme ! Je suis heureuse de vivre cette expérience, mais encore plus de la vivre avec Enzo !

Je profite à mille pour cent de ce moment, si spécial, dont je promets de m'évertuer à chérir le souvenir…

Chapitre 34

Lucie

Ma main glissée dans celle de Nolann, heureuse, je me tiens assise, face aux enfants positionnés en arc de cercle devant nous. Mes pieds nus profitent du contact doux du tapis mauve aux motifs dorés disposé au centre de la pièce. Nengah et quelques parents sont restés discrètement près de l'entrée. L'espace, lumineux et coloré, dégage une belle énergie. J'imagine que la décoration savamment imaginée par Enzo y est pour quelque chose. Les couleurs vives des petites chaises et la douceur du bambou ajoutent à cette atmosphère une touche d'insouciance bienvenue.

Les enfants nous observent avec la politesse qui les caractérise mais aussi avec une excitation toute prête à s'exprimer. Ils portent fièrement les uniformes qu'Enzo leur a confectionnés. Ils sont magnifiques ! Je suis émue. Après toutes les épreuves qu'ils ont endurées, après tous ces mois à faire classe dans une tente ou dehors, au beau milieu du chantier, c'est une belle récompense de les voir ainsi.

Pour fêter l'inauguration, nous avons prévu quelques petites douceurs. Je sors un sac de derrière mon dos contenant de petites brioches. Nolann me fait un signe de tête et je m'avance vers chaque enfant pour lui donner sa gourmandise. Ils me remercient poliment et se servent avec retenue, mais leurs yeux pétillent de joie. Je leur adresse à chacun quelques mots d'anglais bien choisis. Je les connais tous, désormais, et je me suis fortement attachée à eux. Plus fort que je ne le pensais.

Je comprends ce que Nolann fait ici. Il donne de l'espoir à ces enfants, il leur ouvre la possibilité d'un avenir.

Une fois que les brioches sont dévorées, leur professeur prend la parole.

— J'aimerais que nous chantions tous ensemble pour célébrer notre école reconstruite !

Les enfants se lèvent doucement et commencent à murmurer timidement les paroles de leur chanson. Leur prononciation de la langue des rosbifs n'est pas parfaite mais leur concentration pour donner le meilleur d'eux-mêmes est adorable. Et alors que, quelques mois plus tôt, j'aurais soupiré d'ennui, aujourd'hui j'affiche un sourire béat. Nolann s'avance parmi eux et se place au centre. Il prend la main de deux d'entre eux et l'assurance de sa voix les pousse à chanter avec plus de confiance.

Le chœur des enfants s'élève dans toute la pièce, tandis que la voix de Nolann s'efface peu à peu. Je me demande si j'ai déjà entendu quelque chose d'aussi pur... Je me tourne vers Enzo. Ses yeux sont brillants et ses mains, jointes sur sa poitrine. Nos regards se percutent et nous nous sourions simplement. Je sais qu'il est heureux, mon petit artiste.

Lorsque les voix cessent, la petite assemblée est beaucoup plus détendue et les piaillements prennent le relais. Une fillette, Nimade, vient secouer la manche de Nolann. Elle a l'air excitée comme une puce.

— Oh oui ! Bien sûr. Va donc les chercher !

Son interlocutrice a à peine plus de six ans mais j'ai toujours été troublée par son aisance et son caractère de fonceuse. Elle se retourne et attrape la main d'un camarade. Ils s'en vont tous les deux en courant jusqu'à l'autre bout de la classe. Elle se hisse sur la pointe des pieds pour ouvrir l'armoire et glisse ses petits bras à l'intérieur. Elle en sort une chemise cartonnée, qu'elle pose dans les bras de son aide, avant de se retourner pour chercher autre chose. Avec détermination, elle porte un grand paquet plat, plutôt encombrant pour son petit gabarit.

— Tu devrais rejoindre Enzo…

Nolann a murmuré à mon oreille et je le dévisage quelques secondes.

— Allez… Vas-y.

Je me déplace vers mon ami et passe un bras le long de sa taille, avant de me retourner vers les élèves. Plus fière que fière, Nimade s'avance vers nous en faisant un signe de tête à son petit camarade. Ce dernier lui obéit sans sourciller et me tend la pochette.

Je me baisse et pose le cadeau sur mes genoux.

— Merci les enfants !

Aussitôt, une rumeur d'excitation naît à nouveau dans la pièce, et une nuée de petites têtes brunes s'attroupe autour de moi. Je défais doucement les élastiques pour faire durer le plaisir. À l'intérieur, je découvre une pile de dessins. Tous plus colorés les uns que les autres, représentant des personnages, des animaux, et même des paysages. Certains portent aussi des mots en anglais, ou mon prénom, écrit tantôt en anglais, tantôt en balinais, avec plus ou moins de réussite.

— Oh ! Comme c'est joli !

D'une voix solennelle, Nimade me donne les explications.

— On t'a fait un dessin, tous !

Les enfants restent collés à moi, pendant que je fais défiler chaque feuille avec beaucoup d'émotion. Des rires, des petits gloussements gênés ou des intonations admiratives jalonnent ma découverte. Si mes anciens collègues me voyaient, assise au beau milieu d'une assistance d'enfants, en train de m'extasier devant des bonhommes patates… Eh oui, la Lucie d'aujourd'hui n'a plus grand-chose à voir avec la Lucie d'« avant ».

C'est au tour d'Enzo. Nimade, parfaite dans son rôle d'émissaire, lui tend le grand paquet. Le styliste pose les mains sur sa poitrine, en détaillant les visages pleins d'impatience de ses petits protégés.

— C'est pour moi ???

La petite lui répond par un hochement de tête un brin agacé, d'un air de dire : « Tu vas l'ouvrir, oui ! » Elle fixe désormais le paquet comme si sa vie en dépendait.

— Les enfants ont voulu te faire un cadeau spécial. Je crois qu'ils sont très impatients que tu l'ouvres.

Nolann s'est avancé et observe Enzo, un sourire en coin. Je sens à l'expression du loustic que les larmes ne sont pas loin. Il défait minutieusement le paquet, comme si on lui offrait le présent le plus précieux du monde.

— Qu'est-ce que c'est ???

— Ouvre Enzo !

Je le secoue. Je suis aussi impatiente que les enfants ! Je sais de quoi il s'agit. Nolann et moi l'avons préparé en secret avec la classe. Il s'agit de la photographie que j'avais capturée de lui avec les enfants, pendant que nous prenions les mesures pour les uniformes. Je l'ai fait agrandir et nous avons créé un joli cadre, que les enfants ont ensuite décoré.

Lorsqu'il découvre l'objet, il ouvre grand la bouche.

— Oh !!! Mais c'est magnifique ! C'est pour moi ? Je le garde ?

— Non.

La petite voix de Nimade coupe Enzo dans son élan. Sa sincérité est désarmante. Il est surpris et observe la petite fille en haussant les sourcils. Nolann et moi éclatons de rire devant son embarras. Plusieurs enfants doivent sentir son trouble, car ils se déplacent vite d'un côté de la pièce et pointent le mur du doigt.

— Ici Enzo !!!

La petite fille prend la main de mon ami et l'invite à la suivre.

— Ici. Comme ça, tu seras toujours avec nous, même quand tu ne seras plus là.

Il y a un moment de silence chargé d'émotion. Une gravité dans laquelle chacun sait. Les enfants sont au courant pour lui. Il a tenu à le leur expliquer. Et ils ont compris, avec cette singularité qui échappe aux adultes. Alors, ce cadre revêt une symbolique très particulière.

Enzo porte la main devant ses lèvres, et cette fois les larmes s'en mêlent.

— C'est très gentil ! C'est très gentil à vous tous. Merci beaucoup.

Un enfant s'approche de lui, visiblement inquiet.

— Tu n'es pas content, Enzo ? Pourquoi tu pleures ?

Mon ami sourit tendrement à cette petite âme innocente.

— Je suis très content, au contraire ! Parfois, lorsque nous sommes contents, les larmes viennent. C'est parce que nous sommes émus. Venez par ici. Venez dans mes bras.

Les petits écoliers ne se font pas prier. C'est presque la bousculade pour obtenir le câlin de leur chouchou. Décidément, le lien entre eux est très fort. Tout ce qu'il leur a donné, sans condition, ils le lui rendent au centuple.

Rapidement, il est assailli de questions en tout genre, comme d'habitude.

Je décide de les laisser profiter de ce moment et me dirige vers la sortie en compagnie de Nengah.

— C'est un beau jour, Lucie.

— Oui, nous avons bien travaillé.

Nous faisons quelques pas en silence. Dehors, les villageois et le prêtre ont préparé une cérémonie. Le parfum des fleurs et des encens vient tout de suite m'apaiser.

— Tu vas repartir à Paris, maintenant que le chantier est terminé ?

Je soupire. Cette question, je me la pose depuis un moment déjà je dois dire.

— Je ne sais pas encore très bien où est ma place. À Paris, tout a changé. Je ne sais pas non plus ce que veut faire Enzo. Ici, je sais qu'il y a encore beaucoup à accomplir, mais je ne sais pas si ce chemin est le mien.

Nengah pose une main sur mon bras et ses yeux m'observent avec douceur.

— Tu as fait de ce chemin le tien. Je sais que tu prendras la bonne décision.

Je pose ma main sur la sienne. Nengah est un petit bout de femme incroyable. Elle m'est devenue très chère.

Ida Bagus Made s'approche de nous et son regard pétillant vient capturer mes prunelles. Nous nous saluons avec respect.

— Merci.

Je suis touchée. Cet homme n'a pas besoin de grandes phrases pour exprimer sa sincérité. J'observe les enfants qui sortent en riant et en courant.

— Le bonheur des enfants est ma plus belle récompense.

— Celui de Nolann est aussi un bel accomplissement. Il y a des êtres qui sont connectés dans des vies passées et qui sont amenés à se retrouver dans leurs vies futures. Lorsqu'on a trouvé son équilibre, il n'y a pas de sagesse plus pure que celle d'aider les autres à trouver le leur.

Ses yeux brillent de malice. Si cet homme se lançait dans le créneau de l'épanouissement personnel, il ferait fortune ! Je souris intérieurement.

— Je ne crois pas que Nolann ait eu besoin de moi pour trouver son bonheur.

Le vieil homme se contente de me sourire.

— Nolann cache bien ses émotions et ses imperfections mais c'est un homme qui a encore beaucoup à apprendre.

Nous rions. Puis je l'observe avec une certaine admiration. Depuis le jour où je l'ai rencontré, ce personnage hors norme m'a toujours fascinée. Je me demande si je rencontrerai un jour un autre homme comme lui.

**

J'apporte un verre d'eau à Enzo, tandis qu'il transpire sur son matelas. La journée a été longue et nous avons fêté l'achèvement des travaux jusque tard dans la nuit. Entre deux verres, il est venu me trouver pour me demander de le raccompagner jusqu'à sa tente. Il se sentait mal. Injustement, je lui ai d'abord fait quelques remontrances sur sa consommation d'alcool, aussi minime fût-elle, mais j'ai ensuite compris que son teint jaunâtre n'avait rien à voir avec la bière locale.

— Je ne me sens pas bien, Lucie…

Je passe une main sur son front. Il n'a pas de fièvre.

— Tiens. Bois un peu d'eau.

— J'ai l'impression que je vais tomber dans les pommes…

— C'est sûrement l'émotion de la journée, ajoutée à la chaleur humide du mois d'août. Je vais te chercher un peu de sucre.

Je cherche dans les affaires éparpillées sur la table pour voir s'il reste un petit sachet de sucre. Bingo !

— Voilà, j'ai trouvé, ça va te redonner des couleurs !

Mais, lorsque je me retourne, Enzo a les yeux clos et il ne bouge plus.

— Enzo ?…

Je me rapproche, et toujours rien. Je lui donne quelques petites claques sur les joues, pour tenter de le réveiller, sans succès.

— Enzo !

Je soulève ses jambes, comme je l'avais fait l'autre fois, mais, après quelques secondes, Enzo est toujours immobile et livide.

Je lâche ses jambes rapidement pour chercher mon portable. Dans la précipitation, je heurte la lampe qui s'éteint aussitôt, nous plongeant dans l'obscurité.

— Eh merde !

Je tâtonne jusqu'à la petite étagère, je sais que j'y ai laissé mon portable.

— Enzo, ça va aller ! Je vais appeler Nolann !

Pas de réponse. La panique m'envahit, je ne peux plus respirer ! La dernière fois, son malaise n'avait duré que quelques secondes. Il y a un problème !

Les mains tremblantes, je réussis enfin à trouver mon mobile et je lance tout de suite le mode torche. J'éclaire le visage éteint de mon ami.

— Putain, Enzo ! Ne me fais pas ça, merde !!!

Je cherche le contact de Nolann et prie pour qu'il décroche.

— Lucie ? Je te cherchais. Vous êtes passés où, toi et Enzo ? L'équipe voudrait…

— Nolann, viens tout de suite avec le pick-up ! Enzo fait un malaise, il y a un problème ! On doit l'amener tout de suite aux urgences !

Chapitre 35

Lucie

L'hôpital le plus proche est à deux heures de route. Les deux heures les plus longues de mon existence. J'étais à l'arrière, dans le pick-up de Nolann, Enzo allongé sur le dos, la tête sur mes genoux. Ce n'était qu'une petite introduction à la peine que je ressens maintenant. Je voudrais hurler ma colère de m'être laissée berner par l'espoir.

C'est fini, Lucie.

Enzo allait si bien ! Il me paraissait en forme, même lumineux ! Comment ne pas espérer que le cancer ait fait marche arrière ? C'est humain, pas vrai ? Cette putain de capacité à se mettre des œillères et à croire au *happy end* !

Mes yeux se posent, au loin, sur les rizières qui se révèlent progressivement à la lumière de l'aube. Le paysage est fabuleux mais intérieurement, tout est noir. Il me répugne, ce monde qui continue de tourner comme si de rien n'était, alors qu'Enzo, lui, est mourant !

Il ne va pas s'en sortir. Il ne lui reste que quelques jours, deux semaines tout au plus.

Son premier malaise n'avait rien à voir avec un malaise vagal. J'aurais dû être plus vigilante, j'aurais dû le pousser à consulter. Son pancréas est si dégradé qu'il n'est plus capable de réguler correctement sa glycémie. Il va devoir commencer des piqûres d'insuline. Tous les jours. Son teint jaunâtre est aussi l'expression de son foie qui commence à lâcher. Il doit s'attendre à de violentes douleurs dans le dos et sous les côtes, qu'on ne pourra pas soulager. Les médecins n'ont pas été optimistes. Nolann m'a aidée à leur expliquer le dossier et malgré la barrière de la langue, les symptômes d'Enzo ne laissaient place à aucun doute. Le diagnostic a été d'une clarté glaçante. Un jour, peut-être demain, il se réveillera incapable de se faire des piqûres, et même de manger. Une fin que personne ne veut. Une fin qu'Enzo n'a jamais voulue.

Putain, ce n'est pas possible ! *Il doit bien exister une solution !*

— On doit rentrer à Paris.

Je romps le silence et harponne les yeux fatigués d'Enzo à travers le rétroviseur central. Je sens le regard de Nolann peser sur moi. Je préfère ne pas chercher à l'interpréter pour le moment.

— Non Lucie. Je ne rentre pas. Je reste ici.

— Putain Enzo !

Je mords ma lèvre inférieure et je porte mon poing à la bouche. J'opère une torsion pour le dévisager en direct, cette fois.

— Tu comptes faire tes piqûres ici ? Tu te rends bien compte que l'hôpital de ville le plus proche se trouve à deux heures du village ?!

Ses prunelles noires me fixent sans détour.

— Tu sais très bien ce que je compte faire.

Je fronce les sourcils.

— Je vais faire ces piqûres d'insuline. Et je vais les faire ici.

— Ce n'est pas prudent !

— Ah bon ? Qu'est-ce que je risque, au juste ?

Un rictus désabusé déforme son visage. Une sensation désagréable remonte de mon estomac.

— On aurait dû t'emmener voir un docteur, quand tu as fait ce malaise. J'aurais dû…

— Et qu'est-ce que ça aurait changé ? Mon corps est foutu, Lucie. Tu les as entendus comme moi. J'arrive en bout de course.

— Ne dis pas ça, Enzo !

Ma voix se casse et je fixe mes mains pâles, que je tords compulsivement.

Nolann pose une main sur ma cuisse. Son contact m'apaise une seconde. La voix d'Enzo interrompt cet échange.

— Tu peux arrêter la voiture une seconde, s'il te plaît, Nolann ?

Ce dernier croise le regard de notre passager arrière dans le rétroviseur central et opine du chef. Il gare le pick-up sur le bas-côté. Enzo descend puis ouvre ma portière.

— Allez, viens faire quelques pas avec moi, ma Lulu.

Je l'observe, accablée. Il a cette douceur dans le regard, cette bienveillance qui va tant me manquer.

Je prends sa main après avoir lancé un regard à Nolann, qui m'encourage d'un sourire triste.

Nous marchons main dans la main, jusqu'à emprunter un petit chemin de terre qui s'enfonce sur les hauteurs de la jungle. De grands palmiers jalonnent le parcours. L'air humide et le parfum des champs, aux alentours, sont bien plus apaisants que l'atmosphère aseptisée de l'hôpital.

— Lucie. Ma place est ici, maintenant. C'est d'ici que je veux partir.

Je ne dis rien, bien incapable de prononcer un seul mot. Nous marchons lentement, les herbes hautes nous caressant doucement les mollets.

— Je savais que ce moment viendrait. J'espérais évidemment avoir plus de temps.

Enzo s'arrête. Il pose les mains sur mes épaules et me lance un regard d'une infinie douceur. Je me sens si faible d'être celle qui doit être consolée, en cet instant.

— Je suis en paix. Vraiment.

Sa force m'impressionne et me bouleverse à la fois.

— Je veux que, toi aussi, tu sois en paix, Lucie. Il y a des choses qu'on ne peut pas changer, contre lesquelles on ne peut pas lutter. Accepte de déposer les armes.

Je fais non d'un mouvement de tête. Accepter la défaite, c'est accepter de le perdre.

Enzo soupire doucement. Je suis frappée par son calme. C'est vrai, il ne ment pas. Il semble serein.

— Mon petit moineau… Tu n'es plus obligée de me protéger. Je ne suis plus le même.

— Je ne peux pas te perdre !

— Je serai toujours là, ma belle.

Enzo pose une main sur mon cœur. Mes lèvres tremblent.

— Je ne peux pas accepter.

— Il te faudra du temps. Mais tu accepteras. Parce que tu as beaucoup de belles choses à vivre. Et je veux que tu les vives de toutes tes forces.

Mes épaules s'affaissent. Mon impuissance est terrible. Je me sens vidée de toute substance. La joie qui m'habitait encore il y a quelques heures s'est évaporée.

— Tu le sais, Lucie. Je ne veux pas tomber comme un château de cartes.

Mes yeux éteints se relèvent vers lui.

— Qu'est-ce que tu veux dire ?…

— Je crois que tu le sais.

Je le contemple avec intensité. Ma poitrine me fait un mal de chien et ma respiration s'est accélérée. L'angoisse vient de monter à son point culminant, mais j'ai tellement mal qu'elle ne parvient pas à m'emporter.

Mes petites garces sont de retour…

Enzo glisse ses bras autour de ma nuque et me serre fort contre lui. Ma tête contre sa poitrine, j'écoute la musique de son rythme cardiaque. J'ai peur de l'absence que va créer son silence. Mes bras se referment autour de mon confident et je le serre fort, à mon tour.

— Je crois que tu le sais…

Chapitre 36

Lucie

Les pieds nus sur le sable noir de Manggis, j'observe le panier de fleurs qui s'éloigne lentement vers le large. La mer est calme. Comme ce jour-là. Les souvenirs de notre vol sont encore vifs.

Nengah se tient à mes côtés. Elle m'a arrachée à ma frénésie alors que je rassemblais les affaires d'Enzo et que je préparais mes bagages pour Paris. J'avais appelé Penelope, le cœur déchiré, pour lui annoncer la triste nouvelle, avec cette impression d'appartenir à une autre réalité. Et comme pour m'infliger une punition, je venais de rompre avec Nolann. Sans se décourager, elle m'a pris par la main et m'a tirée hors de la tente en silence. Elle m'a emmenée dans la petite maison de bambou, où elle avait pris soin de tout préparer. Ensemble, nous avons choisi avec soin chaque fleur, chaque parfum, chaque agencement, à la mémoire d'Enzo. Puis, nous sommes venues déposer notre composition ici, en silence.

Lorsque le panier m'a glissé des mains pour voguer sur les flots, je suis tombée à genoux. L'énergie m'a quittée d'un coup. À croire que c'est Enzo qui m'aidait à tenir debout. Nengah m'a aidée à me relever en silence et avec douceur.

Mon compère de toujours est parti. C'était hier, très tôt dans la matinée. J'avais passé la nuit avec Nolann, dans un état de semi-conscience étrange, engourdie par mes anxiolytiques. Enzo a chargé le paramoteur dans un taxi avant de disparaître. Pour de bon.

Je me mentirais à moi-même si je disais que je ne m'y attendais pas. Je sais qu'il ne voulait pas s'effondrer à petit feu, comme son père. Ni mourir seul, dans la froide pénombre d'une chambre d'hôpital. La perspective de finir de cette façon lui donnait des cauchemars, et je le comprends sans peine…

Le cancer s'est imposé, bien sûr, et avec lui ce compte à rebours infernal, mais Enzo a donné une grande place au choix dans les derniers mois de sa vie. Faisant preuve d'un courage admirable, comme ultime décision il a choisi de partir comme il le voulait. Désormais, son corps repose probablement quelque part, au fond de la mer de Bali. L'imaginer s'écraser dans le grand bleu, seul, face à la mort, me rend malade.

Quelle a été sa dernière pensée ? A-t-il eu peur ? Et s'il avait regretté, au tout dernier moment ?…

Par faiblesse, j'imagine que, par quelque magie, son moteur ne s'est jamais arrêté, et que mon ami vole encore dans le ciel, pour toujours…

J'inspire profondément pour tenter de dénouer la boule dans ma gorge. Mais je ne me fais pas d'illusion, elle va rester là, encore un long moment. Nengah serre ma main. Je lui réponds d'un simple regard.

Avant de partir, Enzo m'a laissé trois choses. Une lettre que j'ai relue à m'en faire saigner les yeux. Son iPod, sur lequel il a laissé quelque chose pour moi, et que je n'ai pas encore réussi à écouter. Et son absence. Abyssale.

Lorsque j'ai découvert la lettre posée à côté de mon oreiller, alors que le lit d'Enzo était vide, j'ai compris. Les premières minutes, je suis restée sous le choc. J'ai relu plusieurs fois ses mots, dans la sidération la plus totale. Et puis, sans prévenir personne, j'ai attrapé mes affaires comme une furie et j'ai couru aussi vite que j'ai pu pour trouver un taxi. Pendant des heures, probablement toute la journée, j'ai arpenté toutes les plages de la côte. Si quelqu'un pouvait le retrouver et le convaincre de ne pas partir, c'était moi et moi seule. J'ai espéré, j'ai cru dur comme fer que je parviendrais à le rejoindre à temps. Mais je me suis rendue à l'évidence : j'arrivais trop tard.

Lorsque je me suis décidée à rentrer, dans un état lamentable, Nolann nous cherchait, Enzo et moi. Je me souviens lui avoir seulement dit : « Il est parti. C'est fini » et je me suis enfuie dans ma tente. Il n'a pas cherché à me suivre. Il a compris que j'avais besoin d'être seule. Il y a des peines qui ne peuvent pas se partager.

J'ai relu la lettre, encore et encore, entre la frustration et le désespoir. Acculée par l'évidence de mon échec : je n'ai pas pu sauver Enzo.

J'ai regardé l'iPod posé sur la table, sans être capable de le déclencher. Je n'ai réussi ni à crier, ni à pleurer, ni à taper. Je suis restée assise là, immobile et froide comme une tombe, sur cette chaise en plastique, la lettre serrée entre mes mains, pendant un temps incertain.

Nolann m'a rejointe lorsque la nuit était déjà tombée. Il a voulu m'enlacer, je me suis échappée. Il a voulu me parler, je me suis protégée.

— Je dois rentrer chez moi, Nolann.

Il a tenté de s'approcher à nouveau, mais j'ai reculé.

— C'est ici chez toi, désormais.

— Non. Maintenant qu'Enzo est parti, je n'ai plus de raison d'être ici.

J'ai regretté mes paroles sans vraiment les regretter. Ma douleur s'était exprimée. Ou peut-être étaient-ce mes sentiments. Je ne sais pas. Ce que j'ai ressenti pour Nolann n'était peut-être qu'une béquille pour supporter l'insupportable. Peut-être que ses bras n'étaient qu'un tout petit pansement posé sur une plaie béante. Ou peut-être que je suis profondément attachée à lui mais que ma souffrance est trop forte pour le moment. Je ne vois que la fin d'Enzo.

— Est-ce que tu fuis, Lucie ?

Oui.

— Peut-être. Enzo et toi, vous avez eu tort. Au final, je n'ai pas changé. Je suis toujours la même Lucie déglinguée qu'à l'arrivée. Décevant, pas vrai ?

Les écrits d'Enzo sont revenus à mon esprit comme un boomerang : « *Ici, tu as trouvé ton bonheur. Je le sais. Je le sens au plus profond de moi. Tu as compris ce que j'ai mis trop longtemps à saisir. Tu as cette liberté en toi.* »

J'ai senti mon mal-être, l'angoisse, le poids de la défaite. Et celui de mon imposture. La honte de décevoir Enzo, de ce que Nolann avait vu en moi et de ce en quoi je commençais à croire.

Il n'y a aucune liberté en moi. Juste ce noir, ce noir opaque et épais, d'une lourdeur oppressante. Il ne m'a jamais quittée, il attendait juste l'occasion de se manifester à nouveau.

J'ai abandonné, j'ai cédé à mes *petites garces*, j'ai accepté la fatalité. Sans Enzo pour me ramener vers la lumière, j'ai fait ce que je sais faire de mieux : détruire.

— J'ai aimé être avec toi, Nolann. Vraiment. Mais notre relation, cette chose entre nous, elle n'était que temporaire. Tout ici n'était que temporaire.

Un foutu sursis avant le néant.

— Lucie, ne prends pas de décision quand tu es comme ça.

— Comme quoi ?

— Aussi mal. Laisse-toi du temps.

— Tu ne comprends pas, n'est-ce pas ? Ce n'est pas mon histoire, ici. Je suis venue pour Enzo. J'ai terminé ma mission.

Il m'a regardée, avec une tristesse qui m'a déchiré les entrailles. Il ne voulait pas être un dommage collatéral ? Pas de chance, nous y voilà. Mais il serait bien hypocrite s'il me disait qu'il ne s'y attendait pas.

— Tu m'oublieras, Nolann !

Je ne suis indispensable à personne. J'ai toujours été un électron libre. J'ai touché du doigt quelque chose qui ne m'appartient pas.

— Je t'attendrai.

Sa réaction m'a prise de court. Je les ai observés un moment, lui et sa gueule d'Irlandais. Je lui en ai voulu de me permettre de lire autant de bienveillance dans ses yeux, de le voir rester aussi calme, de ne pas m'en vouloir de l'abîmer de cette façon. J'aurais voulu le secouer et lui dire de se réveiller. Je suis incapable de lui offrir ce qu'il attend de moi !

Pour masquer mon trouble, à contrecœur, je lui ai tourné le dos, pour continuer d'enfourner mes affaires dans mes sacs. Quand il est sorti de ma tente en silence, mes *petites garces* ont clamé leur toute-puissance. Elles avaient raison : je finis toujours par tout gâcher.

La main de Nengah quitte la mienne. Je la vois sécher une larme.

— Nengah…

— Alors, tu vas partir ?

J'observe ses grands yeux noirs sous ses cils humides.

— Oui.

Ses lèvres tremblent.

— Tu reviendras ?

— Je ne sais pas.

J'aimerais lui dire que oui. J'aimerais lui dire que je vais être aussi forte qu'Enzo le pense. Que je vais me donner du temps. Mais c'est trop dur. La réalité, c'est que je suis si anéantie que j'ai besoin de retrouver mon espace sécurisant. Celui que je connais depuis toujours.

— Tu vas beaucoup me manquer.

— Je sais.

— Tu m'enverras de tes nouvelles ? Tu ne m'oublieras pas, quand tu seras retournée à ta vie d'avant ?

Ses paroles m'arrachent une grimace. Dans sa bouche, elles sonnent comme un chemin parcouru en vain, une grande marche arrière.

— Je ne t'oublierai pas, Nengah.

Ses yeux se plissent et elle éclate en sanglots. Je la prends dans mes bras doucement, et nous restons l'une contre l'autre pendant quelques minutes. Elle se défait de moi et plante ses prunelles au fond des miennes.

— N'oublie pas les enfants. Enzo n'aurait pas voulu que tu les oublies.

— Je ne les oublierai pas.

Nengah me coule un dernier regard, puis fait volte-face et s'éloigne lentement. J'observe ses pas qui foulent les petites dunes brunes de sable fin.

Tout ce que je m'apprête à faire sonne faux, mais je suis pétrifiée à l'idée de rester. Désormais, je suis seule…

Chapitre 37

Lucie

Le bruit et la cohue m'ont pris la tête. À la sortie de l'avion, les voyageurs affluaient de toutes parts. Ils étaient pressés. Ils parlaient fort. Ils tiraient leurs grosses valises. Certains m'ont poussée, trop occupés à regarder leur mobile pour rattraper leurs cinq heures de déconnexion du monde. J'étais trop groggy pour protester. Il y avait tous ces panneaux lumineux, ces publicités pour des produits de marque, ces indications en continu, qui sortaient des enceintes disposées partout sur les murs et les plafonds.

Je me sentais comme hors du temps, tel un spectre qui déambulait au ralenti entre deux mondes. Tout semblait défiler en accéléré. Ma bulle venait d'exploser, alors que je remettais les pieds dans le monde moderne. Et dire que je pensais qu'il m'avait manqué !

Mon premier réflexe a été de le fuir. Je me suis réfugiée à l'écart, mes pas trouvant leur chemin par automatisme. Je suis déjà venue ici. La douleur s'est ravivée instantanément. Je suis restée plantée devant la grande chute d'eau centrale de l'aéroport. Les bras ballants. Pas pour admirer le spectacle grandiose de la reine des lieux, comme tout le monde le faisait autour de moi. Non. Mon cerveau était occupé à autre chose.

Je suis tout à coup submergée par les souvenirs. Le regard émerveillé d'Enzo. Son excitation de gosse. Son impatience.

Ses bavardages incessants. Ses âneries. Son enthousiasme… Je savais qu'il s'agissait d'un aller simple, pour mon artiste. Je savais que je ferais le retour sans lui, et seule. Mais comment peut-on anticiper une chose pareille ? La réalité est d'une telle brutalité qu'il m'était difficile de l'imaginer.

Je me suis remise en marche jusqu'à l'entrée de ce qui semblait être une grande serre. Et me voici, à l'intérieur. Le lieu est apaisant, à l'abri du défilé des touristes rassemblés dans la pièce principale. La douce chaleur humide et l'odeur de feuilles et de terre mouillées qui enveloppent l'espace me rappellent Bali. Je suis tout de suite apaisée dans ce milieu familier.

Comme tout le reste de l'aéroport de Singapour, la hauteur de la construction est vertigineuse. L'énorme structure en acier, à la forme convexe, porte de grands panneaux vitrés. Je suis au centre d'une jungle tropicale. Si Enzo était là, il me ferait sans doute le remake d'une scène de *Jurassic Park*, imaginant que des ptérodactyles s'élanceraient dans cette gigantesque pièce de verre, pour venir nous croquer. Moi, je lèverais les yeux au ciel, histoire de rester dans mon rôle. Un sourire triste se dessine sur mes lèvres et le visage d'Enzo s'estompe.

Sur un plateau à l'allure futuriste, des ananas sont coupés en tranches. Je m'approche et constate avec surprise que, sur plusieurs d'entre elles, reposent de magnifiques papillons. J'attrape mes lunettes pour mieux les détailler. À côté de moi, une petite fille soulève un bout de fruit pour être au plus près de l'insecte ailé. Elle se tourne vers moi, émerveillée. Elle amorce quelques paroles et se ravise, s'apercevant qu'elle m'a confondue avec sa mère, quelques mètres plus loin. Sa spontanéité me touche. Je tends le doigt vers un papillon. Celui-ci s'échappe et préfère se poser sur une feuille de bananier.

Je glisse une main dans mon sac à la recherche de mon téléphone. Je vise, je cadre le papillon en train de se délecter du précieux nectar qu'il extrait du fruit. Je choisis un filtre avec soin et je poste mon cliché sur le réseau. Instinctivement, je jette un coup d'œil à mon compte Instagram. En faisant défiler les clichés, quelque chose me percute. Enzo, bien sûr, et ce visage lumineux qui le caractérisait, pendant toute cette aventure. Mais aussi beaucoup de sourires, de joie, d'entraide. Les enfants, en train de chanter le jour de l'inauguration dans leur école toute neuve. Nengah et ses amies, pendant la préparation d'une cérémonie. Nolann, en pleine lecture sous l'auvent de sa tente… Mon petit monde, pendant ces quelques mois.

Mon monde, la famille que je me suis créée…

La gorge serrée, je décide de troquer mon téléphone contre l'iPod d'Enzo. Je l'observe un moment, au creux de ma paume. L'émotion est bien là. Je place les deux écouteurs dans mes oreilles.

La musique se lance. Je la reconnais dès les premières notes. En un quart de seconde, je suis ramenée dans la Coccinelle décapotable de Vittore, sur les routes sinueuses des Alpilles. C'était encore l'époque des lecteurs cassettes, et nous réclamions, à chaque fois, à la mère d'Enzo, qu'elle passe le vieil album italien qu'elle laissait toujours traîner dans la boîte à gants. Lorsque la voix d'Eros Ramazzotti entonne les premières paroles, je ferme les yeux.

Quante scuse ho inventato io. Combien d'excuses ai-je inventées.

Pur di fare sempre a modo mio. Pour toujours le faire à ma façon.

Evitare così una storia importante. Pour éviter ainsi une histoire importante.

Je revois la gueule d'Enzo, à l'arrière de la petite voiture, les cheveux en pétard et les yeux pétillants. Je revois sa tête d'imbécile, pendant qu'il me pousse à chanter avec lui. Je revois les yeux mi-implorants mi-amusés de ses parents, à l'avant. Et je m'entends m'égosiller avec lui, les cheveux dans le vent, en espérant que ce moment ne s'arrête jamais. Je chantais faux, Dieu que je chantais faux ! Notre interprétation était digne des plus belles casseroles de *La Nouvelle Star*, mais c'était devenu notre petit rituel à nous.

Enzo n'a pas choisi cette chanson par hasard. Elle parle de la peur d'aimer. De la peur de s'engager, de grandir. Qui sait, peut-être que nous l'adorions déjà pour ça à l'époque. Les deux handicapés des relations humaines. Nous nous étions bien trouvés, chacun avec ses failles, mais pas si différents, au final.

Comme un électrochoc, je prends alors conscience de toute l'évidence de ma fuite. J'ai peur.

J'ai peur de vivre parce que j'ai peur de perdre. Alors, parce que j'anticipe la déception, je préfère m'interdire le bonheur.

Tout le sens de ce voyage me saute aux yeux. C'est comme une putain de délivrance ! Enzo a entrepris ce périple, non seulement pour donner du sens à sa vie en venant en aide à ces enfants, mais aussi pour me sauver moi, alors qu'il se savait perdu. Il voulait me faire voir ce qu'il a découvert trop tard.

Pendant tous ces mois, aussi terribles qu'ils aient pu être, il n'y a eu que l'Amour. L'amour d'un ami. L'amour de l'autre. Et l'amour d'un homme. J'avais tout ce dont j'avais besoin. Loin de tout mon confort. C'était authentique, vrai et puissant.

J'ai l'impression de poser les bagages que je me trimballe depuis trente ans. Une lourdeur qui s'évapore. Une vision qui s'éclaircit. Je vois enfin les choses dans leur plus pure clarté.

Lorsque la batterie et la guitare électrique entament le refrain, je m'esclaffe seule et me retiens de chanter. C'était à ce moment-là que nous étions au sommet de notre art, Enzo et moi. Généralement, son père commençait à froncer les sourcils. On sentait qu'il souffrait, le pauvre homme, mais Penelope lui lançait toujours un regard attendri, et ils se moquaient tous deux avec indulgence.

À ce souvenir, je commence à rire. Et quelque chose coule sur mes joues. Je pleure. Je pleure de tristesse mais aussi de joie. Je comprends tout l'amour que me portait Enzo et tout l'amour qu'il m'a donné. Mon frère de cœur est parti mais il m'a laissé le plus beau des cadeaux : l'essentiel.

Lorsque j'ouvre les yeux, une nuée de papillons s'envole au-dessus de moi, momentanément apeurés par un groupe d'enfants.

Ma correspondance est dans deux heures mais je ne rentrerai pas à Paris. Je suis résolue à retrouver la vie que j'ai choisie. La vie qui me correspond. Celle qui a du sens. À Bali, avec celui que j'aime.

Épilogue

Lucie,

Le bonheur était là.

Toute ma vie, je l'ai cherché. Je l'ai cherché si fort que c'est devenu une obsession et une source de désespoir.

Pourtant, il a toujours été là. Je t'avais toi, ma boussole, mon roc. J'avais ma passion, des milliers de gens qui suivaient mon travail, la reconnaissance de mes pairs. J'avais un bel appartement à Paris. J'étais en bonne santé. Je ne manquais de rien.

J'avais tout pour être heureux.

Et pourtant ! Je me tuais. Lentement. Pendant ces soirées de tous les excès, ces histoires sans lendemain, où j'ai confondu ivresse et bonheur. Et puis, il y a eu ces longues nuits à m'apitoyer sur mes problèmes existentiels, ces phases descendantes pendant lesquelles j'ai voulu laisser tomber. Ces moments douloureux, où, inlassablement, tu m'as offert ta présence et ton soutien, quand j'étais prêt à t'abandonner. Tu n'as jamais flanché, Lucie. Pas une seule fois.

Et moi ? J'étais faible, j'étais ingrat, je m'évertuais à me faire du mal. À te faire du mal. Me refusant le droit au bonheur. Me cachant derrière mes problèmes familiaux, les conflits avec ceux qui ne m'aimaient pas dans mon entier, refusant de sortir de l'enfance pour couper les liens qui me retenaient au passé et à des idées qui n'étaient pas les miennes. Mais le bonheur ne se possède pas, il ne s'hérite pas comme un dû, il est déjà en nous, étouffé sous une montagne d'injonctions, de traumatismes et de culpabilité. Ici, je lui ai fait de la place.

Lucie, tes souvenirs de moi doivent être ceux de cette belle aventure, de nos rires échangés, de notre enfance partagée, de toutes ces soirées folles à danser jusqu'à nous en faire saigner les pieds, de ces virées dans la vieille Coccinelle décapotable de mon père, à nous égosiller sur des chansons démodées, de ces après-midi d'été passés à refaire le monde dans notre vieille cabane, à côté du grand néflier, et aussi, bien sûr, de tout le bien que nous avons fait ici, à Bali.

Les questions se sont bousculées dans ma tête lorsque j'ai compris que mon passager clandestin ne comptait pas quitter le navire. Pourquoi moi ? Pourquoi si tôt ?

Tu étais là pour papa. Tu as vu. Lorsque le crabe se présente à notre porte, il ne prend pas la peine de sonner. Il n'attend pas qu'on lui ouvre. Il défonce tout, il détruit tout ce qui se trouve à l'intérieur et ne laisse que des objets brisés.

Je n'étais pas prêt. Personne n'est préparé pour ça. Personne ne sait de quoi il s'agit vraiment, avant de le vivre. Je ne savais pas pour papa. Les examens, la douleur, la peur, les regards compatissants, l'inquiétude des proches, et ce corps détraqué qui vient officiellement de vous lâcher.

Mon père était un homme que beaucoup admiraient, et pourtant, aux yeux du monde, il était devenu un cancéreux. Seulement un cancéreux. Peu importe ce qu'il avait réalisé dans sa vie. Parce que c'est ce que cette maladie fait, elle résume son hôte à sa seule présence.

Les premières semaines, mon passager clandestin, je l'ai haï. Je n'ai pas compris. J'en ai voulu à la terre entière. Puis, j'ai pensé que ce qui m'arrivait, je le méritais. Je m'en voulais. Si fort !

Mon combat, ce fut de l'accepter en moi. Je n'ai pas baissé les bras, Lucie, j'ai décidé de profiter du temps qu'il me restait. Pour vivre. Enfin.

Alors, j'ai eu cette idée folle, dans laquelle tu m'as suivi. Nous avons tout plaqué pour partir à l'autre bout du monde. En quête de sens. Au début, tu as pris la route avec moi par amour, tu as fait un sacrifice énorme, et je ne t'en serai jamais assez reconnaissant. Personne d'autre que toi n'aurait fait ce que tu as fait pour moi.

Aujourd'hui, cette quête est aussi devenue la tienne.

C'est vrai, le crabe m'emporte avec lui. Tu le détestes, parce qu'avec lui il prend une partie de toi.

Lucie, la souffrance passera. La douleur de l'absence passera. Tout passe. Laisse-toi du temps et il ne restera que les bons souvenirs. Tu en as la force.

Ici, tu as trouvé ton bonheur. Je le sais. Je le sens au plus profond de moi. Tu as compris ce que j'ai mis trop longtemps à saisir. Tu as cette liberté en toi. Tu vois l'Essentiel. Et c'est ce que je voulais. Je pars serein. Ce voyage, c'était ma façon de nous sauver, de te sauver.

Lucie, sans toi, je n'aurais jamais eu la volonté de Vivre.

On dit que, face à la maladie, nous sommes seuls. Ceux qui disent ça ne te connaissent pas. Tu m'as donné plus de force que tu ne pourras jamais l'imaginer ! Tu dois me croire. Et je mesure à quel point il t'en a coûté. Je connais le sacrifice. Je connais l'angoisse. Le cancer détruit le malade mais il n'épargne pas ceux qui restent.

Ce dernier vol, c'est ma façon de toucher les étoiles, avant que le rideau ne se referme.

Bien sûr que je ne veux pas mourir. Bien sûr que j'ai peur.

Mais, comme tu me l'as dit un jour, le courage, ce n'est pas de ne pas avoir peur.

Les quelques semaines, ou peut-être les quelques jours qu'il me reste, auraient été les témoins d'un déclin vers une fin inéluctable. Je ne veux pas de ça. Ni pour moi, ni pour toi, ni pour les enfants. Et je veux choisir de partir comme je le veux, pas comme il le veut.

N'oublie jamais, c'est notre lien qui m'a donné la force de vivre les derniers mois les plus merveilleux de mon existence et de trouver enfin la paix intérieure. Lors de l'inauguration, j'ai lu le bonheur sur ton visage et sur celui des enfants, et je me suis dit : « Voilà. Ce n'était pas une vie pour rien. »

Alors si, comme les croyances d'ici le disent, il y a d'autres vies qui m'attendent, je suis certain que nous nous retrouverons, toi et moi. En attendant, je reste au creux de ton cœur.

Merci, mon petit moineau. Merci d'avoir été là. Tu es une femme d'exception, brillante, battante, avec tes fragilités, mais invulnérable, vouée à faire de ce monde un monde meilleur.

Un chemin nouveau s'ouvre à toi. Des expériences à vivre, des rencontres à faire, des étapes à passer. Promets-moi de profiter de chaque instant et de ne jamais laisser s'éteindre cette belle lumière qui brille désormais dans ton cœur.

Je t'aime,
Ton Enzo.

Et vous, à la place de Lucie, qu'auriez-vous décidé ?

Remerciements

Il me tenait à cœur d'écrire ce récit. Il y avait en moi cette envie de partager une réflexion sincère sur la vie et sur le sens que nous décidons de lui donner. Peu importent les épreuves que nous devons traverser.

Avant de me lancer dans l'aventure du roman, j'ai travaillé dans le jeu vidéo pendant une quinzaine d'années. Parmi mes expériences dans le domaine, j'ai imaginé et créé les univers des jeux *Is it Love ?* et j'en ai été pendant plusieurs années la scénariste principale. Il s'agit d'histoires d'amour interactives dans lesquelles la joueuse est amenée à faire des choix qui influenceront le dénouement. Que ce soit dans ma vie personnelle et professionnelle en tant qu'entrepreneuse ou dans l'expérience que je proposais au public à travers les jeux, le choix a toujours été un élément fondateur. C'est lui qui conditionne le fait de juste rêver nos vies ou d'en être les acteurs. Au-delà d'un simple divertissement, ces jeux ont ouvert à de nombreuses jeunes femmes le goût de la lecture et même de l'écriture. Et, plus extraordinaire encore, ils ont stimulé, en certaines d'entre elles, la volonté d'opérer des changements dans leur propre vie. Je trouve que c'est merveilleux et en cela, ce sont toutes ces femmes que je voudrais remercier en tout premier lieu. Depuis des années, vous me portez, vous me suivez et vous m'encouragez, avec sincérité. Je me suis fortement attachée à vous parce que vous avez donné du sens à ce que je faisais chaque jour.

Je veux aussi remercier mon mari, mon moteur, toi qui me pousses à toujours donner le meilleur de moi-même. Sans ton soutien et tes encouragements quotidiens, j'aurai pu me laisser rétrécir par la peur d'échouer. Les sentiments qui nous unissent sont une grande source d'inspiration.

Je pense aussi à mon fils qui a accepté de partager sa maman avec de fréquentes séances d'écriture. Petit bonhomme, tu ne sais pas encore ce qu'un roman signifie, mais tu as compris que c'était important pour moi.

J'ai aussi une pensée pour ma grande sœur, infirmière au Samu. Je sais que je t'ai fait une ou deux frayeurs en t'envoyant à toute heure du jour des questions médicales sans utiliser toujours de préambule. Je sais combien l'esprit rocambolesque de ta sœur peut être une énigme mais aussi, te faire tendrement sourire.

Je pense également très fort à Lea, mon adorable éditrice, pour ta confiance, ton écoute et tes conseils avisés. J'ai beaucoup appris à tes côtés et je te remercie chaleureusement pour cette expérience riche en enseignements. Je remercie les éditions Hugo Roman d'avoir donné sa chance à mon projet.

Merci à toi, ma Jessica, pour tous ces moments de complicité et nos discussions passionnantes. Je ne te remercierai jamais assez pour l'aide que tu m'as apporté, jusqu'à 2 heures du matin, pour que la couverture du roman soit parfaite.

Merci à mon cercle d'amis, sans qui ce chemin de vie n'aurait pas les mêmes couleurs. Nos agendas bien remplis ne nous permettent pas de nous voir aussi souvent que nous le voudrions mais ce n'est pas pour autant que nos liens ne restent pas aussi forts. Nos longues discussions, les échanges sur nos voyages, nos quotidiens, nos expériences diverses et variées, nourrissent toujours mon imaginaire.

Je pense aussi à Lorraine, Bernard, Simon, pour votre bienveillance et votre sagesse. On a parfois besoin d'une aide éclairée pour distinguer la bonne route à prendre.

Enfin, merci à toi maman, présente tout au long de l'écriture, comme tu l'as été pour chacun de mes autres écrits. Tes conseils m'ont toujours été précieux. Tu es partie trop tôt, et beaucoup trop vite, quelques jours seulement après l'achèvement de ce livre. Malade toi-même de ce cancer, sans que nous le sachions. Tu ne tiendras jamais ce roman entre tes mains mais tu en as vu toutes les coulisses. Je sais combien tu aurais été fière de l'exposer dans ta bibliothèque et de répéter encore une fois qu'il y avait une « romancière » dans la famille.